DIÁLOGOS

Socráticos

III

FEDRO
(OU DO BELO)

EUTÍFRON
(OU DA RELIGIOSIDADE)

APOLOGIA DE SÓCRATES

CRÍTON
(OU DO DEVER)

FÉDON
(OU DA ALMA)

O livro é a porta que se abre para a realização do homem.

Jair Lot Vieira

PLATÃO

DIÁLOGOS

Socráticos

III

FEDRO
(OU DO BELO)

EUTÍFRON
(OU DA RELIGIOSIDADE)

APOLOGIA DE SÓCRATES

CRÍTON
(OU DO DEVER)

FÉDON
(OU DA ALMA)

TRADUÇÃO, TEXTOS ADICIONAIS E NOTAS

EDSON BINI
Estudou filosofia na Faculdade de Filosofia,
Letras e Ciências Humanas da USP.
É tradutor há mais de 40 anos.

edipro

Grafia conforme o novo Acordo Ortográfico da Língua Portuguesa.

2ª edição, 3ª reimpressão 2023.

Editores: Jair Lot Vieira e Maíra Lot Vieira Micales
Coordenação editorial: Fernanda Godoy Tarcinalli
Tradução, textos adicionais e notas: Edson Bini
Editoração: Alexandre Rudyard Benevides
Revisão: Beatriz Rodrigues de Lima
Adaptação da capa: Karine Moreto de Almeida

Dados Internacionais de Catalogação na Publicação (CIP)
(Câmara Brasileira do Livro, SP, Brasil)

Platão (427?-347? a.C.)

Diálogos III – Socráticos: Fedro (ou Do Belo); Eutífron (ou Da Religiosidade); Apologia de Sócrates; Críton (ou Do Dever); Fédon (ou Da Alma) / Platão [tradução, textos adicionais e notas Edson Bini]. 2. ed. – São Paulo : Edipro, 2015. (Clássicos Edipro).

Títulos originais: ΦΑΙΔΡΟΣ (Η ΠΕΡΙ ΚΑΛΟΥ); ΕΥΤΙΦΡΩΝ (Η ΠΕΡΙ ΟΣΙΟΥ); ΑΠΟΛΟΓΙΑ ΣΩΚΡΑΤΟΥ; ΚΡΙΤΩΝ (Η ΠΕΡΙ ΠΡΑΚΤΕΟΥ); ΦΑΙΔΩΝ (Η ΠΕΡΙ ΨΥΧΗΣ)

ISBN 978-85-7283-923-5

1. Filosofia antiga. I. Bini, Edson. II. Título. III. Título: Fedro (ou Do Belo). IV. Título: Eutífron (ou Da Religiosidade). V. Título: Apologia de Sócrates. VI. Título: Críton (ou Do Dever). VII. Título: Fédon (ou Da Alma).

08-06282 CDD-184

Índices para catálogo sistemático:
1. Filosofia platônica : 184
2. Platão : Filosofia : 184

ABDR — Cópia não autorizada é crime — Respeite o direito autoral — Editora afiliada

edipro

São Paulo: (11) 3107-7050 • Bauru: (14) 3234-4121
www.edipro.com.br • edipro@edipro.com.br
@editoraedipro @editoraedipro

Sumário

NOTA DO TRADUTOR

As traduções desta edição foram realizadas com base no texto estabelecido por Schanz.

A possível ocorrência de palavras entre colchetes visa à tentativa de completar ideias onde o texto padece de algum hiato que compromete a compreensão.

Com o fito de facilitar e agilizar a consulta motivada pela leitura de outras obras, fizemos constar à margem esquerda da página a numeração da edição referencial de 1578 de Henri Estienne (*Stephanus*).

As notas de rodapé têm caráter meramente informativo ou elucidativo, e esporadicamente crítico, coadunando-se com o cunho didático da edição; contemplam aspectos filosóficos básicos, bem como aspectos históricos, mitológicos e linguísticos.

Dadas as diferenças estruturais entre o grego antigo (idioma declinado) e o português contemporâneo (língua não declinada), a tradução inevitavelmente se ressente de prejuízos do ponto de vista da forma: a beleza e a elegância do estilo literário de Platão são drasticamente minimizadas, mesmo porque, em um discurso filosófico, a preocupação maior do tradutor é preservar o espírito do texto e manter-se, ao menos relativamente, fiel ao teor veiculado.

Procuramos, como sempre, traduzir *a meio caminho* entre a literalidade e a paráfrase, ambas em princípio não recomendáveis, a nosso ver, em matéria de textos filosóficos. Entretanto, tendemos a concordar com Heidegger em que toda tradução é necessariamente hermenêutica; ou seja, ao tradutor é praticamente impossível (embora pugne por ser leal e isento servidor do autor) impedir que um certo subjetivismo e algum grau de interpretação invadam seu trabalho.

De antemão, solicitamos a um tempo tanto a indulgência do leitor para nossas falhas e limitações, quanto suas valiosas sugestões e críticas para o aprimoramento de edições vindouras. Aqui só nos resta curvarmo-nos à opinião socrática de que, a rigor, *nunca passamos de aprendizes...*

Apresentação

É praticamente impossível estabelecer uma nítida fronteira entre o pensamento socrático e o platônico.

Apesar da propriedade, e até legitimidade, de classificarmos certas doutrinas como *platônicas* (a da dicotomia mundo inteligível/mundo sensível, a correlata das *Formas*, a do Estado comunista etc.), é claramente impróprio e simplista pretender determinar com precisão o exato ponto na obra de Platão em que a concepção filosófica de seu mestre (Sócrates) se esgota e se cala para dar lugar à sua concepção, mesmo porque, diferentemente do que ocorreu com o que pensam Platão e Aristóteles, em que este último critica frontalmente o pensamento do primeiro de maneira implícita ou explícita, ocorre um suave processo de continuidade de cunho integrativo e acumulativo entre o que ousaríamos denominar pensamento socrático e pensamento platônico.

Nesse sentido, é sempre oportuno lembrar que Sócrates nada deixou registrado por escrito de próprio punho, o que justificaria a tese até de uma certa "apropriação" de suas ideias por parte de Platão em algum estágio do amadurecimento filosófico deste último, ou aquela de um Sócrates *platônico* que não corresponde ao Sócrates histórico real. Apesar dos dados que nos foram legados por Xenofonte e Antístenes acerca de Sócrates (dados que aparentemente não contrariam nem desmentem o retrato do mestre fornecido por Platão, a despeito da diferença do enfoque e dos elementos subjetivos inevitáveis), nossa fonte mais substancial do perfil tanto do homem Sócrates quanto do pensamento desse homem (a propósito, marcantemente coerentes) é, indiscutivelmente, a própria obra de Platão.

Todavia, é possível, a nosso ver, ao menos detectar nos escritos de Platão um tipo de *preocupação* ou *interesse* que parece ser característico de Sócrates, ainda que obviamente não rejeitado por Platão, mas, pelo contrário, assimilado e mesmo incorporado ao esboço preliminar de seu próprio sistema.

Assim, o que podemos entender como "preocupação socrática" permeia soberanamente vários diálogos iniciais de Platão.

E qual é essa "preocupação socrática"?

Em termos gerais, é a do exame, da análise ou da dissecação dos conceitos (mormente éticos), em busca do melhor conceito, empregando o método do *partejamento das ideias* (*maiêutica*) e o método dialético na tentativa de construção de uma sólida teoria do conhecimento, tarefa que abre e prepara o caminho para a elaboração das grandes doutrinas platônicas nos âmbitos da psicologia, da metafísica e da política.

Afirmar que a filosofia platônica seria inteiramente impossível sem a socrática soa como truísmo ou mesmo clichê, mas ainda assim serve para indicar radicalmente o íntimo e consistente entrosamento entre uma preocupação metodológica ou epistemológica voltada primariamente para a linguagem, a clarificação dos conceitos – alicerce para a edificação de um sistema filosófico – e a construção de teorias que buscam, nos vários domínios teóricos, iluminar a práxis humana comum.

Essa "preocupação socrática" é naturalmente mais visível e incisiva nos chamados "diálogos iniciais" (segundo o consenso geral a maioria dos diálogos de Platão) e nos "medianos ou intermediários" (provavelmente *Fédon, Banquete* e *A República*), mostrando-se ligeiramente menos pronunciada nos chamados "diálogos tardios" (*Teeteto, Sofista, Político, Filebo, Timeu* e *As Leis*, diálogo em que Sócrates não figura nominalmente).

Nesta edição apresentamos três "diálogos iniciais", a *Apologia* e um "diálogo mediano", que expressam taxativamente a "preocupação socrática".

À exceção do elaboradíssimo *Fedro*, os outros três diálogos (e a *Apologia*) estão historicamente situados de maneira definida e, embora não possamos afirmar categoricamente que hajam sido redigidos sequencialmente por Platão, delimitam um período específico na existência de Sócrates pouco antes de sua morte: o *Eutífron,* a ocasião em que ele compareceu diante do arconte-rei devido à acusação formalizada contra sua pessoa; a *Apologia* (mais um monólogo do que um diálogo), a ocasião de sua defesa na corte de Atenas; enquanto no *Críton* vemo-lo encarcerado e aguardando sua execução; finalmente, o *Fédon* o mostra no derradeiro dia de sua vida, findando esse diálogo com sua autoexecução.

No que respeita, portanto, a esses três diálogos mais a *Apologia* (ficando, nesse caso, o *Fedro* de fora), permitimo-nos qualificá-los de *socráticos* em mais de um sentido: de fato, ao mesmo tempo que retrata a inabalável "preocupação socrática" no que tange ao teor filosófico, paralelamente Platão, atuando como o discípulo-biógrafo vivo e próximo, registra vividamente o drama real de seu mestre, associando magistralmente na pessoa desse mesmo mestre incomum a sustentação de princípios filosóficos e uma inarredável postura de vida que torna sua morte inevitável.

Assim, o agrupamento e a sequência aqui adotados – *Eutífron, Apologia, Críton, Fédon* – justificavam-se. Entretanto, a inclusão do *Fedro* os encabeçando – ainda que esse diálogo incontestavelmente exiba a "preocupação socrática" – é historicamente contrastante do ponto de vista da iminência da morte de Sócrates, mostrando o filósofo em uma entusiástica celebração com a vida, em um ambiente bucólico, por si só um outro elemento contrastante, já que Sócrates era um regular frequentador da *ágora* e de outros ambientes da *polis*, mas muito raramente visitava a região rural. O tema central do diálogo é a retórica, mas esse tema, descambando numa crítica aos sofistas, conduz Sócrates aos temas correlatos (ainda que não pareçam sê-lo) da reprovação e aprovação do amante, do louvor do amor sensual (personificado por Eros) e da natureza da alma (*psykhé*).

No *Eutífron* a investigação do conceito de *piedade* (no sentido de devoção, religiosidade) é empreendida graças a uma aparente motivação proporcionada pelo fato de Eutífron apresentar-se – em um comportamento questionável e incomum – perante o arconte-rei como demandante em um processo contra o próprio pai pela morte de um servo. A clara "preocupação socrática" nesse caso (incorporada por Platão) é estabelecer métodos corretos e rigorosos do pensar, destacadamente o método dialético.

A *Apologia de Sócrates* é um texto atípico de Platão, uma peça literária que retrata o discurso de defesa de Sócrates na corte de Atenas. Não é um diálogo que veicula discussões filosóficas, embora encerre teor filosófico.

Sócrates fora indiciado em uma ação pública devido à acusação de três cidadãos atenienses: Meleto, indivíduo de quem não dispomos de quaisquer dados históricos fidedignos – muito provavelmente um poeta inexpressivo –, Anito (o mesmo que figura no *Mênon*), homem ilustre e férreo inimigo dos sofistas, e que atuara como general no exército ateniense, tendo, inclusive, colaborado para a queda e a expulsão dos Trinta Tiranos, e Lícon, historicamente uma incógnita sujeita a meras conjeturas: provavelmente também uma pessoa comum, sem grande importância.

As acusações haviam sido de impiedade (irreligiosidade) representada por desrespeito aos deuses oficiais do Estado, envolvendo o culto de uma divindade estranha, e de sedução da juventude.

A *Apologia* divide-se basicamente em quatro partes: Sócrates dirige-se primeiramente aos jurados, discursando a respeito de seus acusadores e das acusações que lhe eram imputadas; em segundo lugar, dirige-se ao principal acusador (Meleto); em terceiro, uma vez emitidos o veredicto de culpado e a sentença de morte, novamente ao júri; e, em quarto, após a recusa do júri em aceitar a multa de trinta minas substituindo a pena capital, dirige-se separadamente aos membros do júri, primeiro aos que o condenaram à morte e, em seguida, aos que votaram por sua absolvição. O discurso geral de autodefesa de Sócrates, tal como reproduzido por Platão, é brilhante, combinando veemência com eloquência (Sócrates, inclusive, *não* foi condenado pela maioria dos membros do júri). Entretanto, se por um lado ele nega a veracidade das acusações, apresentando-se como inocente, por outro não lança mão das técnicas advocatícias (usualmente empregadas pelos sofistas) que, mesclando exibicionismo com o forjar da comoção dos ouvintes, visavam produzir uma defesa "politicamente correta", que garantisse mais facilmente a absolvição. Sócrates não apreciava, de modo algum, os métodos dos sofistas, bem como não aprovava a conduta deles, isso embora o famoso comediógrafo Aristófanes o considerasse um deles.

Na verdade, no que toca a essa questão visceralmente polêmica, é de se imaginar que Sócrates, pelo conjunto de suas ideias, e principalmente pela sua conduta (a qual se coadunava com suas ideias), afrontasse e desagradasse não só seus acusadores, e possivelmente os sofistas, mas também boa parte dos próprios jurados, representantes lídimos de um Estado democrático e *conservador*, isto ao menos no que tangia à religião, lembrando-nos de que, nessa sociedade grega, política e religião não eram, em absoluto, coisas distanciadas e independentes, mas estreitamente relacionadas e dependentes.

Ora, Sócrates declara, e isso pode ser testemunhado por outros, que era um atento cumpridor de seus deveres religiosos, mas também não oculta – ao contrário, o revelando espontaneamente – que ouvia a sua "voz interior", ou melhor, a divindade (*dáimon*) que se manifestava a ele e que, se opondo às suas próprias deliberações, acabava por nortear sua vida. A menção de Sócrates de seu *dáimon* ocorre em muitos diálogos de Platão, bem como era comum ele utilizar a expressão "pelo Cão" (referindo-se ao deus cinocéfalo egípcio Anúbis), que embora fosse empregada oportunamente até com intuito respeitoso com referência às divindades gregas do Estado, poupando-as no caso de ensejos de menor solenidade e fervor religioso, podia ser interpretada como "submissão a uma divindade estrangeira".

O cerne da discussão ventilada no *Críton* é, a par da real situação trágica do Sócrates histórico negando-se convictamente a assentir com qualquer plano de fuga de Críton (e em plena consonância com o conteúdo da *Apologia*), a afirmação irreversível de que a lei deve ser acatada e, principalmente, que a injustiça é invariavelmente errada, e que não se deve retribuir injustiça com injustiça.

Mais uma vez, em uma franca e pontual paridade com a realidade *funesta* (assim *qualificada* por todos, exceto pelo próprio Sócrates) que está prestes a ceifar a vida do condenado, o *Fédon* trata da morte e envereda teoricamente pela questão da imortalidade da alma, sua sobrevivência à morte e seu retorno ao corpo (doutrina da metempsicose). Como em outros diálogos, Platão recorre, em meio à argumentação racional, eventualmente ao mítico, e conclui o diálogo em um clímax psicológico que reúne a grande beleza literária ao teor narrativo comovente do sereno expirar de seu mestre.

Dados biográficos

Em rigor, pouco se sabe de absolutamente certo sobre a vida de *Platão*.

Platão de Atenas (seu verdadeiro nome era Aristocles) viveu aproximadamente entre 427 e 347 a.C. De linhagem ilustre e membro de uma rica família da Messênia (descendente de Codro e de Sólon), usufruiu da educação e das facilidades que o dinheiro e o prestígio de uma respeitada família aristocrática propiciavam.

Seu interesse pela filosofia se manifestou cedo, e tudo indica que foi motivado particularmente por *Heráclito de Éfeso*, chamado *O Obscuro*, que floresceu pelo fim do século VI a.C.

É bastante provável que, durante toda a juventude e até os 42 anos, tenha se enfronhado profundamente no pensamento pré-socrático – sendo discípulo de Heráclito, Crátilo, Euclides de Megara (por meio de quem conheceu as ideias de Parmênides de Eleia) – e, muito especialmente, na filosofia da Escola itálica: as doutrinas pitagóricas [mormente a teoria do número (ἀριθμός [*arithmós*]) e a doutrina da transmigração da alma (μετεμψύχωσις [*metempsýkhosis*]) exercerão marcante influência no desenvolvimento de seu próprio pensamento, influência essa visível mesmo na estruturação mais madura e tardia do platonismo original, como se pode depreender dos últimos diálogos, inclusive *As Leis*.

Entretanto, é inegável que o encontro com Sócrates, sua antítese socioeconômica (Sócrates de Atenas pertencia a uma família modesta de artesãos), na efervescência cultural de então, representou o clímax de seu aprendizado, adicionando o ingrediente definitivo ao cadinho do qual emergiria o corpo de pensamento independente e original de um filósofo que, ao lado de Aristóteles, jamais deixou de iluminar a humanidade ao longo de quase 24 séculos.

Em 385 a.C., Platão, apoiado (inclusive financeiramente) pelos amigos, estabeleceu sua própria Escola no horto de *Academos* (Ἀκαδήμεια), para onde começaram a afluir os intelectos mais brilhantes e promissores da Grécia, entre eles Aristóteles de Estagira, que chegou a Atenas em 367 com 18 anos.

É provável que, logo após a autoexecução de seu mestre (399), Platão, cujos sentimentos naqueles instantes cruciais não nos é possível perscrutar, tenha se ausentado de Atenas, e mesmo da Grécia, por um período que não podemos precisar. Teria visitado o Egito e a Sicília; de fato ele demonstra em alguns de seus diálogos, mais conspicuamente em *As Leis*, que conhecia costumes e leis vigentes no Egito na sua época.

Não é provável, contudo, que demorasse no estrangeiro dada a importância que atribuía à Academia, à atividade que ali desempenhava e que exigia sua presença. Ademais, suas viagens ao exterior seguramente não visavam exatamente ao lazer: Platão buscava o conhecimento, e se algum dia classificou os egípcios como *bárbaros*, por certo o fez com muitas reservas.

Diferentemente de seu velho mestre, Platão, que devia portar-se como um cidadão exemplar apesar de sua oposição inarredável à democracia ateniense, jamais se indispôs com os membros proeminentes do Estado ateniense; nesse sentido, sua prudência e postura de não envolvimento são proverbiais, o que se causa certo espanto por partir de um dos primeiros teóricos do Estado comunista governado por *reis-filósofos* (como constatamos em *A República*) e do Estado socialista (*As Leis*), que ainda retém características de centralização do poder no Estado, parecerá bastante compreensível em um pensador que, à medida que amadurecia sua reflexão política, mais se revelava um conservador, declaradamente não afeito a transformações políticas; para Platão, nada é mais suspeito e imprevisível do que as consequências de uma insurreição ou revolução. Outrossim, não devemos esquecer que Platão pertencia, ele próprio, à classe abastada e aristocrática de Atenas, posição que aparentemente não o incomodava em absoluto e até se preocupava em preservar.

Platão morreu aos 80 ou 81 anos, provavelmente em 347 a.C. – *dizem* – serenamente, quase que em continuidade a um sono tranquilo... θάνατος (*Thánatos*), na mitologia, é irmão de ὕπνος (*Hýpnos*).

Platão: sua obra

Em contraste com a escassez de dados biográficos, foi-nos legada de Platão – ao menos são esses os indícios – a totalidade de suas obras, e *mais* – muito provavelmente quase todas completas, fato incomum no que toca aos trabalhos dos pensadores antigos helênicos, dos quais muito se perdeu. As exceções são representadas pelo último e mais extenso Diálogo de autoria inquestionada de Platão, *As Leis*, e o Diálogo *Crítias*.

Essa preciosa preservação se deve, em grande parte, ao empenho do astrólogo e filósofo platônico do início do século I da Era Cristã, Trasilo de Alexandria, que organizou e editou pela primeira vez o corpo total das obras de Platão, inclusive os apócrifos e os textos "platônicos", cuja autoria é atribuída aos seguidores diretos e indiretos do mestre da Academia. Todos os manuscritos medievais da obra de Platão procedem dessa edição de Trasilo.

Diferentemente de outros filósofos antigos, filósofos medievais e modernos, Platão não é precisamente um *filósofo de sistema* à maneira de Aristóteles, Plotino, Espinosa, Kant ou Hegel, que expressam sua visão de mundo por meio de uma rigorosa exposição constituída por partes interdependentes e coerentes que, como os órgãos de um sistema, atuam em função de um todo e colimam uma verdade total ou geral. Todavia, Platão também não é um pensador *assistemático* nos moldes dos pré-socráticos (cujo pensamento precisamos assimilar com base nos fragmentos que deles ficaram) e de expoentes como Nietzsche, que exprimem sua visão do universo por máximas e aforismos, os quais pretendem, na sua suposta independência relativa, dar conta da explicação ou interpretação do mundo.

Inspirado pela concepção socrática da ἀλήθεια [*alétheia*] – segundo a qual esta não é produto externo da comunicação de um outro indivíduo (na prática, o mestre) ou da percepção sensorial ou empírica da realidade que nos cerca, mas está sim já presente e latente em cada um de nós, competindo ao mestre apenas provocar mediante indagações apropriadas, precisas e incisivas o nascer (o *dar à luz* – μαιεύω [*maieýo*], voz média: μαιεύομαι [*maieýomai*]) da ἀλήθεια (*alétheia*) no discípulo –, Platão foi conduzido ao *diálogo*, exposição *não solitária* das ideias, na qual, por exigência do método socrático (maiêutica – a *parturição das ideias*), são necessárias, no mínimo, *duas* pessoas representadas pela voz principal (o mestre, que aplica a maiêutica) e um interlocutor (o discípulo, que dará à luz a verdade [ἀλήθεια]).

Na maioria dos diálogos platônicos, essa voz principal é a do próprio Sócrates, ou seja, o mestre de Platão, de modo que nos diálogos, que provavelmente pertencem à primeira fase de Platão, sob forte influência de Sócrates, é difícil estabelecer uma fronteira entre o pensamento socrático e o platônico. A partir do momento em que despontam as ideias originais de Platão {a teoria das *Formas*, a teoria da alma (ψυχή [*psykhé*]), a teoria do Estado (πόλις [*pólis*]) etc.}, Sócrates assume o papel menor de porta-voz e veiculador das doutrinas de Platão.

O fato é que Platão desenvolveu e aprimorou a *maiêutica* de maneira tão profunda e extensiva que chegou a um novo método, a *dialética*, que nada mais é – ao menos essencialmente – do que a arte (τέχνη [*tékhne*]) do diálogo na busca do conhecimento (γνῶσις [*gnôsis*]).

Do ponto de vista do estudante e do historiador da filosofia, essa forma e esse método *sui generis* de filosofar apresentam méritos e deméritos. Platão não se manifesta apenas como um filósofo, embora primordialmente o seja. No estilo e na forma, é também um escritor e, na expressão, um poeta.

Ora, isso torna sua leitura notavelmente agradável, fluente e descontraída, em contraste com a leitura de densos e abstrusos tratados sistemáticos de outros filósofos. Por outro lado, colocando-nos na pele dos interlocutores de Sócrates, é como se, tal como eles, fizéssemos gerar em nós mesmos a verdade.

Como contestar, porém, que o brilhante discurso literário do diálogo não dificulta e mesmo empana a compreensão e assimilação do pensamento do mestre da Academia?

É provavelmente o que ocorre, embora com isso nos arrisquemos a receber a pecha de racionalistas.

Essa situação é agravada pelo uso regular que Platão faz do mito (μῦθος [*mŷthos*]).

O mestre Platão, de qualquer modo, sente-se muito à vontade e convicto de que seu método concorreria precisamente para o contrário, ou seja, a compreensão de seu pensamento.

Não há dúvida de que isso se aplicava aos seus contemporâneos. Imaginaria Platão que sua obra resistiria a tantos séculos, desafiando a pósteros tão tardios como nós?

Paradoxalmente, o saldo se mostrou mais positivo que negativo. É possível que, em virtude *exatamente* de sua atraente e estimulante exposição filosófica sob a forma literária do diálogo, Platão tenha se tornado um dos mais lidos, estudados, publicados e pesquisados de todos os pensadores, o que é atestado pela gigantesca bibliografia a ele devotada.

Voltando ao eixo de nossas considerações, é necessário que digamos que dentre tantos diálogos há um *monólogo*, a *Apologia de Sócrates*, que, naturalmente, como um discurso pessoal de defesa, não admite a participação contínua de um interlocutor.

Há, também, as treze *Epístolas*, ou *Cartas*, de teor político, dirigidas a Dion, Dionísio de Siracusa, e a outros governantes e políticos da época, e os dezoito *Epigramas*.

Na sequência, juntamos despretensiosas sinopses dos diálogos (e da *Apologia*), no que tencionamos fornecer àquele que se interessa pelo estudo do platonismo somente uma orientação básica, em meio aos meandros do complexo *corpus* de doutrina exibido pelos diálogos.

Os diálogos (mais a *Apologia*), cuja autoria de Platão é aceita unanimemente por sábios, estudiosos, eruditos, escoliastas, filólogos e helenistas de todos os tempos, em número de *nove*, são (em ordem não cronológica, pois qualquer estabelecimento de uma cronologia que se pretenda, objetiva e rigorosa, é dúbio) os seguintes:

FEDRO: Trata de dois assuntos aparentemente desconexos, mas vinculados por Platão, ou seja, a natureza e os limites da retórica (crítica aos sofistas) e o caráter e o valor do amor sensual (ἔρος [*éros*]). Esse diálogo está assim aparentado tanto ao *Banquete* (acerca das expressões de ἔρος) quanto ao *Górgias* (acerca da figura do verdadeiro filósofo em contraste com o sofista). Escrito antes da morte de Sócrates, é um dos mais atraentes e expressivos diálogos. Seu nome é de um grande admirador da oratória.

PROTÁGORAS: O assunto é específico (embora envolva os fundamentos gerais das posições antagônicas de Platão e dos sofistas), a saber, o conceito e a natureza da ἀρετή [*areté*]. É a virtude ensinável ou não? A mais veemente crítica de Platão aos mais destacados sofistas: Protágoras, Hípias e Pródico.

O BANQUETE: O assunto é a origem, diferentes manifestações e significado de ἔρος (*éros*). O título desse diálogo (συμπόσιον [*Sympósion*]) indica a própria ambientação e cenário do mesmo, isto é, uma festiva reunião masculina regada a vinho. Anterior à morte de Sócrates.

GÓRGIAS: É sobre o verdadeiro filósofo, o qual se distingue e se opõe ao sofista. Platão prossegue criticando os sofistas, embora Górgias, segundo o qual nomeou o diálogo, fosse um prestigioso professor de oratória que proferia discursos públicos, mas "não ensinava a virtude em aulas particulares remuneradas". Um dos mais complexos diálogos, que parece ter sido escrito pouco antes da morte de Sócrates.

A REPÚBLICA: O segundo mais longo dos diálogos (o mais longo é *As Leis*). Apresenta vários temas, mas todos determinados pela questão inicial, fundamental e central, e a ela subordinados: o que é a justiça (δίκη [*díke*])?... Ou melhor, *qual é a sua natureza, do que é ela constituída?* Nesse diálogo, Platão expõe sua concepção de um Estado (comunista) no qual a ideia de justiça seria aplicável e a própria δίκη realizável e realizada. O título *A República* (amplamente empregado com seus correspondentes nas outras línguas modernas) não traduz fielmente Πολιτεία [*Politeía*], que seria preferível traduzirmos por "A Constituição" (entendida como *forma de governo de um Estado soberano* e não a Lei Maior de um Estado). Há quem acene, a propósito, para o antigo subtítulo, que é *Da Justiça*. *A República* é a obra de Platão mais traduzida, mais difundida, mais estudada e mais influente, tendo se consagrado como um dos mais expressivos textos de filosofia de todos os tempos.

TIMEU: Sócrates, como de ordinário, instaura o diálogo dessa vez retomando a discussão sobre o Estado ideal (assunto de *A República*), mas graças a Timeu o diálogo envereda para a busca da origem, da geração do universo (κοσμογονία [*kosmogonía*]). Nesse diálogo, Platão apresenta sua concepção da Divindade, o δημιουργός [*Demioyrgós*]. Embora Timeu (que empresta o seu nome ao diálogo) pareça oriundo do sul da Itália, há quem o considere um personagem fictício. De qualquer modo, ele representa a contribuição da geometria à teoria cosmogônica de Platão. A maioria dos helenistas situa o *Timeu* no período final e de maior maturidade filosófica de Platão (e, portanto, depois da morte de Sócrates, embora – como ocorre em vários outros diálogos – Sócrates continue como figura principal do diálogo); a minoria o julga produção do *período médio*, seguindo de perto *A República*.

TEETETO: Aborda específica e amplamente a teoria do conhecimento (epistemologia) a partir da indagação: "O que é o conhecimento?". Há fortes indícios de que Platão contava aproximadamente 60 anos quando escreveu esse diálogo (bem depois da morte de Sócrates) em homenagem ao seu homônimo, Teeteto, conceituado matemático que morrera recentemente (369 a.C.) prestando serviço militar. Teeteto frequentara a Academia por muitos anos.

FÉDON: Conhecido pelos antigos igualmente por *Da Alma*, está entre os mais belos e comoventes diálogos, pois relata as últimas horas de Sócrates e sua morte pela cicuta. O narrador é Fédon, que esteve com Sócrates em seus momentos derradeiros. De modo escorreito e fluente, como que determinado pelas palavras do condenado e seu comportamento ante a morte iminente, o diálogo aborda a morte e converge para a questão da imortalidade da alma, a qual é resolvida pela doutrina de sua transmigração ao longo de existências em diferentes corpos. A presença do pensamento pitagórico é flagrante, e Platão alterna sua teoria psicológica (ou seja, da alma) com a doutrina da metempsicose exposta sob a forma do mito no final do diálogo.

AS LEIS: Diálogo inacabado. Sócrates não está presente neste, que é o mais extenso e mais abrangente (do ponto de vista da temática) dos diálogos. Seu personagem central não possui sequer um nome, sendo chamado simplesmente de O Ateniense; seus interlocutores (Clínias de Creta e Megilo de Lacedemônia) são com grande probabilidade figuras fictícias, o que se coaduna, a propósito, com a inexpressiva contribuição filosófica que emprestam ao diálogo, atuando – salvo raras ocasiões, nas quais, inclusive, contestam as afirmações do Ateniense – somente como anteparo dialético para ricochete das opiniões do Ateniense. *As Leis* (Νόμοι [*Nómoi*]) cobrem, semelhantemente à *A República*, uma ampla gama de temas, que revisitam *A República* e apresentam uma nova concepção do Estado, tendo dessa vez como fecho um elenco de admoestações ou advertências para a conduta dos cidadãos e, principalmente, a extensa promulgação de leis a serem aplicadas no seio da πόλις [*pólis*]. Como o conceito Νόμοι é bem mais lato do que nosso conceito de leis, e mesmo do que o conceito *lex* romano, a discussão desencadeada pelo Ateniense, como demonstra a variedade de itens correlacionados do diálogo, adentra as áreas da psicologia, da gnosiologia, da ética, da política, da ontologia e até das disciplinas tidas por nós como não filosóficas, como a astronomia e as matemáticas, não se restringindo ao domínio daquilo que entendemos como legal e jurídico (lei e direito). Destituído da beleza e elegância de tantos outros diálogos, *As Leis* (o último diálogo de autoria indiscutível de Platão) se impõe pelo seu vigor filosófico e por ser a expressão cumulativa e acabada do pensamento maximamente amadurecido do velho Platão.

APOLOGIA: É o único monólogo de Platão, exceto pelas respostas sumárias de Meleto; retrata o discurso de defesa de Sócrates na corte de Atenas perante um júri de 501 atenienses no ano de 399 a.C., quando ele contava com 70 anos. Sócrates fora acusado e indiciado (ação pública) pelos crimes de sedução da juventude e de impiedade, o mais grave de todos, pois consistia na descrença nos deuses do Estado. A *Apologia* é uma peça magna em matéria de estilo e teor, e certamente um dos escritos mais profundos e significativos já produzidos em toda a história da humanidade. Sócrates não retira uma única vírgula de suas concepções filosóficas que norteavam sua conduta como ser humano e cidadão de Atenas. Leva a coragem de expor e impor as próprias ideias às raias da plena coerência, pouco se importando com o que pensam os detentores do poder – mesmo porque já sabe que seu destino está selado. Sereno e equilibrado, respeita a corte, o Estado e aqueles que o condenam. Deixa claro que, longe de desrespeitar os deuses (a começar por Zeus e Apolo), sempre orientou seus passos pelo oráculo de Delfos e segundo a inspiração de seu δαίμων [*daímon*]. Seu discurso é prenhe de persuasão e capaz de enternecer até corações graníticos e impressionar cérebros geniais, mas não profere uma única sílaba a seu favor para escapar à morte, embora mencione o exílio, opção que descarta, e sugira o recurso de pagar uma multa, a ser paga majoritariamente por alguns de seus discípulos ricos, especialmente Platão. Para ele, nenhum cidadão está acima da lei, e esta tem de ser cumprida, mesmo que seja injusta. É impróprio, na verdade, entendermos sua defesa no sentido corrente da palavra, a acepção sofista e advocatícia: *ele não defende sua pessoa, sua integridade física, defende sim seu ideário*, que em rigor era seu único patrimônio, pois nada possuía em ouro e prata. Não teme o sofrimento, o exílio ou a morte – o que o repugna e lhe é incogitável é a abdicação do seu pensar e dos atos que consubstanciaram sua vida. Não alimenta a menor dúvida de que mais vale morrer com honra do que viver na desonra. Para ele, sua morte era a solução irreversível e natural de sua obra e dos fatos de sua vida. Se algum dia um homem soube com precisão como viver e quando morrer, esse homem foi Sócrates de Atenas!

Os 16 diálogos que se seguem são considerados por *alguns* helenistas e historiadores da filosofia como de autoria duvidosa ou apócrifos.

SOFISTA: Fazendo jus ao título, Sócrates principia a temática do diálogo indagando acerca dos conceitos de sofista, homem político e filósofo. Participam, entre outros, o geômetra Teodoro, Teeteto e um filósofo proveniente de Eleia, cidade natal de Parmênides e seu discípulo Zenão. A investigação inicial conduz os interlocutores à questão do *não-ser*, circunscrevendo o diálogo a essa questão ontológica fundamental, que constitui precisamente o objeto essencial da filosofia do pré-socrático *Parmênides*. O *Sofista* surge como uma continuação do *Teeteto*, mas pelo seu teor está vinculado mais intimamente ao *Parmênides*.

PARMÊNIDES: Curiosamente, nesse diálogo, Platão coloca como figura central o filósofo Parmênides e não Sócrates, embora o encontro seja provavelmente fictício e se trate de um diálogo narrado por Céfalo. Como seria de esperar, o objeto capital é de caráter ontológico, girando em torno das questões da natureza da realidade: se esta é múltipla ou una etc. A *teoria das Formas* é aqui introduzida, a saber, a realidade consiste em Formas (Ideias) que não são nem materiais, nem perceptíveis, das quais as coisas materiais e perceptíveis participam. O *Parmênides* se liga pela sua temática mais estreitamente ao *Filebo*, ao *Político* e ao *Sofista*.

CRÁTILO: O assunto aqui ventilado é o princípio sobre o qual está fundada a correção do nome (ὄνομα [*ónoma*], por extensão signo que abriga o conceito). O que legitima o nome? Segundo Hermógenes, os nomes nada têm a ver, no que concerne à origem, com as coisas nomeadas que representam: são estabelecidos por convenção. Crátilo, ao contrário, afirma que o nome é por natureza, isto é, a etimologia de um nome pode nos conduzir a uma descrição disfarçada que revela corretamente a natureza daquilo que é nomeado, sendo este o princípio da nomenclatura. Sócrates contesta ambas as teorias, realizando a crítica da linguagem mesma, propondo que busquemos por trás das palavras a natureza imutável e permanente das coisas como são em si mesmas, o que vale dizer que as palavras não nos capacitam a ter acesso ao mundo inteligível das Formas puras e, muito menos, revelam-no a nós.

FILEBO: O objeto de discussão é bastante explícito, ou seja, o que é o *bem* e como pode o ser humano viver a melhor (mais excelente, mais virtuosa) vida possível. Filebo, que identifica o bem com o prazer, apresenta-se como um belo jovem (não há registro histórico algum dessa pessoa, o que nos leva a crer que se trata de um personagem fictício de Platão). Analítica e etimologicamente, o nome significa *amigo* ou *amante da juventude*, o que nos conduz inevitavelmente à predileção de Sócrates por homens jovens e atraentes no seu círculo. Os helenistas, em geral, concordam que o *Filebo* foi produzido depois do *Fédon*, do *Fedro*, de *A República*, do *Parmênides* e do *Teeteto*, na última fase da vida de Platão e, portanto, em data muito posterior à morte de Sócrates. O *Filebo* é, sem sombra de dúvidas, um dos mais significativos e importantes diálogos de Platão, pela sua maturidade filosófica, clareza e porque o conceito nevrálgico da ética (o bem) é focalizado com insistência em conexão com a metafísica. O encaminhamento da discussão, especialmente no que tange à metafísica, aproxima o *Filebo* do *Sofista* e do *Político*.

CRÍTON: O objeto de discussão desse diálogo envolve o julgamento e a morte de Sócrates e situa-se no período de um mês (trinta dias) entre esses dois eventos, quando Críton (poderoso e influente cidadão ateniense, além de amigo pessoal de Sócrates) o visita na prisão e tenta, pela última vez (em vão), convencê-lo a assentir com um plano urdido por seus amigos (incluindo o suborno dos carcereiros) para sua fuga e seu deslocamento a um lugar em que ficasse a salvo do alcance da lei de Atenas. O diálogo assume agilmente o calor de um debate ético em torno da justiça (δίκη), insinuando-nos nas entrelinhas, um problema crônico da sociedade que agita e intriga os juristas até os nossos dias: está claro que a aplicação da lei colima a justiça, mas, na prática, com que frequência consegue atingi-la? Pensando em seu próprio caso, Sócrates, que insistia que até a lei injusta devia ser respeitada (o que era exatamente o que fazia naqueles instantes ao opor-se ao plano de fuga e ao suborno), faz-nos ponderar que a lei pode ser mesmo um instrumento de morte em nome da busca da justiça, mas onde está a sabedoria dos homens para utilizá-la? Até que ponto será a lei na prática (e absurdamente) um instrumento da injustiça? Por outro lado, a contínua reprovação que Sócrates votava aos sofistas, nesse caudal de raciocínio, não era gratuita. Para ele, esses habilíssimos retóricos defendiam à revelia da verdade e da justiça homens indiciados que podiam pagar por isso. Contribuíam o dinheiro e o poder para que a lei atingisse sua meta, a justiça? Ou seria o contrário? Haveria nisso, inclusive, uma crítica tácita ao próprio Críton. E afinal, o que é a justiça? Se a lei era para os atenienses um instrumento real e concreto, que permitia a aplicação via de regra sumária da justiça, esta não passava de um conceito discutível, embora fosse uma das virtudes capitais, aliás só superada pela sabedoria (φρόνησις [*phrónesis*], σοφία [*sophia*]).

CRÍTIAS: Diálogo inacabado no qual Platão, tendo Sócrates como o usual veiculador de suas ideias, põe, contudo, na boca de Crítias, a narração do mito de origem egípcia da Atlântida, civilização que teria existido em uma ilha do Atlântico, próxima à entrada do mar Mediterrâneo, há nove milênios da Atenas atual. Segundo Crítias, a Atenas de então guerreara contra esse povo de conquistadores, que acabara por perecer, pois um terremoto (maremoto?) fizera com que toda a ilha fosse tragada pelo oceano, causando, também, a morte de todos os guerreiros gregos daquela era. Ora, essa Atenas remota possuiria uma forma de governo que correspondia ao modelo de Estado apresentado em *A República*.

EUTÍFRON: O "tempo" desse breve diálogo é o curto período no qual Sócrates se prepara para defender-se, na corte de Atenas, das acusações de que fora alvo. O jovem Eutífron acabara de depor contra seu pai pela morte de um servo. O assassinato (mesmo de um servo) era um delito grave (como, aliás, Platão enfatiza em *As Leis*) que resultava em uma *mácula* (mãos sujas de sangue) que tinha de ser eliminada mediante ritos purificatórios. Tratava-se de um crime religioso, pois os maculados não purificados desagradavam aos deuses. Entretanto, a denúncia de um pai feita por um filho, embora justificável e permitida pelas leis democráticas de Atenas, era tida como "um ato pouco piedoso". Não é de surpreender, portanto, que esse diálogo verse sobre os conceitos de piedade (σέβας [*sébas*]) e impiedade (ἀσέβεια [*asébeia*], ἀσέβημα [*asébema*]), e que, por seu tema candente e visceral, aproxime-se da *Apologia*, do *Críton* e do *Fédon*.

POLÍTICO: Continuação do *Sofista*, esse diálogo procura traçar o perfil do homem político e indicar o conhecimento que tal indivíduo deveria possuir para exercer o bom e justo governo da πόλις [*pólis*], no interesse dos cidadãos. Essa descrição do perfil do estadista é mais negativa do que positiva, e Platão finda por retornar à figura do sofista.

CÁRMIDES: Um dos mais "éticos" diálogos de Platão, provavelmente pertencente à sua fase inicial, sob intensa influência do mestre Sócrates. É efetivamente um dos diálogos socráticos de Platão no qual as ideias do mestre se fundem às suas. O assunto é a σωφροσύνη [*sophrosýne*] (temperança, autocontrole, moderação). Cármides, tio materno de Platão, aqui aparece em sua adolescência (432 a.C.), antes de se tornar um dos 30 tiranos.

LAQUES: Também pertencente ao período inicial da investigação e vivência filosóficas sob Sócrates, no qual o corpo integral das ideias platônicas ainda não se consolidara e cristalizara, o *Laques* (nome de um jovem e destacado general ateniense que lutara na guerra do Peloponeso) é mais um diálogo ético que se ocupa de um tema específico: ἀνδρεία [*andreía*], coragem.

LÍSIS: Do mesmo período de *Cármides* e *Laques*, *Lísis* (nome de um atraente adolescente de ilustre família de Atenas) é outro diálogo "ético socrático", no qual se discute o conceito φιλία [*philía*] (amizade, amor). Parte da teoria da amizade desenvolvida por Aristóteles, na *Ética a Eudemo* e *Ética a Nicômaco*, baseia-se nas luzes e conclusões surgidas no Lísis.

EUTIDEMO: Outro diálogo "socrático". A matéria abordada, sem clara especificidade, retoma a crítica aos sofistas. Eutidemo (figura de existência historicamente comprovada) e seu irmão, Dionisodoro, abandonam o aprendizado da oratória sofística e os estudos marciais para empreenderem a erística (ἔρις [*éris*]: disputa, combate, controvérsia). O cerne da discussão é a oratória ou retórica (ῥητορεία [*retoreía*]), porém, é realizado um esforço para distingui-la da erística. Aristóteles, no *Órganon*, preocupar-se-á com essa distinção (retórica/erística) ao investigar profundamente a estrutura do silogismo e do juízo, indicando os tipos do primeiro do ponto de vista da verdade ou falsidade lógicas: um desses tipos é o *sofisma*, um silogismo capciosamente falso.

MÊNON: Provavelmente produzido no período mediano da vida de Platão, o *Mênon* não é propriamente um diálogo "socrático", já revelando uma independência e substancialidade do pensamento platônico. Mênon é integrante de uma das mais influentes famílias aristocráticas da Tessália. O diálogo, inicialmente, não visa a elucidar um conceito ou o melhor conceito (empenho típico dos diálogos "socráticos"), mas sim a responder a uma questão particular formulada por Mênon como primeira frase do diálogo: "Podes dizer-me, Sócrates, se é possível ensinar a virtude?". E ele prossegue: "Ou não é ensinável, e sim resultado da prática, ou nem uma coisa nem outra, o ser humano a possuindo por natureza ou de alguma outra forma?". Contudo, reincorporando uma característica do diálogo socrático, a segunda parte do Mênon reinstaura a busca do conceito da ἀρετή [*areté*]. Para os sofistas, a ἀρετή é fruto de uma convenção (νόμος [*nómos*]) e, portanto, verbalmente comunicável e passível de ser ensinada.

HÍPIAS MENOR: Hípias é o grande sofista que, ao lado de Protágoras, Pródico e Isócrates, atuou como um dos pugnazes adversários de Sócrates e Platão no fecundo e excitante cenário intelectual de Atenas. Esse curtíssimo diálogo teria sido motivado por um inflamado discurso proferido por Hípias, tendo a obra do poeta Homero como objeto. Sócrates solicita a Hípias que explicite sua visão sobre Aquiles e Odisseu, segundo a qual o primeiro é "o mais nobre e o mais corajoso", enquanto o segundo é "astuto e mentiroso". O problema aqui introduzido, estritamente ético, concerne ao cometimento consciente e voluntário da ação incorreta por parte do indivíduo justo e o cometimento inconsciente (insciente) e involuntário da ação incorreta por parte do indivíduo injusto. Em *A República* e *As Leis,* a questão do erro voluntário com ciência e o erro involuntário por ignorância também é enfocada. Ocioso dizer que se esbarra, implicitamente, na posição maniqueísta: é Aquiles absoluta, necessária e perenemente corajoso, probo e verdadeiro e Odisseu absoluta, necessária e perenemente velhaco e mentiroso?

ION: Este é um talentoso rapsodo profissional especializado nos poemas de Homero (não se sabe se figura real ou fictícia engendrada por Platão). O problema que Sócrates apresenta para Ion é: a poesia (ποίησις [*poiesis*]) é produto do conhecimento ou da inspiração dos deuses? Sócrates sugere que a arte do rapsodo, e mesmo a do poeta, é exclusivamente produto da inspiração divina, para elas não concorrendo nenhuma inteligência e conhecimento humanos. Platão também toca nesse tópico em *A República* e no *Fedro*.

MENEXENO: No menos filosófico dos diálogos, Sócrates se limita a executar um elogio à morte em campo de batalha, brindando Menexeno (nome de um insinuante membro do círculo socrático) com uma oração fúnebre que ele (Sócrates) diz ser da autoria de Aspásia, a amante de Péricles. É certo esse atípico diálogo ter sido escrito antes da morte de Sócrates, bem como o *Lísis,* do qual o personagem Menexeno também participa. Salvo pelas considerações preliminares de Sócrates acerca do "estupendo destino" daquele que tomba em batalha, o *Menexeno* carece de profundidade e envergadura filosóficas – foi com bastante propriedade que Aristóteles o chamou simplesmente de *Oração Fúnebre*.

Os três diálogos subsequentes são tidos como apócrifos pela grande maioria dos helenistas e historiadores da filosofia.

ALCIBÍADES: O mais "socrático" dos diálogos aborda o fundamento da doutrina socrática do autoconhecimento e provê uma resposta ao problema gnosiológico, resposta que é: nenhum conhecimento é possível sem o conhecimento de si mesmo, e o conhecimento do eu possibilita e instaura o conhecimento do não-eu, o mundo. Por isso, no diálogo, o conhecimento do eu é a meta perseguida pela maiêutica para fazer vir à luz o conhecimento do mundo sensível. É improvável que Platão tenha sido o autor desse diálogo, mas se o foi, escreveu-o (paradoxal e intempestivamente) muito depois da morte de seu mestre, por rememoração, e bem próximo de sua própria morte. Por seu estilo direto e "menos literariamente colorido", suspeita-se, com maior probabilidade, que tenha sido escrito pouco depois da morte do mestre da Academia, por um de seus discípulos mais capazes, talvez o próprio Aristóteles, mesmo porque a visão gnosiológica de cunho "subjetivista" e "antropológico" de Sócrates, que emerge do *Alcibíades* (nome de um belo e ambicioso jovem do círculo socrático), guarda semelhança com as ideias do jovem Aristóteles.

HÍPIAS MAIOR: Confronto entre Sócrates e Hípias, o sofista, no qual o primeiro, sempre em busca da compreensão dos conceitos, interroga o segundo, nesse ensejo não a respeito de uma virtude, mas sim sobre o que é καλός [*kalós*], termo, como tantos outros, intraduzível para as línguas modernas, um tanto aproximativo do inglês *fine* (em oposição a *foul*). Em português, é linguisticamente impossível traduzi-lo, mesmo precariamente, por uma única palavra. Se conseguirmos abstrair uma fusão harmoniosa dos significados de belo, bom, nobre, admirável e toda a gama de adjetivos qualificativos correlatos que indicam excelência estética e ética, poderemos fazer uma pálida ideia do que seja καλός. Desnecessário comentar que, como de ordinário, um mergulho profundo nas águas da cultura dos gregos antigos aliado ao acurado estudo da língua constitui o único caminho seguro para o desvelamento de conceitos como καλός.

CLITOFON: Esse brevíssimo apócrifo apresenta uma peculiaridade desconcertante no âmbito dos escritos platônicos. Nele, na busca da compreensão de em que consiste a ἀρετή [*areté*], virtude, particularmente a δίκη [*díke*], justiça, Sócrates não é o protagonista nem o costumeiro e seguro articulador das indagações que norteiam a discussão e conduzem, por meio da maiêutica associada à dialética, o interlocutor (ou interlocutores) à verdade latente que este(s) traz(em) à luz. Nesse curtíssimo e contundente diálogo, é Clitofon (simpatizante de Trasímaco, o pensador radical que aparece em *A República*) que "dá o tom da música", encaminha a discussão e enuncia a palavra final.

Finalmente, a maioria dos estudiosos, helenistas e historiadores da filosofia tende a concordar que as seguintes 14 obras não são decididamente da lavra de Platão, mas sim, via de regra, de seus discípulos diretos ou indiretos, constituindo o movimento filosófico que nos seria lícito chamar de *platonismo nascente,* pois, se tais trabalhos não foram escritos por Platão, é certo que as ideias neles contidas e debatidas não saem da esfera do pensamento platônico. Dos discípulos conhecidos de Platão, somente o estagirita Aristóteles foi capaz de criar um corpo íntegro e sólido de teorias originais.

SEGUNDO ALCIBÍADES: A questão da γνῶσις [*gnôsis*], conhecimento, volta à baila, mas nessa oportunidade Sócrates especializa a discussão, detendo-se no objeto, no valor e nas formas do conhecimento. Uma questão paralela e coadjuvante também é tratada (já largamente abordada e desenvolvida em *As Leis*, em que o mesmo ponto de vista fora formulado): como nos dirigir aos deuses? Como no problema do conhecimento (em relação ao qual o único conhecimento efetivamente valioso, além do conhecimento do eu, é o conhecimento do bem), Sócrates se mostra restritivo: não convém agradar aos deuses com dádivas e sacrifícios dispendiosos, visto que os deuses têm em maior apreço as virtudes da alma, não devendo ser adulados e subornados. Nossas súplicas não devem visar a vantagens e a coisas particulares, mas simplesmente ao nosso bem, pois é possível que nos enganemos quanto aos bens particulares que julgamos proveitosos para nós, o que os deuses, entretanto, não ignoram.

HIPARCO: Diálogo breve, com um só interlocutor anônimo, no qual se busca o melhor conceito de cobiça ou avidez. O nome Hiparco é tomado de um governante de Atenas do final do século VI a.C., alvo da admiração de Sócrates.

AMANTES RIVAIS: A meta desse brevíssimo diálogo, com um título que dificilmente teria agradado a Platão, é estabelecer a distinção entre o conhecimento geral e a filosofia, envolvendo também a questão da autoridade. O título é compreensível, pois o diálogo encerra realmente a história da rivalidade de dois amantes.

TEAGES: Nome de um dos jovens do círculo de Sócrates, que, devido a sua saúde precária, teria morrido antes do próprio Sócrates. O diálogo começa com o pai do rapaz, Demódoco, pedindo orientação a Sócrates a respeito do desejo e ambição do filho: tornar-se sábio para concretizar sonhos de vida política. Esse pequeno diálogo realça, sobremaneira, aquilo que Sócrates (segundo Platão) chamaria na *Apologia* de "voz de seu *daímon* (δαίμων)" e o fascínio que Sócrates exercia sobre seus discípulos jovens.

MINOS: Provavelmente escrito pelo mesmo discípulo autor de *Hiparco*, *Minos* (nome de grande rei, legislador de Creta e um dos juízes dos mortos no Hades) busca o conceito mais excelente para νόμος (lei). É muito provável que esse diálogo tenha sido elaborado após a morte de Platão e, portanto, após *As Leis* (última obra do próprio Platão); todavia, em uma visível tentativa de integrar esse pequeno diálogo ao pensamento vivo do mestre, exposto definitiva e cristalizadamente em *As Leis*, o fiel discípulo de Platão compôs *Minos* como uma espécie de proêmio ao longo diálogo *As Leis*. Sócrates, mais uma vez, é apresentado às voltas com um único interlocutor anônimo, que é chamado de *discípulo*.

EPINOMIS: Como o título indica explicitamente (ἐπινομίς), é um apêndice ao infindo *As Leis*, de presumível autoria de Filipe de Oponto (que teria igualmente transcrito o texto de *As Leis,* possivelmente a partir de tabletes de cera, nos quais Platão o deixara ao morrer).

DEFINIÇÕES: Trata-se de um glossário filosófico com 184 termos, apresentando definições sumárias que cobrem os quatro ramos filosóficos reconhecidos oficialmente pela Academia platônica e a escola estoica, a saber, a *física* (filosofia da natureza), a *ética*, a *epistemologia* e a *linguística*. É possível que esse modestíssimo dicionário não passe de uma drástica seleção da totalidade das expressões e definições formuladas e ventiladas na Academia, em meados do século IV a.C. Com certeza, uma grande quantidade de expressões, mesmo nos circunscrevendo à terminologia platônica, não consta aqui, especialmente nas áreas extraoficiais pertencentes a disciplinas como a *ontologia* (ou *metafísica*), a *psicologia*, a *estética* e a *política*. Embora alguns sábios antigos atribuam *Definições* a Espeusipo, discípulo, sobrinho e sucessor de Platão na direção da Academia, tudo indica que temos diante de nós um trabalho conjunto dos membros da Academia.

DA JUSTIÇA: Brevíssimo diálogo em que Sócrates discute, com um interlocutor anônimo, questões esparsas sobre a δίκη [*díke*], justiça.

DA VIRTUDE: Análogo nas dimensões e no estilo ao *Da Justiça*, esse pequeno texto retoma o tema do *Mênon* (pode a virtude ser ensinada?) sem, contudo, trazer nenhuma contribuição substancial ao *Mênon*, do qual faz evidentes transcrições, além de fazê-las também de outros diálogos de Platão.

DEMÓDOCO: É outro produto do platonismo nascente. *Demódoco* (nome de um homem ilustre, pai de Teages) é constituído por um monólogo e três pequenos diálogos que tratam respectivamente da deliberação coletiva (refutada por Sócrates) e de alguns elementos do senso comum.

SÍSIFO: O tema, na mesma trilha daquele de *Demódoco*, gira em torno da tomada de decisão na atividade política. A tese de Sócrates é que "se a investigação pressupõe ignorância, a deliberação pressupõe saber".

HÁLCION: Para ilustrar a inconcebível superioridade do poder divino (cujos limites desconhecemos) sobre o poder humano, Sócrates narra ao seu amigo Querefonte a lenda de Hálcion, figura feminina que foi metamorfoseada em ave marinha para facilitar a procura do seu amado marido. Certamente o menor, porém, o mais bem elaborado dos diálogos do segundo advento do platonismo (provavelmente escrito entre 150 a.C. e 50 d.C., embora muitos estudiosos prefiram situá-lo no século II d.C. atribuindo sua autoria ao prolífico autor e orador Luciano de Samosata. Aliás, a prática editorial moderna e contemporânea generalizada [que é já a adotada por Stephanus no século XVI] é não fazer constar o *Hálcion* nas obras completas de Platão; os editores que publicam Luciano incluem o *Hálcion* normalmente nas obras completas deste último).

ERIXIAS: O assunto que abre o diálogo é a relação entre a riqueza (πλοῦτος [*ploŷtos*]) e a virtude (ἀρετή [*areté*]) e se concentra em uma crítica ao dinheiro (ouro e/ou prata) por parte de Sócrates. Na defesa da riqueza material, Erixias não consegue elevar seus argumentos acima do senso comum, mas uma discussão simultânea é desenvolvida, indagando sobre a diferença entre os sólidos e sérios argumentos filosóficos e os folguedos intelectuais. O tema da relação πλοῦτος/ἀρετή fora já abordado com maior amplitude e profundidade em *As Leis*, em que Platão, pela boca do ateniense, define quantitativamente o grau suportável de riqueza particular em ouro e prata que permita a um indivíduo ser a um tempo rico e virtuoso, sem tornar tais qualidades incompatíveis entre si e comprometer sua existência como cidadão na convivência com seus semelhantes no seio da πόλις (*pólis*), cidade. Essa questão aparece também no *Fedro* e no *Eutidemo*.

AXÍOCO: Nesse diálogo, Sócrates profere um discurso consolador visando à reabilitação psicológica possível de um homem no leito de morte, abalado com a perspectiva inevitável desta. O tema perspectiva da *morte* (θάνατος [*thánatos*]) é abordado diretamente na *Apologia* e no *Fédon*. O *Axíoco* data do período entre 100 a.C. e 50 d.C.

Edson Bini

Cronologia

Esta é uma cronologia parcial. Todas as datas são a.C., e a maioria é aproximativa. Os eventos de relevância artística (relacionados à escultura, ao teatro etc.) não constam nesta Cronologia. O texto em itálico destaca alguns eventos marcantes da história da filosofia grega.

530 – *Pitágoras de Samos funda uma confraria místico-religiosa em Crotona.*

500 – *Heráclito de Éfeso floresce na Ásia Menor.*

490 – Os atenienses derrotam os persas em Maratona.

481 – Lideradas por Esparta, as cidades-Estado gregas se unem para combater os persas.

480 – Os gregos são duramente derrotados nas Termópilas pelos persas, e a acrópole é destruída.

480 – Os gregos se sagram vencedores em Salamina e Artemísio.

479 – Com a vitória dos gregos nas batalhas de Plateia e Micale, finda a guerra contra os persas.

478-477 – Diante da nova ameaça persa, Atenas dirige uma nova confederação dos Estados gregos: a "Liga Délia".

469 ou 470 – *Nascimento de Sócrates.*

468 – A esquadra persa é derrotada.

462 – *Chegada do pré-socrático Anaxágoras a Atenas.*

462-461 – Péricles e Efialtes promovem a democracia em Atenas.

460 – Nascimento de Hipócrates.

457 – Atenas se apodera da Beócia.

456 – Finda a construção do templo de Zeus, em Olímpia.

454-453 – O poder de Atenas aumenta grandemente em relação aos demais Estados gregos.

447 – Início da construção do Partenon.

445 – Celebrada a Declaração da "Paz dos Trinta" entre Atenas e Esparta.

444 – *O sofista Protágoras produz uma legislação para a nova colônia de Túrio.*
431 – Inicia-se a Guerra do Peloponeso entre Atenas e Esparta.
429 – Morte de Péricles.
427 – *Nascimento de Platão em Atenas.*
424 – Tucídides, o historiador, é nomeado general de Atenas.
422 – Os atenienses são derrotados em Anfípolis, na Trácia.
421 – Celebrada a paz entre Atenas e Esparta.
419 – Atenas reinicia guerra contra Esparta.
418 – Os atenienses são vencidos pelos espartanos na batalha de Mantineia.
413 – Os atenienses são derrotados na batalha naval de Siracusa.
405 – Nova derrota dos atenienses em Egospótamos, na Trácia.
404 – Rendição de Atenas à Esparta.
401 – Xenofonte comanda a retirada de Cunaxa.
399 – *Morte de Sócrates.*
385 – *Criação da Escola de Platão, a Academia.*
384 – *Nascimento de Aristóteles em Estagira.*
382 – Após guerras intermitentes e esporádicas contra outros Estados gregos e os persas, de 404 a 371, Esparta se apossa da cidadela de Tebas.
378 – É celebrada a aliança entre Tebas e Esparta.
367 – *Chegada a Atenas de Aristóteles de Estagira.*
359 – Ascensão de Filipe II ao trono da Macedônia e início de suas guerras de conquista e expansão.
351 – Demóstenes adverte os atenienses a respeito do perigo representado por Filipe da Macedônia.
347 – *Morte de Platão.*
343 – Aristóteles se torna preceptor de Alexandre.
338 – Derrota de Atenas e seus aliados por Filipe da Macedônia em Queroneia. Os Estados gregos perdem seu poder e a conquista da Grécia é efetivada.
336 – Morte de Filipe II e ascensão de Alexandre ao trono da Macedônia.
335 – *Aristóteles funda sua Escola em Atenas, no Liceu.*
334 – Alexandre move a guerra contra a Pérsia e vence a batalha de Granico.
331 – Nova vitória de Alexandre em Arbela.
330 – As forças persas são duramente derrotadas em Persépolis por Alexandre, dando fim à expedição contra a Pérsia.
323 – Morte de Alexandre na Babilônia.

FEDRO
(OU DO BELO)

PERSONAGENS DO DIÁLOGO:
Sócrates e Fedro

227a **Sócrates:** Caro Fedro, para onde vais e de onde vens?

Fedro: Estive com Lísias[1], Sócrates, o filho de Céfalo[2] e vou fazer uma caminhada fora dos muros, pois passei um longo tempo com ele sentado desde o início da manhã. E acatando o conselho de nosso amigo comum Acumeno[3] caminharei nas estradas, o que, segundo ele, causa menos fadiga do que cami-
b nhar apressadamente pelas ruas da cidade.

Sócrates: Ele está certo, meu amigo. Então Lísias, pelo que parece, está na cidade.

Fedro: Sim, na casa de Epicrates, a residência que pertenceu a Morico[4], próxima do Olímpio[5].

Sócrates: E sobre o que conversastes? É evidente que Lísias te entreteve com seus eloquentes discursos, não é mesmo?

Fedro: Tu ouvirás a respeito disso se dispuseres de tempo livre para caminhar comigo e ficares à escuta.

---

1. Lísias (?450-?380 a.C.), famoso orador ateniense.
2. O mesmo Céfalo que aparece brevemente no começo de *A República*, obra publicada em *Clássicos Edipro*, pai também de Polemarco e Eutidemo.
3. Médico pertencente à família de Erixímaco, que é o médico que figura em *O Banquete*, obra publicada em *Clássicos Edipro*.
4. Figura histórica sem importância filosófica, mas mencionada em várias peças de Aristófanes.
5. O templo do Zeus olímpico localizado em Atenas.

Sócrates: O quê? Não crês que eu considere inteirar-me da conversação que tiveste com Lísias "algo mais importante do que os negócios"[6], como diz Píndaro?

c **Fedro:** Se é assim, toma a dianteira.

Sócrates: Fala.

Fedro: Realmente, Sócrates, és a pessoa apropriada para ouvi-lo, pois o discurso que nos ocupou foi, indiretamente, um discurso sobre o amor,[7] pois Lísias representou um dos belos [rapazes] sendo seduzidos, porém não por um amante, no que reside precisamente o aspecto engenhoso e elegante desse discurso; ele diz que favores devem ser concedidos àquele que não está apaixonado e não ao amante.

Sócrates: Ó nobre homem! Desejaria que ele escrevesse que fos-
sem concedidos ao pobre e não ao rico, ao velho e não ao
jovem, o mesmo se aplicando a todas as demais qualidades de
que eu e a maioria somos detentores, com o que seus discursos
d seriam elegantes e de utilidade pública. Estou tão interessado
em ouvir-te que não deixaria de acompanhar-te mesmo que te
puseste a caminhar até Megara, para, como diz Heródico,[8] ir
até o muro e voltar.

Fedro: O que dizes, ó meu excelente amigo Sócrates? Achas que
228a eu, que não passo de um homem simples, seria capaz de re-
produzir de memória, de um modo digno de Lísias aquilo que
ele, o mais extraordinariamente dotado escritor da atualidade,
compôs devagar e que lhe exigiu muito tempo? Estou longe
disso, ainda que na verdade preferisse ter tal capacidade a uma
grande quantidade de ouro.

Sócrates: Oh, Fedro, se não conhecesse Fedro estaria esquecendo quem eu mesmo sou. Mas como não ocorre nem uma coisa

---

6. Citação parcial e não textual de Píndaro de Tebas (518-?442 a.C., poeta lírico) da parte de Platão. O período completo é: "Minha mãe, Tebas, a do escudo de ouro, considerarei teu interesse coisa ainda mais importante do que os negócios".

7. ...ἐρωτικός... (*erotikós*), isto é, o amor sensual, ou homossexual ou heterossexual. Sócrates se considerava, bem como era considerado pelos homens que o cercavam, como um conhecedor e aficionado dos assuntos referentes ao amor erótico.

8. Ver *A República*, 406a-b.

nem outra, estou bem ciente de que quando ele[9] ouviu Lísias, não se limitou a ouvir o discurso deste uma só vez, mas que
b insistiu amiúde para que o repetisse, pedido a que ele[10] atendeu com satisfação. No entanto, nem isso bastou para Fedro, que finalmente tomou emprestado o livro e leu as partes deste que eram especialmente de seu interesse. Dedicou-se a essa leitura toda a manhã e quando se cansou empreendeu uma caminhada – estou certo, pelo cão[11] – com todo o discurso decorado, a não ser que fosse muito extenso. E estava se dirigindo para fora dos muros com o intuito de praticá-lo. E topando com o homem que adora ouvir discursos, ficou contente ao vê-lo por
c encontrar alguém com quem compartilhar sua dança frenética[12] e, de imediato, o convidou a conduzi-lo. Contudo, quando o amante dos discursos pediu-lhe para que falasse, simulou timidez, como se não ansiasse por falar. É claro que finalmente, mesmo que ninguém se predispusesse a ouvir de boa vontade, ele estaria determinado a se manifestar de um modo ou outro. Assim sendo, Fedro, pede-lhe para fazer agora o que, de qualquer maneira, não demorará a fazer.

Fedro: Realmente mais me convém falar o melhor que possa, já que obviamente não me deixarás em paz enquanto eu não o fizer de uma maneira ou outra.

Sócrates: Não há dúvida de que o que pensas de mim é verdadeiro.

d **Fedro:** Então é o que farei. De fato, Sócrates, não decorei as palavras do discurso uma a uma. Farei um resumo cuidadoso do discurso como um todo, comunicando o seu sentido geral, destacando na ordem correta a começar pelo primeiro os pon-

---

9. Fedro.

10. Lísias.

11. ...τὸν κύνα... (*tòn kýna*), expressão utilizada por Sócrates habitualmente, imbuída de menos fervor religioso do que as expressões correntes da religião grega. Ele se refere ao deus cinocéfalo egípcio Anúbis, mais exatamente o deus com cabeça de chacal.

12. ...συγκορυβαντιῶντα... (*sygkorybantiônta*): Platão compara Fedro a um coribante, isto é, um sacerdote de Cibele. Esses sacerdotes celebravam os mistérios dessa deusa da Frígia por meio de cantos e danças descontrolados e delirantes.

tos nos quais ele afirmou que o amante difere relativamente a quem não é amante.

Sócrates: Sim, meu amigo, desde que primeiro me mostres o que tens em tua mão esquerda sob o manto. Suspeito que tens aí o próprio discurso. E se for isso, assegura-te que, embora eu
e goste muito de ti, jamais esboçarei a menor intenção, quando o próprio Lísias estiver presente, de ouvir a prática de teus próprios discursos. Assim, trata de mostrar-me.

Fedro: Basta. Arrebataste de mim a esperança, Sócrates, de utilizar-te como interlocutor no meu treinamento.[13] Mas onde desejas que sentemos enquanto lemos?

229a **Sócrates:** Vamos deixar a estrada neste ponto e caminhar ao longo do Hiliso.[14] Em seguida poderemos nos sentar tranquilamente onde for de nosso agrado.

Fedro: Sorte minha, pelo que parece, estar descalço. Tu estás sempre. O mais fácil para nós é andar no próprio arroio com os pés mergulhados na água, o que não será desagradável, particularmente a esta época do ano e a esta hora do dia.

Sócrates: Então atua como guia e descobre um bom lugar onde possamos sentar.

Fedro: Vês aquele plátano muito alto?

Sócrates: Claro que sim.

b **Fedro:** Há sombra junto a ele, sopra uma leve brisa e há relva para sentarmos ou, se preferires, ficarmos deitados.

Sócrates: Indica o caminho.

Fedro: Diz-me, Sócrates, não foi de algum lugar por aqui, próximo ao Hiliso, que se diz que Boreias sequestrou Orituia?[15]

Sócrates: É o que dizem.

Fedro: Bem, será que foi daqui? A aparência do regato é bela, sua água pura e cristalina, lugar apropriado para o folguedo de moças.

---

13. Fedro era um estudante de oratória e admirador entusiasta da retórica.

14. ...Ἰλισὸν... (*Ilisòn*), arroio da Ática.

15. Narra o mito que, enquanto brincava com as ninfas às margens do Hiliso, Orituia, filha do rei ateniense Erechteus, foi sequestrada por Boreias, o vento do norte.

c **Sócrates:** Não, tal lugar fica a cerca de *dois* ou *três* estádios abaixo,[16] onde se atravessa o arroio para alcançar Agra. Há, por ali, inclusive um altar de Boreias.

Fedro: Nunca notei sua presença. Mas, por Zeus, Sócrates, diz-me: crês que há verdade nesse mito?

Sócrates: Realmente não seria um despropósito se não o cresse, como fazem os sábios. Poderia, nesse caso, oferecer uma explicação sutil, afirmando que uma rajada de Boreias[17] arrojou-a sobre as rochas vizinhas quando ela brincava com Farmaceia, e que tendo ela morrido nessas circunstâncias, as pessoas di-
d zem que foi *sequestrada* por Boreias. *Ou do Areópago, história que também se conta, que ela foi sequestrada dali e não deste lugar.*[18] Eu, porém, Fedro, embora julgue que esse tipo de explicação seja do agrado em geral, também o julgo a invenção de um homem sumamente hábil e laborioso, mas que não posso, de modo algum, invejar, isto pela simples razão de que depois disso será necessário que ele vá adiante e explique a forma dos centauros[19], em seguida a da quimera[20], e o assalte toda uma multidão de tais criaturas, Górgonas[21] e Pégasos[22], e
e muitíssimas outras de natureza estranha e monstruosa. Todo aquele que, não crendo nessas criaturas, se propuser a explicar cada uma delas por meio de uma sabedoria rústica com o objetivo de torná-las plausíveis precisará de muito tempo para isso. Mas não disponho, em absoluto, de qualquer tempo para elas, e a razão para isso, meu amigo, é a seguinte: continuo incapaz, segundo determina a inscrição de Delfos, de conhecer a mim

---

16. Por volta de 360 ou 540 metros.
17. ...Βορέου... (*Boréoy*), figura mitológica que personifica o vento do norte.
18. Todo o trecho em *itálico* é excluído por Schanz, que o considera uma glosa. Burnet o mantém.
19. ...Ἱπποκενταύρων... (*Hippokentaýron*), na mitologia, criaturas cujo corpo é equino na metade inferior e humano na superior (tronco, braços e cabeça).
20. ...Χιμαίρας... (*Khimaíras*), criatura monstruosa formada por corpo de cabra, cabeça de leão e cauda de serpente.
21. ...Γοργόνων... (*Gorgónon*), as três irmãs de aparência horrenda que tinham serpentes por cabelos.
22. ...Πηγάσων... (*Pegáson*), apesar do plural, Platão alude ao cavalo alado associado às musas.

mesmo, de modo que me parece ridículo investigar coisas sem
230a relevância quando ainda permaneço ignorante daquilo. Assim,
deixo de lado essas coisas e admitindo a habitual crença nelas,
como dizia há pouco, empreendo a investigação não de tais
coisas, mas de mim mesmo, com o intuito de descobrir se sou
um monstro mais complicado e brutal do que Tífon[23], ou um
animal mais dócil e mais simples ao qual é conferido um qui-
nhão divino e [ao mesmo tempo] humilde pela natureza. Mas,
meu amigo, enquanto dialogávamos não teríamos chegado à
árvore a que nos conduzias? Não será esta?

b **Fedro:** É a própria.

Sócrates: Por Hera, é um lugar de repouso encantador. Este plá-
tano é largo e altaneiro; quanto ao salgueiro, alto e oferecendo
muita sombra, é de grande beleza, além do que, em plena flo-
rescência inunda o ambiente de fragrância; de sob o plátano
jorra uma belíssima fonte, e sua água é fresquíssima, o que
pode ser atestado por meu pé. E a julgar pelas oferendas voti-
vas e estátuas, parece se tratar de um local sagrado dedicado
c a algumas ninfas[24] e a Haquelou[25]. E quão agradável e magní-
fica é a frescura da brisa que ressoa com a penetrante música
de verão do coro das cigarras! Mas o que causa aqui o maior
deleite é a relva que cresce no suave declive, suficientemente
espessa para proporcionar o apoio perfeito quando repousas a
cabeça sobre ela. Atuaste como um excelente guia para este
estrangeiro, meu caro Fedro.

Fedro: E tu, extraordinário indivíduo, pareces completamente
deslocado, pois realmente te comportas precisamente como
um estrangeiro que está sendo orientado por um guia, e não
d como um nativo [desta terra]. Não só não te ausentas em via-

23. ...Τυφῶνος... (*Typhônos*), o mais descomunal dos monstros, criatura alada aterradora e devastadora composta de várias espécies animais, tendo, entre outras características, inumeráveis cabeças de serpentes no lugar das mãos e uma imensa cabeça de asno. Também presente na religião egípcia e identificado com o deus Set, o deus maligno inimigo de Osíris. Com base no aspecto linguístico, é possível igualmente conceber Tífon como personificação do tufão.

24. ...Νυμφῶν... (*Nymphôn*), divindades femininas habitantes e protetoras de formações naturais como bosques, montanhas, rios e regatos.

25. ...Ἀχελῴου... (*Akhelóioy*) divindade fluvial.

gem ao exterior como a mim parece que sequer te aventuras fora dos muros da cidade.

Sócrates: Perdoa-me, estimado amigo. Sabes que sou um aficionado do aprender. Ora, os ambientes rurais e as árvores nada me ensinarão, enquanto exclusivamente as pessoas na cidade podem fazer isso. Mas pareces ter encontrado a poção de encantamento para me trazeres para fora. De fato, tal como conduzem animais famintos agitando à frente deles um galho de folhas ou alguma fruta, tu, penso eu, segurando diante de
e mim discursos de livros me conduzirás por toda a Ática e para onde mais quiseres. Assim, agora que cheguei aqui, pretendo deitar-me; quanto a ti, deves escolher a posição em que achas que poderás ler o mais facilmente e se pôr a ler.

Fedro: Pois ouve.

"Sabes qual é minha situação e ouviste como julgo que nos é vantajoso administrar essas coisas. Não acho que deva per-
231a der a oportunidade de obter o que solicito pelo mero fato de, por acaso, não estar apaixonado por ti. Amantes se arrependem de ter proporcionado carinhos quando seu desejo morre, porém esse tempo de arrependimento e mudança de postura não existe para aquele que não é amante. A razão disso é ele proporcionar carícias como melhor pode oferecê-las não sendo forçado a isso, mas o fazendo voluntariamente em vista de seu próprio melhor interesse. Além disso, os amantes avaliam o prejuízo que produziram para o seu próprio interesse em função do amor, e dos benefícios que concederam – acrescentam
b os transtornos que tiveram, julgando que já há muito tempo retribuíram o suficiente aos seus amados; não amantes, contudo, devido à sua condição, não podem alegar negligência de seus próprios negócios, tampouco podem levar em conta os transtornos que experimentaram no passado, nem imputar culpas devido a desentendimentos com parentes; uma vez eliminados todos esses males, nada lhes resta senão dedicar-se de coração a tudo quanto pensam que proporcionará prazer. Ademais, se
c devem os amantes ser alvo de elevado apreço pelo fato de dizerem que têm a maior afeição pelo objeto de sua paixão, visto que tanto por meio das palavras quanto dos atos estão dispostos

a serem odiados por outros para agradarem a seus amados, é
fácil perceber – se houver teor de verdade no que dizem – que
toda vez que se apaixonarem posteriormente serão mais ciosos
do novo amor do que do velho, não hesitando em ferir o velho
amor na hipótese disso agradar o novo. E como se poderia
sensatamente confiar matérias de tal importância a alguém que
d se encontra nessa condição deplorável que qualquer pessoa de
alguma experiência sequer tentaria eliminá-la? A propósito
eles próprios admitem que são insensatos, ao contrário de es-
tarem no seu juízo, e que estão cientes de que são tolos, não
sendo capazes de controlar a si mesmos. Assim, como conce-
ber que quando retornam ao seu juízo se fiem em decisões que
tomaram naquela condição? E se tivesses que escolher entre
os melhores que estão por ti apaixonados, tua seleção estaria
limitada a uns poucos, ao passo que corresponderia a um gran-
de grupo se escolhesses os mais compatíveis dos não apaixo-
e nados, de modo que terias uma melhor chance, ao selecionar
entre muitos, de encontrar aquele mais digno de tua afeição.

Supondo que temas as convenções e que sejas objeto de es-
tigma se as pessoas descobrirem teu caso de amor, consideres
232a que é provável que amantes, na crença de que outros os inveja-
riam tanto quanto eles invejam a si mesmos, se sintam exalta-
dos com sua posse e, em seu orgulho, exibam a todos que não se
empenharam arduamente em vão. Entretanto, os que não estão
apaixonados, posto que têm controle de seus sentimentos, pro-
vavelmente fazem a escolha do que é realmente melhor, em
lugar de buscar a aprovação da humanidade em geral. Além
disso, é inevitável que a presença do amante seja detectada.
Muitas pessoas perceberão que passam sua vida a acompanhar
o amado, a consequência sendo que, toda vez que são vistos
b dialogando, as pessoas supõem que estão juntos envolvidos
com alguma questão passional pretérita ou futura. Ao contrá-
rio, no caso de indivíduos não apaixonados, ninguém jamais
se disporia a reparar neles pelo fato de os encontrar juntos,
posto que todos sabem que as pessoas têm que conversar com
alguém, quer por conta da amizade, quer por motivo de algum
outro prazer. Também, se te inquietas com o pensamento de
que é difícil que a amizade dure, e que em outra situação qual-

c quer briga representaria um idêntico infortúnio para ambos,
mas que quando cedesses ao que tens na mais alta estima se-
rias o que mais sofreria, seria razoável teres maior receio dos
amantes; de fato, um amante facilmente se aborrece, sendo
que tudo quanto aconteça ele pensará que tem como propó-
sito ofendê-lo. Consequentemente, impedem que aquele que
amam frua da companhia de outros indivíduos, pois temem
os abastados no receio de que o dinheiro destes lhes propor-
cione uma vantagem, e temem os educados com o receio de
que se revelem superiores [a eles] na intelectualidade; além
disso, mantêm-se vigilantes contra a influência de todo pos-
d suidor de qualquer outro bem. Uma vez tenham te persuadido
a afastar todas essas pessoas, terão te isolado inteiramente dos
amigos; e se te dispuseres a tratar de teu próprio interesse e te
mostrares mais sensato do que eles, terás que entrar em conflito
com eles. Todavia, os *não apaixonados*[26] que satisfizeram seu
desejo em função de sua virtude não experimentarão ciúme dos
que te fizeram companhia; pelo contrário, experimentarão ódio
dos que não se dispuseram a fazê-lo, no pensamento de que és
depreciado por estes últimos e favorecido pelos primeiros, de
e modo que é bem mais provável que conquistarão amizade do
que inimizade de seu caso de amor contigo.

É de se acrescer igualmente que muitos amantes são movi-
dos pelo desejo físico antes de conhecerem o caráter do amado
e se tornarem familiarizados com as maneiras características
deste, de modo que é duvidoso se quererão ser teus amigos
233a com o cessar de seu desejo. No que toca, contudo, aos não
apaixonados, que [já] eram teus amigos antes de ingressarem
na relação mais íntima, não é provável que os favores recebi-
dos diminuam a amizade, permanecendo sim como lembretes
de mais coisas vindouras. E a conclusão é que podes esperar
te tornares uma melhor pessoa cedendo a mim do que a um
apaixonado. De fato, amantes elogiam o que dizes e o que
b fazes além do que representa o melhor, em parte porque re-
ceiam desagradar-te, em parte porque o desejo empanou seu

26. ...μὴ ἐρῶντες... (*mè crôntes*).

discernimento. O discurso declamatório do amor sensual[27] é o seguinte: leva os amantes que incorrem no fracasso a pensar que as coisas que não causam dor aos outros são terríveis, enquanto induz os [amantes] que obtêm êxito a louvar o que não deve proporcionar prazer. O resultado é aqueles que são objeto do amor deles serem mais lastimáveis do que invejáveis. Mas se te entregares a mim, disponibilizarei a ti minha companhia não só visando ao prazer imediato, mas também
c almejando os benefícios vindouros, não me deixando dominar pelo desejo sensual, mas tendo o completo controle de mim mesmo; e sem me tornar hostil diante de insignificâncias, somente alimentando um certo sentimento hostil gradativamente diante de problemas e transgressões maiores, perdoando faltas involuntárias e tentando prevenir as voluntárias. De fato, essas são as evidências de uma amizade[28] que perdurará por muito tempo. Se pensas, contudo, que não é possível que a amizade
d seja sólida a não ser com a presença do amor sensual, devias te lembrar que se assim fosse não nos importaríamos muito com filhos, pais e mães, e tampouco teríamos amigos leais que foram conquistados não pelo desejo[29], mas por força de ocupações de outra natureza.

Além disso, se é correto que deves conceder favores aos que os solicitam o mais ansiosamente, deves, em outros aspectos, também conceder benefícios não aos melhores, mas aos mais necessitados, uma vez serem estes os que mostrarão
e o maior reconhecimento, visto serem poupados dos maiores males. E, assim, igualmente nas recepções privadas, não é recomendável que convides teus amigos, e sim mendigos que necessitam saciar sua fome, já que serão eles os aficionados a ti, que te acompanharão, baterão à tua porta, demonstrarão máximo contentamento e máxima gratidão, e atrairão muitas bênçãos para ti. Todavia, talvez devesses conceder teus favores aos que estão melhor capacitados a retribuí-los em lugar de fazê-lo para os que imploram por eles; tampouco aos que

27. ...ἔρως... (*éros*).

28. ...φιλίας... (*philías*).

29. ...ἐπιθυμίας... (*epithymías*).

234a se limitam a solicitá-los, mas aos que fossem deles os mais
merecedores; e, [por outro lado, talvez devesses] concedê-los
não aos que fruirão o viço de tua juventude, mas aos que com-
partilharão seus bens contigo quando fores mais velho; e não
aos que após obterem êxito ao atingir uma meta se jactarão
perante os outros, mas aos que, com reserva, farão disso, em
relação a todos, um segredo; e não aos que serão devotados
a ti por um efêmero período, mas aos que serão teus amigos
por toda a vida; [tampouco] aos que procurarão um pretexto
b para um desentendimento uma vez extinto o desejo, mas aos
que exibirão seu valor quando houver murchado o viço de tua
juventude. Agora, lembra do que eu disse e tem o seguinte em
mente: amantes[30] são censurados por amigos[31] que julgam má
a conduta daqueles. Entretanto, nenhum parente jamais censu-
ra um não amante devido à má administração de seus próprios
interesses por conta daquela condição.[32]

Imagino que irás, talvez, me perguntar se te aconselho a
conceder teus favores a todos os não apaixonados. [Não.] Mas
penso que o amante tampouco te instaria a te predispor dessa
c forma em relação a todos os amantes; com efeito, os favores,
se distribuídos em larga escala, deixam de ser tão altamente
valorizados pelo recebedor inteligente, como tampouco pode-
rás, se quiseres, manter teu relacionamento com alguém em
segredo relativamente aos demais. Não se supõe, contudo, que
esse tipo de coisa produza qualquer dano, mas somente be-
nefício a ambos os lados. Julgo que disse o bastante. Mas se
sentes que falta algo, ou pensas que alguma coisa foi omitida,
faz perguntas."

Que impressão, Sócrates, tiveste do discurso? Não o julgas
d simplesmente maravilhoso, especialmente na precisão de seus
termos?

Sócrates: É prodigioso, meu amigo. Deixou-me extasiado. E isso
eu devo a ti, Fedro, pois enquanto te observava pude perceber
que te deleitavas com o discurso à medida que o lias. Assim,

---

30. ...ἐρῶντας... (*erôntas*).

31. ...φίλοι... (*phíloi*).

32. Ou seja, a condição de amante, aquela dominada pelo desejo ou paixão.

como creio que tens maior entendimento do que eu nessas matérias, acompanhei-te e associei-me a ti nessa exaltação divina.

Fedro: Ora, achas que deves gracejar a respeito disso?

Sócrates: Será que pensas que gracejo em lugar de falar sério?

e **Fedro:** Não brinques, Sócrates, e em nome de Zeus, deus da amizade, diz-me verdadeiramente: julgas que qualquer outro grego seria capaz de discursar melhor e de maneira mais completa do que isso sobre o mesmo assunto?

Sócrates: O quê? Deveríamos eu e tu elogiar o discurso pelo fato de seu autor ter dito o que deve e não meramente porque discursou de um modo claro e conciso, com a fraseologia exata? Se for esse o caso, devo concedê-lo no teu interesse, já que, devido a minha estupidez, isso me passou despercebido. Pres-
235a tei atenção apenas no aspecto retórico, e pensei que mesmo o próprio Lísias não o consideraria satisfatório. A mim pareceu, Fedro, a menos, é claro, que divirjas, que ele disse a mesma coisa duas ou três vezes, como se efetivamente não tivesse muito a dizer acerca de um assunto, ou como se não estivesse interessado no assunto a ponto de desenvolvê-lo. Na verdade, pareceu-me que esteve, num feitio juvenil, se exibindo com o objetivo de demonstrar que é capaz de dizer a mesma coisa de duas maneiras distintas, e numa ou noutra excelentemente.

b **Fedro:** O que dizes é inteiramente equivocado, Sócrates! Esse, na verdade, é o melhor aspecto do discurso. Ele não omitiu um único ponto referente ao assunto tratado, de sorte que ninguém poderia jamais abordá-lo de maneira mais digna e completa do que ele o fez.

Sócrates: Nisso devo cessar de concordar contigo. Se, para agradar-te, te desse minha anuência, eu seria contestado por todos os homens e mulheres sábios de outrora que discursaram ou escreveram acerca desse tema.

c **Fedro:** Mas quem são eles? E onde ouviste algo melhor do que isso?

Sócrates: Não há como dizer-te de imediato, mas com certeza devo ter ouvido algo ou da bela Safo[33] ou do sábio Anacreon-

33. ...Σαπφοῦς... (*Sapphoŷs*), Safo de Lesbos (Mitilene), poetisa lírica que viveu em torno de 610 a.C.

te[34], ou talvez de alguns autores de prosa. De que evidência
disponho para dizê-lo? Ah, meu caro amigo, sinto que meu
peito está inflado e que seria capaz de proferir um outro dis-
curso, diferente desse e até superior. Ora, estou bem ciente de
que nenhuma dessas ideias procede de mim mesmo, pois sei
de minha própria ignorância; a única explicação alternativa é
d ter eu sido enchido, tal como um jarro vazio, das palavras de
outros que fluíram através de meus ouvidos, ainda que, devido
a minha estupidez, tenha eu esquecido como e de quem o ouvi.

Fedro: Maximamente nobre Sócrates, isso é magnífico! Não é
necessário que digas, mesmo que te suplique, como ou de
quem o ouviste. Basta fazeres como dizes. Promete que profe-
rirás um outro discurso que seja superior ao presente no livro,
que não seja menos curto e que seja completamente diferente.
Então, de minha parte prometo que, como os nove arcontes,[35]
e erigirei uma estátua de ouro em tamanho natural em Delfos,
não só de mim mesmo como também de ti.

Sócrates: És o amigo dileto[36] e verdadeiramente de ouro, Fedro,
para pensar que quero dizer que Lísias falhou em todos os as-
pectos e que sou capaz de elaborar um discurso cujo conteúdo
seja totalmente diferente daquele do discurso dele. Imagino
que isso não seria possível suceder nem sequer ao pior dos es-
critores. Por exemplo, quanto ao tema de seu discurso, supões
que alguém, ao argumentar a favor da preferência que deve ser
dada ao não amante preterindo o amante, poderia abrir mão do
236a louvor à sensata serenidade daquele que não está apaixonado
e da censura à insensatez do apaixonado, que constituem argu
mentos indispensáveis, e, em lugar disso, dizer alguma outra
coisa? A meu ver tais argumentos devem necessariamente ser
admitidos e tolerados, no que temos a elogiar o arranjo ado-
tado e não a novidade; entretanto, no caso de argumentos que

---

34. Anacreonte de Teos, poeta lírico e elegíaco (*c.* 560-478 a.C.).

35. ...ἄρχοντες... (*árkhontes*), os nove principais magistrados de Atenas. Quando eram empossados no cargo, após sua escolha, que era por sorteio e não por voto, faziam o juramento solene de que, se transgredissem as leis, erigiriam uma estátua de ouro.

36. ...φίλτατος... (*phíltatos*), literalmente *o maior amigo*.

não são indispensáveis e de concepção mais difícil, tanto a novidade quanto o arranjo merecem louvor.

Fedro: Admito o que dizes, pois vejo nisso razoabilidade. E, portanto, farei essa concessão. Permitirei que partas da premis-
b sa de que o amante tem o espírito menos são do que o não amante. E se discursares sobre os demais pontos de modo mais completo e melhor do que Lísias, não repetindo o mesmo, tua estátua de metal laminado por batidas estará em Olímpia ao lado da oferenda dos descendentes de Cipselos[37].

Sócrates: Ó Fedro, critiquei teu querido[38] apenas para provocar-te, ou será que me levaste a sério, pensando realmente que eu tentaria rivalizar-me com uma obra de sua sabedoria produzindo um discurso que fosse mais variegado e engenhoso do que o seu?

Fedro: Ora, meu amigo, no que toca a isso acabaste por cair em
c tua própria armadilha, pois agora não te resta alternativa senão a de proferir teu discurso o melhor que puderes, caso contrário seremos obrigados a apelar para o cômico *és um outro*. Cuida para não me forçares a dizer: "Ó Sócrates, se não conheço Sócrates devo estar esquecendo quem eu mesmo sou," e "ele ansiava por falar, mas simulou timidez". Põe em tua cabeça que não sairemos deste lugar enquanto não manifestares o que disseste que tinhas *em teu peito*. Estamos sozinhos num lugar
d deserto e sou mais forte e mais jovem do que tu, de modo que nessa situação convém que entendas o que quero dizer e fales voluntariamente, de preferência a seres forçado a fazê-lo.

Sócrates: Mas, afortunado Fedro, irei me expor ao ridículo se eu, não passando de um amador, tentar, sem preparo, discorrer sobre o mesmo assunto competindo com um profissional experiente.

Fedro: Ora, vê se me escuta! Para de tentar ludibriar-me, pois posso dizer algo que te obrigará a fazer teu discurso.

Sócrates: Então, por favor não digas.

---

37. ...Κυψελιδῶν... (*Kypselidôn*), governantes de Corinto durante o século VII a.C.
38. ...παιδικῶν... (*paidikôn*).

Fedro: Ah, sim, direi. E o que direi será um juramento. Juro a
e ti... por que deus? Que tal por este plátano? Juro solenemente que, a menos que profiras o discurso na presença deste plátano, nunca mais te lerei um outro discurso ou te contarei sobre outro.

Sócrates: Ai, ai, ó homem desalmado! Quão bem encontraste um meio de fazer um amante dos discursos fazer como queres.

Fedro: Ora, então por que procuras safar-te disso?

Sócrates: Não o farei mais, agora que fizeste esse juramento. Afinal, como poderia abrir mão desses prazeres?

237a **Fedro:** Pois discursa.

Sócrates: Sabes o que vou fazer?

Fedro: Sobre o quê?

Sócrates: Vou conservar minha cabeça coberta enquanto falo para dar conta de meu discurso o mais rápido possível e não olhar para ti e ficar embaraçado.

Fedro: Desde que profiras teu discurso, quanto ao resto faz como melhor te convier.

Sócrates: Então acudi a mim, ó Musas Melodiosas, se assim sois chamadas por força da qualidade de vosso canto ou devido à raça musical dos ligurianos, concedei-me vossa ajuda no *discurso*[39] que este excelente homem força-me a fazer, para que
b seu amigo, por ele até agora considerado sábio, possa a ele parecer ainda mais sábio.

Havia uma vez um menino, ou melhor, um jovem, de grande beleza. Possuía muitos amantes, e entre estes havia um particularmente astucioso, que estava tão apaixonado pelo rapaz quanto qualquer outro, mas que, não obstante isso, o fizera crer que não estava apaixonado. E numa ocasião, ao cortejá-lo, tentou persuadi-lo precisamente disso, ou seja, que favores deviam ser concedidos de preferência ao que não está apaixonado e não ao apaixonado. Suas palavras eram as seguintes:

---

39. ...μύθου... (*mýthoy*): Platão parece contemplar aqui um sentido duplo ou mesmo dúbio da palavra, a qual denota tanto uma acepção genérica e irrestrita de discurso (tal como λόγος [*lógos*]), quanto uma acepção específica e mais restrita de história, relato, como atesta a imediata sequência do diálogo.

"Há, meu *rapaz*[40], se quiseres deliberar bem sobre qualquer
c coisa, um único modo de começar. Deve-se conhecer o obje-
to da deliberação, caso contrário se estará destinado a perder
inteiramente o rumo. A maioria das pessoas não está ciente
de que ignora a natureza das coisas e supondo que a conhece,
essas pessoas ordinárias não chegam a um acordo no início
da investigação, e à medida que progridem alcançam o efei-
to que é de se esperar, ou seja, não concordam nem consigo
mesmas nem entre si. Ora, tu e eu não devemos cair no erro
que reprovamos nos outros. Afinal, estamos prestes a exami-
nar a questão de se um rapaz deve oferecer sua amizade[41] ao
apaixonado ou ao não apaixonado. Diante disso, comecemos
por tentar concordar quanto a uma definição do que é o amor,
qual é sua natureza e seu poder, e então, tendo em mente essa
d definição e a tomando como referência o tempo todo, passe-
mos a investigar se o amor promove benefício ou dano. Ora,
todos sabem que o amor[42] é um desejo[43], bem como sabemos
que os não amantes também *desejam*[44] o belo. Então como
distinguiremos o amante do não amante? É necessário ponde-
rarmos que cada um de nós é governado por dois princípios
que seguimos para onde quer que nos conduzam: um é o de-
sejo inato por prazeres, enquanto o outro é a opinião adquirida
que persegue o que é o melhor. Esses [dois princípios] por
e vezes são concordantes dentro de nós, por vezes discordantes;
por outro lado, às vezes é um deles que predomina, às vezes
o outro. Quando a opinião conduz por meio da razão para o
238a que é o melhor e predomina, esse tipo de poder é chamado
de autocontrole[45], mas quando o desejo arrasta-nos irracional-
mente rumo aos prazeres e assume o controle dentro de nós,
esse seu poder é chamado de excesso[46]. O excesso tem muitos

40. ...παῖ... (*paî*), literalmente *menino, criança.*

41. ...φιλίαν... (*philían*).

42. ...ἔρως... (*éros*).

43. ...ἐπιθυμία... (*epithymía*).

44. ...ἐπιθυμοῦσι... (*epithymoŷsi*).

45. ...σωφροσύνη... (*sophrosýne*).

46. ...ὕβρις... (*hýbris*).

nomes porque tem muitos membros e muitas formas, e quando uma dessas formas se destaca num caso particular, confere seu nome à pessoa que a detém, não sendo um nome nem belo nem digno. Se, por exemplo, o desejo por alimento prevalece
b sobre a razão conducente ao melhor e sobre os demais desejos é chamado de glutonice e confere ao seu detentor o nome de glutão, enquanto se tratar de um desejo por bebida que se torna tirânico e conduz um indivíduo a essa direção, todos nós sabemos que nome atribuir ao seu detentor. E agora fica inteiramente claro quais nomes apropriados do mesmo tipo serão conferidos quando qualquer desejo aparentado a esses assume o controle. A essa altura, o motivo para o que afirmei até aqui se evidencia, mas tudo que é dito revela-se mais claro do que o não dito, de modo que devo dizer que o desejo que sobrepuja
c a opinião racional, que se empenha na direção do correto e que é impulsionado rumo ao gozo da beleza e, ademais, é intensamente compelido pelos outros desejos (apetites) que lhes são afins rumo à beleza corpórea – esse desejo, quando conquistador da vitória, extrai seu nome desse próprio impulso –, é chamado de amor."

Bem, meu caro Fedro, a ti não parece, como a mim parece, que estou como que tomado por uma inspiração divina?

Fedro: Com certeza, Sócrates, mostras uma extraordinária fluência.

Sócrates: Pois, então, me escuta em silêncio, visto que o lugar parece saturado de uma presença divina, com o que não deves
d te surpreender se eu for *transportado pelo delírio*[47] no desenrolar de meu discurso. De fato, estou à beira de me expressar em ditirambos[48].

Fedro: Dizes algo muito verdadeiro.

Sócrates: És a causa disso. Mas escuta a sequência, pois talvez o ataque possa ser evitado. Isso, contudo, depende do deus[49]. O que nos cabe fazer é voltar a encarar o rapaz no discurso.

---

47. ...νυμφόληπτος... (*nymphóleptos*), literalmente *possuído pelas ninfas*.

48. ...διθυράμβων... (*dithyrámbon*), cantos (poemas com coro) empregados principalmente no culto do deus Dionísio (Baco).

49. ...θεῷ... (*theôi*).

"Bem, bravo amigo, dispomos agora de uma definição para o objeto de nossa deliberação: foi dito qual é ele. Prossigamos
e tendo em vista essa definição e respondamos à pergunta: que benefício ou dano provavelmente advém do amante ou não amante a quem lhes concede seus favores?

Aquele que está sob o império do desejo e é escravo do prazer necessariamente desejará tornar seu amado o mais agradável possível para si. Ora, um indivíduo destituído de saúde mental extrai prazer de tudo quanto não se opõe a ele, ao passo que abomina tudo aquilo que lhe é superior ou igual. Essa é
239a a razão por que um amante não suportará, voluntariamente, um amado que lhe é superior ou igual, enquanto sempre se empenhará em torná-lo mais fraco e inferior. Contudo, o ignorante é inferior ao sábio, o covarde ao corajoso, o orador ineficiente ao eloquente, o indivíduo obtuso ao inteligente. Um amante necessariamente se comprazerá em encontrar todas essas falhas mentais, e outras ainda mais expressivas, quer adquiridas quer inatas, no amado; e se não as encontrar, terá que supri-las ou ser privado de seu prazer imediato. A consequência inevitável é ter ele ciúme e
b manter seu amado longe de muitas companhias vantajosas, que fariam dele um melhor homem, especialmente se o mantiver distanciado do que contribuiria para aprimorar sua inteligência, que é de fato a filosofia divina[50], com o receio de ser ele, o amante, desprezado. Ele[51] também conceberá outros meios de mantê-lo[52] em total ignorância de tudo o mais, fazendo-o depender dele próprio com referência a tudo, tornando-o uma máxima fonte de prazer para ele próprio e uma máxima fonte de dano para si mes-
c mo. A conclusão é que, no que tange ao desenvolvimento intelectual, um homem apaixonado não é, de modo algum, um tutor e companheiro proveitoso.

Devemos examinar na sequência como aquele que é compelido a seguir o prazer e não o bem conservará o corpo daquele de quem é o senhor e que cuidados dispensará a ele. Está claro que fará a corte de alguém efeminado e não vigo-

50. ...θεία φιλοσοφία... (*theia philosophia*).

51. O amante.

52. O amado.

roso, não treinado sob os raios puros do sol, porém à mistura
de sombra, não acostumado às atividades viris e ao exercício
que produz suor, habituado a um estilo de vida delicado e sem
d masculinidade, que se faz atraente mediante recursos artifi-
ciais e nada possui por natureza, e em geral vive uma vida
segundo o que tudo isso indica e que, certamente, nem mere-
ce que continuemos a descrever. Pode-se sintetizar tudo isso
com brevidade e passar ao próximo tópico. Um indivíduo com
tal corpo, tanto na guerra quanto em todas as demais grandes
crises, produz confiança no seio de seus inimigos, ao mesmo
tempo em que transmite medo aos amigos, e mesmo aos seus
próprios apaixonados.

Isso pode ser encarado como evidente. Todavia, a questão
e que se segue, ou seja, qual o benefício ou dano que o relacio-
namento e tutela do amante produzirão do ponto de vista do
amado, no que se refere às posses desse último, tem que ser
objeto de discussão. Ora, está claro para todos, e principalmen-
te para o amante, que seu desejo maior é ver o amado privado
de seus bens que são os mais caros, os mais benéficos e os
mais sagrados, quais sejam, seu pai, mãe, parentes e amigos,
240a na expectativa de que estes barrarão o doce gozo da companhia
de seu amado ou o censurarão duramente por tomá-la. Que se
acresça que ele também pensa que alguém que é possuidor de
ouro ou de outros bens não será tão fácil de ser apanhado e,
quando apanhado, mais difícil de ser controlado. Daí a riqueza
de seu querido necessariamente levá-lo à inveja, enquanto a
perda dela o levará ao regozijo. Além disso, o amante deseja-
ria que seu amado fosse o maior tempo possível solteiro, sem
filhos e sem lar, considerando-se que quer durante o máximo
tempo possível continuar colhendo o fruto de seu desejo.

Há também outros males, mas a divindade[53] a eles mesclou
b algum prazer transitório. Assim, por exemplo, um bajulador
é uma criatura horrível e produz grandes danos; no entanto, a
natureza nele mesclou um tipo de prazer ao qual não falta en-
canto. O mesmo ocorre com uma amante ou cortesã, por todo
o dano que se lhe imputa, bem como com muitas outras criatu-

53. ...δαίμων... (*daímon*).

ras e práticas que são muito prazerosas por um tempo efêmero.
Um amante, contudo, não só causa dano ao seu querido, como
c também é uma criatura com a qual é sumamente desagradável
conviver. 'A juventude traz deleite à juventude', diz o provér-
bio, porque suponho que a igualdade etária os conduz a pra-
zeres semelhantes e a semelhança gera amizade. Ainda assim,
mesmo entre os jovens ocorre o cansaço da companhia mútua.
Diz-se que ser forçado de uma maneira ou outra é opressivo
para todos; ora, o amante não apenas não é semelhante ao seu
querido[54] como exerce a maior das compulsões. De fato, ele é
velho enquanto seu amado é jovem, não o deixa noite e dia,
d nunca querendo o deixar, impulsionado pelo ferrão da necessi-
dade, que o incita continuamente, sempre lhe proporcionando
prazer por meio da visão, da audição, do tato, experimentando a
percepção de seu amado mediante todos os seus sentidos, de
modo que lhe traz contentamento acompanhá-lo ininterrupta-
mente como um servo. Mas qual é o conforto ou prazer que ele
proporciona ao amado durante todo o tempo em que um está
na companhia do outro? Não será o caso desse prolongado
relacionamento levá-lo ao cúmulo da aversão ao ter que con-
templar um rosto destituído de beleza e tudo o mais que acom-
e panha tal rosto – do que não é agradável sequer ouvir falar –,
para não mencionar o fato de ser constantemente obrigado a
ter contato com tudo isso? E ele é todo o tempo vigiado com
suspeição relativamente a todas as pessoas, além de ser força-
do a ouvir louvores inoportunos e exagerados, que se somam a
censuras sem fundamento que são insuportáveis quando aque-
le homem está sóbrio, e que quando ele está bêbado e cede a
uma linguagem tediosa e licenciosa se tornam não só insupor-
táveis como também repugnantes.

E enquanto ele está apaixonado conserva-se danoso e desagradável; mas quando seu amor se extingue passa a ser falso com quem antes duramente induzira a suportar sua fatigante

54. Platão se refere à dessemelhança determinada pela diferença de idade. Na Atenas de seu tempo, o que ocorria em geral era um homem na maturidade ou na velhice (majoritariamente entre cerca de 30 e 60 anos) ter relacionamento amoroso com um adolescente ou um jovem (faixa etária aproximada entre 14 e 20 anos).

companhia pela expectativa de futuros benefícios, fazendo promessas com muitas preces e juramentos. Agora, porém, que
241a chegou a hora do acerto de contas, ele tem um novo governante e chefe dentro de si, a inteligência e o bom senso em lugar do amor sensual e a loucura, e se converteu num indivíduo diferente; seu querido, entretanto, tudo ignora a respeito disso. Insiste numa retribuição pelos favores que concedeu antes, lembrando-o[55] do que disseram e fizeram no passado, como se estivesse se dirigindo ao mesmo homem. O amante, porém, sente-se envergonhado quanto a confessar que mudou e que, em função disso, não há como cumprir os juramentos e promessas que fez quando era controlado pelo anterior estado carente de razão – agora
b que recuperou a razão e voltou ao juízo, com o receio de que, se fizer o que anteriormente fez, se converterá novamente no que era. Ele foge dessas coisas, o ex-amante sendo obrigado a transformar-se em alguém que não cumpre suas promessas. A concha caiu com o outro lado para cima;[56] ele muda seu papel e foge, enquanto o outro é constrangido a persegui-lo indignado e proferindo imprecações. Ele não soube no início que
c jamais deveria ter aceitado um amante necessariamente carente de razão, mas sim um não amante racional, pois no primeiro caso teve que se entregar a alguém que era pérfido, irritante, ciumento, desagradável, danoso com relação aos seus bens, prejudicial com relação à condição de seu corpo e devastador do ponto de vista do cultivo de sua alma, o que verdadeiramente é e permanecerá sendo o que há de mais valioso para seres humanos e deuses. Deves ter essas coisas em mente, meu *rapaz*, e saber que a amizade do amante não tem, de modo algum, como origem a benevolência, mas sim o apetite que deseja sa-
d ciar por um alimento. Tal como o lobo acolhe com amizade o cordeiro, assim age como amigo o amante com seu amado."

Eis aí, Fedro. Nada mais ouvirás de mim. Esse é o fim de meu discurso.

---

55. Ou seja, lembrando o amante.

56. Platão faz uma analogia com o jogo em que são empregadas conchas de ostras. Os jogadores fugiam ou passavam a perseguir o adversário toda vez que a concha caía com um lado ou outro para cima.

Fedro: Ora, mas pensei que estavas no meio dele, dispondo-se então a discorrer sobre aquele que não é amante tanto quanto o fizeste sobre o amante, indicando todos os pontos positivos que lhe dizem respeito e mostrando porque deve receber a preferência. Assim sendo, por que, Sócrates, te deténs agora?

e **Sócrates:** Não percebeste, afortunado amigo, que já me expresso em hexâmetros e não ditirambos[57], ainda que esteja atacando o amante? Mas se começo a louvar o oposto, a que espécie de poesia supões que recorrerei? Certamente as ninfas às quais tu intencionalmente me expuseste me possuirão por completo. Assim, me limito a dizer em síntese que aquele que não é amante detém todas as vantagens que se opõem às desvantagens que detectamos no amante. Por que proferir um longo discurso? Ocupei-me o suficiente de ambos. Portanto, meu dis-
242a curso[58] terá o desfecho que lhe cabe. Cruzarei o riacho e irei embora antes que me obrigues a mais alguma coisa.

Fedro: Ainda não, Sócrates... não até que finde este calor. Não vês que já é quase meio-dia? Fiquemos aqui e submetamos os discursos a uma discussão. Então, quando estiver mais fresco, iremos embora.

Sócrates: És extraordinário no que se refere a discursos, Fedro, e simplesmente admirável. Creio que ninguém entre todos que
b tenham nascido no arco de tua existência haja composto mais discursos do que tu, proferidos por ti próprio ou que tenhas forçado outros a fazê-lo. Nesse caso excetuo unicamente Símias, o tebano[59]. Mas estás muito além de todos os outros. E agora penso que tenhas te tornado a causa de um outro, proferido por mim.

Fedro: Bem, não se trata precisamente de uma declaração de guerra! Mas o que queres dizer com isso e que discurso é esse?

---

57. Os *ditirambos* (ver nota 48) correspondem à poesia lírica, enquanto os hexâmetros à poesia épica. Entretanto, a métrica utilizada por Sócrates na última linha de seu discurso corresponde ao estilo épico e não ao lírico. Ora, na poesia épica (da qual são exemplos máximos a *Ilíada* e *Odisseia* de Homero) é costume louvar o personagem que é objeto do poema (ou seja, o herói), e não o censurar.

58. ...μῦθος... (*mŷthos*), ver nota 39.

59. Pitagórico admirador de Sócrates e expressivo interlocutor deste no *Fédon* (diálogo presente nesta edição).

Sócrates: Ó meu amigo, quando estava prestes a cruzar o rio, o *dáimon,*[60] acompanhado do sinal que geralmente se manifesta
c a mim, se manifestou – ele sempre me detém quando estou na iminência de fazer alguma coisa – e julguei ouvir uma voz proveniente dele que me proibia de partir antes de me purificar por alguma falta que houvesse cometido contra os deuses. De fato, sou um profeta, certamente não muito bom, mas, como dizem as pessoas que mal sabem ler e escrever, suficientemente bom para meus próprios objetivos. Compreendo claramente meu erro agora. Quão profética é a alma, meu amigo! Com efeito, durante todo o tempo em que proferia meu discurso, algo me perturbava, e "eu estava aflito", como diz Ibico[61] "com receio
d de estar conquistando honras entre os seres humanos cometendo faltas contra os deuses"[62]. Mas agora percebi meu erro.

Fedro: O que queres dizer com isso?

Sócrates: Foi horrível, Fedro, o discurso que trouxeste contigo, bem como o foi aquele que me fizeste proferir.

Fedro: Mas como?

Sócrates: Foi tolo e um tanto impiedoso. O que poderia ser mais horrível do que isso?

Fedro: Nada, desde que o que estejas dizendo seja verdadeiro.

Sócrates: Bem, não acreditas que Eros[63] é o filho de Afrodite[64] e um deus?

Fedro: É o que se diz.

Sócrates: Sim, mas não é o que diz Lísias, nem o teu discurso
e que foi proferido por ti através de meus lábios por ti enfeitiçados. Se Eros é – e de fato é – um deus ou algo divino,

---

60. Ver nota 16 na *Apologia de Sócrates,* nesta edição.
61. Poeta do século VI a.C.
62. Fragmento 24 de Bergk.
63. ...Ἔρωτα... (*Erota*), a personificação divina do amor sensual. Ver *O Banquete.*
64. ...Ἀφροδίτη... (*Aphrodíte*), uma das seis deusas olímpicas, personificação divina da beleza e sexualidade femininas. Afrodite ("nascida da espuma") era originária de Chipre e foi adotada por Zeus. Foi esposa do deus olímpico coxo Hefaístos (artesão dos metais no Olimpo e filho de Hera), mas jamais hesitou em traí-lo, especialmente com o deus da guerra, Ares.

não é possível que seja de modo algum mau. Contudo, os dois discursos que acabaram de ser proferidos referiram-se a ele como mau. E com isso ofenderam Eros. Sua tolice, entretanto, revelou realmente muita elegância, pois à medida que nada diziam que fosse são ou verdadeiro, se pavonearam como se
243a tivessem atingido alguma coisa, como se pudessem enganar alguns anões ingênuos e conquistar honras entre eles. Quanto a mim, meu amigo, tenho que purificar-me. E para os que cometeram faltas no que respeita à narrativa de histórias, há uma antiga purificação que, embora desconhecida de Homero, é conhecida por Estesicoro. De fato, quando perdeu sua visão por ser maledicente com Helena, não se achava, como Homero, ignorante da razão, mas, instruído como era, ele a conhecia e compôs de imediato o poema:

...Não há verdade naquela narrativa;
Não navegaste nos navios de bons remos,
b *E tampouco atingiste a cidadela de Troia...*[65]

...e tendo concluído o poema, que é denominado *retratação*[66], recuperou imediatamente a visão. Ora, serei mais sábio do que eles precisamente nesse ponto: antes de ser punido por ser maledicente com Eros, tentarei realizar minha retratação com ele, desta vez com minha cabeça exposta, e não mais, como antes, coberta pela vergonha.

Fedro: Na verdade, Sócrates, nada poderias dizer mais agradável do que isso.

Sócrates: Simplesmente considera, caro Fedro, quão vergonho-
c sos foram os dois discursos, tanto esse feito por mim quanto o que leste nesse livro. De fato, se acontecesse de um homem de caráter nobre e gentil, alguém que estivesse ele próprio apaixonado por um rapaz de caráter semelhante, ou que fora alguma vez amado por uma tal pessoa, nos ouvir dizer que os amantes desenvolvem intensos desentendimentos por conta de coisas insignificantes e que, ciumentos, prejudicam seus amados, não supões que imaginaria estar dando ouvidos a indivíduos

---

65. Fragmento 32 de Bergk.

66. ...παλινοδίαν... (*palinodian*).

educados entre vulgares marinheiros que jamais conheceram
a generosidade do amor, e que se recusaria terminantemente a
d assentir com nossa censura feita a Eros?

Fedro: Por Zeus, Sócrates, provavelmente.

Sócrates: Portanto eu, por estar envergonhado ante o que imaginaria esse homem e temeroso do próprio Eros, desejo lavar o amargo de meus ouvidos com um discurso mais doce. E aconselharei Lísias a escrever tão logo que possa, que niveladas outras coisas, deve-se dar preferência ao amante, preterindo o não amante.

Fedro: Estejas certo que ele o fará, pois depois de teres discursa-
e do em louvor do amante, com certeza levarei Lísias a compor
outro discurso em torno do mesmo tema.

Sócrates: Acredito em ti considerando que és o que és.

Fedro: Pois fala confiantemente.

Sócrates: Mas onde está o rapaz a quem eu me dirigia? Que ele ouça também este discurso. Caso contrário, talvez se precipite na aceitação do não amante antes que possamos impedi-lo.

Fedro: Ei-lo, sempre de prontidão quando desejas sua presença.

244a **Sócrates:** Entende, belo rapaz, que o discurso anterior foi de Fe-
dro, filho de Pitocles, homem do demo de Mirrino, mas que
este discurso que irei proferir é de Estesicoro, filho de Eufemo
de Himera. E devo declarar que é falso o discurso que ensina
que, quando o apaixonado se disponibiliza, deve-se dar pre-
ferência ao que não está apaixonado, sob a alegação de que
o apaixonado está fora de seu juízo, enquanto o não amante
está no seu juízo perfeito. Esse discurso seria verdadeiro se
pudéssemos afirmar pura e simplesmente que a loucura é um
mal; na realidade, entretanto, os maiores benefícios nos são
transmitidos por meio da loucura, quando são enviados como
b uma dádiva dos deuses. De fato, a profetisa em Delfos[67] e as
sacerdotisas em Dodona[68], quando fora de seu juízo, concede-
ram grande número de benefícios esplêndidos à Grécia, tanto

67. Cidade da Fócida onde estava situado o importantíssimo templo e oráculo do deus Apolo Pítio.

68. Cidade na região do Epiro.

na esfera dos assuntos privados quanto naquela dos negócios públicos, mas pouco ou nada conferiram de benéfico quando se encontraram em seu perfeito juízo. E se tivéssemos que discorrer sobre a Sibila e todas as outras que, graças aos transes proféticos, vaticinaram muitas coisas proporcionando orientação a muitos indivíduos, trazendo-lhes posteriormente felicidade, qualquer pessoa perceberia que teríamos que fazer um longo discurso. E, a propósito, vale a pena também registrar o fato de que os homens do passado que conceberam nossa linguagem não pensavam que a loucura[69] fosse vergonhosa ou ignominiosa; se assim fosse, não teriam associado a própria
c palavra μανία (*manía* [loucura]) à mais nobre das artes, a que prediz o futuro, chamando-a de *mânica*[70]. Realmente atribuíram esse nome ponderando que *mania*, quando ocorre como uma dádiva de deus, é algo nobre; entretanto, atualmente as pessoas chamam a profecia de arte *mântica*[71], por falta de gosto inserindo um "*t*"[72] na palavra. Analogamente, quando atribuíram um nome à investigação do futuro, a qual indivíduos racionais executam mediante a observação das aves e outros signos,
d visto que proporcionam inteligência[73] e informação[74] ao pensamento[75] humano a partir do intelecto[76], a denominaram arte *oionoïstica*[77], o que a gente moderna chama atualmente de *oiônistica*[78], tornando-a mais sonora introduzindo o "*o*"[79] longo.

Assim, os antigos atestam que na medida em que a profecia (divinação)[80] é mais completa e mais valiosa do que a arte oiô-

69. ...μανίαν... (*manían*).
70. ...μανικήν... (*manikén*).
71. ...μαντικήν... (*mantikén*).
72. τ (*t*).
73. ...νοῦν... (*noŷn*).
74. ...ἱστορίαν... (*historían*).
75. ...οἰήσει... (*oiései*).
76. ...διανοίας... (*dianoías*).
77. ...οἰονοϊστικήν... (*oionoïstikén*).
78. ...οἰωνιστικήν... (*oionistikén*).
79. ω (*o*).
80. ...μαντική... (*mantiké*).

nistica, tanto no nome quanto na realização, em igual medida
a loucura, que procede de um deus, é superior ao senso, que
tem origem humana. Ademais, quando doenças e as maiores
calamidades assaltam certas famílias devido à sua culpa por
crimes do passado, tem ocorrido a intromissão da loucura que
e por via oracular descobre um tipo de alívio para os necessita-
dos; indica o conforto nas preces e serviço aos deuses e, desse
modo, por meio de purificações e ritos sagrados, aquele que é
tocado por essa loucura recebe segurança para o presente e o
futuro. Quanto àquele que é corretamente possuído pela lou-
cura, é encontrado um alívio diante dos males do presente. Um
245a terceiro tipo de posse e loucura provém das Musas, o qual se
apodera de uma alma terna e inviolável, desperta-a para um
frenesi dionisíaco de cantos e outras poesias que glorifica os
feitos do passado, e por meio destes educa as novas gerações.
Aquele, todavia, que, sem possuir a loucura, alcança as por-
tas das Musas, na expectativa de ser um bom poeta adquirindo
conhecimento da arte, frustra-se, a poesia do homem de senso
sendo totalmente eclipsada pela do louco.

b A esses excelentes resultados da loucura de origem divina
que mencionei eu poderia agregar muitos mais. A conclusão
é que não devemos alimentar medo no que se refere a esse
aspecto, e que ninguém nos perturbe nem assuste declaran-
do que o amigo que está no seu juízo deve ser preferido ao
que experimenta um frenesi. Que ele mostre, ademais, que o
amor sensual não é enviado pelos deuses para a vantagem de
amante e amado igualmente, e então lhe outorgaremos o prê-
mio dos vitoriosos. Quanto a nós, cabe-nos necessariamente
demonstrar que tal loucura é concedida pelos deuses para a
nossa suma boa fortuna. Nossa demonstração não convencerá
c aquele que é simplesmente inteligente, porém será aceita pelo
realmente sábio. Temos, portanto, que começar por apreender
a verdade acerca da natureza da alma divina e humana obser-
vando como ela atua e como é submetida à ação. Eis a seguir
como principia nossa demonstração:

Toda alma é imortal, pois aquilo que se mantém sempre
em movimento é imortal; aquilo, entretanto, que move alguma

coisa mais ou é movido por alguma coisa mais, quando cessa seu movimento, deixa de viver. Assim, é somente aquilo que move a si mesmo que nunca cessa de mover-se, constituindo também a fonte e princípio de movimento para todas as
b demais coisas que se movem. Mas o princípio não é gerado, porque tudo que é gerado é necessariamente gerado a partir de um princípio, e o princípio não é gerado a partir de coisa alguma, pois se fosse não seria gerado a partir de um princípio. E uma vez que é não gerado, tem necessariamente que ser também indestrutível, já que se o princípio fosse destruído, jamais poderia ser gerado a partir de qualquer coisa nem qualquer coisa que lhe é distinta a partir dele, posto que todas as coisas têm que ser geradas com base num princípio. Por conseguinte, o automotor (aquilo que move a si mesmo) é necessariamente o princípio do movimento, não sendo ele nem destruído nem
e gerado, caso contrário todo o céu e toda a geração necessariamente se abateriam e se deteriam, e jamais teriam novamente uma causa para retomar o movimento. Mas desde que constatamos que aquilo que se move por si mesmo é imortal, aquele que afirmar que esse automovimento é a essência e o fundamento da alma não incorrerá em ignomínia. De fato, todo corpo que recebe movimento de uma fonte externa não possui alma,[81] enquanto o que tem seu movimento dentro de si possui alma,[82] uma vez ser essa a natureza da alma. Entretanto, na hipótese de ser isso verdadeiro, a saber, que aquilo que move a
246a si mesmo (o automotor) nada é senão a alma, seria necessariamente de se inferir que a alma é não gerada e imortal.

Basta, porém, no que toca à sua imortalidade. Quanto ao seu caráter específico, contudo, é imperioso que falemos nos termos que se seguem. Expressar o que ela realmente é exigiria uma longa e minuciosa exposição que seria inteiramente a tarefa de um deus. Está, porém, ao alcance do ser humano fazer dela uma breve descrição por meio de uma analogia, e esse será o nosso gênero de discurso. Compararemos a alma à natureza composta de uma parelha de cavalos alados e um au-

81. ...ἄψυχον... (*ápsykhon*), *inanimado.*
82. ...ἔμψυχον... (*émpsykhon*), *animado.*

riga. Ora, os cavalos e aurigas dos deuses são todos bons e de
b boa ascendência, ao passo que todos os demais não são de raça
pura, mas miscigenada. Para começar, nosso auriga tem sob
sua responsabilidade um par de cavalos; em segundo lugar,
um de seus cavalos é nobre e de nobre raça, enquanto o outro
corresponde a absolutamente o contrário quanto à raça e ao
caráter. O resultado, nesse caso, é a condução da biga revelar-se
necessariamente difícil e problemática.

Na sequência é necessário dizermos por que um ser vivo é
classificado como mortal ou imortal. Ora, a alma, considerada
coletivamente, tem sob seu cuidado tudo que é inanimado e atra-
c vessa todo o céu assumindo distintas formas em distintas oca-
siões. Ora, quando está perfeita e suas asas íntegras, ela voa alto
e o mundo inteiro está sob seu domínio; a alma, contudo, que
perdeu suas asas perambula até pousar sobre algo sólido, onde
se instala assumindo um corpo terrestre, o qual, devido ao poder
da alma nele encerrada, parece capaz de movimento próprio. E o
todo composto de alma e corpo é chamado de ser vivo,[83] também
sendo designado como mortal. Não é possível que um tal com-
posto seja imortal, a considerar qualquer explicação racional,
embora nós, ainda que jamais tenhamos visto ou corretamente
d concebido um deus, imaginemos um ser imortal composto de
alma e corpo que se conservam unidos por todo o tempo. Que
isso, porém, tanto quanto nosso discurso a respeito seja como
agrade aos deuses. Passaremos agora a examinar a causa da alma
perder suas asas. É algo aproximadamente como segue:

A função natural das asas é se erguerem para o alto carre-
gando o que é pesado ao lugar onde a raça dos deuses habita.
Mais do que qualquer outra coisa que pertence ao corpo, elas
e participam da natureza do divino. O divino encerra beleza,
sabedoria, bondade e todas as demais qualidades a essas se-
melhantes. São essas qualidades que nutrem e fazem crescer
as asas da alma, enquanto as opostas, como a vileza e o vício,
fazem-nas encolher e desaparecer. Bem, o grande condutor[84] no

83. ...ζῷον... (*zôion*), ou *animal*.

84. Platão parece ter em mente aqui, de maneira simultânea, tanto o sentido específico de ἡγεμών (*hegemón*), condutor de biga (auriga), quanto o genérico (guia, condutor).

céu, Zeus, que conduz uma biga alada, se move na dianteira, organizando todas as coisas e cuidando de tudo. É seguido por
247a um exército de deuses e *dáimons* dispostos em onze seções. Somente Héstia[85] permanece na morada dos deuses. Todo o resto dos doze grandes deuses,[86] na condição de comandantes, ficam em formação, tendo um posto que lhe é destinado no exército. Há muitas vistas abençoadas e muitos caminhos aqui e ali no céu pelos quais a raça afortunada dos deuses transita cumprindo cada um suas próprias obrigações, enquanto quem o quer e tem capacidade para isso segue, pois não há lugar para malevolência no coro dos deuses. Quando, entretanto, se
b dirigem a uma festa ou banquete, ascendem verticalmente ao topo da abóbada celeste, onde as bigas dos deuses, das quais os cavalos bem emparelhados obedecem às rédeas, avançam facilmente, enquanto as outras o fazem com dificuldade, pois o cavalo de má natureza ocasiona a descida da biga, tornando-a pesada e atraindo para a Terra o auriga cujo cavalo não é bem adestrado. Aí a alma é aguardada por extremo labor penoso e extremada luta. Entretanto, os que são classificados como imortais, ao atingirem o topo, movem-se para fora e assumem
c seu posto na superfície externa do céu, e uma vez tenham assumido sua posição, o movimento circular os leva à volta, o que possibilita que contemplem as coisas no exterior do céu.

A região além do céu jamais foi dignamente cantada por um poeta terrestre, nem nunca o será. A despeito disso, ela o é, como revelarei, pois é necessário que eu ouse expressar a verdade, especialmente porque a verdade é o meu assunto. De fato, a essência de efetiva existência que é incolor, amorfa e intangível, com a qual todo conhecimento verdadeiro está
d envolvido, contém essa região, sendo visível apenas à inteligência, o piloto da alma. Ora, um intelecto divino, uma vez

85. Héstia (uma das seis deusas olímpicas a se somar aos seis deuses olímpicos) é filha dos deuses pré-olímpicos Cronos e Reia, irmã de Zeus, Poseidon e Hades, e protetora do *lar* (ἑστία [*hestía*]), parte sagrada da casa onde ficava situado o altar das divindades domésticas, o santuário para uso dos suplicantes e o fogo doméstico, regularmente realimentado pelo primogênito.

86. Deusas: Hera, Afrodite, Demeter, Atena, Ártemis; deuses: Zeus, Poseidon, Apolo, Hermes, Hefaístos e Ares.

nutrido pela inteligência e o conhecimento puro, e o intelecto de cada alma capaz de receber o que lhe é apropriado, regozija-se em contemplar a realidade durante um período de tempo, e por meio de sua observação da verdade é nutrido e tornado feliz até que o movimento circular o recoloque no mesmo lugar. Nesse movimento circular ele contempla a justiça, o autocontrole e o conhecimento absolutos, não aquele conhecimento que encerra geração e que varia à medida que é associado com
e uma ou outra das coisas que chamamos de realidades, mas o conhecimento do que realmente é o que é; e do mesmo modo ele contempla e se nutre de outras realidades eternas, depois do que, atravessando novamente o céu em sentido descendente, ele vai para casa, onde o auriga acomoda os cavalos na manjedoura, alimenta-os com ambrósia e, em seguida, dá-lhes néctar para beberem.

Essa é a vida dos deuses. No que respeita às outras almas, a
248a que acompanha melhor um deus e que se assemelha maximamente a ele, ergue a cabeça de seu auriga para a região exterior e é arrebatada pelo movimento circular, mas perturbada pelos cavalos contempla precariamente as realidades[87]; uma outra alma às vezes ascende, às vezes desce e, pelo fato de seus cavalos estarem descontrolados e a afetarem nesse sentido, ela vê algumas coisas reais, mas se mostra incapaz de ver outras. As demais almas seguem avante, todas ansiosas pela região superior, mas são incapazes de atingi-la, sendo então carregadas para baixo, num mútuo pisoteamento e colisão, cada uma tentando ultrapassar a que lhe é vizinha. O resultado
b é uma tremenda confusão entremeada pelo suor da rivalidade, confusão na qual muitas almas são mutiladas e muitas asas partidas por conta da incompetência dos condutores; e após muito esforço árduo e penoso todas se afastam sem ter obtido uma visão da realidade (da coisa que *é*) e, uma vez tendo ido embora, passam a alimentar-se da opinião. Mas o que motiva a grande ansiedade em descortinar a planície da verdade é o fato de o pasto adequado para a melhor parte da alma estar no

87. ...τὰ ὄντα... (*tà ónta*), as *coisas que são*, não as coisas que *parecem* ser, ou seja, os fenômenos que captamos via percepção sensorial.

prado nela situado, sendo esse pasto que nutre a asa respon-
c sável pela ascensão da alma. Ademais, constitui lei divina da inevitabilidade a alma que acompanha um deus e que conquista a visão de qualquer das verdades estar livre de dano até o período subsequente, e se for sempre capaz de conquistá-la, estará sempre livre de sofrer dano; quando, pelo contrário, devido à incapacidade de ser acompanhante, não consegue ver, e por conta de algum acidente, adquire uma carga de esquecimento e vício, tornando-se pesada, e ao tornar-se pesada perde suas asas e desce à Terra, então vige a lei segundo a qual essa
d alma não nascerá como um animal selvagem em sua primeira encarnação. A alma, porém, que experimentou a máxima visão nascerá como *homem*[88] a ser um amante da sabedoria[89] ou amante da beleza, alguém versado nas artes das Musas[90] e de pendor amoroso. A segunda alma se manifestará em alguém que será um rei legítimo ou um comandante militar, a terceira em alguém a ser um político, um administrador doméstico ou um financista, a quarta em *alguém a ser um esforçado trei-*
e *nador de atletismo ou um médico*[91], e a quinta terá a vida de um profeta ou de alguém que celebra rituais místicos; à sexta [dessas almas] se unirá um poeta ou algum outro artista de arte imitativa; à sétima um artesão ou um agricultor; à oitava alguém que fará a carreira de um sofista ou de um partidário do povo; à nona um tirano.

Em todas essas condições, todo aquele que vive justamente obtém uma melhor sorte, enquanto aquele que vive injustamente uma sorte pior. Na verdade, nenhuma alma volta ao seu ponto de origem por dez mil anos porque não há como
249a recuperar asas antes do decorrer desse tempo, salvo a alma de quem foi sinceramente filósofo ou um *amante filosófico de*

---

88. ...ἀνδρός... (*andrós*), ser humano do sexo masculino.
89. ...φιλοσόφου... (*philosóphoy*), filósofo.
90. Principalmente a música, mas também a dança, a astronomia, os hinos sagrados, a retórica, a história, as poesias lírica, idílica, trágica, erótica e épica e a comédia.
91. ...περὶ σώματος ἴασίν τινος ἐσομένου... (*perì sómatos íasín tinos esoménoy*), literalmente *alguém que se ocupará da cura do corpo*.

rapazes[92]. Se, após o terceiro ciclo de um milênio, a alma citada anteriormente optou por essa vida três vezes numa série, suas asas crescem novamente e ela parte depois do terceiro período de mil anos. No que diz respeito às demais, ao encerrarem sua primeira vida, são submetidas a julgamento e uma vez julgadas, algumas partem para os postos correcionais sob a Terra e cumprem sua pena, enquanto as outras, tornadas leves,
b são erguidas pela justiça a uma região celestial, onde passam a viver de uma maneira digna da vida que viveram sob forma humana. No milésimo ano, ambos os grupos tiram a sorte e escolhem sua segunda vida, cada um optando pelo que deseja. Então uma alma humana pode ingressar na vida de um animal selvagem e uma alma que foi outrora humana pode novamente passar de um animal selvagem para um ser humano. De fato, a alma que nunca viu a verdade não pode jamais assumir uma forma humana, visto que um ser humano tem que compreender o discurso em termos de formas gerais procedendo à reunião de muitas percepções dos sentidos numa unidade
c raciocinada; isso corresponde a uma reminiscência das coisas que nossa alma outrora contemplou quando esteve viajando com o deus e, elevando sua visão acima das coisas que dizemos agora existirem, ascendeu ao ser real. E, portanto, é com justiça que somente a alma do amante da sabedoria (filósofo) tem asas, pois ele está sempre, na medida de sua capacidade, em comunhão, por meio da memória, com essas coisas cuja comunhão torna os deuses divinos. Ora, um homem[93] que utiliza corretamente tais memórias está sendo sempre iniciado nos perfeitos mistérios e ele, exclusivamente, em realidade
d torna-se perfeito; entretanto, como ele se afasta dos interesses humanos e volta sua atenção para o divino, é censurado pelas pessoas ordinárias que o julgam perturbado e que ignoram que é inspirado pela divindade.

Todo meu discurso até agora foi acerca do quarto tipo de loucura, que leva a ser considerado como louco aquele que ao

92. ...παιδεραστήσαντος μετὰ φιλοσοφίας... (*paiderastésantos metà philosophías*), do que o próprio Sócrates presumivelmente também seria um exemplo.

93. ...ἀνήρ... (*anér*).

ver a beleza sobre a Terra, ao se lembrar da verdadeira beleza, sente que suas asas crescem e anseia por distendê-las para um voo ascendente, porém não é capaz de fazê-lo e, como uma ave, fita o alto e não presta atenção nas coisas abaixo. Foi mos-
e trado por meu discurso que de todas as inspirações pela divindade essa é a melhor e a mais nobre para quem a possui ou dela participa, e que aquele que é amante do belo, participando dessa loucura, é chamado de um amante. De fato, como foi dito, toda alma humana por força da natureza contemplou as coisas que são, pois se assim não fosse não teria adentrado essa forma
250a de ser vivo; não é fácil, contudo, para todas as almas obter a partir de coisas terrestres uma reminiscência dessas realidades (coisas que são), quer para os que delas tiveram uma efêmera visão nessa ocasião anterior, quer para os que, após caírem na Terra, foram tão infelizes a ponto de serem desviados para a injustiça devido a más companhias e terem esquecido as visões sagradas que uma vez experimentaram. São poucos, portanto, os que retêm uma adequada reminiscência delas; e eles são tomados de espanto e não conseguem mais ter controle sobre si mesmos ao perceberem uma semelhança daquilo que viram no alto. Não compreendem a condição em que se encontram
b porque sua percepção não é clara. A justiça e o autocontrole não irradiam luz por meio de suas imagens aqui, nem o fazem os demais objetos pelos quais tem apreço a alma. Somente uns poucos indivíduos, se aproximando das imagens por meio dos imprecisos órgãos dos sentidos, com dificuldade nelas entreveem a natureza daquilo que imitam. Naquela ocasião anterior, contudo, eles viram a beleza fulgurante, quando junto aos abençoados – seguindo nós[94] no coro de Zeus, enquanto os outros naquele de algum outro deus – contemplaram a visão abençoada e espetacular e foram iniciados no que podemos acer-
c tadamente classificar como os mais abençoados dos mistérios, que foram celebrados por nós num estado de perfeição, quando éramos inexperientes nos males que nos aguardavam no porvir e nos era permitido contemplar, como iniciados, as aparições perfeitas, simples, serenas e afortunadas que vimos na luz pura,

94. Presume-se, os filósofos.

sendo nós mesmos puros e não inumados nisso que carregamos conosco agora, a que damos o nome de corpo, no qual estamos aprisionados como uma ostra em sua concha.

E basta no que respeita a uma lembrança que me levou
a alongar meu discurso envolvido pela saudade do passado.
d A beleza, como eu disse antes, resplandecia entre aquelas apa-
rições, e desde que descemos aqui[95] vemo-la irradiando atra-
vés do mais claro de nossos sentidos; de fato, a visão é o mais
agudo dos sentidos corpóreos, ainda que a sabedoria[96] não seja
vista através dela, pois despertaria um amor terrível se uma
imagem sua fosse transmitida por nossa visão tão claramente
quanto ocorre com a beleza, o mesmo valendo para as outras
realidades de inspiração amorosa. Ora, esse privilégio é exclu-
e sivo da beleza, com o que é ela a mais claramente visível e a
mais amada. Bem, aquele que não foi recentemente iniciado,
ou que foi corrompido, não ascende rapidamente daqui[97] a uma
visão da beleza ela mesma[98] quando vê seu homônimo aqui.
O resultado é não reverenciá-la quando a contempla, passando
a ceder ao prazer e como um animal de quatro patas devotar-se
à luxúria e à geração de filhos; faz da licenciosidade sua com-
251a panheira e não teme nem se envergonha de buscar o prazer
que viola a natureza. Aquele, entretanto, que foi recentemente
iniciado, alguém que contemplou muitas de tais realidades, ao
ver um rosto de semelhança divina ou uma forma corpórea que
constitui uma boa imagem da beleza, principia por estremecer,
algo como o velho pavor que sentia antes dele se apoderando;
então, à medida que contempla, passa a reverenciar aquele que
é belo como um deus, e se não recear ser julgado completa-
mente louco, oferece sacrifícios ao favorito como se o fizesse
b a um ídolo ou a um deus. E enquanto o contempla uma reação
ao seu [anterior] estremecimento dele se apossa, acompanhada
de suor e um calor incomum, pois à medida que o fluxo de
beleza o penetra através de seus olhos, ele é aquecido e esse

95. Ou seja, que nascemos na Terra.

96. ...φρόνησις... (*phrónesis*).

97. Ou seja, deste mundo terrestre.

98. ...αὐτὸ τὸ κάλλος... (*aytò tò kállos*).

fluxo irriga a semente das penas de suas asas, ao passo que,
ao tornar-se aquecido, as partes das quais se desenvolvem as
penas, que antes eram rígidas e obstruídas, e que barravam
o brotamento das penas, se tornam macias, e à medida que a
nutrição circula por ele, os cálamos das penas se intumescem
e principiam a se desenvolver a partir das raízes sobre toda a
forma da alma, pois esta era outrora toda emplumada.

Ora, a alma inteira durante esse processo pulsa e palpita.
c Tal como na primeira dentição as gengivas doem e coçam, é
exatamente o que experimenta a alma quando as plumas de
suas asas começam crescer; à medida que estas começam cres-
cer ela se mantém febril, incomodada e experimenta cócegas.
Quando, contudo, contempla a beleza do jovenzinho e capta
a corrente de partículas que para ela fluem a partir da beleza
dele, razão pela qual isso é chamado de *desejo apaixonado*[99],
d ela é irrigada e aquecida, aliviada de sua dor, que é substituída
por alegria; mas quando ela se acha sozinha e torna-se seca,
as aberturas das passagens nas quais as penas se desenvol-
vem são obstruídas pela secura e impedem a germinação das
asas; os brotos no interior, encerrados com seu desejo, pulsam
como artérias, cada broto aguilhoando a passagem em que se
encontra, resultando que toda a alma é aguilhoada em todas
suas partes, o sofrimento a pondo em fúria. E, então, nova-
mente, recordando-se do belo, ela se regozija. Assim, devido
à mescla bizarra dessas duas sensações, ela é bastante trans-
e tornada por conta de sua estranha condição. Está confusa e
enlouquecida, e na sua loucura não consegue dormir à noite ou
permanecer estável em qualquer lugar durante o dia; tomada
de saudade, ela se apressa rumo a todo lugar onde espera ver
o belo. E quando o vê e se banha mediante as águas do desejo
apaixonado, as passagens que estavam bloqueadas são abertas,
a alma libera-se do aguilhoamento, experimenta o cessar de sua
252a dor e frui do mais doce dos prazeres do momento. A conclusão
é que a alma, se puder, não se deixará separar do belo rapaz,
reduzindo-se à solidão, mas o estima acima de todas as demais
pessoas, por ele esquecendo mãe, irmãos e todos os amigos,

99. ...ἵμερος... (*hímeros*): Platão faz derivar essa palavra de μέρη (*mére*), partículas.

negligenciando sua propriedade, não se importando com sua perda, e arrojando desprezo ao comportamento decoroso do qual se orgulhava, disposta a ser uma escrava e adormecer em todo lugar que lhe seja permitido, desde que seja o mais próximo possível de seu amado; de fato, ela não se limita a reverenciar quem possui beleza, como também nele encontra o único mé-
b dico para seus sofrimentos. Ora, esse estado de alma, ó belo rapazinho, ao qual me refiro, é chamado de Amor[100] pelos seres humanos, mas quando souberes como os deuses o chamam, talvez, devido a tua juventude, o julgues ridículo. Entretanto, alguns dos *homeridas*[101], creio, repetem dois versos sobre o Amor dos poemas um tanto rejeitados, um deles sendo muito insolente e destituído de uma métrica perfeita. Eles o cantam da seguinte maneira:

c *Os mortais chamam-no de Amor*[102]*,*
Mas os imortais de o Alado[103] *porque*
Ele necessita o crescimento das asas.[104]

Podes acreditar ou não nisso, mas a experiência dos amantes e a causa do amor são precisamente como eu disse.

Se aquele agarrado pelo Amor for um seguidor de Zeus, se capacitará a suportar condignamente a carga dessa força emplumada. Os servos de Ares[105], entretanto, e que seguem seu séquito, quando tomados pelo Amor[106] e pensando que foram de algum modo injustiçados pelo amado, convertem-se em criminosos, dispondo-se ao seu próprio sacrifício e ao do amado. O mesmo ocorre com o seguidor de cada um dos de-
d mais deuses. Vive, tanto quanto é capaz, prestando honras a esse deus e o imitando, enquanto se mantém não corrompido

---

100. ...ἔρωτα... (*érota*): Platão grafa a palavra com o *epsilon* maiúsculo (E), aludindo à personificação divina do amor sensual (Eros).
101. ...Ὁμηριδῶν... (*Homeridôn*), rapsodos que interpretavam os poemas de Homero.
102. ...ἔρωτα... (*érota*).
103. ...Πτέρωτα... (*Ptérota*).
104. Estes versos provavelmente não passam de invenção de Platão. Note-se o jogo de palavras ἔρωτα (*érota*) e Πτέρωτα (*Ptérota*).
105. ...Ἄρεώς... (*Áreós*), o deus da guerra.
106. ...Ἔρωτος... (*Érotos*), Eros.

e está vivendo sua primeira vida aqui, e assim se comporta e
se conduz tanto com quem ama quanto com todos os outros.
Ora, cada um seleciona seu amor entre os que são belos com
base em seu caráter, moldando-o e adornando-o como uma
e estátua tal como se fosse seu deus para honrá-lo e venerá-lo.
Os seguidores de Zeus aspiram que a alma de seu amado seja
como Zeus, o que os induz a buscar alguém possuidor de uma
natureza filosófica e de comando. E quando o descobrem e
passam a amá-lo dão o máximo de si para conferir-lhe tal ca-
ráter. Se ainda não tiveram essa experiência, eles dispõem-se
a aprender valendo-se de toda fonte disponível e também fa-
zendo avanços por sua própria conta. E quando ansiosamente
253a vasculham dentro de si mesmos em busca da natureza de seu
deus, acabam por ter êxito porque foram forçados a manter o
olhar fixo no deus, e à medida que o atingem e o apreendem
pela memória são por ele inspirados, sendo transmitidos a eles
o caráter e os hábitos do deus, tanto quanto um ser humano é
capaz de partilhar de uma vida divina. Ora, eles têm o amado
como a causa de tudo isso, de modo que redobram seu amor
por ele, e se extraem sua inspiração de Zeus, então, como as
bacantes[107], vertem-na sobre o amado, tornando-o, tanto quan-
b to possível, como seu deus. Quanto aos seguidores de Hera[108],
buscam uma natureza régia e quando a descobrem agem fa-
zendo todas essas mesmas coisas com relação àquele que pos-
sui essa natureza. E, de igual modo, os seguidores de Apolo[109]

---

107. ...βάκχαι... (*Bakkhai*), especificamente sacerdotisa do deus Baco (Dionísio); em geral, toda mulher inspirada ou possuída por uma divindade. O verbo Βακχεύω (*Bakkheýo*) significa específica e restritamente tanto celebrar os mistérios do deus Baco (Dionísio) ou participar das festividades dedicadas a esse deus quanto ser animado ou agitado por um arrebatamento sob a inspiração desse deus; por extensão e em sentido lato significa estar tomado ou animado por um arrebatamento ocasionado por um surto de júbilo intenso, embriaguez ou mesmo delírio.

108. ...Ἥρας... (*Héras*), uma das seis deusas olímpicas, filha de Cronos e de Reia, esposa de Zeus e patrona do casamento.

109. ...Ἀπόλλωνός... (*Apóllonós*), um dos seis deuses olímpicos, filho de Zeus, irmão de Hermes e gêmeo da deusa Ártemis. Apolo está principalmente associado à beleza física masculina, à destreza no arco e flecha, à música, à profecia e especialmente à luz, sendo, nessa medida, uma divindade correspondente a Hélio, o sol.

e de qualquer dos demais deuses. Empreendem a busca de um
rapazinho a ser seu amado cuja natureza se assemelhe à do
deus, e quando conquistam seu afeto, imitando eles próprios
o deus e fazendo uso de persuasão e treinamento levam o ama-
do, na medida do possível em cada caso, a adotar os hábitos e
maneira de ser do deus; não exibem inveja ou falta de genero-
sidade com o amado, empenhando-se, pelo contrário, por to-
c dos os meios ao seu alcance, em direcioná-lo à semelhança do
deus objeto de sua devoção. Assim, o desejo dos verdadeiros
amantes, conjugado à iniciação aos mistérios do amor ensina-
da por eles, caso executem o que desejam do modo por mim
descrito, é belo e transmite felicidade do amante inspirado ao
amado, se este for capturado. E eis como o cativo é apanhado:

É de se recordar que no começo dessa história eu dividi
cada alma em três partes, tendo duas delas a forma de cavalos,
d enquanto a terceira a de um auriga. Tenhamos em mente essa
divisão. Dos cavalos dizemos que um é bom e o outro é mau.
Contudo, não definimos no que consistia o bem[110] de um e o
mal[111] do outro. O cavalo que se coloca à direita é ereto e pos-
sui membros íntegros; ostenta o pescoço erguido, tem nariz
levemente aquilino, é branco e possui olhos negros; trata-se
de um amante da honra associada ao autocontrole e ao pudor,
e um companheiro da genuína glória; prescinde do chicote,
e sendo guiado exclusivamente pelas palavras de comando e a
razão. Quanto ao outro, entretanto, é arqueado, pesado, tem
membros desconjuntados, pescoço curto e grosso, nariz chato,
sua cor é negra e os olhos cinzentos e injetados; é amigo da
insolência e da jactância, possui orelhas hirsutas, e é surdo e
dificilmente obedece ao chicote e às esporas. Ora, quando o
auriga contempla a visão que inspira o amor e toda sua alma
254a se aquece e se torna totalmente presa de aguilhoamentos e pi-
cadas do desejo, o cavalo que é obediente ao auriga, como
sempre contido pelo pudor, impõe controle a si mesmo e não
salta sobre o amado; quanto ao outro, não reage mais ao agui-
lhoamento ou ao chicote do auriga, limitando-se a saltar selva-

---

110. ...ἀρετή... (*areté*), literalmente virtude, excelência.

111. ...κακία... (*kakía*).

gemente avante, provocando todo o transtorno possível tanto ao seu companheiro quanto ao auriga e os incitando a abordar o jovenzinho amado e sugerir-lhe os prazeres do sexo. Eles, inicialmente, recuam com indignação e, momentaneamente não são forçados a realizar atos terríveis e criminosos. Mas
b finalmente, na medida em que não se prevê o fim do transtorno, são levados à frente, anuindo, ainda que relutantemente, a fazer o que lhes foi comunicado. E, assim, eles se achegam do seu favorito e contemplam seu rosto radiante.

Quando o auriga vê esse rosto, sua memória é conduzida de volta à verdadeira natureza do belo e ele a vê colocada sobre um pedestal sagrado junto ao autocontrole; a essa visão, ele se amedronta e recua intimidado, e ao recuar se vê obrigado a
c puxar as rédeas tão violentamente para trás a ponto de fazer os dois cavalos se apoiarem sobre suas ancas, um deles o fazendo voluntariamente sem esboçar qualquer resistência, enquanto o outro animal, insolente, o faz de maneira inteiramente involuntária. E à medida que se afastam, um dos cavalos, em seu pudor e pasmo, umedece toda a alma com suor, ao passo que o outro, logo que se recupera da dor causada pelo bocado de freio e seu abrupto recuo para trás, além de recobrar o fôlego, irrompe numa torrente de insultos, acusando asperamente seu companheiro de parelha e o auriga por sua covardia e *falta de*
d *virilidade*[112] ao abandonarem seu posto e violar seu acordo; e, mais uma vez, a despeito da ausência de vontade de seus parceiros, ele os incita para a frente e dificilmente cede às súplicas deles no sentido de aguardar até mais tarde. Então, quando chega o tempo combinado, fingem que o esqueceram, ainda que ele os lembre. Ele luta, relincha e os arrasta à frente motivado pelo mesmo propósito de se aproximar do querido, e uma vez estejam eles próximos, ele abaixa a cabeça, ergue a cauda,
e toma o bocado de freio nos dentes e puxa despudoradamente. O efeito experimentado pelo auriga é idêntico ao anterior, mas nesta oportunidade mais intenso; ele recua como um corredor em relação ao ponto de largada, puxa o bocado de freio para trás com maior violência ainda do que antes dos dentes

112. ...ἀνανδρία... (*anandría*).

do cavalo insolente, cobre de sangue a língua injuriosa e as mandíbulas deste e força as pernas e as ancas do animal até o solo, provocando-lhe grande dor. Após ter suportado muitas vezes essa experiência e dar fim a sua insolência, o mau cavalo torna-se suficientemente humilde para acatar as instruções do auriga e, quando vê o belo jovenzinho, é tomado de medo e, consequentemente, a partir desse momento a alma do amante segue o amado com reverência e temor.

255a Ora, quanto ao amado, uma vez que é objeto de todas as atenções de seu amante, como se fosse um deus, e considerando-se que o amante não finge, mas está realmente apaixonado, e visto que o amado, ele próprio, é naturalmente amigável com quem o cobre de atenções (embora antes possa ter sido levado a se insurgir contra o amor devido à influência de colegas que lhe disseram ser vergonhoso capitular diante das investidas de um amante, com o que poderia ter rejeitado seu amante), com o
b decorrer do tempo e a idade passa a admiti-lo na sua companhia. É uma lei do destino não haver jamais amizade entre um mal e outro mal, enquanto o bem é necessariamente amigo do bem. E uma vez haja o amante ingressado no círculo do amado graças à permissão deste e lhe tenha sido conferido o privilégio da conversação e da intimidade, sua boa vontade, na medida em que é exibida na estreita intimidade, assombra o amado, que percebe que a amizade de todos os seus demais amigos e parentes não significa coisa alguma se comparada à de seu inspirado amante. Ora, com o prosseguimento dessa intimidade e a crescente aproximação do amante ao amado, o primeiro tocando o segundo na ginástica e no relacionamento
c em geral, a fonte desse regato que Zeus, quando apaixonado por Ganimedes[113], denominou *desejo dos sentidos*[114] passa a fluir copiosamente sobre o amante, parte sendo absorvida por ele, que quando repleto, permite o transbordamento e o escoamento para fora de si. E tal como o vento ou um eco repercute a partir de superfícies lisas e rígidas e retorna ao seu ponto de origem, o arroio da beleza regressa ao adolescente através dos

113. Belo jovem mortal que foi transformado em copeiro dos deuses.

114. ...ἐρῶν... (*erôn*), amor sensual.

d olhos, que constituem a entrada natural para a alma, onde rea-
nima as passagens das penas [das asas], as irriga e faz as penas
principiarem seu crescimento, acumulando de amor a alma do
amado. Assim, ele[115] está apaixonado, porém não tem noção
do objeto de sua paixão; não compreende seu próprio estado
e é incapaz de explicá-lo. Como alguém que contraiu oftalmia
de uma outra pessoa, não é capaz de aduzir uma razão para
e ela. Vê a si mesmo em seu amante como num espelho, mas
é inconsciente desse fato. E ocorre que na presença do aman-
te, como acontece com ele, seu sofrimento cessa, enquanto na
ausência do amante, como acontece com este, ele se enche de
saudade[116] inspirada por ele, e a imagem do amante, compen-
sação de amor, faz nele morada. Todavia, ele o chama, e crê
que se trata não de amor, mas de amizade. Semelhantemente
ao amante, ainda que com menos intensidade, ele deseja ver
seu amigo, tocá-lo, beijá-lo e deitar-se ao seu lado. E natural-
mente não tarda para que essas coisas se realizem. Ora, quan-
do eles se deitam juntos, o cavalo indisciplinado do amante
256a tem algo a dizer ao auriga, pleiteando um pouco de gozo, ao
qual acha que faz jus por conta de seus muitos transtornos.
O cavalo indisciplinado do garoto favorito, por sua vez, nada
diz, mas cheio de desejo e confuso, abraça e beija seu aman-
te, conferindo-lhe carícias como seu melhor amigo. E quando
deitam juntos, não nega ao seu amante qualquer favor solici-
tado por ele. Quanto ao outro cavalo e o auriga, armados de
pudor e razão, eles se opõem a tais solicitações.

E se agora sagram vitória os melhores elementos da mente,
elementos conduzentes a um gênero de vida regrado e à filoso-
b fia, a existência deles será venturosa e harmoniosa aqui[117], au-
tocontrolada e ordenada, conservando sob seu jugo aquilo que
é responsável pelo mal na alma e proporcionando liberdade
àquilo que promove virtude; e finda esta vida, eles se tornaram
leves e adquiriram asas, pois se sagraram vitoriosos em uma
das três competições verdadeiramente olímpicas. Um tal bem,

115. Ou seja, o amado.

116. ...ποθεῖ... (*potheî*), isto é, desejo de algo (ou de alguém) que está ausente ou distante.

117. Ou seja, na Terra.

nem o autocontrole humano nem a loucura divina são capazes
de proporcionar ao ser humano. Se, contudo, vivem um gêne-
ro de vida vulgar e destituído de filosofia, porém ainda assim
regido pelo amor às honras, é provável que quando se dedicam
c a beber, ou em alguma outra ocasião de desleixo, ambos os
cavalos indisciplinados, capturando as almas no seu descuido,
as unirão e as levarão a realizar aquilo que é tido pela maioria
como o mais venturoso; e uma vez seja isso realizado, prosse-
guem nessa prática, embora o façam esporadicamente, posto
que sua ação não é aprovada pelo todo de suas mentes. O re-
sultado é esses dois atravessarem a existência como amigos,
ainda que não amigos como os outros, tanto no período de
d seu amor quanto posteriormente, na crença de que trocaram os
mais firmes votos de amor e de que nunca podem violá-los, e
se converterem em inimigos. E, finalmente, ao deixarem seus
corpos, decerto não estarão munidos de asas, mas estas terão
começado a se desenvolver, de forma que a *loucura do amor*[118]
lhes traz uma recompensa que não é pequena; de fato, deter-
mina a lei que aqueles que uma vez iniciaram seu progresso
ascendente nunca mais serão enviados à escuridão e à jornada
sob a Terra; suas vidas se revelam radiantes e felizes à medida
que viajam juntos e graças ao seu amor serão semelhantes em
sua plumagem quando receberem suas asas.

e Esses benefícios, tão grandiosos e tão divinos, a ti, meu
menino, a amizade de um amante proporcionará. Entretanto,
a afeição do não amante, a qual é fundida com o autocontrole
mortal e é regida por regras de conduta mortais e parcimoniosas,
engendrará na alma amada a estreiteza que segundo as pessoas
257a ordinárias constitui virtude louvável; fará que a alma peram-
bule sobre a Terra por nove mil anos e, finalmente, converta-se
numa insensata sob ela.

Tens aí, ó caro Amor,[119] a retratação por mim apresentada
e creditada tão bela e corretamente quanto pude fazê-lo, par-
ticularmente na expressão um tanto poética que fui forçado a
utilizar por causa de Fedro. Suplico que perdoes meu discurso

118. ...ἐρωτικῆς μανίας... (*erotikês manías*).

119. ...ὦ φίλε Ἔρως... (*ô phíle Éros*).

anterior e que acolhas este com favorecimento. Sê benevolente e amável em relação a mim e, na tua zanga, não tires de mim a arte erótica que a mim conferiste como um dom; e não me prives da visão do belo, mas concede-me estar ainda mais do
b que agora em alta estima pelo belo. E se Fedro e eu proferimos qualquer coisa cruel contra ti em nosso prévio discurso, responsabiliza Lísias por isso, que foi o pai daquele discurso, e o faz renunciar a esse tipo de discurso; faz que ele se volte para a filosofia, como seu irmão Polemarco, de modo que este seu amante[120] não titubeie mais, como é o seu atual comportamento, entre dois caminhos, mas simplesmente passe a dedicar sua vida ao Amor por meio dos discursos filosóficos.

Fedro: Junto-me a ti em tua súplica, Sócrates. Se for realmente
c o melhor para nós, que se realize. Quanto ao teu discurso, o admirei desde o início. Inculcaste nele beleza muito mais do que no primeiro. O que receio é que Lísias fará uma exibição medíocre caso se disponha a oferecer um discurso de sua lavra que venha competir com esse. Na verdade, meu admirável amigo, ele foi recentemente repreendido por um político exatamente por causa disso e ao longo de toda sua invectiva ele o chamou de escritor de discursos[121]. Assim, talvez por uma questão de zelo, ele deixe de escrever tal discurso.

d **Sócrates:** Mas que ideia ridícula, meu jovem. Quão equivocado estás a respeito de teu amigo se imaginas que ele se intimidaria com tão pouco. E talvez penses também que quem o repreendeu acreditasse no que dizia.

Fedro: Parecia acreditar, Sócrates. E tu próprio sabes que as pessoas mais poderosas e importantes em nossas cidades se sentem envergonhadas de compor discursos e deixar escritos atrás de si, com receio de posteriormente serem chamadas de sofistas[122].

---

120. Ou seja, Fedro.

121. ...λογογράφον... (*logográphon*).

122. ...σοφισταί... (*sophistai*). Ver *Diálogos I* [Teeteto (ou Do conhecimento), Sofista (ou Do ser), Protágoras (ou Sofistas)] e *Diálogos II* [Górgias (ou Da retórica), Eutidemo (ou Da disputa), Hípias maior (ou Do belo), Hípias menor (ou Do falso)], de Platão, obras publicadas em *Clássicos Edipro*, cujos textos veiculam, entre outros, a crítica aos sofistas.

Sócrates: Parece que não estás familiarizado, Fedro, com a
e expressão "suave curvatura",[123] {que se referia à longa curvatura ou sinuosidade do Nilo},[124] e além da curvatura pareces ignorar que os políticos mais orgulhosos apreciam imensamente escrever e legar escritos, uma vez que se importam a tal ponto com elogios que quando compõem um discurso acrescem no início os nomes daqueles que o elogiaram.

258a **Fedro:** O que queres dizer? Não compreendo.

Sócrates: Não compreendes que o nome de quem aprova [o discurso] consta no começo dos escritos dos políticos.

Fedro: Como?

Sócrates: "Votado pelo senado, ou pelo povo, ou por ambos" é como o escritor começa, "e fulano de tal", indicando a si mesmo de maneira muito digna e elogiosa; em seguida ele prossegue, exibindo sua própria sabedoria aos aprovadores [de seu discurso], e por vezes produzindo um extensíssimo
b documento. Pensas que tal coisa seja algo diferente de um discurso escrito?

Fedro: Certamente não.

Sócrates: Então caso seja esse discurso aprovado e registrado, o escritor deixa o teatro muito contente e como um poeta. Entretanto, se não é registrado e não lhe é conferido o privilégio da escrita do discurso e não é considerado digno de ser um escritor, ele se enche de tristeza, no que os amigos o imitam.

Fedro: Decididamente.

Sócrates: E evidentemente não pelo fato de desprezarem a profissão, mas por a admirarem.

---

123. ...γλυκὺς ἀγκών... (*glykỳs agkón*) é uma expressão proverbial cujo significado, segundo o helenista Harold N. Fowler, é semelhante à expressão "uvas azedas", numa possível alusão sua (ou seja, de Fowler) a um certo consolo que experimentamos diante de um objetivo inatingível quando declaramos, com um dar de ombros: "Ora, afinal aquelas uvas estavam azedas ou verdes!", como sucede na famosa fábula de La Fontaine.

124. A oração que registramos entre chaves, embora conste no manuscrito, é registrada com reservas tanto por Schanz quanto por Burnet, que acatam Heindorf. Fowler, que sustenta uma posição similar, acena para a possibilidade de se tratar de um acréscimo realizado por algum comentador.

Fedro: Certamente.

c **Sócrates:** Bem, quando um orador ou um rei granjeia suficiente poder para rivalizar com Licurgo[125], Sólon[126] ou Dario[127] e conquistar a imortalidade como escritor no Estado, não se julga ele enquanto dura sua existência igual aos deuses e não o julgarão os pósteros do mesmo modo ao verem seus escritos?

Fedro: Decididamente.

Sócrates: Será que pensas, consequentemente, que qualquer uma dessas pessoas,[128] não importa quão indisposta estivesse com Lísias, o censura por ser um escritor [de discursos]?

Fedro: Isso não é provável de acordo com o que dizes, pois nesse caso ela estaria censurando aquilo que ela própria anseia ser.

d **Sócrates:** Portanto, o seguinte é inteiramente claro: escrever discursos não é algo em si mesmo vergonhoso.

Fedro: E como poderia ser?

Sócrates: O que suponho ser vergonhoso é falar e escrever não bem, mas vergonhosamente e mal.

Fedro: Isso é evidente.

Sócrates: Por conseguinte, o que distingue o escrever bem do escrever mal? Desejaríamos interrogar Lísias e qualquer outro que já tenha escrito ou que virá a escrever qualquer coisa acerca disso, quer um documento público, quer um privado, quer em prosa quer em verso, seja ele um poeta ou um indivíduo comum?

e **Fedro:** Perguntas se desejaríamos interrogá-los? Para o que mais se deveria viver, por assim dizer, a não ser por prazeres dessa espécie? Decerto não seria pelos prazeres que só podem ser gozados antecedidos pela dor, que incluem a quase totalidade dos prazeres do corpo, o que constitui razão para chamá-los com justiça de prazeres servis.

Sócrates: Parece que dispomos de muito tempo, além do que penso que as cigarras, que cantam e mantêm uma conversa-

125. Legislador de Esparta.
126. Político e legislador de Atenas.
127. Rei da Pérsia.
128. Ou seja, os políticos.

ção entre si sob o calor diurno acima de nossas cabeças, tam-
259a bém nos observam. Ora, se nos observarem esquivando-nos à
conversação ao meio-dia, e, tal como a maioria das pessoas,
cochilando, embaladas no sono por suas canções em função
da preguiça mental, poderão, com plena justiça, rir de nós,
persuadidas de que uma dupla de escravos alcançou seu lu-
gar de descanso e se entrega, como carneiros, à sonolência ao
redor da fonte ao meio-dia. Mas se nos observarem conver-
sando e navegando em torno delas imperturbáveis em relação
ao encanto de suas vozes de sereias, talvez se regozijem e nos
b transmitam o dom que os deuses a elas conferiram para trans-
mitirem aos seres humanos.

Fedro: E que dom é esse? A mim parece não ter ouvido falar a respeito.

Sócrates: Não fica bem para um homem aficionado das Musas
jamais ter ouvido falar dessas coisas. Conforme se narra, essas
cigarras eram outrora seres humanos, isto antes do nascimento
das Musas. Por ocasião do nascimento destas e com o sur-
gimento da canção, alguns desses seres humanos foram tão
tomados pelo prazer de cantar que se entregaram a tal ponto
c a um cantar reiterado e incessante que se esqueceram de se
alimentar e beber, com o que finalmente acabaram perecendo
sem se dar conta disso. São eles a origem da raça das cigarras
que surgiu mais tarde, tendo elas herdado esse dom das Mu-
sas, ou seja, desde que nascem não necessitam de sustento,
cantando continuamente sem alimento ou bebida, até morre-
rem, nesta oportunidade se dirigindo às Musas e comunicando
quem honra cada uma delas[129] sobre a Terra. Relatam a Terpsi-
core[130] sobre aqueles que lhe prestaram honras dedicando-se
d à dança, tornando-os mais caros a ela; granjeiam o favor de
Erato[131] para aqueles que se devotaram à arte do amor sensual,
e o favor das outras Musas para os seus [respectivos] devota-
dos, em conformidade com os diversos modos de honrá-las; e

129. Isto é, das Musas.

130. Entre as nove Musas (que são ninfas), a da música e da dança.

131. A Musa da poesia erótica.

a Calíope[132], a mais velha delas, e a Urânia[133], a mais próxima depois dela, elas informam a respeito dos que dedicam suas existências à filosofia e que veneram essas Musas que se ocupam especialmente do céu e de todos os discursos, divinos e humanos, e que cantam com a mais doce das vozes.[134] Por conseguinte, há muitas razões para devermos conversar ao invés de dormir ao meio-dia.

Fedro: Sem dúvida, devemos conversar.

e **Sócrates:** Deveríamos, portanto, discutir, como propúnhamos há pouco, o tópico do discursar e escrever bem ou mal.

Fedro: Claramente.

Sócrates: Caso se pretenda que um discurso seja bom, não deverá a mente do discursador estar munida do conhecimento da verdade relativa aos assuntos que serão objeto de seu discurso?

260a **Fedro:** O que realmente ouvi a respeito disso, caro Sócrates, é que aquele que pretende ser um orador não precisa conhecer o que é efetivamente justo, mas [tão só] o que parece justo à multidão que atuará como juiz, e não o que é realmente bom ou nobre, mas o que parece sê-lo; de fato, dizem que a persuasão nasce daquilo que parece ser verdadeiro, não da verdade.

Sócrates: "As palavras" dos sábios, Fedro, "não devem ser rejeitadas",[135] porém é necessário examinarmos se estão corretas. E o que acabaste de declarar não deve ser posto de lado.

Fedro: O que dizes é correto.

Sócrates: Pois examinemo-lo da seguinte maneira.

Fedro: Como?

b **Sócrates:** Supõe que eu te estimulasse a comprar um cavalo para tua defesa e combate aos invasores e nenhum de nós soubesse o que é um cavalo, mas que eu apenas soubesse de ti que Fedro julga que um cavalo é aquele entre os animais domesticados que possui as orelhas mais longas...

---

132. A Musa da retórica e da poesia épica.

133. A Musa da astronomia.

134. Ver a nota 90.

135. Platão empresta essa frase de Homero, *Ilíada*, Canto II, 361.

Fedro: Isso seria ridículo, Sócrates.

Sócrates: Não inteiramente ainda. Mas supõe que eu tentasse te persuadir com toda a seriedade, compondo um discurso em louvor do asno, por mim classificado como um cavalo, afirmando que esse animal constitui uma posse valiosíssima tanto em casa quanto na guerra, que poderias usá-lo como montaria de combate, que é capaz de transportar bagagem e tem muitas
c outras serventias.

Fedro: Ora, seria sumamente ridículo.

Sócrates: Bem, mas não é melhor ser ridículo do que extraordinariamente hábil e um inimigo?

Fedro: É evidente que sim.

Sócrates: Então quando um orador que não sabe o que são o bem e o mal se põe a persuadir um Estado igualmente ignorante, não por meio do louvor de um *insignificante asno*[136] sob o nome de um cavalo, mas pelo louvor do mal sob o nome de bem e, de posse do resultado do estudo da opinião das pessoas ordinárias, os persuade a praticar o mal em lugar do bem, que tipo de colheita imaginas que sua oratória produzirá mais tarde
d com base na semente que ele semeou?

Fedro: Certamente uma colheita de qualidade precária.

Sócrates: Ora, achas, meu amigo, que censuramos a arte do discursar com demasiada rudeza? Talvez pudesse ela declarar: "Mas que bizarra insensatez é essa? Ora, não forço ninguém a aprender a discursar sem ter conhecimento da verdade. Pelo contrário, meu conselho, a julgar que tenha algum valor, é no sentido de se ocuparem de mim somente após a terem apreendido. Contudo, afirmo que sem minha contribuição o conhecimento da verdade não resulta na arte da persuasão".

Fedro: E é justo que o afirme?

e **Sócrates:** Sim, na hipótese dos argumentos aduzidos em torno dela testemunharem que ela é uma arte, pois me parece, por assim dizer, chegar aos ouvidos alguns argumentos propondo e protestando que ela mente e não é uma arte, mas uma

---

136. ...ὄνου σκιᾶς... (*ónoy skiâs*), literalmente *sombra de asno*, expressão proverbial. Schanz não registra *skias* (sombra).

ocupação destituída de arte.[137] Como diz o espartano[138], uma autêntica arte do discursar que não conta com a apreensão da verdade, não existe e jamais existirá.

261a **Fedro:** Necessitamos desses argumentos, Sócrates. Mostra-os e examina suas palavras e seu significado.

Sócrates: Pois vinde, nobres criaturas, e convencei Fedro, aquele dos belos rebentos, que a menos que dê a devida atenção à filosofia jamais se capacitará a discursar apropriadamente sobre qualquer assunto. E que Fedro responda.

Fedro: Pergunta.

Sócrates: Não é a retórica, encarada como um todo, uma arte de conduzir a alma por meio do discurso, isto não só nos tribunais e nas várias outras assembleias públicas, como também nas reuniões privadas? E não é a mesma independentemente de se
b ocupar de coisas de pequena ou grande importância, e, a nos expressarmos propriamente, algo a não receber mais estima trate de assuntos relevantes ou triviais? Será isso o que ouviste a respeito?

Fedro: Não, por Zeus, não exatamente isso. A arte do discursar e do escrever é praticada principalmente nos tribunais, enquanto a do discursar o é também nas assembleias públicas. Nunca ouvi falar de quaisquer outros usos.

Sócrates: Bem, nesse caso ouviste falar apenas dos tratados de retórica de Nestor[139] e Odisseu[140], escritos por eles durante o
c seu ócio em Troia, e não soubeste da obra de Palamedes?[141]

---

137. Acerca da crítica de Platão à retórica, ver o *Górgias*, em *Diálogos II*.

138. ...Λάκων... (*Lákon*), laconiano, da Lacônia, região onde está situada a cidade-Estado Esparta.

139. Célebre por sua velhice aliada à prudência, Nestor é personagem importante da Guerra de Troia narrada por Homero em a *Ilíada*.

140. Rei de Ítaca, Odisseu (latinizado como Ulisses) destaca-se nos dois grandes poemas épicos de Homero, a *Ilíada* e a *Odisseia*. Odisseu é o herói caracterizado principalmente pelo espírito aventureiro, a ousadia, a coragem e a astúcia.

141. Difícil saber se Platão por meio de Sócrates se refere, efetuando um jogo com o mito, ao herói Palamedes atuante na Guerra de Troia ou a um personagem não homérico homônimo celebrizado por conta de sua excepcional astúcia. É mais provável, como sugere a sequência, que se refira a Zenão de Eleia.

Fedro: Por Zeus, nem sequer da de Nestor, a não ser que por Nestor queiras dizer Górgias[142] e por Odisseu, Trasímaco[143] ou Teodoro[144].

Sócrates: Talvez seja este o caso, mas deixa-os de lado. Diz-me: o que as partes num processo fazem no tribunal? Não se opõem por meio do discurso, ou o que diremos nós que fazem?

Fedro: O que fazem é exatamente isso.

Sócrates: [E essa oposição no discurso] é acerca do justo e do injusto?

Fedro: Sim.

Sócrates: Então não acontecerá daquele que atua com arte fazer a mesma coisa parecer aos mesmos indivíduos numa oportuni-
d dade justas e numa outra, se for o seu desejo, injustas?

Fedro: Decerto.

Sócrates: E quando [no discurso político] se dirige ao público, fará as mesmas coisas parecerem boas ao Estado numa oportunidade, enquanto numa outra o contrário?

Fedro: Precisamente isso.

Sócrates: E não estamos cientes de que Palamedes de Eleia[145] é detentor de tal arte do discurso que coisas idênticas parecem aos seus ouvintes ser semelhantes e dessemelhantes, unas e múltiplas, fixas e em movimento?

Fedro: Com toda a certeza.

Sócrates: Consequentemente, a prática do discurso de oposição
e não se restringe aos tribunais e às assembleias públicas, mas, pelo que parece, se realmente é uma arte, seria uma e a mesma em todos os tipos de discurso, aquela por meio da qual se está capacitado a produzir uma similaridade entre todas as coisas que são passíveis de serem tornadas similares, além de mani-

142. Górgias de Leontini, famoso sofista e mestre de retórica atuante em Atenas no tempo de Sócrates e Platão, que compôs um extenso diálogo (*Górgias*) onde ele (Górgias) aparece como um dos interlocutores de Sócrates, ver *Diálogos II*.

143. Trasímaco da Calcedônia, sofista menor, cf. 267c e ver o Livro I de *A República*.

144. Teodoro de Bizâncio, ver *Arte Retórica*, 3.13.5, Aristóteles e este diálogo, 266e.

145. Ou seja, o filósofo pré-socrático Zenão de Eleia, autor dos célebres paradoxos envolvendo o movimento.

festar as similaridades produzidas e disfarçadas por qualquer outra pessoa.

Fedro: Mas o que queres dizer com isso?

Sócrates: Penso que ficará evidente se submetermos a matéria a um exame da seguinte maneira. Há maior facilidade de ocorrer engano[146] quando há muita diferença entre as coisas ou quando há pouca?

262a **Fedro:** Quando há pouca.

Sócrates: E se passas de qualquer coisa para uma outra, que é seu oposto, mediante pequenos passos será mais provável que não sejas detectado do que se o fizeres mediante saltos.

Fedro: Não há dúvida.

Sócrates: Conclui-se que aquele que tenciona enganar uma outra pessoa e não se dispõe a ser enganado tem que conhecer com precisão a similaridade e dissimilaridade das coisas.

Fedro: Necessariamente.

Sócrates: Bem, supondo que não conheça a verdade sobre uma certa coisa, estará capacitado a reconhecer em outras coisas o modesto ou pronunciado grau de semelhança com aquela
b coisa que desconhece?

Fedro: Impossível.

Sócrates: Portanto, fica claro que a condição de ser enganado e sustentar opiniões que não se coadunam com os fatos sucede às pessoas por força de certas similaridades.

Fedro: É realmente como sucede.

Sócrates: Poderia, então, aquele que não compreende o que as coisas são ser detentor da arte de conduzir seus ouvintes passo a passo por meio de similaridades às coisas opostas sem ser ele próprio enganado quanto às coisas que são?

Fedro: Jamais.

c **Sócrates:** Então, meu amigo, aquele que desconhece a verdade e se limita a buscar a opinião atingirá, pelo que se evidencia, algo ridículo destituído de arte, e de modo algum uma arte.

Fedro: É provável.

---

146. ...ἀπάτη... (*apáte*).

Sócrates: Nesse caso, deveremos procurar exemplos do que classificamos como arte e ausência de arte no discurso de Lísias que tens contigo e no meu próprio discurso?

Fedro: Sem dúvida alguma, visto que agora nossa conversação está inteiramente abstrata, faltando-lhe suficientes exemplos.

Sócrates: E devido a alguma boa sorte, pelo que parece, ambos
d os discursos encerram um exemplo de como alguém que conhece a verdade pode conduzir seus ouvintes brincando com eles. E penso, Fedro, que as divindades do lugar são as responsáveis por isso; e talvez, também, as intérpretes das Musas que estão cantando acima de nossas cabeças hajam nos concedido por inspiração esse privilégio. De qualquer modo, não possuo nenhuma arte do discurso.

Fedro: Que seja como dizes, mas antes esclarece o que queres dizer.

Sócrates: Pois lê para mim o começo do discurso de Lísias.

e **Fedro:** "Sabes qual é minha situação e ouviste como julgo que é vantajoso para nós administrar essas coisas. Não acho que deva perder a oportunidade de obter o que solicito pelo mero fato de, por acaso, não estar apaixonado por ti. Amantes se arrependem..."

263a **Sócrates:** Para. O que nos cabe fazer é verificar o que há nisso de falho e destituído de arte, não é mesmo?

Fedro: Sim.

Sócrates: Está claro para todos que concordamos em relação a certas coisas sobre as quais discorremos e divergimos em relação a outras, não é?

Fedro: Acho que compreendo o que queres dizer, mas peço que o tornes ainda mais claro.

Sócrates: Quando alguém pronuncia o nome *ferro* ou o nome *prata*, não compreendemos todos nós a mesma coisa?[147]

Fedro: Com certeza.

---

147. Platão alude aos conceitos universais e concretos de ferro e prata, que dados empiricamente e captados pela percepção sensível atingem de imediato o entendimento de todos.

Sócrates: Mas se pronunciar as palavras *justo* ou *bom*? Não nos dividiremos, divergindo entre nós e conosco mesmos?

Fedro: Certamente.

b **Sócrates:** Então concordamos em algumas coisas e discordamos em outras?

Fedro: Certo.

Sócrates: Assim, em qual dessas duas [classes] é mais fácil sermos enganados, e em qual delas possui a retórica mais poder?

Fedro: Evidentemente naquilo em que nos dividimos.[148]

Sócrates: Conclui-se, nesse caso, que quem deseja desenvolver a arte da retórica tem que começar por realizar uma divisão sistemática e captar uma nítida impressão de cada classe, daquela na qual as pessoas estão necessariamente divididas[149] e daquela em que não estão.

c **Fedro:** E tendo captado isso, Sócrates, terá compreendido algo excelente.

Sócrates: Assim, penso que quando tiver que se ocupar de um caso particular, não ignorará seu objeto, sabendo claramente à qual das duas classes a coisa sobre a qual discursará diz respeito.

Fedro: Está claro.

Sócrates: E ao que diz respeito o Amor? Às coisas sobre as quais as pessoas divergem ou às outras?

Fedro: Com certeza às que são objeto de divergência, pois se assim não fosse, julgas que ele[150] teria te permitido declarar o que declaraste há pouco sobre ele, que constitui algo danoso tanto para o amado quanto para o amante e, depois, que é o
d maior dos bens?

Sócrates: Muito bem colocado. Mas me diz o seguinte – pois me encontrava tão arrebatado que o esqueci completamente –: eu defini o amor[151] no princípio de meu discurso?

---

148. ...πλανώμεθα... (*planómetha*), literalmente naquilo em *estamos errantes*, ou seja, em que não temos uma direção a seguir.

149. ...πλανᾶσθαι... (*planâsthai*).

150. Ou seja, o Amor (Eros). Platão tem em mente também a personificação divina do amor.

151. ...ἔρωτα... (*érota*), com inicial minúscula, chamando atenção para o *páthos* (paixão, emoção) em si.

Fedro: Oh, sim, por Zeus, o fizeste veementemente, ainda que sem recursos.

Sócrates: Oh, quão mais detentores de arte são as ninfas[152], filhas
de Aquelou[153], e Pan[154], filho de Hermes[155] no discurso do que
Lísias, filho de Céfalo! Ou estarei errado e também Lísias, no
início de seu discurso sobre o Amor nos compele a supor que
e ele[156] é a única coisa que ele próprio[157] queria que ele fosse,
e em função disso compôs e rematou seu discurso? Lerias o
começo de seu discurso mais uma vez?

Fedro: Se é o que queres. Mas o que procuras não se encontra nele.

Sócrates: Lê, para que eu possa ouvi-lo em suas próprias palavras.

Fedro: "Sabes qual é minha situação e ouviste como julgo que é
vantajoso para nós administrar essas coisas. Não acho que
264a deva perder a oportunidade de obter o que solicito pelo mero
fato de, por acaso, não estar apaixonado por ti. Amantes se
arrependem de ter proporcionado carinhos quando seu desejo
morre..."

Sócrates: Ele certamente não parece, em absoluto, realizar o que exigimos, visto que sequer começa do princípio, impondo ao seu discurso que nade de costas corrente acima a partir de seu fim, começando por dizer as palavras que o amante diria a título de desfecho ao seu querido. Não estou certo, Fedro meu caro?

b **Fedro:** Ora, Sócrates, esse foi o fim para o qual ele proferiu o discurso.

---

152. Divindades femininas (antropomórficas e secundárias) habitantes e protetoras geralmente de formações naturais como rios, bosques, montanhas etc. As nove Musas são ninfas.

153. Divindade fluvial.

154. Divindade não olímpica (representada com cabeça, tronco e braços humanos, mas pernas e cascos de bode – e, por vezes, também chifres e orelhas caprinos) associada às florestas, campos, animais silvestres, bem como a rebanhos e aos próprios pastores em geral.

155. Um dos seis deuses (masculinos) olímpicos, filho de Zeus, seu mensageiro e usual representante. Deus associado principalmente a todas as formas de comércio e comunicação, bem como aos ladrões.

156. Ou seja, Eros, o amor personificado.

157. Isto é, Lísias.

Sócrates: E quanto ao resto? Não consideras que as partes do discurso foram dispostas confusamente? Ou pensas que o segundo tópico tinha que ser colocado como segundo por alguma razão incisiva, ou que quaisquer das demais coisas que ele declara estão assim posicionadas também segundo esse critério? Ao menos eu – que ignoro completamente essas matérias – achei que o autor simplesmente disse qualquer coisa que lhe veio à mente na sequência, ainda que não sem uma nobre intenção. Sabes de algum motivo do ponto de vista da composição de discursos para ele ter organizado seus tópicos nessa ordem?

c **Fedro:** É bondade de tua parte pensar que sou capaz de perceber com tal precisão os motivos dele.

Sócrates: Imagino, porém, que admitirás o seguinte: que todo discurso, como um ser vivo, tem que ser organizado, possuindo um corpo próprio, por assim dizer para não ser acéfalo nem desprovido de pés, e contar com um centro e uma parte superior que se ajustem tanto entre si quanto com o todo.

Fedro: E como poderia ser de outro modo?

Sócrates: Mas vê se é ou não o caso do discurso de teu amigo. Descobrirás que parece muito com o epigrama que dizem estar
d inscrito no túmulo de Midas, o frígio.

Fedro: Mas que epigrama e qual o problema com ele?

Sócrates: Ei-lo:

Uma donzela de bronze sou eu, sobre o túmulo de Midas me coloco,

Enquanto a água fluir e as árvores altaneiras folhas fazerem brotar,

Neste mesmo sítio permaneço sobre a tumba de muita lamentação,

Aos que por aqui passarem eu direi que Midas sepultado aqui está...

e ...e podes perceber, suponho, que é indiferente qualquer de seus versos vir em primeiro lugar ou por último.

Fedro: Estás zombando de nosso discurso, Sócrates.

Sócrates: Bem, se isso te aborrece, nada mais digamos desse discurso – ainda que eu considere que ele contém muitas coisas

que constituem exemplos proveitosos a serem examinados, embora não exatamente a serem imitados – e passemos a outros discursos. De fato, julgo que há nesses discursos[158] algo que aqueles que desejam estudar a composição de discursos
265a poderiam submeter a exame.

Fedro: O que queres dizer?

Sócrates: São opostos, na medida em que um deles sustentava que o amante (apaixonado) deveria ser favorecido, enquanto o outro que o não amante é que deveria ser favorecido.

Fedro: E o fizeram virilmente.

Sócrates: Imaginei que fosses dizer a verdade e dizer *loucamente*, que é justamente o que eu concebia. Dissemos, não é mesmo, que o amor é um tipo de loucura?

Fedro: Sim.

Sócrates: E também que há dois tipos de loucura, um cuja origem são as doenças humanas e outro proveniente de uma liberação divina do comportamento habitualmente aceito.

b **Fedro:** Certamente.

Sócrates: E concebemos quatro divisões da loucura divina, atribuindo-as a quatro deuses, dizendo que a profecia[159] era inspirada por Apolo, o delírio místico por Dionísio, o poético pelas Musas, e a loucura do amor, inspirada por Afrodite e Eros, dissemos que era a melhor. Para descrever a paixão do amor recorremos a uma maneira figurativa que, talvez, nos haja indicado alguma verdade, mas que, talvez, também nos tenha desviado em outra direção; e depois de compor um discurso não total-
c mente implausível, entoamos um hino jovial e mítico, além de apropriado e respeitoso, em honra de teu senhor e meu, Fedro, Amor (Eros), o guardião dos belos rapazinhos[160].

Fedro: E eu o ouvi muito prazerosamente.

Sócrates: Fixemo-nos nesse ponto e verifiquemos como o discurso conseguiu passar da censura para o louvor.

Fedro: O que queres dizer?

---

158. Ou seja, os dois proferidos por Sócrates.

159. ...μαντικήν... (*mantikén*), divinação.

160. ...καλῶν παίδων... (*kalôn paídon*), literalmente belos meninos.

Sócrates: A mim parece que ele foi, no seu conjunto, efetivamen-
d te um gracejo jovial. Entretanto, presentes nessas elocuções casuais, estavam duas formas a cuja natureza seria gratificante ter acesso, se a arte puder ministrá-las.

Fedro: Que formas?

Sócrates: A primeira delas consiste na visão conjunta *em uma ideia*[161] de coisas que estão dispersas, de modo que se possa tornar claro pela definição a coisa particular que se deseja explicar – tal como agora em nossa discussão do Amor, dissemos o que é e o definimos, correta ou incorretamente; de uma maneira ou outra, certamente graças a esse expediente o discurso ganhou clareza e coerência.

Fedro: E qual é a outra forma a que te referes, Sócrates?

e **Sócrates:** Aquela por meio da qual divide-se novamente as coisas por espécie onde se encontram suas junções naturais, tentando não fragmentar nenhuma parte, como o faria um mau trinchador[162]. Assim, nossos dois discursos assumiram há pouco uma espécie comum, nomeadamente ausência de razão. Então – tal
266a como cada corpo singular possui partes que naturalmente se apresentam em pares de nomes idênticos (direito e esquerdo) – nossos dois discursos conceberam a loucura como sendo naturalmente uma única forma dentro de nós, e um discurso, cortando a parte esquerda, prosseguiu nessa divisão até encontrar, entre suas partes, um amor denominável como esquerdo, que é com muita justiça tornado objeto de insulto; o outro discurso, porém, guiando-nos para a parte direita da loucura, descobriu um amor que ostenta o mesmo nome do primeiro, mas que é
b divino; ele o expôs a nós e o louvou na qualidade de causa de nossos maiores bens.

Fedro: O que dizes é inteiramente verdadeiro.

161. ...ἰδέαν... (*idéan*), aqui o sentido específico e restrito da forma de uma coisa presente no intelecto.

162. ...μαγείρου... (*mageíroy*), profissional que somava numa só pessoa o açougueiro que cortava e trinchava a carne e o cozinheiro. Entretanto, como essas atividades não eram simultâneas, mas uma sucedida pela outra, a palavra pode designar também isoladamente o açougueiro ou o cozinheiro. O sentido aqui é específico.

Sócrates: No que tange a mim mesmo, Fedro, sou um amante dessas divisões e reuniões como elementos auxiliares do falar e do pensar, e se julgar que qualquer outro indivíduo é capaz de ver coisas passíveis de serem reunidas em uma e divididas em muitas, a ele seguirei e "caminharei sobre suas pegadas como se ele fosse um deus"[163]. Sabe o deus se o nome que atribuo aos capacitados a fazer isso está certo ou errado, mas
c até agora os tenho chamado de dialéticos. Mas me diz agora que nome conferir aos que recebem lições de ti e de Lísias, ou é essa aquela arte do discurso mediante a qual Trasímaco[164] e os demais tornaram-se eles próprios hábeis discursadores e capazes de tornar outros o mesmo, se estes estiverem dispostos a lhes pagarem um régio tributo?[165]

Fedro: É possível que sejam homens que se comportam como reis, mas certamente não possuem o conhecimento sobre o qual indagas. Penso que atribuis o nome correto a esse tipo de coisa ao chamá-lo de dialética. Mas me parece que a retórica
d ainda nos escapa.

Sócrates: Mas o que queres dizer? Será possível que haja algo valioso não abrangido por esses processos e, ainda assim, no domínio da apreensão pela arte? Se houver, por certo é necessário que tu e eu não o negligenciemos, sendo imperioso dizermos o que resta dizer da retórica.

Fedro: Resta dizer uma grande quantidade de coisas, Sócrates, a saber, as coisas que estão escritas nos livros da arte do discurso.

Sócrates: Estás inteiramente certo em lembrar-me. Queres dizer que no começo do discurso deve haver primeiramente um preâmbulo. É o que queres dizer, não é mesmo? Os aspectos delicados da arte?

e **Fedro:** Sim.

Sócrates: Em segundo lugar vem a enunciação dos fatos acompanhada da evidência colhida dos depoimentos das testemunhas,

---

163. Platão empresta esse período de Homero, *Odisseia,* Canto II, 406, ou Canto V, 193.
164. Ver nota 143.
165. Sócrates se refere à sofística. Ver a crítica aos sofistas principalmente nos diálogos *Sofista*, *Protágoras*, *Górgias*, *Eutidemo* e *Hípias Maior*, em *Diálogos I* e *Diálogos II*.

em terceiro as evidências indiretas, em quarto as alegações de plausibilidade. Quanto à confirmação e confirmação adicional, creio que são mencionadas pelo homem de Bizâncio, aquele excelentíssimo artista das palavras.

Fedro: Aludes ao digno Teodoro[166]?

267a **Sócrates:** É claro. E ele relata como a refutação e a refutação adicional precisam ser executadas, quer na acusação quer na defesa. E não deveríamos trazer à baila o ilustre Eveno de Paros[167], inventor da alusão dissimulada e dos louvores indiretos? Dizem alguns que ele, inclusive, foi o autor de censuras indiretas, compondo-as em versos a título de um auxílio à memória. É realmente um homem sábio. E deixaremos de mencionar Tísias[168] e Górgias[169], quando foram eles que compreenderam que o que é provável é digno de maior estima do que o que é verdadeiro, que transmitem aparência de grandeza às
b coisas pequenas e aparência de pequenez às grandes graças ao poder de suas palavras, e tornam as coisas novas antigas e as coisas antigas o inverso, e que descobriram como discursar tanto concisamente quanto com ilimitada prolixidade? Numa ocasião em que Pródico[170] ouviu falar dessas descobertas, ele se pôs a rir e declarou que a descoberta da arte do discurso correto se devia exclusivamente a ele: que discursos não deviam ser nem longos nem curtos, mas de uma extensão moderada.

Fedro: Ó Pródico, quão sábio!

Sócrates: E quanto a Hípias[171], o estrangeiro de Elis a quem acolhemos com nossa hospitalidade? Julgo que concordaria com ele.

---

166. Ver nota 144.
167. Sofista que floresceu no último quarto do século V a.C.
168. Tísias de Siracusa, tido como cofundador (com Córax) da Escola siciliana de retórica, da qual foram discípulos e representantes importantes Górgias de Leontini e Polo da Sicília.
169. Ver nota 142.
170. Pródico de Ceos, sofista contemporâneo de Sócrates (embora mais velho do que ele). Entre outros talentos destacou-se também como grande gramático. Ver o *Protágoras*.
171. Hípias de Elis, sofista contemporâneo de Sócrates que, além de atuar como orador público, destacou-se como mestre de saber enciclopédico, que incluía as matemáticas, a mnemônica, a história etc. Ver o *Hípias Maior* e o *Hípias Menor*, em *Diálogos I*.

Fedro: Decerto.

c **Sócrates:** E o que dizermos de Polo[172] e toda sua galeria[173] da linguagem, contendo termos como a duplicação, o discurso por sentenças, o discurso por imagens, e quanto aos nomes que Licímnio[174] lhe ofertou para proceder à boa dicção?

Fedro: Mas, Sócrates, não houve algumas invenções de Protágoras[175] nesse sentido?

Sócrates: Sim, meu rapaz, a correta dicção e muitas outras coisas excelentes. Quanto aos discursos lacrimosos que visam a motivar a compaixão pelos velhos e pobres, em minha opinião o premiado deve ser *o vigoroso calcedônio*[176], que é
d também um homem extraordinário, segundo ele declarou, no que diz respeito a induzir grandes auditórios à ira, para depois acalmá-los mediante seus encantamentos, e sumamente poderoso no que diz respeito tanto a inventar calúnias quanto a combatê-las, não importa em que bases. Contudo, no que se refere a finalizar um discurso, todos parecem estar de acordo, alguns o chamando de recapitulação, enquanto outros lhe atribuem algum outro nome.

e **Fedro:** Queres dizer fazer um resumo dos pontos do discurso no fim deste de modo a lembrar os ouvintes do que foi dito?

Sócrates: É o que quero dizer, e se tiveres qualquer outra coisa mais a mencionar relativa à arte do discurso...

---

172. Polo da Sicília, sofista menor, discípulo de Górgias. Platão o retrata no *Górgias* como um dos interlocutores de Sócrates. Ver o *Górgias*, em *Diálogos II*.

173. ...μουσεῖα... (*moyseîa*), literalmente templo, santuário ou morada das Musas.

174. Licímnio de Quios, mestre de retórica e poeta versado em ditirambos.

175. Protágoras de Abdera, o mais famoso e conceituado dos primeiros sofistas gregos contemporâneos de Sócrates. Viveu no século V a.C. e é fartamente retratado por Platão no diálogo que ostenta seu nome, *Protágoras*. O *Teeteto* contém uma reconstrução e crítica de sua teoria do conhecimento. Ambos esses diálogos constam em *Diálogos I*.

176. Ou seja, Trasímaco, cf. nota 143. A expressão literal usada por Platão é τοῦ Χαλκηδονίου σθένος (*toŷ Khalkedonioy sthénos*), o vigor do calcedônio. Sócrates é marcantemente irônico em relação à Trasímaco. Ver *A República*, Livro I, 336b-354c.

Fedro: Somente aspectos secundários, cuja menção não vale a pena.

268a **Sócrates:** Não te preocupes com aspectos secundários. Arrojemos mais luz a esses outros aspectos de que realmente estamos de posse, de modo a apurar que poder de arte encerram e quando o encerram.

Fedro: Possuem um enorme poder – ao menos em grandes assembleias.

Sócrates: De fato possuem. Mas, meu amigo, vê se concordas comigo que sua urdidura apresenta brechas.

Fedro: Vai em frente e mostra.

Sócrates: Diz-me o seguinte: se alguém se dirige ao teu amigo Erixímaco[177] ou ao seu pai Acumeno[178] e declara: "Sei como administrar vários medicamentos às pessoas, de sorte a aquecê-

b -las ou, se o desejar, esfriá-las, bem como posso fazê-las vomitar, se quiser, ou agitar suas entranhas, e todo esse gênero de coisa; e devido a esse conhecimento afirmo ser um médico e ser capaz de transformar qualquer outro homem em médico, ao qual transmito o conhecimento dessas coisas", o que imaginas que diriam ao ouvi-lo?

Fedro: Ora, lhe perguntariam, com certeza, se também sabia a quem administraria trais tratamentos, quando e em que medida.

Sócrates: E se então ele dissesse: "Não faço ideia. O que afirmo é que todo aquele que aprender de mim conseguirá fazer sozinho o que solicitais"?

c **Fedro:** Diriam, imagino, que tal pessoa está louca pelo fato de pensar que é um médico simplesmente porque leu alguma coisa num livro ou topou com alguns medicamentos, não tendo ela nenhum conhecimento da arte [da medicina].

Sócrates: E se alguém se dirigisse a Sófocles[179] ou Eurípides[180] e declarasse que sabe como compor discursos muito longos so-

---

177. Médico que, como o próprio Fedro e Sócrates, figura no *Banquete.*

178. Também médico.

179. Sófocles de Colona (495-405 a.C.), poeta trágico.

180. Eurípides de Salamina (480-406 a.C.), poeta trágico.

bre tópicos de pouca importância e muito curtos sobre tópicos de grande importância, que é capaz de fazê-los lamentosos, se o desejar, e também discursos terríveis e ameaçadores, e assim
d por diante, e que pensasse que transmitindo tais coisas seria capaz de ensinar a arte de compor tragédias?

Fedro: Também presumo, Sócrates, que ririam dele se tal indivíduo pensasse que a tragédia é algo mais do que a adequada combinação desses detalhes de um tal modo que harmonizem entre si e com a composição no seu todo.

Sócrates: Mas suponho que não o reprovariam rudemente. Reagiriam como um músico que se defrontasse com um homem que pensasse ter completo conhecimento de harmonia pelo
e fato de ser capaz de produzir as notas mais altas e as mais baixas. O músico não diria com aspereza: "Infeliz, tu estás fora de teu juízo", mas, sendo um músico, ele diria num tom mais gentil: "Meu amigo, [decerto] quem pretender entender de harmonia necessita conhecer as coisas que mencionas. Entretanto, nada impede alguém que está no teu estágio de conhecimento de ser completamente ignorante em matéria de harmonia. O que conheces são as preliminares da harmonia, e não a própria harmonia".

Fedro: Inteiramente correto.

269a **Sócrates:** Assim, Sófocles diria que tal pessoa se limitava a exibir as preliminares da tragédia, e não a própria tragédia; e Acumeno, que a pessoa conhecia as preliminares da medicina, não a própria medicina.

Fedro: É precisamente isso.

Sócrates: Ora, se *Adrasto de voz melíflua*[181] ou Péricles[182] ouvissem falar das magníficas realizações que acabamos de indicar, sobre o discurso conciso, a linguagem por imagens e as demais

---

181. Platão toma esta expressão do poeta espartano Tirtaeu. Não se sabe com absoluta precisão a que Adrasto Platão se refere, embora seja quase certo que se trate do lendário guerreiro de Argos que figura como personagem do poeta trágico Eurípides na sua peça *Suplicantes*. Há quem, diferentemente, supõe que talvez Sócrates esteja aludindo sutil e disfarçadamente ao famoso orador Antífon.

182. Péricles de Atenas (?495-429 a.C.), principal instaurador e líder da democracia ateniense, chefe de Estado e exímio orador político.

coisas que dissemos ser necessário trazer à luz e examinar, su-
b pões que eles seriam, como eu e tu, tão mal educados a ponto
de se referirem com descortesia aos que escreveram e ensina-
ram tais coisas como a arte da retórica? Iriam, não é mesmo,
visto que mais sábios do que nós, censurar-nos e nos dizer:
"Fedro e Sócrates, não devemos nos zangar, mas nos mos-
trarmos lenientes quando certas pessoas, desconhecedoras da
dialética, revelaram-se incapazes de definir a natureza da re-
tórica, e que, por conta dessa incapacidade, imaginaram, ao
estarem de posse do conhecimento que constitui uma necessá-
c ria preliminar à retórica, que haviam descoberto a retórica, e
que acreditam que ao ministrarem essas preliminares às outras
pessoas terão oferecido aos seus discípulos um completo cur-
so de retórica, e [ainda] que o emprego acompanhado de per-
suasão desses detalhes e a sua combinação na criação de um
discurso como um todo representam algo secundário que deve
ser suprido por seus discípulos exclusivamente com base em
seus próprios recursos".

Fedro: Bem, Sócrates, realmente parece que aquilo que esses ho-
mens ensinam e escrevem como arte da retórica é tal como
indicas. Penso que estás certo. Mas como e de quem adquirir a
d arte verdadeiramente retórica da persuasão?

Sócrates: Bem, Fedro, o fato de alguém adquiri-la, de modo a
converter-se num perfeito orador, depende provavelmente –
talvez necessariamente –, como tudo o mais, de condições. Se
tens um natural pendor para a retórica, serás um notório orador
desde que suplementes teu dom natural com conhecimento e
prática. Na medida em que te falte qualquer um deles, nessa
exata medida estarás abaixo da perfeição. Mas, no que toca à
arte, não me parece que o método adequado para adquiri-la
deva ser encontrado em Lísias e Trasímaco.

e **Fedro:** E onde encontrá-lo?

Sócrates: Creio, excelente amigo, que Péricles é, muito provavel-
mente, o mais completo orador.

Fedro: E como demonstrá-lo?

Sócrates: Bem, todas as grandes artes requerem reiterada conver-
sação e investigação da natureza do ponto de vista dos corpos

celestes e dos fenômenos celestes. De fato, parece ser isso que lhes transmite a grandeza de seu ponto de vista e sua aplica-
270a bilidade universal. É precisamente isso que Péricles somou às suas grandes habilidades naturais. Ele topou com Anaxágoras[183], que era precisamente esse tipo de homem. [Anaxágoras] ministrou-lhe uma dose cavalar de *investigação sobre corpos e fenômenos celestes*[184] e ensinou-lhe a natureza da inteligência e da ininteligência, assuntos que constituíam os temas principais dos discursos de Anaxágoras; e ele[185], a partir disso, extraiu para a arte do discurso o que era útil a esta.

Fedro: Mas o que queres dizer com isso?

b **Sócrates:** O método da arte da medicina é, de uma certa maneira, idêntico ao da retórica.

Fedro: Como?

Sócrates: Em ambos os casos é necessário que analises uma natureza: no primeiro a natureza do corpo, no segundo a da alma, se te dispuseres a agir cientificamente – e não meramente do prisma da prática e da rotina – a fim de transmitir saúde e vigor ao corpo mediante a prescrição de remédios e dieta, ou mediante os discursos e hábitos apropriados transmitir à alma as convicções e virtudes desejáveis.

Fedro: Isso é muito provável, Sócrates.

c **Sócrates:** Bem, pensas que alguém é capaz de adquirir qualquer entendimento apreciável da natureza da alma sem entender a natureza do mundo como um todo?

Fedro: A confiar em Hipócrates[186], o descendente de Asclépio[187], é impossível conhecer a natureza do corpo de outro modo.

---

183. Anaxágoras de Clazomena (*c.* 500-428 a.C.), filósofo da natureza pré-socrático.

184. ...μετεωρολογίας... (*meteorologias*).

185. Ou seja, Péricles.

186. Hipócrates de Cós (460-372 a.C.), médico ao qual é atribuído tanto a teoria do humores quanto o célebre juramento hipocrático. É considerado o pai da medicina ocidental e foi contemporâneo de Sócrates.

187. ...Ἀσκληπιαδῶν... (*Asklepiadôn*): considerava-se que os médicos gregos antigos (profissão que regularmente passava de pai para filho) eram descendentes do deus Asclépio.

Sócrates: O que ele diz é correto, meu amigo. Entretanto, não devemos nos contentar com a autoridade de Hipócrates, mas examinar se a razão corrobora essa opinião.

Fedro: Concordo.

Sócrates: Assim considera o que Hipócrates e a razão verdadeira
d dizem da natureza. Ao examinar a natureza de qualquer coisa, não devemos necessariamente examinar em primeira mão se aquilo a respeito de que desejamos adquirir conhecimento nós mesmos e comunicá-lo a outros é simples ou complexo? E na sequência, se for *simples*, não devemos investigar seu poder de ação ou de sofrer ação (e neste caso qual o agente dessa ação)? E na hipótese de ter *múltiplas formas*, enumerá-las e examinar no caso de cada uma – como procedemos no caso da natureza simples – qual é sua ação, como sofre ação e qual o agente desta?

Fedro: É bastante provável, Sócrates.

Sócrates: De qualquer modo, qualquer outro método seria seme-
e lhante ao progresso de um cego. Contudo, com certeza todo aquele que estuda alguma coisa com base numa arte jamais deve ser comparado a um cego ou a um surdo, enquanto evidentemente aquele cujo ensinamento de oratória constitui uma arte real explicará com exatidão a natureza daquilo a que seu discurso deverá ser dirigido, que é a alma, não é mesmo?

Fedro: É claro.

271a **Sócrates:** Portanto, essa é a meta de todo seu empenho, uma vez que é na alma que ele[188] tenta produzir convicção. Não é isso?

Fedro: Sim.

Sócrates: Desse modo fica claro que Trasímaco, ou qualquer outra pessoa que ensina seriamente a arte da retórica, começará por descrever a alma com completa precisão e nos capacitar a compreender o que é: se é naturalmente una e homogênea, ou se assume muitas formas, como a configuração dos corpos, porquanto como dissemos, isso é o que chamamos explicar sua natureza.

Fedro: Certamente.

---

188. Ou seja, o orador.

Sócrates: Em segundo lugar, ele explicará qual é sua ação, ao que se dirige, ou como sofre ação e qual o agente desta.

Fedro: Certamente.

b **Sócrates:** Em terceiro lugar, procederá à classificação dos discursos e das almas e os ajustará entre si, mostrando as causas dos efeitos produzidos e a razão de um tipo de alma ser necessariamente persuadido por determinadas classes de discursos, ao passo que um outro tipo não o é.

Fedro: Isso, segundo penso, seria excelente.

Sócrates: De fato, meu amigo, jamais um discurso será uma obra de arte, trate-se de um modelo ou de um [discurso] efetivamente proferido, se proferido ou escrito por meio de qualquer
c outro método – acerca desse ou qualquer outro tópico. Mas aqueles de que ouviste falar, que são autores de tratados sobre a arte do discurso atualmente, são enganadores: ocultam o fato de conhecerem a natureza da alma muito bem. Enquanto insistirem em escrever e discursar da maneira que o fazem, não temos como nos convencer de que escrevem de acordo com as regras da arte.

Fedro: E que maneira é essa?

Sócrates: Não é fácil informar quais as exatas expressões a serem empregadas. Quanto, porém, a como se deveria escrever objetivando ser o mais artístico possível, isso estou em condição de dizer-te.

Fedro: Pois fala.

Sócrates: Considerando-se que a função do discurso é conduzir
d as almas por persuasão, quem pretende se tornar um orador necessita conhecer os vários tipos de almas. Ora, elas são tantas e de tantos tipos tanto quanto são as pessoas de diferentes tipos, os quais requerem de nós uma classificação. Por outro lado, há também diversas classes de discursos, todo discurso pertencendo a uma dessas classes. Assim, indivíduos de um certo tipo são persuadidos com facilidade graças a discursos de um certo tipo, por uma razão particular, relativamente a ações ou crenças de um certo tipo, enquanto indivíduos de um outro tipo não são passíveis de serem persuadidos dessa maneira. Consequentemente, é necessário que o estudante de

retórica adquira um adequado conhecimento de tais classes,
e capacitando-se com isso a discerni-las mediante seus senti-
dos com precisão quando ocorrem nos eventos práticos da
vida real. Caso contrário, de nada lhe valerão as lições que
possa ter ouvido. Quando, porém, houver aprendido a dis-
tinguir qual tipo de indivíduo é influenciado por qual tipo de
272a discurso, e estiver capacitado, na hipótese de topar com tal
indivíduo, a reconhecê-lo e convencer-se que se trata desse in-
divíduo e que esse caráter [humano] realmente diante dele
agora é o que foi objeto de discurso numa certa palestra, em
relação a qual deve ele agora necessariamente efetuar uma
aplicação de um certo tipo de discurso de uma certa manei-
ra a fim de levar seu ouvinte à persuasão relativamente a
uma determinada ação ou crença – quando houver apreendi-
do tudo isso e a isso houver agregado um conhecimento dos
momentos em que deve falar e daqueles em que deve calar, e
tiver, inclusive, distinguido os ensejos propícios para o dis-
curso conciso, o lamentoso, ou o exagerado, e para as classes
de discurso que aprendeu, então – e só então – estará a sua
arte total e cabalmente consumada; e todo aquele que omi-
b tir qualquer desses pontos no discursar, ensinar ou escrever
e, contudo, afirmar que discursa segundo as regras da arte,
será inferiorizado por aquele que não lhe der crédito. “Ora,
então,” quem sabe declarará o autor de nosso tratado “Fedro
e Sócrates, concordais com tudo isso? Ou deverá a arte do
discurso ser descrita de algum outro modo?”.

Fedro: Isso seria impossível, Sócrates. De qualquer maneira, parecia ser uma tarefa colossal.

Sócrates: Dizes a verdade, daí a necessidade de examinar tudo
que foi dito de todos os prismas a fim de apurar se não assoma
c uma senda mais curta e mais fácil rumo à arte, para que não
haja o risco de se encetar uma longa senda acidentada quando
se dispõe de uma curta e suave. Caso tenhas ouvido de Lísias,
ou de qualquer outra pessoa qualquer coisa que possa nos ser
útil, faz um esforço de memória e te manifesta.

Fedro: Não é por deixar de tentar, mas nada me ocorre no momento.

Sócrates: Nesse caso, devo relatar algo que ouvi de alguns daqueles que se ocupam desses tópicos?

Fedro: Pois claro que sim.

Sócrates: Sabes, Fedro, que até o lobo tem direito a um advogado, como dizem.

d **Fedro:** Que seja tu o advogado dele.

Sócrates: Muito bem. Esses indivíduos dizem que é desnecessário tratar essas matérias com toda essa gravidade e fazê-las remontar aos seus primeiros princípios empregando muitas palavras, pois, como asseveramos no início dessa discussão, aquele que tenciona ser um exímio orador não necessita ter qualquer coisa a ver, segundo dizem, com a verdade ao examinar coisas que são justas ou boas, ou seres humanos que o são por natureza ou como produto da formação. Dizem que realmente nos tribunais ninguém se importa com a verdade de
e tais matérias, mas com o que é convincente, o que é chamado de probabilidade, de modo que aquele que pretende ser um artista do discurso precisa ter seu olhar fixo na probabilidade. De fato, às vezes, esteja tu acusando ou defendendo, não deves sequer relatar o que realmente sucedeu, se era improvável que sucedesse, mas o que era provável. Em resumo, um orador deve sempre ter em mira a probabilidade, não se importando
273a com a verdade. A totalidade da arte consiste em acatar esse método ao longo de todo o discurso.

Fedro: Enunciaste, Sócrates, precisamente o que dizem aqueles que arvoram possuir a arte do discurso. Lembro-me que tocamos sucintamente nesse assunto antes, mas parece ser o único ponto de grande importância para eles.

Sócrates: Bem, dispomos de Tísias que estudaste minuciosamente. Deixemos que o próprio Tísias agora nos informe se não declara
b que a probabilidade é o que pensa a maioria das pessoas.

Fedro: Isso é exatamente o que ele declara.

Sócrates: Aparentemente logo após ter concebido esta arguta definição científica, ele escreveu que se um homem débil, mas corajoso, atacasse um homem forte, mas covarde, subtraísse-lhe o manto ou alguma outra coisa, e fosse levado a julgamento por causa disso, nem uma parte nem outra deveria dizer a verdade:

o covarde declararia que não fora atacado pelo homem corajo-
c so sozinho, enquanto o outro provaria que somente eles dois
estavam presentes, dispondo-se a se servir do famoso argumento: "Como poderia um homem franzino como eu atacar um homem como ele?". O covarde não reconheceria sua covardia, mas talvez tentasse inventar alguma outra balela, com o que daria ao seu opositor uma chance para refutá-lo. E em outros casos, há outras regras da arte semelhantes. Não é isso, Fedro?

Fedro: Claro que sim.

Sócrates: Oh, parece ser uma arte assombrosamente oculta a que foi desvelada por Tísias, ou algum outro, seja quem possa ser ele e seja qual for a terra que se orgulha de dizer que é seu
d torrão natal! Mas, meu amigo, deveremos ou não responder
a isso...

Fedro: O quê?

Sócrates: "Tísias, há algum tempo atrás, antes de entrares em cena, dizíamos que essa tua probabilidade era aceita pela maioria das pessoas devido a sua semelhança com a verdade. E estabelecemos que aquele que conhece a verdade está constantemente melhor capacitado a descobrir semelhanças. Diante disso, se tiveres mais alguma coisa a declarar acerca da arte do discurso, nos disporemos a ouvir-te; em caso negativo, conservaremos nossa confiança nas explicações por nós apresentadas há pouco, ou seja, que a menos que alguém considere
e a variedade de caráter de sua audiência, e seja capaz de dividir
as coisas que são[189] por classes e captar coisas particulares segundo uma forma única[190], jamais será detentor da mais elevada perfeição humana no que se refere à arte do discurso. Que se acresça que não conquistará tal habilidade sem muito esforço e diligência, os quais não devem ser empreendidos por um homem sábio no mero interesse de discursar e atuar ante seres humanos, devendo ele se capacitar a discursar e atuar, na medida do possível, de um modo que agrade aos deuses. De
274a fato, os que são mais sábios do que nós, Tísias, dizem que um
homem de senso deveria atuar, sem dúvida, não para agradar

---

189. ...τὰ ὄντα... (*tà ónta*).

190. Ou seja, segundo uma *ideia geral*.

os escravos que são seus semelhantes – exceto o fazendo em caráter secundário –, mas os seus senhores, que são bons e nobres. Por conseguinte, se o caminho for longo, não te deixes surpreender com isso, pois é necessário que tal caminho seja trilhado para finalidades de suma importância, e não para aquelas que tens em mente, ainda que tuas próprias finalidades, inclusive, como indica nosso argumento, serão melhor alcançadas por esse caminho, se é o que desejas."

Fedro: Penso que o que disseste é admirável, Sócrates... desde que fosse exequível.

b **Sócrates:** Entretanto, há nobreza em lutar por objetivos nobres, independentemente do que nos aconteça.

Fedro: Certamente.

Sócrates: Discorremos o suficiente a respeito da arte do discurso e acerca daquilo a que falta arte.

Fedro: Com certeza.

Sócrates: Mas nos resta ainda abordar a questão da propriedade e impropriedade[191] no escrever, como deve ser produzido [o escrever próprio] e como se apresenta o impróprio, não é mesmo?

Fedro: Sim.

Sócrates: Conheces a melhor maneira de agradar os deuses ao agires ou falares envolvendo isso a arte do discurso?

Fedro: De modo algum. E quanto a ti?

c **Sócrates:** Posso revelar alguma coisa que ouvi dos antigos, embora se é verdadeiro só eles sabiam. Entretanto, se pudermos descobri-lo nós mesmos, haverá razão para continuarmos a nos importar com opiniões humanas?

Fedro: Essa seria uma pergunta ridícula. Mas relata-me o que declaras ter ouvido.

Sócrates: O que ouvi foi que em Naucratis[192], no Egito, havia um dos antigos deuses[193] daquela nação, ao qual a ave consa-

---

191. ...εὐπρεπείας... καὶ ἀπρεπείας... (*eyprepeias... kaì aprepeías*), no sentido do que é *conveniente (decente)* e *inconveniente (indecente)*.

192. No tempo de Platão, colônia grega no Egito.

193. ...θεῶν... (*theôn*).

grada é chamada de íbis, sendo o nome desse próprio deus[194]
Thoth[195]. Foi ele que primeiramente concebeu os números, o
d cálculo, a geometria e a astronomia, além do jogo de damas,
os dados e – o mais importante de tudo – as letras. Ora, o rei de
todo o Egito naquela época era Tamos[196], que vivia na megaló-
pole[197] da região superior chamada pelos gregos de Tebas egíp-
cia, chamando estes o próprio deus de Amon. A este dirigiu-se
Thoth para mostrar suas invenções, alegando ele que deviam
ser distribuídas entre os outros egípcios. Tamos, entretanto,
e perguntou-lhe acerca dos usos de cada uma delas e à medida
que Thoth indicava seus usos exteriorizou louvor ou censu-
ra, com base em sua aprovação ou reprovação. A história re-
lata que Tamos declarou muitas coisas a Thoth elogiando ou
censurando as várias artes, o que seria excessivo aqui repetir;
todavia, quando ele apresentou as letras, no dizer de Thoth:
"Isto, ó rei, uma vez aprendido tornará os egípcios mais sá-
bios e aprimorará suas memórias: trata-se de uma poção para
a memória e a sabedoria por mim descoberta". Tamos, contu-
do, respondeu: "Sumamente engenhoso Thoth, uma pessoa é
capaz de conceber as artes, mas a capacidade de julgar de sua
utilidade ou nocividade aos que farão uso delas cabe a uma
275a outra pessoa. E tu, agora, pai das letras, foste levado pelo afeto
a elas a conferir-lhes um poder que corresponde ao oposto do
poder que elas realmente possuem. O fato é que essa inven-
ção irá gerar esquecimento nas mentes dos que farão o seu
aprendizado, visto que deixarão de praticar com sua memória.
A confiança que passarão a depositar na escrita, produzida por
esses caracteres externos que não fazem parte deles próprios,
os desestimulará quanto ao uso de sua própria memória, que
lhes é interior. O que descobriste não é uma poção para a me-

194. ...δαίμονι... (*daímoni*).

195. ...Θεύθ... (*Theýth*), o deus egípcio associado majoritariamente à magia, sabedoria, palavra falada e escrita (discurso) e comunicação, mas também a muitas invenções e descobertas. Em copta, *Tahuti*. Corresponde ao deus Hermes da mitologia grega. Ver o *Filebo*, 18b, em *Diálogos IV*, obra publicada em *Clássicos Edipro*.

196. ...Θαμοῦ... (*Thamoŷ*), ou seja, o deus Amon, identificado pelos egípcios com o deus-sol (Rá) e pelos gregos com Zeus.

197. ...μεγάλην πόλιν... (*megálen pólin*), grande cidade.

mória, mas sim para a evocação; proporcionarás aos teus discípulos a aparência da sabedoria, mas não a verdadeira sabedoria, porque lerão muitas coisas sem se instruírem, com o que
b parecerão conhecer muitas coisas, mas na realidade permanecerão majoritariamente ignorantes, incapazes de acompanhar essas matérias, visto que não são sábios, mas tão só parecem ser sábios".

Fedro: Sócrates, crias com facilidade histórias do Egito ou de qualquer outro país que queiras.

Sócrates: Costumavam dizer, meu amigo, que as palavras do carvalho no templo de Zeus em Dodona foram as primeiras profecias. As pessoas daquele tempo, não sendo tão sábias quanto vós, jovens de hoje, satisfaziam-se em sua simplicidade em
c ouvir um carvalho ou uma rocha, contanto apenas que proferissem a verdade. Para ti, entretanto, talvez faça diferença quem é o orador e qual a origem deste. Por que, a despeito disso, não te limitas a considerar se o que ele diz é certo ou errado?

Fedro: Tu me repreendes com justiça e penso que o tebano está certo quanto ao que diz a respeito das letras.

Sócrates: Assim, aquele que julga que legou instruções escritas com referência a qualquer arte, tanto quanto aquele que as herda alimentando a crença de que a escrita pode inevitavelmente gerar resultados claros e certos são pessoas inteiramente ingênuas e, na verdade, ignorantes da profecia de Amon se pensam que as palavras escritas têm uma serventia que vai
d além de fazer lembrar aos que já têm conhecimento do objeto do que foi escrito.

Fedro: Isso está inteiramente correto.

Sócrates: A escrita, Fedro, apresenta esse estranho aspecto, e nisso verdadeiramente muito se assemelha à pintura. De fato, os rebentos da pintura se colocam como se fossem seres vivos, mas se alguém lhes indaga alguma coisa, permanecem num solene silêncio. O mesmo ocorre com as palavras escritas: é possível que imaginasses que falam como se possuíssem algum entendimento, mas se tu as interrogares, no anseio de
e conhecer o que dizem, se limitarão a dizer sempre uma só e mesma coisa. Uma vez uma palavra escrita haja sido registra-

da, é arremessada para lá e para cá, de maneira indiscriminada entre os que têm entendimento e entre os que não têm nenhum interesse nela, ignorando ela, ademais, a quem se dirigir ou não se dirigir. E quando é maltratada e objeto de um ataque injusto, necessita invariavelmente do apoio de seu pai, já que sozinha carece de capacidade para proteger-se ou prestar socorro a si mesma.

Fedro: A respeito disso também estás inteiramente certo.

276a **Sócrates:** Mas diz-me agora: não há um outro tipo de discurso, ou seja, de palavras, que se revele como sendo o legítimo irmão desse bastardo quer na forma em que foi gerado, quer na sua natureza aprimorada e mais capaz?

Fedro: Mas que discurso é esse e como achas que é gerado?

Sócrates: Trata-se de um discurso que é escrito com conhecimento na alma do aprendiz, discurso esse capaz de prover sua própria defesa e que está ciente quanto a quem deveria dirigir-se e diante de quem se conservar silencioso.

Fedro: Tu te referes à palavra viva e animada da pessoa que conhece, da qual a palavra escrita pode, com justiça, ser considerada a imagem.

b **Sócrates:** Exatamente. Agora me diz o seguinte: um agricultor sensato, que dispõe de uma quantidade de sementes pelas quais zela e com as quais tenciona produzir frutos, as plantaria movido por um sério propósito durante o calor do verão em algum jardim de Adonis[198], enchendo-se de júbilo por vê-las oito dias depois frutificar com beleza, ou o faria – na hipótese de realmente o fazer – somente a título de gracejo e para divertir-se? Quando agindo com seriedade, não obedeceria às regras da agricultura, plantando suas sementes em solo apropriado, aguardando oito meses para regozijar-se com a perfeição do que semeou?

c **Fedro:** É verdade, Sócrates. Ele agiria, como dizes, desse modo quando adotasse uma postura séria, e do outro modo somente para divertir-se.

---

198. ...Ἀδώνιδος κήπους... (*Adónidos képoys*), espaço externo de janela ou vaso onde os devotos de Adonis semeavam plantas durante o festival desse deus de origem síria e fenícia.

Sócrates: E estaríamos autorizados a supor que aquele que tem o conhecimento do justo, do belo e do bom é menos sensato no que respeita às suas sementes do que o agricultor?

Fedro: De modo algum.

Sócrates: Consequentemente não os escreverá, quando numa postura séria, com tinta, semeando-os através de uma pena com palavras incapazes de efetuar sua própria defesa à força de argumentos, bem como incapazes de ministrar adequadamente a verdade.

Fedro: Provavelmente não.

d **Sócrates:** Positivamente não. Quando escrever, é provável que semeará jardins de letras com o intuito de divertir-se, armazenando para si mesmo lembretes para quando atingir a propensão ao esquecimento da velhice, e para todos aqueles que quiserem seguir seus passos, e ele se sentirá feliz ao ver esses jardins fazendo brotar folhas tenras. E quando outros se comprazem com outras diversões, fruindo de banquetes e entretenimentos similares, ele consumirá seu tempo com esses prazeres que descrevi.

e **Fedro:** Uma nobre diversão, Sócrates, e que contrasta com os prazeres vulgares, é essa diversão de alguém capaz de extrair prazer do discurso, narrando histórias sobre a justiça e os demais temas que mencionas.

Sócrates: Sim, meu caro Fedro, é o que é. Mas, a meu ver, o discurso sério em torno desses temas é sumamente mais nobre, que é quando alguém emprega a arte da dialética, plantando e semeando numa alma apropriada o discurso do conhecimento, discurso simultaneamente capaz de auxiliar a si mesmo e
277a aquele que o plantou – discurso que não é estéril, mas que gera uma semente da qual mais discurso é cultivado em outras mentes, instaurando um processo interminável e eterno que promove a felicidade do detentor do discurso ao grau máximo possível alcançável pela felicidade humana.

Fedro: De fato, isso é sumamente mais nobre.

Sócrates: E agora, Fedro, visto que alcançamos um consenso acerca dessas matérias, estamos em condições de deliberar a respeito das outras.

Fedro: Que outras?

Sócrates: Em primeiro lugar as que nos conduziram a esse ponto por força de nosso desejo de investigá-las, uma vez que
b quisemos submeter a um exame o ataque feito a Lísias como escritor de discursos, bem como discutir os próprios discursos e apurar quais são produtos da arte e quais não são. Tenho comigo que mostramos com muita clareza o que é e o que não é uma obra de arte.

Fedro: É também o que penso, mas peço-te que me lembres o que foi dito.

Sócrates: É necessário que um indivíduo conheça a verdade acerca de todas as coisas particulares sobre as quais discursa ou escreve; também é necessário que esteja habilitado a definir todas as coisas separadamente; em seguida, uma vez as haja ele definido, terá que estar em condições de proceder à sua divisão por classes até torná-las indivisíveis. De modo análogo, é preciso que ele compreenda a natureza da alma, descubra a
c classe de discurso que se ajusta a cada natureza, organize e ordene seu discurso em consonância com isso, proporcionando discursos elaborados e harmoniosos à alma complexa, e simples conversações à alma simples. Enquanto não executar tudo isso, não se capacitará a empregar o discurso com arte, na medida em que se possa controlar metodicamente um discurso, quer com propósitos de ensino, quer com propósitos de persuasão. Isso foi consubstanciado por toda nossa discussão anterior.

Fedro: Plenamente. Foi precisamente esse o resultado.

Sócrates: E quanto à questão de se é nobre ou vil ser um orador e escritor de discursos e sob quais condições a própria profis-
d são pode ser, com justiça, classificada como vergonhosa ou não? Será que isso foi esclarecido há pouco tempo quando dissemos...

Fedro: O quê?

Sócrates: Que se Lísias ou qualquer outra pessoa algum dia escreveu, ou realmente escreve em caráter privado ou público, no processo de apresentação de alguma lei, um documento político com a convicção de incorporar claro conhecimento de

relevância duradoura, esse escritor atrairá merecidamente para
si a vergonha, quer alguém declare tal coisa ou não. De fato,
não estar ciente do que diferencia uma imagem onírica do que
é justo e injusto, do que é bom e mau, da realidade do justo e
e injusto, do bom e mau, verdadeiramente constitui fundamento,
de maneira inevitável, para o vergonhoso, mesmo que toda a
multidão o aplauda em uníssono.

Fedro: Isso é verdade.

Sócrates: Entretanto, ***aquele*** que julga que há na palavra escri-
ta necessariamente muito de jocoso, e que nenhum discurso
escrito, quer em verso, quer em prosa, merece ser encarado
com muita seriedade – e isso se aplica também às recitações
278a dos rapsodos, que são proferidas com o exclusivo fito de con-
vencer as mentes dos membros da multidão, sem espaço para
questionamento e ensinamento – mas que os melhores entre
eles se limitam a servir de lembretes para o que já sabemos;
e ***que*** julga que somente no discurso que versa sobre a justi-
ça, a beleza e a excelência e que é proferido por mestres no
interesse da instrução, e efetivamente numa alma, representa
clareza, perfeição e avaliação séria, que tais palavras devam
ser tidas como a própria autêntica prole do orador, em primei-
ro lugar o discurso no interior dele mesmo – se aí puder ser
encontrado – e, em segundo lugar, os descendentes ou irmãos
b desse discurso que possam ter brotado de um honroso modo
em almas alheias, e que não atentam para outros discursos –
essa pessoa, ó Fedro, provavelmente é como eu e tu oraríamos
para nos tornar.

Fedro: Para todos os efeitos é por isso que anseio e oro.

Sócrates: Bem, divertimo-nos numa conversação a respeito do
discurso tempo suficiente. Agora cabe a ti dirigir-se a Lísias e
comunicar-lhe que tu e eu visitamos a fonte e morada sagrada
das ninfas e ouvimos palavras que elas nos orientaram a trans-
c mitir a Lísias e a toda outra pessoa que compôs discursos, a
Homero ou a qualquer outro que haja composto poesia com ou
sem acompanhamento musical e, em terceiro lugar, a Sólon e
quem quer que tenha escrito documentos políticos denomina-
dos por ele leis; se escreveu munido do conhecimento da ver-

dade, se é capaz de defender o que escreveu numa discussão
quando contestado, e mostrar o poder de exibir mediante o seu
próprio discurso que as palavras escritas têm pouco valor, não
d deve fazer jus a um título com base nesses escritos, mas sim
da séria busca que está por trás deles.

Fedro: E que títulos conferirias a um tal homem?

Sócrates: Penso que a designação *sábio*, Fedro, seria excessiva, cabendo exclusivamente a um deus. Mas o nome *filósofo*[199], ou algo semelhante se lhe ajustaria melhor e lhe seria mais conveniente.

Fedro: E inteiramente apropriado.

Sócrates: Por outro lado, se alguém não dispuser de algo mais
valioso do que o que criou ou escreveu, restringindo-se a mo-
ver suas palavras ao seu bel prazer, adicionando uma frase e
e retirando outra, incorrerias em acerto em designá-lo como um
poeta, autor de discursos ou leis?

Fedro: Certamente.

Sócrates: Pois comunica isso ao teu amigo.

Fedro: E quanto a ti? O que farás? Decerto não devemos esquecer teu amigo.

Sócrates: A quem te referes?

Fedro: Ao nobre Isócrates[200]. Qual a mensagem que tu lhe transmitirás, Sócrates? O que diremos que ele é?

Sócrates: Isócrates é ainda jovem, Fedro. Mas dir-te-ei o que pre-
279a vejo para ele.

Fedro: E o que é?

Sócrates: A mim parece que, a julgar por sua natureza, tem condições de superar os discursos de Lísias, além do que possui um caráter mais nobre do que ele. Assim, não me surpreenderia em absoluto se, à medida que fica mais velho e prosseguindo compondo os discursos do tipo que escreve agora, reduza todos os que algum dia tentaram compor discursos a

---

199. ...φιλόσοφον... (*philósophon*), aficionado ou amante da sabedoria.

200. Isócrates de Atenas (436-338 a.C.), que se tornaria o conceituado mestre e diretor da famosa Escola de Oratória de Atenas, que viria a rivalizar diretamente com a Academia de Platão.

serem comparáveis a crianças. E até suspeito que não se con-
b tentará com essa obra, passando a ser conduzido por um impulso mais divino a coisas mais grandiosas. De fato, meu amigo, há alguma coisa da filosofia naturalmente presente na mente desse homem. Esta é a mensagem das divindades deste lugar que comunicarei ao meu querido Isócrates, enquanto tu comunicarás a outra a Lísias, o teu querido.

Fedro: Isso será feito. Mas partamos agora, visto que o calor tornou-se menos intenso.

Sócrates: Será que deveríamos fazer uma oração endereçada aos deuses daqui antes de irmos?

Fedro: Claro que sim.

Sócrates: "Ó caro Pan e todos vós demais deuses deste lugar, concedei-me que me torne nobre e belo interiormente, e que todos meus bens exteriores estejam em amigável harmonia com o que é interior. Que eu possa considerar o homem sábio,
c rico. E quanto ao ouro, que possa ter eu dele somente a quantidade que alguém moderado é capaz de suportar ou portar consigo." Será que necessitamos de algo mais, Fedro? Para mim creio ser essa súplica suficiente.

Fedro: Permite-me também partilhar dessa súplica, pois amigos têm todas as coisas em comum.

Sócrates: Partamos.

EUTÍFRON
(OU DA RELIGIOSIDADE)

PERSONAGENS DO DIÁLOGO:
Eutífron e Sócrates

2a **Eutífron:** Qual a novidade, Sócrates, que te fez deixar tuas habituais conversações no Liceu para consumires o tempo aqui no pórtico do *rei*[1]? Não é possível que estejas movendo uma ação privada perante o arconte-rei, como eu estou fazendo.

Sócrates: Os atenienses, Eutífron, não chamam isso de ação privada[2], mas de ação pública[3].

Eutífron: O quê? Então, pelo que parece, alguém moveu uma
b ação pública contra ti, pois não vais dizer-me que moveste uma contra outra pessoa.

Sócrates: Realmente não.

Eutífron: Mas alguém o fez contra ti?

Sócrates: Certamente.

Eutífron: Quem é essa pessoa?

Sócrates: Eu próprio realmente não conheço bem o homem, Eutífron. Parece tratar-se de uma pessoa jovem e desconhecida. Creio, contudo, que seu nome é Meleto. É do demo de Pitus... se conheceres alguém desse demo chamado Meleto, de cabelos compridos, pouca barba e nariz aquilino.

Eutífron: Não faço ideia de quem seja, Sócrates. Mas qual a acu-
c sação que fez contra ti?

---

1. ...βασιλέως... (*basiléos*): em Atenas, o arconte-rei, ou seja, o *segundo* dos nove arcontes, que eram os principais magistrados do Estado ateniense.
2. ...δίκην... (*díken*).
3. ...γραφήν... (*graphén*).

Sócrates: Qual acusação? A mim parece que não uma acusação ordinária, pois não é algo insignificante um jovem ter conhecimento de uma matéria de tal importância. De fato, ele afirma que sabe como os jovens são corrompidos e quem os corrompe. É de se presumir que seja um homem sábio, que ao notar minha ignorância e que corrompo aqueles que estão na sua faixa etária, dirige-se ao Estado, como alguém que corre para sua mãe, para acusar-me. Parece-me que é o único de nossos políticos que começa pelo modo correto, visto que o modo
d correto consiste em cuidar primeiramente dos jovens, a fim de torná-los os melhores possíveis, tal como um bom agricultor naturalmente dedicará seus cuidados primeiro às plantas jovens, para depois cuidar das outras. Assim, talvez Meleto
3a esteja primeiramente se livrando de nós, que corrompemos os brotos tenros, como ele diz. E então, mais tarde, evidentemente cuidará dos mais velhos e será uma fonte de incontáveis bênçãos muito preciosas para o Estado... o que parece, ao menos, ser o resultado natural do começo de que partiu.

Eutífron: Gostaria que assim fosse, Sócrates, mas receio que resulte o oposto. A mim parece que ele começa por ferir o Estado *em seu próprio coração*[4] quando se dispõe a cometer uma injustiça contra ti. Mas me diz: o que ele alega que fazes para corromper os jovens?

b **Sócrates:** Coisas absurdas, meu admirável amigo, ao ouvi-las em primeira mão, já que ele diz que sou um criador de deuses. E tendo como fundamento que crio novos deuses e não creio nos antigos, ele moveu uma ação pública contra mim em defesa dos deuses antigos, sendo esses os seus termos.

Eutífron: Entendo, Sócrates. É porque afirmas que o *dáimon*[5] regularmente se manifesta a ti. Assim, ele moveu essa ação

4. ...ἑστίας... (*hestías*), literalmente no *lar*, na parte recôndita da casa, onde se encontravam o altar e santuário (com o fogo doméstico incessantemente realimentado) para culto das divindades domésticas, particularmente a deusa Héstia.

5. ...δαιμόνιον... (*daimónion*), genericamente *deus* (em princípio divindade menor destituída de nome). Mas aqui o sentido é específico: trata-se da divindade particular que Sócrates afirmava que o inspirava e orientava, uma espécie de gênio tutelar, correspondente, *grosso modo*, ao anjo da guarda da religião cristã, ou à *consciência*.

pública contra ti por introduzires inovações na religião e recorre ao tribunal com o objetivo de te caluniar[6], ciente de que esse tipo de coisa é *facilmente mal interpretado*[7] pelas pessoas em geral. Ora, chegam a rir de mim e me classificar como lou-
c co quando falo de coisas divinas e prevejo o futuro na Assembleia. E, todavia, nada do que previ *deixou de acontecer*[8]. Mas elas têm inveja de indivíduos como tu e eu. Entretanto, não devemos nos preocupar com isso, mas enfrentá-las diretamente.

Sócrates: Caro Eutífron, talvez não haja qualquer consequência quanto a estar exposto ao seu riso. Imagino que os atenienses não se importam muito com a presença de alguém julgado por eles inteligente, contanto que este não transmita sua sabedoria a outros. Mas se julgam que induz outros a serem semelhantes a
d ele, ficam irados com ele, ou movidos pela inveja, como dizes, ou devido a alguma outra razão.

Eutífron: Certamente não desejo testar seus sentimentos em relação a mim nessa matéria.

Sócrates: Não, porque talvez pensem que adotas uma postura de reserva e não queiras comunicar tua sabedoria. Mas temo que, por causa de meu *amor à humanidade*[9], julgam que não só despejo fartamente meus discursos sobre todos os homens sem ser pago por isso, como me disponho inclusive a recompensar alguém que queira me ouvir. Agora se, como dizia há pouco, tencionaram rir de mim, como dizes que fazem contigo, não
e será, de modo algum, desagradável passar o tempo no tribunal entre gracejos e risos. Mas se seu propósito é sério, então somente videntes como tu podem revelar o desfecho disso.

Eutífron: Bem, Sócrates, talvez isso não resulte em nada e possas conduzir teu processo a um desfecho satisfatório, como penso que poderei conduzir o meu.

Sócrates: E qual é o teu processo, Eutífron? Vens defender-te ou acusas alguém?

---

6. ...διαβαλῶν... (*diabalôn*).
7. ...εὐδιάβολα... (*eydiábola*).
8. ...οὐκ ἀληθὲς... (*oyk alethès*), literalmente: é *não verdadeiro* (falso).
9. ...φιλανθρωπίας... (*philanthropías*).

Eutífron: Acuso.

Sócrates: Quem?

4a **Eutífron:** Alguém que me julgam louco em acusar.

Sócrates: Por quê? Acusas alguém *para quem é fácil escapar?*[10]

Eutífron: Não há como escapar para ele, já que é bastante velho.

Sócrates: Quem é ele?

Eutífron: Meu pai.

Sócrates: Ó meu excelente amigo, teu próprio pai?

Eutífron: Com certeza.

Sócrates: Mas qual a acusação e qual o processo?

Eutífron: Homicídio, Sócrates.

Sócrates: Por Héracles! Certamente, Eutífron, a maioria ignora onde reside o correto; de fato, suponho que não sejam todas as pessoas capazes de fazer corretamente o que fazes, mas so-
b mente alguém sumamente sábio.

Eutífron: Sumamente sábio, por Zeus, Sócrates.

Sócrates: A pessoa morta por seu pai é um parente? Isso me pareceria óbvio, já que não farias uma acusação de homicídio contra ele por causa de um estranho.

Eutífron: É ridículo, Sócrates, te importares com a diferença daquele que foi morto ser um estranho ou um parente. A única coisa a ser considerada é apurar se quem matou agiu justa ou injustamente; se o fez justamente, deixemo-lo livre, mas se este não foi o caso, cabe processá-lo, mesmo que compartilhe
c de nosso fogo doméstico e de nossa mesa. A impureza[11] é a mesma se manténs cientemente a companhia de tal pessoa e não purificas a ti próprio e a ele o levando à justiça. Neste caso em particular, a vítima foi um trabalhador contratado por mim, e quando trabalhávamos em Naxos ele era ali um serviçal que lavrava nossa terra. Ora, embriagou-se, encolerizou-se com um de nossos escravos domésticos e o degolou. Meu pai o amarrou pelas mãos e os pés, o jogou num fosso e enviou um homem para cá com a missão de indagar do *intérprete dos*

---

10. ...πετόμενόν... (*petómenón*). Platão usa uma imagem que poderia também ser traduzida literalmente: *...que voa...* .

11. ...μίασμα... (*míasma*), mácula produzida por um assassinato.

d *ritos religiosos*[12] o que ele devia fazer. Enquanto esperava, não se importou com o homem amarrado e descuidou-se dele, pensando que se tratava de um assassino e que não tinha importância se morresse, o que foi precisamente o que aconteceu. De fato, morreu devido à fome, frio e suas correntes antes que o mensageiro voltasse [com as instruções] do intérprete. E agora meu pai e o resto de meus parentes estão indignados comigo porque, em defesa desse assassino, estou acusando meu pai de assassinato. Afirmam que ele não o matou e que mesmo que o tivesse feito, o morto não passava de um assassino, não devendo eu me incomodar com um tal indivíduo,
e mesmo porque é um ato irreligioso um filho processar o pai por homicídio. Entretanto, Sócrates, isso revela quão pouca compreensão têm eles da postura divina diante do que é religioso[13] e irreligioso[14].

Sócrates: Mas, por Zeus, Eutífron, pensas que teu conhecimento acerca do divino, sobre o que é religioso e irreligioso é tão apurado que, quando os fatos se apresentam como declaras, não receias cometer tu próprio um ato irreligioso ao acusar teu pai de homicídio?

Eutífron: Eu seria uma pessoa inútil, Sócrates, e Eutífron não
5a diferiria em nada da maioria das pessoas, se eu não tivesse um apurado conhecimento de todas essas coisas.

Sócrates: Então a mais importante coisa para mim, admirável Eutífron, é tornar-me teu discípulo, e diante desta minha ação pública movida por Meleto desafiá-lo e dizer-lhe que no passado sempre considerei importantíssimo o conhecimento das coisas divinas e que agora – posto que ele declara que introduzo inovações a respeito dos deuses – tornei-me teu discípulo.
b E eu lhe diria: "Meleto, se reconheces que Eutífron é sábio nessas matérias, acredita que também sustento opiniões corretas e não me leves a julgamento; mas se não o reconheces, processa a ele, meu mestre, e não a mim, e o acusa de corromper os velhos – a saber, seu pai e eu – o que é por ele realizado

12. ...ἐξηγητοῦ... (*exegetoŷ*).

13. ...ὁσίου... (*hosíoy*).

14. ...ἀνοσίου... (*anosíoy*).

ensinando-me e corrigindo e punindo seu pai". E se ele não fizer como peço e poupar-me da ação pública ou movê-la contra ti em meu lugar, repetirei o mesmo repto no tribunal.

Eutífron: Sim, por Zeus, Sócrates, e se ele se dispusesse a mover
c uma ação pública contra mim, penso que descobriria seu ponto fraco e a discussão no tribunal seria muito mais a respeito dele do que a respeito de mim.

Sócrates: E é por compreender isso, caro amigo, que desejo tornar-me teu discípulo. Sei que nem Meleto nem qualquer outro indivíduo parecem, absolutamente, perceber-te, enquanto ele me viu com tal nitidez e facilidade que me acusou de impiedade.[15] Ora, por Zeus, me diz o que afirmaste há pouco conhecer
d tão bem. O que dizes ser o pio e o ímpio, tanto no tocante ao homicídio quanto no tocante às outras coisas? Não é o religioso sempre o mesmo em relação a si mesmo em todas as ações e, por outro lado, não é o irreligioso o oposto de todo religioso, sempre o mesmo em relação a si mesmo, e tudo que é irreligioso apresenta-se a nós sob uma forma característica do irreligioso?

Eutífron: Com toda a certeza, Sócrates.

Sócrates: Diz-me, portanto: o que é o religioso e o que é o irreligioso?

Eutífron: Bem, digo que *religioso* é fazer o que estou fazendo agora, processar o perpetrador de injustiça que comete homicídio, furta dos templos ou comete qualquer ato desse jaez,
e quer seja ele teu pai, tua mãe, quer seja qualquer outra pessoa, ao passo que *irreligioso* é deixar de processá-lo. E observes, Sócrates, que posso oferecer uma segura evidência de que assim é a lei. Já apresentei a outros essa evidência, que essa ação é correta e que não devemos permitir que aquele que age com impiedade permaneça impune, independentemente de quem

15. ...ἀσεβείας... (*asebeias*). Apesar da proximidade conceitual, a partir daqui Platão alternará ὁσίου (*hosíoy*) (conforme à lei divina, sagrado, religioso), ἀνοσίου (*anosíoy*) (contrário à lei divina, não sagrado, irreligioso) e εὐσεβές (*eysebés*) (piedoso, pio), ἀσεβές (*asebés*) (impiedoso, ímpio), bem como substantivos correspondentes. De qualquer maneira, ao menos no contexto deste diálogo, deve-se contemplar a identidade ou paridade conceitual desses dois grupos de termos.

6a possa ser. As pessoas creem que Zeus é o melhor e o mais justo dos deuses, e reconhecem que acorrentou seu pai porque este, de maneira injusta, engolia seus filhos e castrara, por sua vez, seu pai por razões semelhantes.[16] Mas estão indignadas comigo porque processo meu pai por sua injustiça cometida, com o que se mostram incoerentes no que dizem sobre os deuses e sobre mim.

Sócrates: De fato, Eutífron, é essa a razão por que sou réu numa ação pública, porquanto é difícil para mim aceitar tais narrativas sobre os deuses, o que provavelmente constituirá o motivo para as pessoas me dizerem que estou equivocado. Agora, se
b tu, que conheces tanto sobre essas matérias, partilhas de suas opiniões, suponho que também nós devamos assentir. De fato quem somos nós para declararmos algo – nós que admitimos francamente nada sabermos de tais matérias? Mas diz-me, em nome do deus da Amizade[17], crês realmente que essas coisas são verdadeiras?

Eutífron: Sim, além de outras ainda mais maravilhosas do que essas, Sócrates, e que a maioria das pessoas desconhece.

Sócrates: E crês que há realmente guerra entre os deuses, inimizades e batalhas medonhas e outras coisas dessa espécie, tal como contadas pelos poetas e representadas em variados
c ritos sagrados por bons artistas, como ocorre especialmente nas grandes Panateneias[18], ocasião em que o peplo[19], repleto de

---

16. Platão alude à mitologia pré-olímpica. Urano (céu) foi emasculado com uma foice por seu filho Cronos (tempo). Cronos, ciente da profecia de que um de seus filhos o destronaria, tragava todos os filhos que gerava em Reia. Esta, indignada, por ocasião do nascimento de Zeus, escondeu-o e deu a Cronos uma pedra, em seu lugar, para que ele a engolisse. Uma vez crescido, o *cronida* Zeus (ou seja, filho de Cronos) prendeu o pai e o destronou, tornando-se o senhor do Olimpo. Seus irmãos Poseidon, Hades etc., haviam sido vomitados por Cronos.

17. ...Φιλίου... (*Philíoy*), ou seja, Zeus.

18. ...μεγάλοις Παναθηναίοις... (*megálois Panathenaíois*), festividades em honra de Atena (deusa patrona de Atenas) celebradas de quatro em quatro anos.

19. ...πέπλος... (*péplos*), palavra de múltiplos sentidos, mas aqui com um específico: veste feminina bordada e sem mangas com a qual se ornava a estátua de Atena para as procissões das Panateneias.

adornos multicoloridos, é transportado à Acrópole[20]? Admitiremos que essas coisas são verdadeiras, Eutífron?

Eutífron: Não apenas essas, Sócrates, mas como acabei de dizer, muitas outras coisas a respeito dos deuses, que, se quiseres, a ti relatarei, e que, estou certo, produzirão deslumbramento em ti quando as escutares.

Sócrates: Não duvido, mas poderás relatar-me isso folgadamente numa outra oportunidade. Agora, procura dizer com mais clareza o que te perguntei há pouco. De fato, meu amigo, não me for-
d neceste informação suficiente antes, quando indaguei o que era o religioso, e te limitaste a dizer-me que era religioso o que estás fazendo no presente, ou seja, processar teu pai por homicídio.

Eutífron: Ora, o que eu disse é verdadeiro, Sócrates.

Sócrates: Talvez. Entretanto, Eutífron, concordas que muitas outras coisas são religiosas, não é mesmo?

Eutífron: Sim, são.

Sócrates: Agora recorda que não foi isso que te solicitei, a saber, indicar-me um ou dois entre os muitos atos religiosos, mas que me indicasses a própria forma[21] pela qual todos os atos religiosos são religiosos. Com efeito, disseste que todos os atos irreligiosos são irreligiosos e todos os atos religiosos são reli-
e giosos por meio de uma forma.[22] Ou não te recordas?

Eutífron: Recordo.

Sócrates: Diz-me então o que é essa forma para que eu possa manter meu olhar fixado nela e empregá-la como um padrão, e diante de algo que faças ou qualquer outra pessoa, essa ação se conformando a ele, poderei dizer que é religiosa, e se não se conformar, que é irreligiosa.

Eutífron: Se é teu desejo que eu explique desse modo, eu o farei.

Sócrates: Realmente é o que desejo.

Eutífron: Bem, o que é caro aos deuses é religioso, e o que não é
7a caro a eles é irreligioso.

---

20. ...ἀκρόπολιν... (*akrópolin*), cidade alta, a cidadela de Atenas, consagrada a Atena e embelezada com suntuosos monumentos, como o Partenon.

21. ...εἶδος... (*eîdos*).

22. Cf. 5d, onde Eutífron assente com isso.

Sócrates: Esplêndido, Eutífron! Desta vez me respondeste como te pedi que respondesses. Se, contudo, é verdadeiro, não tenho certeza ainda. Mas irás, sem dúvida, demonstrar que o que dizes é verdadeiro.

Eutífron: Certamente.

Sócrates: Então ponhamo-nos a examinar o significado de nosso discurso. Uma coisa ou um ser humano que é caro aos deuses é religioso, enquanto uma coisa ou um ser humano que é odiado pelos deuses é irreligioso. Não são idênticos, mas absolutamente opostos entre si. É isso que queres dizer?

Eutífron: Sim, precisamente isso.

b **Sócrates:** E parece estar correto?

Eutífron: Sou da opinião que sim, Sócrates.

Sócrates: Bem, dissemos também que os deuses, Eutífron, mantêm rixas entre si, que há divergência entre eles bem como inimizade?

Eutífron: Dissemos isso.

Sócrates: Mas quais, excelente homem, são as matérias em que divergem e que causam a inimizade e o ódio? Vejamos isso da seguinte maneira: se fosse o caso de tu e eu divergirmos a respeito de números – suponhamos, quanto a qual de dois números ser o maior –, a divergência acerca desse ponto nos transformaria em inimigos e nos faria nos odiar, ou rapida-
c mente a resolveríamos recorrendo à aritmética?

Eutífron: Certamente [recorreríamos à aritmética].

Sócrates: Igualmente se viéssemos a discordar sobre o tamanho relativo das coisas, depressa daríamos um fim ao desacordo recorrendo à medição?

Eutífron: Isso mesmo.

Sócrates: E nos entenderíamos, suponho, a respeito de pesos relativos efetuando a pesagem?

Eutífron: É claro.

Sócrates: Mas qual seria o objeto de uma divergência que não poderíamos resolver e que nos converteria em inimigos e pessoas que se odeiam? Talvez não possas oferecer uma pronta respos-
d ta, mas tomo a liberdade de sugeri-la. Não seria esse objeto o

justo e o injusto, o nobre e o vil[23] e o bom e o mau? Não são estas as questões cuja divergência, quando somos incapazes de alcançar um consenso satisfatório sobre elas, nos leva, tu e eu, e outras pessoas, a se tornarem inimigas?

Eutífron: Sim, Sócrates, são essas as questões cuja divergência nos leva à inimizade.

Sócrates: E quanto aos deuses, Eutífron? Se divergem, sua divergência não envolveria essas questões?

Eutífron: Necessariamente.

e **Sócrates:** Assim, ó nobre Eutífron, com base no que afirmas, também alguns dos deuses julgam certas coisas justas ou injustas, nobres ou vis, boas ou más, enquanto outros disso discordam, visto que não entrariam em conflito se não discordassem com respeito a essas matérias. É isso?

Eutífron: O que dizes é correto.

Sócrates: E eles estimam o que cada um deles julga nobre, bom, justo e odeiam seus opostos?

Eutífron: Certamente.

Sócrates: Mas dizes que coisas idênticas são consideradas justas
por alguns deles e injustas por outros, e é pelo fato de divergi-
8a rem acerca dessas coisas que entram em discórdia e guerreiam
entre si. Não é o que dizes?

Eutífron: É.

Sócrates: Então, pelo que se evidencia, as mesmas coisas são odiadas e amadas pelos deuses, e as mesmas coisas seriam caras e odiáveis aos deuses.

Eutífron: É o que se evidencia.

Sócrates: E as mesmas coisas seriam tanto religiosas quanto irreligiosas, Eutífron, se nos conformarmos a esse argumento.

Eutífron: Receio que sim.

Sócrates: Então não respondeste minha pergunta, homem extra-
ordinário, pois não indaguei o que é, ao mesmo tempo, reli-
gioso e irreligioso e, a julgar por tua resposta, o que é caro aos
b deuses também lhes é odioso. Consequentemente, Eutífron,

---

23. ...καλὸν καὶ αἰσχρὸν... (*kalòn kaì aiskhròn*): aqui incluídos os conceitos de *belo* e *feio*.

não seria de se surpreender se ao punires teu pai como estás fazendo estivesses realizando uma ação cara a Zeus, mas odiosa a Cronos e Urano, e cara a Hefaístos, mas odiosa a Hera e assim por diante no tocante aos demais deuses, se qualquer deles divergisse de qualquer outro com respeito a essa tua ação.

Eutífron: Mas penso, Sócrates, que não há divergência entre os deuses a respeito disso, que qualquer um deles sustentaria que alguém que mata alguém injustamente não deve ser punido.

Sócrates: Bem, Eutífron, retornando aos seres humanos, já ouviste alguma vez alguém sustentando que aquele que matou
c injustamente uma pessoa ou que tenha feito qualquer outra coisa injustamente não deva ser punido?

Eutífron: Ora, há indivíduos sempre discutindo esse ponto tanto fora quanto especialmente dentro dos tribunais. De fato, cometem muitíssimas ações injustas e, assim, nada há que deixarão de fazer ou dizer, na defesa de si mesmos, para escaparem da punição.

Sócrates: Sim, mas reconhecem, Eutífron, que perpetraram atos injustos e, mesmo o reconhecendo, declaram, não obstante, que não devem ser punidos?

Eutífron: Não... não é assim que agem.

Sócrates: Bem, nesse caso há algo que não fazem e dizem, pois imagino que não se atrevem a declarar e questionar que, se
d realmente cometeram injustiça, não devem ser punidos. O que penso é que declaram que não cometeram injustiça. Não é o que acontece?

Eutífron: O que dizes é verdadeiro.

Sócrates: Então não questionam esse ponto, ou seja, que aquele que cometeu injustiça não deve ser punido. Entretanto, é possível que questionem a respeito do que é aquele que comete injustiça, o que foi cometido por ele e quando.

Eutífron: O que dizes é verdadeiro.

Sócrates: E não acontece o mesmo com os deuses, na hipótese de disputarem sobre o justo e o injusto, segundo sustentas, quando alguns dizem que outros cometeram injustiça e alguns
e dizem que não cometeram? Decerto, homem admirável, nin-

guém – deus ou ser humano – ousaria afirmar que aquele que comete injustiça não deve ser punido.

Eutífron: Sim, o que dizes, Sócrates, é verdadeiro quanto ao ponto principal.

Sócrates: O que penso, Eutífron, é que os que divergem, tanto seres humanos quanto deuses, se é que estes últimos realmente divergem, divergem a respeito de cada ação em particular. Quando discordam entre si sobre uma certa ação, alguns dirão que foi justa, enquanto outros dirão que foi injusta. Não é assim?

Eutífron: Certamente.

Sócrates: Pois sigas em frente, caro Eutífron, e me esclareças
9a para que eu possa me tornar mais sábio, de que prova dispões de que todos os deuses consideram que aquele homem foi morto injustamente, o homem que se tornou um assassino enquanto te prestava serviço, foi acorrentado pelo senhor de sua vítima e morreu nessa condição antes que aquele que o acorrentou ficasse sabendo da parte dos intérpretes orientadores o que lhe cabia fazer com ele, e que, em nome desse homem, é correto para um filho processar o pai e acusá-lo de homicídio. Vamos, tentes demonstrar-me isso com clareza, a saber, que os
b deuses julgam ser essa a conduta correta. Se puderes oferecer-me uma satisfatória demonstração disso, jamais deixarei de louvar tua sabedoria.

Eutífron: Mas talvez isso não seja uma tarefa fácil, Sócrates, ainda que eu seja capaz de demonstrá-lo com bastante clareza.

Sócrates: Compreendo. Deves pensar que minha dificuldade de compreensão é maior do que a dos juízes, uma vez que está patente que a eles demonstrarás que tais atos são injustos e que são odiosos a todos os deuses.

Eutífron: Eu o demonstrarei a eles com toda a clareza, Sócrates, desde que se dignem a me ouvir.

Sócrates: Ouvir-te-ão se acharem que discursas bem. Mas ocorreu-
c -me o seguinte enquanto falavas e eu o examinava, dizendo a mim mesmo: "Se Eutífron me demonstrasse, de maneira conclusiva, que todos os deuses consideram tal morte injusta, o que teria eu aprendido de Eutífron a respeito do que é o religioso e o que é o irreligioso?" Nesse caso, esse ato, pelo

que parece, seria odioso aos deuses, mas vimos há pouco que
o religioso e seu oposto não eram definidos em função disso.
Constatamos que aquilo que é odioso aos deuses também lhes
é caro. Diante disso, dispenso-te, Eutífron, da discussão desse
ponto, e se assim o preferires, suporemos que todos os deu-
d ses julgam esse ato injusto e o abominam. Mas nos dispore-
mos agora a corrigir nosso argumento e declarar que tudo que
é odiado pela totalidade dos deuses é irreligioso e tudo que é
amado pela totalidade deles é religioso? E que aquilo que
é amado por alguns, mas odiado por outros, não é uma coisa
nem outra, ou uma e outra? Gostarias que agora definíssemos
assim o religioso e o irreligioso?

Eutífron: E o que nos impede de agir assim, Sócrates?

Sócrates: No que toca a mim, nada, Eutífron, mas deves avaliar tua própria posição, ou seja, avaliar se a adoção dessa definição facilitará o ensinamento que prometeste ministrar-me.

e **Eutífron:** Bem, eu diria que o que todos os deuses amam é o
religioso, ao passo que o oposto, o que todos eles odeiam, é
o irreligioso.

Sócrates: Então nos poremos e reexaminar isso, Eutífron, a fim de apurar se é uma afirmação correta, ou dispensaremos esse reexame e aceitaremos nossa própria afirmação, ou as de outros indivíduos, bastando para nosso assentimento a simples afirmação de alguém. Ou compete-nos investigar se a afirmação está correta?

Eutífron: Devemos investigar, embora eu ache que agora está correta.

Sócrates: Meu amigo, logo saberemos melhor se está. Mas res-
10a ponde ao seguinte: é aquilo que é religioso amado pelos deuses
porque é religioso, ou é religioso porque é amado pelos deuses?

Eutífron: Não compreendo o que queres dizer, Sócrates.

Sócrates: Sendo assim, tentarei me exprimir com maior clareza. Falamos de ser carregado e de carregar, de ser conduzido e de conduzir, de ser visto e de ver. E compreendes, não é mesmo, que todas essas expressões diferem entre si do prisma do significado e como diferem?

Eutífron: Penso que compreendo.

Sócrates: Então igualmente concebemos uma coisa sendo amada e uma coisa amando, sendo elas diferentes?

Eutífron: É claro.

b **Sócrates:** Ora, responde o seguinte: uma coisa que é carregada é uma coisa carregada porque alguém a carrega, ou devido a alguma outra razão?

Eutífron: Não. É por essa razão.

Sócrates: E uma coisa que é conduzida o é porque alguém a conduz, e uma coisa que é vista o é porque alguém a vê?

Eutífron: Certamente.

Sócrates: A conclusão é que não é por ser vista que alguém vê
uma coisa, mas, pelo contrário, ela é uma coisa vista porque
alguém a vê; e não é por ser conduzida que alguém conduz
uma coisa, mas é uma coisa conduzida porque alguém a con-
duz; e não é por ser carregada que alguém carrega uma coisa,
mas é uma coisa carregada porque alguém a carrega. Estará
c claro agora, Eutífron, o que estou tentando dizer? O que pre-
tendo dizer é que se alguma coisa está vindo a ser ou está sen-
do afetada, não está vindo a ser porque está num estado de vir
a ser, mas está no estado de vir a ser porque está vindo a ser;
e não está sendo afetada porque é uma alguma coisa afetada,
mas é alguma coisa afetada porque está sendo afetada. Ou não
concordas com isso?

Eutífron: Concordo.

Sócrates: Não é aquilo que é amado algo que está vindo a ser ou sendo afetado por alguma coisa?

Eutífron: Certamente.

Sócrates: E esse caso é análogo aos anteriores, ou seja, aqueles que o amam não o amam porque é algo amado, mas ele é algo amado porque o amam. Não é isso?

Eutífron: Necessariamente.

Sócrates: E o que dizes então acerca daquilo que é religioso, Eu-
d tífron? Segundo disseste, é amado por todos os deuses, não é?

Eutífron: Sim.

Sócrates: Pela razão de ser religioso ou alguma outra?

Eutífron: Não. Por essa mesma razão.

Sócrates: É amado porque é religioso, não religioso porque é amado?

Eutífron: É o que parece evidenciar-se.

Sócrates: Mas aquilo que é caro aos deuses, a eles é caro e por eles amado porque o amam.

e **Eutífron:** É claro.

Sócrates: Conclui-se que aquilo que é caro aos deuses, Eutífron, e aquilo que é religioso não são idênticos, como dizes, mas mutuamente distintos.

Eutífron: Mas como, Sócrates?

Sócrates: Porque concordamos que o religioso é amado porque é religioso e que não é religioso porque é amado. Não concordamos nesse ponto?

Eutífron: Sim.

Sócrates: Mas concordamos que aquilo que é caro aos deuses a eles é caro porque o amam, isto é, em razão desse amor, não que o amam porque lhes é caro.

Eutífron: O que dizes é verdadeiro.

Sócrates: Contudo, se aquilo que é caro aos deuses e aquilo que é
religioso fossem idênticos, caro Eutífron, então se o religioso
11a fosse amado porque é religioso, aquilo que é caro aos deuses
seria amado porque é caro e, ademais, se aquilo que é caro
aos deuses o fosse porque é amado, aquilo que é religioso o
seria porque é amado. Entretanto, agora percebes que o que
ocorre é o contrário, indicando que ambos são inteiramente
distintos entre si. Com efeito, um torna-se *amável* pelo fato de
ser amado, ao passo que outro é amado porque é em si mesmo
amável. Acresça-se, Eutífron, que parece que quando foste in-
dagado sobre o que é a religiosidade, não querias deixar clara
sua essência. Mencionaste algo que afeta essa religiosidade,
b nomeadamente que é amada por todos os deuses. Mas o fato é
que não revelaste até agora o que é. Agora, se for tua vontade,
não o ocultes de mim, mas tudo recomeçando diz-me o que
é a religiosidade, independentemente de ser ela amada pelos
deuses ou ser afetada por isso ou aquilo. Não entraremos em
conflito acerca disso, mas me diz francamente: o que é o reli-
gioso e o que é o irreligioso?

Eutífron: Mas, Sócrates, não sei exprimir o que está em minha mente. De fato, seja qual for a proposição que aventamos, de uma maneira ou outra ela desloca-se e se nega a ficar ali onde a instalamos.

Sócrates: Tuas afirmações, Eutífron, parecem ser de meu ances-
c tral Dédalo[24] e, se fosse eu que as fizesse ou apresentasse, é possível que escarnecesses de mim e declarasses que devido ao meu parentesco com ele minhas obras discursivas são *fugitivas*[25], não permanecendo onde são instaladas. Mas agora, como essas afirmações são tuas, necessitaremos de algum outro escárnio, pois elas não se conservarão fixas, como tu mesmo percebes.

Eutífron: Acho que o mesmo escárnio continuará valendo, Sócrates, pois não sou o responsável pelo deslocamento dessas
d afirmações que não permanecem no mesmo lugar. Tu és o Dédalo. Se dependesse de mim, permaneceriam onde estavam.

Sócrates: Parece então, meu amigo, que sou alguém mais hábil do que Dédalo, na medida em que ele fazia apenas suas obras se moverem,[26] ao passo que eu, pelo que parece, transmito movimento tanto às obras de outras pessoas quanto às minhas. E
e o que há de mais notável na minha arte é que minha habilidade contraria minha própria vontade, pois eu preferiria a fixidez e estabilidade de meus discursos a possuir o saber de Dédalo mais a riqueza de Tântalo[27]. Mas basta. Já que mostras indo-

---

24. Sócrates, tendo sido educado inclusive para ser um escultor, pertencia a uma linhagem de escultores. Seu pai, Sofronisco, era escultor, e os escultores, como os médicos que faziam remontar sua ascendência ao deus Asclépio, faziam remontar a sua à figura mítica de Dédalo, construtor do labirinto de Creta, das asas empregadas temerariamente por seu filho Ícaro, e escultor de estátuas celebrizadas por seu impressionante realismo.
25. Dédalo era, pessoalmente, exímio em matéria de fugas. Encarcerado no labirinto por ordem do rei Minos, dali fugiu graças às asas por ele construídas.
26. Dizia-se que as estátuas de Dédalo eram tão expressivas no impacto de seu realismo que "não só moviam os próprios olhos como se punham a andar".
27. Filho de Zeus e rei da Frígia, condenado no Hades à sede e fome perpétuas por haver traído Zeus ao furtar néctar e ambrósia do Olimpo (onde os fruía na companhia dos deuses) e compartilhá-los com os mortais; essa punição atroz também era por ter servido seu próprio filho Pélops (cujos bocados foram adicionados ao repasto)

lência, eu mesmo prestarei ajuda a ti para que possas instruir-me a respeito da religiosidade. E não abandones essa tarefa antecipadamente. Consideres se achas que tudo que é religioso é necessariamente justo.

Eutífron: É o que acho.

Sócrates: Mas tudo que é justo é também religioso? Ou é tudo que
12a é religioso justo, mas nem tudo que é justo religioso, porém somente parcialmente religioso e parcialmente outra coisa?

Eutífron: Não consigo acompanhar o que dizes, Sócrates.

Sócrates: E não obstante és tanto mais jovem do que eu quanto mais sábio. Mas, como digo, ages indolentemente devido à tua riqueza de sabedoria. Empenha-te, contudo, caro amigo, pois não é difícil captar o que quero dizer. O que digo é oposto ao que o poeta disse, aquele que escreveu:

Zeus, o realizador, e que tudo gerou, nomear não queres,
b *Pois onde há temor, também há reverência.*[28]

Ora, eu divirjo do poeta. Deverei dizer-te como?

Eutífron: Certamente.

Sócrates: Não penso que "onde há temor, também há reverência", pois muitas pessoas que temem as doenças, a pobreza e coisas semelhantes a essas a mim parece que temem, mas de modo algum reverenciam essas coisas que temem. É o que pensas?

Eutífron: Certamente.

Sócrates: Mas penso que onde há reverência, há também temor. Com efeito, haverá alguém que, ao experimentar reverência e embaraço relativamente a uma ação, não venha a experimen-
c tar também medo e temor da reputação de perverso?

Eutífron: Sim, realmente experimenta temor.

Sócrates: Consequentemente não é correto dizer "onde há temor, também há reverência". Todavia, onde há reverência, há também temor, embora a reverência não esteja em toda parte em que o temor está, uma vez que penso que o temor é mais abrangente do que a reverência; de fato, a reverência constitui uma

---

num festim que oferecera aos deuses. Na verdade, a punição de Tântalo já iniciara durante sua vida, pois Zeus o despojara de toda sua imensa riqueza.

28. O poeta é provavelmente Estasino, autor do poema *Cypria*.

parte do temor, tal como o ímpar constitui uma parte do número, de sorte a não ser verdadeiro [afirmar] que onde há número, há também o ímpar, mas ser verdadeiro [afirmar] que onde há o ímpar, há também número. Tu me acompanhas agora?

Eutífron: Certamente.

Sócrates: Era algo assim que quis dizer antes, quando perguntei se onde há o justo há também o religioso, ou onde há este há
d também o justo. O religioso, porém, não está em toda parte em que está o justo, pois o religioso é uma parte do justo. Concordas com isso ou tens uma opinião diferente?

Eutífron: Não. Concordo, pois me parece que o que dizes é correto.

Sócrates: Agora atentes para o que vem a seguir. Se o religioso constitui uma parte do justo, temos, pelo que parece, que descobrir que parte do justo é o religioso. Ora, se me perguntasses algo a respeito do que mencionei há pouco, como, por exemplo, que parte do número era o par, e que tipo de número era, eu diria *que é o número que não é indivisível por dois, mas que é divisível por dois.* Ou não pensas assim?

Eutífron: Penso.

e **Sócrates:** Tenta, por tua vez, nessa linha, ensinar-me que parte do justo é o religioso, de modo a me capacitar a dizer a Meleto que não cometa mais injustiça contra mim e não mova ações públicas contra mim por impiedade, visto que agora me encontro devidamente instruído por ti quanto ao que é *piedoso e religioso*[29] e o que não é.

Eutífron: Minha opinião, Sócrates, é que a parte do justo que tem a ver com o *culto aos deuses*[30] constitui o piedoso[31] e religioso, enquanto a parte restante do justo é a que diz respeito ao zelo pelos seres humanos.

---

29. ...εὐσεβῆ καὶ ὅσια... (*eysebê kaì hósia*): Platão passa a distinguir os dois conceitos, mas conservando sua grande proximidade.

30. ...θεῶν θεραπείαν... (*theôn therapeían*), literalmente zelo (cuidado) pelos deuses. A analogia que Platão faz na sequência sugere que o *culto ou veneração* aos deuses implica necessariamente um *zelo*.

31. Entenda-se no contexto deste diálogo *piedoso* não no sentido de compassivo, mas de devoto, devocional.

Sócrates: Parece-me que o formulaste muito bem, Eutífron, mas
13a há um pequeno ponto acerca do qual ainda necessito de informação. Não compreendo ainda o que queres dizer com *culto*. Imagino que não te refiras ao culto aos deuses no mesmo sentido do zelo por outras coisas. Por exemplo, dizemos que nem todos sabem como cuidar de (zelar por) cavalos, mas somente aquele que é hábil em equitação[32]. Não dizemos assim?

Eutífron: Certamente.

Sócrates: Portanto a equitação diz respeito ao zelo ou cuidado pelos cavalos.

Eutífron: Sim.

Sócrates: E também nem todos sabem cuidar de cães, mas somente o caçador[33]?

b **Eutífron:** Assim é.

Sócrates: Portanto a caça com cães diz respeito ao cuidado dos cães.

Eutífron: Sim.

Sócrates: E a atividade do boiadeiro diz respeito ao cuidado do gado.

Eutífron: Certamente.

Sócrates: E a religiosidade e a piedade[34] dizem respeito ao culto aos deuses, Eutífron? É isso que queres dizer?

Eutífron: É.

Sócrates: O zelo visa sempre à realização de um propósito idêntico? O que quero dizer é mais ou menos o seguinte: visa a algum bem e vantagem daquele de que é objeto, como vemos no caso dos cavalos que quando cuidados pelos cavaleiros são beneficiados e aprimorados? Ou não pensas assim?

Eutífron: Penso.

Sócrates: Por outro lado, os cães são beneficiados pela atividade
c do caçador, o gado pela do boiadeiro e do mesmo modo em tudo o mais. Ou achas que o zelo visa a prejudicar o objeto do zelo?

---

32. ...ἱππικός... (*hippikós*), o cavaleiro, criador ou treinador de cavalos.
33. ...κυνηγετικός... (*kynegetikós*), o que ou aquele que diz respeito à caça com cães.
34. ...εὐσέβεια... (*eysébeia*), *piedade* no sentido de devoção, não de compaixão.

Eutífron: Por Zeus, não acho isso.

Sócrates: Visa a sua vantagem?

Eutífron: É claro.

Sócrates: Por conseguinte, a religiosidade, uma vez que é o culto aos deuses, representa uma vantagem, um benefício para os deuses e os aprimora? Face a isso, concordarias que quando realizas um ato religioso estás aprimorando um dos deuses?

Eutífron: Por Zeus, não eu!

Sócrates: Tampouco eu, Eutífron, penso que é isso o que quiseste dizer. Longe disso. Mas perguntei o que entendias por culto
d aos deuses precisamente porque não pensei que entendias algo assim.

Eutífron: Estás certo, Sócrates. Não é isso que quero dizer.

Sócrates: Muito bem, mas que tipo de culto[35] aos deuses seria a religiosidade?

Eutífron: O tipo, Sócrates, que os escravos prestam aos seus senhores.

Sócrates: Compreendo. Queres dizer que é uma espécie de serviço prestado aos deuses?

Eutífron: Precisamente.

Sócrates: Podes dizer-me a que meta visa o serviço aos médicos? Não acharias que é a saúde?

Eutífron: Acho.

Sócrates: E quanto ao serviço aos construtores de navios? A que
e meta visa?

Eutífron: Obviamente, Sócrates, à construção do navio.

Sócrates: E o serviço aos construtores de casas a construção da casa?

Eutífron: Sim.

Sócrates: Mas então informa-me, excelente homem: a que visa o serviço prestado aos deuses? É evidente que o sabes, já que afirmas que conheces mais do que qualquer outra pessoa a respeito de matérias atinentes aos deuses.

Eutífron: E o que afirmo é verdadeiro, Sócrates.

---

35. Ver nota 30.

Sócrates: Assim sendo, diz-me, em nome de Zeus, qual é essa admirável meta atingida pelos deuses empregando-nos como seus servos?

Eutífron: Atingem muitas coisas admiráveis, Sócrates.

14a **Sócrates:** Também as atingem os generais, meu amigo. Todavia, poderias facilmente informar-me sobre a mais importante delas, ou seja, que na guerra produzem a vitória. Não é o que ocorre?

Eutífron: É claro.

Sócrates: Os agricultores também, segundo penso, atingem muitas metas admiráveis. Ainda assim, a principal meta de seu trabalho é produzir alimento a partir da terra.

Eutífron: Certamente.

Sócrates: E quanto às muitas metas admiráveis atingidas pelos deuses? Qual é a meta principal de sua atividade?

Eutífron: Há pouco te disse, Sócrates, que constitui uma demo-
b rada tarefa adquirir um conhecimento pleno e apurado dessas coisas. Entretanto, digo simplesmente que, quando se sabe como dizer e fazer o que agrada aos deuses nas orações e sacrifícios, presente está a religiosidade, e tais coisas promovem a preservação de casas privadas e dos negócios públicos dos Estados. E o contrário daquilo que agrada aos deuses é ímpio, subvertendo e destruindo tudo.

Sócrates: Poderias, se o tivesses desejado, Eutífron, responder muito mais sumariamente a parte principal de minha pergunta.
c Mas fica evidente que não te importas em instruir-me. De fato agora, quando estiveste bem próximo de fazê-lo, preferiste a evasão. E se a houvesses respondido, eu já teria obtido de ti toda a instrução sobre religiosidade de que necessito. Agora, do jeito que as coisas progridem, é necessário que o perguntador siga o perguntado[36] aonde este o conduz. O que dizes ser o religioso e a religiosidade? Não são um conhecimento de como sacrificar e orar?

---

36. ...ἀνάγκη γὰρ τὸν ἐρῶντα τῷ ἐρωμένῳ ἀκολουθεῖν... (*anágke gàr tòn erônta tôi eroménoi akoloytheîn*): a seguinte tradução é, embora conceitualmente distinta, perfeitamente admissível, devido a uma presumível ligeira falha do manuscrito, ... *é necessário que o amante siga o amado...*, até porque Sócrates apreciava analogias com o *erótico*.

Eutífron: São.

Sócrates: Quanto a sacrificar, é oferecer dádivas aos deuses, e
d orar é fazer-lhes pedidos?

Eutífron: Precisamente, Sócrates.

Sócrates: Portanto, a religiosidade, com base nessa definição, seria um conhecimento de como oferecer e pedir relativamente aos deuses.

Eutífron: Entendeste muito bem, Sócrates, o que eu disse.

Sócrates: Isso, meu amigo, porque estou ansioso por tua sabedoria e nela concentro minha inteligência, de sorte que nada que dizes tomba ao solo. Mas informa-me: qual é esse serviço referente aos deuses? Dizes que consiste em a eles pedir e a eles oferecer?

Eutífron: É o que digo.

Sócrates: E não seria a forma correta de pedir, pedir-lhes o que deles necessitamos?

Eutífron: E que mais poderia ser?

Sócrates: E a forma correta de oferecer presenteá-los com o que
e necessitam de nós? De fato, não seria hábil oferecer a alguém o que não lhe é necessário.

Eutífron: O que dizes é verdadeiro, Sócrates.

Sócrates: Então a religiosidade, Eutífron, seria uma arte do comércio praticada entre deuses e seres humanos?

Eutífron: Sim, de comércio, se assim preferes chamá-la.

Sócrates: Não tenho preferência alguma a não ser que seja verdadeiro. Mas diz-me: que vantagens extraem os deuses das dádivas que recebem de nós? Quanto ao que nos dão, é do
15a conhecimento de todos e nada possuímos de bom que não seja dado por eles. Mas que vantagem extraem do que obtêm de nós? Ou temos tal vantagem sobre eles em nosso comércio que obtemos todas as coisas boas deles, enquanto eles nada obtêm de nós?

Eutífron: Supões, Sócrates, que os deuses extraem alguma vantagem do que obtêm de nós?

Sócrates: Bem, então o que seriam para os deuses, Eutífron, essas nossas dádivas?

Eutífron: O que mais senão honra e louvor e, como eu disse antes, gratidão?

b **Sócrates:** A conclusão, Eutífron, é que o religioso é agradável aos deuses, mas não vantajoso ou caro a eles?

Eutífron: Penso que, acima de tudo, é o mais caro.

Sócrates: Consequentemente, pelo que parece, o religioso volta a ser o que é caro aos deuses.

Eutífron: Com toda a certeza.

Sócrates: Ao dizeres tal coisa, ficarias surpreso se teu discurso circulasse em lugar de permanecer estável? E me acusarás de ser o Dédalo que o faz se mover quando tu mesmo te mostras muito mais hábil do que Dédalo e o fazes mover-se em círcu-
c lo? Ou não notas que nossa discussão efetuou uma volta e retornou ao mesmo ponto inicial? Imagino que lembras que há pouco descobrimos que o religioso e o que é caro aos deuses não eram idênticos, mas distintos. Ou não te lembras?

Eutífron: Lembro-me.

Sócrates: Então não percebes que agora dizes que o que é caro aos deuses é religioso? E não é isso o que é caro aos deuses?

Eutífron: Certamente.

Sócrates: Então ou nosso acordo de há pouco foi equivocado, ou na hipótese de estar certo, estamos equivocados agora.

Eutífron: É o que parece.

Sócrates: Assim, temos que recomeçar e indagar o que é o religioso, visto que não desistirei voluntariamente enquanto não
d aprender o que é. E não me desdenhes, mas empenhes maximamente, recorrendo a todos os meios, tua inteligência agora e revela-me a verdade. Pois, se é que alguém a conhece, és tu e, como Proteu,[37] deves ser mantido preso até que fales. De fato, se não tivesses um claro conhecimento do religioso e do irreligioso, decerto não terias ousado processar teu velho pai por homicídio em defesa de um servo. Terias temido o risco de incorrer na ira dos deuses no receio de uma conduta incorreta e te sentirias envergonhado diante dos homens. Mas agora estou
e certo de que achas que sabes o que é e o que não é o religioso.

---

37. Ver Homero, *Odisseia*, Canto IV, 382 ss.

Assim, o revela a mim, excelente Eutífron, e não ocultes o que pensas.

Eutífron: Em alguma outra ocasião, Sócrates. Agora tenho pressa e é hora de partir.

Sócrates: O que fazes, meu amigo? Indo embora me deixas abatido e órfão da grande esperança que nutria de aprender de ti o que é o religioso e o que não é, podendo livrar-me da ação pública movida por Meleto mostrando-lhe que obtive sabedoria
16a acerca de assuntos divinos de Eutífron, não sendo mais vítima da ignorância que me leva a ser descuidado e inovador em relação a essas coisas, e que viverei doravante uma vida melhor.

Apologia de Sócrates

17a Desconheço como vós, homens de Atenas, fostes afetados por meus acusadores. Quanto a mim, por pouco não perdi a noção da minha própria identidade tal a persuasão com que discursaram. E, no entanto, dificilmente haja uma única palavra de verdade no que disseram. Das muitas mentiras que disseram, uma especial-
b mente surpreendeu-me bastante, a saber, que deveis vos acautelar para não serdes ludibriados por mim porque eu era um orador extraordinariamente hábil. Considerei o mais vergonhoso na sua postura não se envergonharem por ser imediatamente demonstrado pelos fatos que estão errados, quando não me revelo de modo algum um extraordinário orador – a não ser que classifiquem como extraordinário orador alguém que fala a verdade. Se é isso o que querem dizer, concordo que eu seja um orador, ainda que não do estilo deles, pois, como digo, há pouco ou nada de verdadeiro no que disseram, enquanto de mim tudo que ouvireis será a verdade. Entretanto, por Zeus, ó homens de Atenas, não ouvireis
c discursos expressos com frases ornamentadas e estilizadas como os deles, mas apenas coisas ditas casualmente com as palavras que me ocorrerem, pois confio que há justiça no que digo, e que nenhum de vós espere algo mais do que isso. Decerto não seria apropriado, senhores, na minha idade apresentar-me a vós feito um adolescente modelando discursos. E vos peço e vos imploro, ó homens de Atenas, que se me ouvirdes realizando minha defesa com a mesma linguagem que estou habituado a empregar na *ágora* junto às mesas dos banqueiros, onde muitos de vós me
d ouvistes, e em outras partes, não vos surpreendeis nem promo-

veis um transtorno por conta disso. O fato é que, embora tenha setenta anos, é a primeira vez que me apresento perante a corte. Sou, portanto, um completo estrangeiro em relação ao tipo de linguagem que é utilizada aqui. Assim, tal como certamente, se eu fosse realmente um estrangeiro, me desculparíeis se eu falasse no
18a dialeto e na maneira em que fora educado, faço agora este pedido a vós, que a mim parece um pedido justo, no sentido de desconsiderardes minha maneira de falar – quer seja melhor ou pior – mas concentrardes vossa atenção simplesmente em discernir se o que digo é justo ou não, pois nisso consiste a virtude do juiz, ao passo que a do orador consiste em dizer a verdade.

É para mim justo, homens de Atenas, começar por defender-me das primeiras falsas[1] acusações a mim feitas e dos primeiros acusadores, para depois me defender das acusações posteriores e
b dos acusadores posteriores. De fato, muitos acusadores se levantaram contra mim perante vós, os quais têm falado há muito tempo, há anos, e nada do que dizem é verdadeiro. Eu os temo mais do que a Anito e os outros, embora estes também sejam temíveis. Mas aqueles primeiros são mais temíveis, senhores, uma vez que se apoderaram da maioria de vós desde a infância, convenceram-vos e a mim acusaram sem qualquer respaldo na verdade, declarando que há um certo Sócrates, homem sábio, um pensador que se ocupa das coisas do alto e que sondou as coisas abaixo da terra, e que faz do argumento mais fraco o mais forte. Esses, ho-
c mens de Atenas, que espalharam esse rumor, são meus acusadores perigosos, pois aqueles que os ouvem creem que as pessoas que investigam essas matérias sequer acreditam nos deuses. Além disso, esses acusadores são numerosos e têm feito suas acusações já há muito tempo. Acresça-se a isso que se dirigiram a vós quando tínheis uma idade que vos predispunha a neles crer muito prontamente, alguns de vós não passando de crianças e adolescentes, e ganharam seu caso inteiramente à revelia, pois ninguém compareceu em juízo para defender-se.

Entretanto, o mais irracional de tudo isso é não dispor sequer da possibilidade de saber seus nomes e mencioná-los, a não ser

1. ...ψευδῆ... (*pseydê*), registrado por Schanz entre parênteses.

d que um deles venha a ser um comediógrafo[2]. E todos que vos
persuadiram empregando para isso malevolência e difamação (al-
guns também persuadiram a outros, pois tinham sido, por sua vez,
eles próprios persuadidos) – todos esses – são muitíssimo difíceis
de lidar, uma vez que não é sequer possível convocar um só de-
les para aqui comparecer para ser interrogado ou refutado, sendo
eu obrigado, na realização de minha defesa, a combater, por assim
dizer, simplesmente sombras e interrogar quando não há quem res-
ponda. Dignai-vos, portanto, a compreender que, como digo, meus
e acusadores são de dois tipos: os que recentemente acusaram-me,
e os que, como eu dizia, fizeram-no há muito tempo. E considerai
que devo defender-me primeiramente desses últimos, posto que os
ouvistes fazerem suas acusações antes e com muito maior intensi-
dade do que os que fizeram acusações depois. Assim, faz-se neces-
sário que eu faça uma defesa, homens de Atenas, e tente em tempo
19a tão curto extirpar de vós a calúnia que há tanto tempo permanece
convosco. É meu desejo que isso aconteça, se melhor se revelar
para vós e para mim, e que eu obtenha êxito em minha defesa,
porém suponho que seja muito difícil e não me iludo de modo
algum acerca de sua natureza e grau de dificuldade. Todavia, que
seja como venha a agradar ao deus, a lei necessariamente acatada
e minha defesa realizada.

Agora examinemos a questão do seu início, a respeito da
acusação (que originou a difamação contra mim) na qual Meleto se
b fiou para mover essa ação pública contra mim. O que os inci-
tadores da difamação alegaram para incitá-la? Devo, por assim
dizer, ler sua declaração jurada como se fossem demandantes:
"Sócrates é réu por empenhar-se com excesso de zelo, de manei-
ra supérflua e indiscreta, na investigação de coisas sob a terra e
c nos céus, fortalecendo o argumento mais fraco e ensinando essas
mesmas coisas a outros". É algo assim. A propósito, vós mesmos
vistes tais coisas na comédia de Aristófanes, ou seja, um Sócrates
nela se movendo livremente, proclamando que caminhava no ar
e dizendo uma plêiade de outras tolices sobre as quais nada sei,

---

2. Sócrates refere-se a Aristófanes de Atenas (?448-?380 a.C.), o famoso poeta cômico que o retrata negativamente em sua comédia *Nuvens*, apresentada pela primeira vez em 423 a.C. Ver 19c.

seja muito ou pouco. E não me exprimo assim com o objetivo
de solapar a honra devida a esse conhecimento, na hipótese de
alguém ser sábio em tais matérias (possa eu jamais necessitar me
defender de Meleto de uma acusação desse porte!). Mas homens de
d Atenas, nada tenho a ver com essas coisas – para o que convoco
como testemunhas a maioria de vós próprios, pedindo que vos
informem entre si e declarem – todos que em alguma ocasião me
ouviram discursar (e há muitos destes entre vós) – se em alguma
oportunidade ouviram-me discutir muito ou pouco acerca desses
assuntos. A partir disso sabereis que as demais coisas comentadas
a meu respeito pela maioria das pessoas são de idêntica natureza.

Na realidade, porém, nenhuma dessas coisas é verdadeira, e se
ouvistes de alguém que me disponho a ensinar as pessoas e que
e cobro esse ensino, tampouco isso é verdadeiro. Contudo, julgo
admirável a capacidade de ensinar as pessoas, capacidade de ho-
mens como Górgias de Leontini, Pródico de Ceos e Hípias de Elis.[3]
De fato, cada um desses homens, senhores, é capaz de dirigir-se a
qualquer cidade e persuadir os jovens, os quais podem se associar,
segundo queiram, com qualquer de seus próprios concidadãos sem
20a pagar, a deixar a companhia dessa pessoa para se juntarem a ele,
remunerá-lo e, além disso, mostrar-lhe gratidão.

Na verdade, soube que há um outro sábio de Paros na cidade,
visto que topei com um homem que já gastou mais com os sofis-
tas do que todos os outros somados. Refiro-me a Cálias, o filho de
Hipônico. Perguntei-lhe então – ele tem dois filhos: "Cálias, se teus
dois filhos fossem dois potros ou dois bezerros, seríamos capa-
b zes de conseguir e contratar para eles um encarregado[4] que os tornaria
excelentes no tipo de virtude que lhes é própria. Seria um treinador
de cavalos ou um criador de gado[5]. Mas considerando-se que se
trata de dois seres humanos, quem pensas contratar como encarre-
gado? Quem é conhecedor desse tipo de virtude, isto é, a do ser hu-
mano e do cidadão? Penso que examinaste essa questão, uma vez

---

3. Todos prestigiados sofistas contemporâneos de Sócrates. Ver os diálogos *Górgias*, *Protágoras*, *Hípias Maior* e *Hípias Menor*, em *Diálogos I* e *Diálogos II,* obras publicadas em *Clássicos Edipro.*
4. ...ἐπιστάτην... (*epistáten*).
5. ...γεωργικῶν... (*georgikôn*), literalmente agricultor.

que tens filhos. Há essa pessoa", eu disse, "ou não?". "Certamente", disse ele. "Quem?" perguntei, "De onde é, quanto cobra para ensinar?". "Eveno, Sócrates", ele disse, "É de Paros e cobra cinco
c minas[6]". Considerei Eveno um homem abençoado se verdadeiramente possuía essa arte e ensinava por uma quantia tão razoável. Eu mesmo me sentiria orgulhoso e me envaideceria se tivesse esse entendimento, porém não o tenho, homens de Atenas.

Talvez alguém pudesse indagar: "Mas Sócrates, qual é o problema envolvendo tua ocupação? O que gerou essas calúnias contra ti? Certamente se não te ocupavas de algo fora do comum e distinto dos outros, todos esses rumores e comentários não teriam surgido – a não ser que estivesses fazendo algo diferente da maio-
d ria das pessoas. Portanto, conta-nos do que se trata, para que não venhamos a agir irrefletidamente no teu caso". Aquele que dissesse isso a mim pareceria estar certo, e tentarei vos relatar o que gerou minha reputação e a calúnia contra mim. Assim, escutai. É possível que pareça a alguns entre vós que estou gracejando, mas podeis vos assegurar que tudo que direi a vós é a plena verdade.

O fato, homens de Atenas, é que o que produziu essa reputação foi tão só um tipo de sabedoria. E que tipo de sabedoria? Apenas aquilo que é talvez sabedoria humana. É possível que eu seja real-
e mente sábio nessa sabedoria, ao passo que aqueles que mencionei há pouco poderiam ser sábios em alguma sabedoria mais do que humana. Ou não sei o que dizer, pois não tenho nenhum entendimento dessa sabedoria, e quem afirmar que tenho estará mentindo e falando com o intuito de caluniar-me. E, homens de Atenas, não me interrompeis agindo ruidosamente, mesmo que pareça a vós que estou me gabando, pois o discurso que faço não é meu, e vos remeterei a uma fonte fidedigna. Recorrerei ao deus de Delfos[7] como testemunha da existência e natureza de minha sabedoria – se afinal é sabedoria. Imagino que conheceis Querefonte. Foi
21a meu amigo desde a juventude e amigo da maioria de vós, uma

6. A μνᾶ (*mnâ*) era uma moeda de prata ou de ouro, esta última correspondendo a dez vezes o valor da primeira. Uma mina de prata valia cem dracmas. *Cinco* minas representavam uma quantia considerável, algo que permitia a compra de mais ou menos setenta quilos de trigo.

7. Apolo.

vez que compartilhou de vosso exílio e de vosso retorno. Certamente sabeis que tipo de homem era Querefonte, quão impetuoso em todos seus atos. Ora, uma ocasião dirigiu-se a Delfos e ousou indagar ao oráculo – e senhores, não crieis um tumulto ao ouvires o que digo – pois ele indagou se havia outra pessoa mais sábia do que eu, e a Pítia[8] respondeu que não havia ninguém mais sábio. No que se refere a essas coisas, como ele está morto, seu irmão aqui presente prestará a vós testemunho.

b A razão de vos relatar essas coisas é que vou vos informar a origem das calúnias de que sou objeto. De fato, quando ouvi isso, pensei comigo mesmo: "O que afinal quer dizer o deus e qual é o enigma que está propondo? Estou consciente de que não sou sábio em nenhuma medida. Qual o significado de suas palavras ao declarar que sou o mais sábio? Decerto não pode estar mentindo, pois isso não lhe é facultado". E por muito tempo permaneci perdido quanto ao significado de suas palavras. Depois, muito relutantemente, passei a investigar isso mais ou menos do modo que se segue.

Dirige-me a um desses indivíduos que gozam da reputação
c de ser sábio, no pensamento de que junto a ele – se junto a quem quer que seja – poderia eu contestar o oráculo e dizer-lhe: "Este homem é mais sábio do que eu, porém afirmaste ser eu o mais sábio". Então, ao examinar esse homem – não há necessidade para mim de indicar seu nome – trata-se de um de nossos políticos, minha experiência foi, homens de Atenas, algo assim: após conversar com ele pareceu-me julgar-se sábio a muitas pessoas
d e especialmente a si mesmo, mas não era. Procurei em seguida mostrar-lhe que ele se julgava sábio, mas que não era. O resultado foi ele passar a não gostar de mim, bem como muitos dos presentes. À medida que me afastava, pensei comigo: "Sou mais sábio do que esse homem; nenhum de nós dois realmente conhece algo admirável e bom, entretanto ele julga que conhece algo quando não conhece, enquanto eu, como nada conheço, não julgo tampouco que conheço. Portanto, é provável, de algum modo, que nessa modesta medida seja eu mais sábio do que esse indivíduo – no fato de não julgar que conheço o que não conheço". Dele me

8. ...Πύθια... (*Pýthia*), a sacerdotisa do oráculo de Apolo em Delfos.

e transferi para um outro entre aqueles detentores da reputação de ser mais sábio do que ele, o que me levou a confirmar a verdade dessas mesmas coisas e atrair o desafeto tanto desse segundo indivíduo quanto de muitos outros.

Depois disso prossegui passando de um para outro, e para meu desgosto e temor percebi que me tornava impopular. Entretanto, achava que devia necessariamente atribuir máxima importância ao oráculo do deus, o que me induziu a continuar a buscar o significado do oráculo junto a todos que tinham a reputação de
22a conhecer alguma coisa. E pelo Cão,[9] homens de Atenas – pois devo narrar-vos a verdade – foi a seguinte, declaro-o, a minha experiência: os detentores da mais elevada reputação a mim pareceram quase os mais deficientes durante minha investigação sob a determinação do deus, enquanto outros de reputação menos elevada a mim pareceram homens superiores em senso. É necesário que vos relate minhas andanças como se fossem trabalhos por mim empreendidos para provar o irrefutável do oráculo. Após os políticos, encaminhei-me aos poetas, os trágicos, os autores de di-
b tirambos e os demais, pensando que junto a eles demonstraria mediante prova efetiva ser menos sábio do que eles. Assim, tomando seus poemas que me pareciam deles ter exigido maior cuidado para sua elaboração, perguntei-lhes por seus significados, com o fito de ao mesmo tempo deles aprender algo. Sinto-me envergonhado de dizer-vos a verdade, senhores, porém deve ser dita. Quase todos os presentes, expectadores, poderiam ter explicado os poemas melhor do que aqueles que os haviam composto. Assim também no caso dos poetas não tardei a descobrir que aquilo
c que compunham não compunham com base em sabedoria, mas devido a algum talento natural e por força de inspiração, como os profetas e os que proferem oráculos, uma vez que estes também dizem muitas coisas admiráveis, sem ter qualquer entendimento do que dizem. Evidenciou-se para mim que os poetas haviam tido uma experiência semelhante. Paralelamente a isso, notei que eles, em função de sua poesia, julgavam-se os mais sábios dos homens também em outras matérias, nas quais não eram. Por conseguinte,

9. ...νὴ τὸν κύνα... (*nè tòn kýna*), expressão usual de Sócrates. Ele recorre ao deus cinocéfalo dos egípcios, Anúbis (o deus com cabeça de chacal).

eu os deixei igualmente convencido de que era superior a eles na
mesma coisa em que superava os políticos.

Finalmente dirigi-me aos artesãos. Estava consciente de que
d não conhecia praticamente nada, mas sabia que descobriria que eles
conheciam diversas coisas admiráveis. E nisso não me enganei:
de fato conheciam coisas desconhecidas por mim, e nessa medida
eram mais sábios do que eu. Mas, homens de Atenas, os bons
artesãos a mim pareceram apresentar a mesma deficiência dos
poetas, pois pelo fato de praticarem bem sua arte, cada um deles
julgava-se muito sábio nas outras matérias de grande importân-
e cia – tolice que eclipsava o saber que realmente possuíam; assim
perguntei a mim mesmo em nome do oráculo se preferia ser como
sou, nem sábio na sabedoria deles, nem tolo em sua ignorância,
ou ser como eles em ambos os aspectos. Respondi a mim mesmo
e ao oráculo que a mim mais valia ser como sou.

Essa investigação, homens de Atenas, gerou para mim muitas
23a inimizades, a um tempo implacáveis e aflitivas. Delas resultaram
muitas calúnias e a reputação de ser eu um homem sábio, visto que
em todas as ocasiões as pessoas presentes como expectadores con-
sideravam que eu próprio possuía a sabedoria cuja posse eu provava
não ser de meu interlocutor. É provável, senhores, que o deus seja
de fato sábio e que queira dizer por seu oráculo que "a sabedoria
humana pouco ou nada vale". E parece que quando se refere a *este*
homem, Sócrates, realmente limita-se a usar meu nome fazendo de
b mim um exemplo, como se dissesse: "É entre vós, ó seres humanos,
o mais sábio aquele que, como Sócrates, reconhece que nenhuma
importância em verdade tem no que tange à sabedoria".

Assim, prossigo ainda agora nessa busca, investigando, segun-
do o comando do deus, todo indivíduo, cidadão ou estrangeiro,
que julgo ser sábio. Então se não julgo que é, presto assistência ao
deus e mostro que a pessoa não é sábia. Devido a essa ocupação,
não disponho de tempo para dedicar-me, em qualquer medida,
c aos negócios públicos ou aos meus próprios, vivendo em meio à
grande pobreza devido ao serviço que presto ao deus.

Ademais, os jovens que dispõem de muito ócio, filhos dos homens mais abastados, acompanham-me por vontade própria, experimentam prazer ouvindo indivíduos sendo examinados e com frequência imitam-me efetuando suas próprias inquirições. Com isso, imagino que descobrem uma grande quantidade de pessoas que julgam saber algo, quando pouco ou nada conhecem. O resultado é os por eles examinados se enraivecerem comigo, em lugar de dirigirem sua raiva para os próprios jovens, e declararem que "Sócrates é o mais pestilento dos indivíduos e está corrompendo a juventude".

d E quando alguém lhes pergunta "o que faz e ensina ele para corrompê-los?", eles ficam emudecidos e nada têm a dizer, porquanto não o sabem, e para que não pareça que estão confusos, utilizam essas acusações disponíveis para serem dirigidas a todos os filósofos, ou seja, que [ensina] "as coisas no ar e as coisas sob a terra" e "não crê nos deuses", e "torna mais forte o argumento mais fraco". Não estariam interessados, suponho, em dizer a verdade, ou seja, que está sendo demonstrado muito claramente que
e fingem conhecer, quando nada conhecem. Essas pessoas são ambiciosas, violentas e numerosas e discursam contínua e persuasivamente a meu respeito; têm enchido vossos ouvidos de veementes calúnias há muito tempo e continuam a fazê-lo agora. Entre eles Meleto, Anito e Lícon[10] atacaram-me, o primeiro tomando as
24a dores dos poetas, o segundo as dos artesãos e dos políticos, e o terceiro, as dos oradores. Assim, como afirmei no começo, ficaria surpreso se conseguisse em tão pouco tempo extirpar de vós a calúnia que se avolumou a tal ponto. Tendes aí a verdade, homens de Atenas. Nada ocultei de vós ou disfarcei, de grande ou pequena monta, nem tergiversei. Sei de sobejo que atraio animosidade por conta deste meu comportamento aqui, o que constitui inclusive uma evidência da verdade de minhas palavras, que essas são as calúnias de que sou alvo e de que essas são suas causas. E quer o
b investigueis agora ou doravante, constatareis que assim é.

Que baste isso como defesa diante de vós do que me imputaram meus primeiros acusadores. No que toca a Meleto, o homem bom e patriota, segundo ele declara, e os acusadores posteriores, tentarei defender-me em seguida. E novamente, como se fossem um outro grupo de acusadores, tomemos, de nossa parte, sua declaração jurada. Seu teor é mais ou menos o seguinte: Sócrates é

10. Sobre os acusadores de Sócrates, consultar a *Apresentação* desta edição.

réu porque corrompe a juventude e descrê dos deuses do Estado,
c crendo em *outras divindades novas*[11].

Tal é a acusação. Ele sustenta que sou réu porque corrompo os jovens. Contudo, eu, homens de Atenas, digo que Meleto é culpado de brincar com assuntos sérios, envolvendo levianamente pessoas num processo, simulando ter zelo e preocupação com coisas com as quais jamais absolutamente se importou. Que é assim é o que tentarei também evidenciar a vós.

Aproxima-te, Meleto e me diz: consideras de grande importân-
d cia que os jovens sejam os melhores possíveis? "Considero." Ora,
informa ao júri quem os torna melhores, o que obviamente sabes já que te preocupas com isso. Afinal, segundo dizes, descobriste quem os corrompe e me trouxeste aqui onde me acusas ante este júri. Agora, vai em frente: comunica quem é que os melhora e informa estes senhores. Vês, Meleto, que permaneces calado e estás incapacitado de dizê-lo? Não te parece isso vergonhoso e prova suficiente do que afirmo, ou seja, de que nunca te importaste com
e isso? Mas diz, bom homem: quem os torna melhores? "As leis."
Não foi, porém, isso que perguntei, ó excelentíssimo homem, mas qual a pessoa que, para começar, conhece precisamente isso, isto é, as leis? "Estas, Sócrates, os juízes." O que dizes, Meleto? São estas pessoas capazes de instruir os jovens e os tornam melhores? "Certamente." Todas, ou algumas delas enquanto outras não? "Todas." Ótimo, por Hera. De fato, fazes referência a um grande número
25a de benfeitores.[12] Mas e quanto aos ouvintes? Também tornam os
jovens melhores ou não? "Também eles." E quanto aos senadores? "Os senadores também." Mas, Meleto, e quanto à Assembleia[13]? Seus membros corrompem os jovens ou também os tornam melhores? "Eles os tornam melhores." Pelo que parece, todos os atenienses contribuem para tornar os jovens admiravelmente bons, exceto eu que, com exclusividade, os corrompo. É isso que queres dizer? "É decididamente isso que quero dizer." Tu me condenas a uma grande desventura! Responde-me: a ti parece ocorrer o mes-
b mo no caso dos cavalos? Os que os tornam melhores são toda a

11. ...ἕτερα δὲ δαιμόνια καινά... (*hétera dè daimónia kainá*).
12. O júri presente somava 501 atenienses.
13. ...ἐκκλησία... (*ekklesía*), a assembleia popular de Atenas.

humanidade exceto por um único indivíduo que os corrompe? Ou
a verdade é precisamente o contrário? Quem os torna melhores é
um só indivíduo, ou uns pouquíssimos, os cavaleiros, ao passo que
a maioria das pessoas, se tiver que lidar com cavalos e utilizá-los,
os corrompe. Não é assim, Meleto, tanto no que se refere aos ca-
valos quanto no que toca a todos os outros animais? Está claro que
é, não importa se tu e Anito o neguem ou o admitam. Gozaríamos
de uma situação de suma felicidade, no caso dos jovens, se um
único indivíduo os corrompesse enquanto todos os outros os be-
c neficiassem. Mas, Meleto, demonstras com suficiente clareza que
jamais te preocupaste com os jovens; exibes claramente tua própria
negligência a respeito, que nunca te importaste em absoluto com os
assuntos em função dos quais me trouxeste a este tribunal.

Por Zeus, Meleto, diz a nós também: é melhor para alguém
viver entre bons concidadãos ou entre maus? Responde, meu bom
homem, pois não pergunto algo difícil. Não fazem os maus algum
mal aos que estão consigo em qualquer ocasião, ao passo que os
d bons algum bem? "Certamente." Haverá então alguém que prefira
ser prejudicado por aqueles que lhe fazem companhia a ser be-
neficiado? Responde, bom homem, visto que a lei determina que
respondas. Haverá alguém que prefira ser prejudicado? "É claro
que não." Ora, me acusas aqui sob o fundamento de que estou
corrompendo a juventude e tornando-a pior voluntária ou invo-
luntariamente? "Digo que voluntariamente." Como então, Mele-
to? És na tua idade tão mais sábio do que eu na minha, a ponto de
teres reconhecido que os maus sempre cometem algum mal aos
e que lhes estão mais próximos, e os bons algum bem, enquanto
eu atingi tal grau de ignorância que sequer sei que, se torno mau
qualquer um de meus associados, corro o perigo de sofrer algum
dano da parte dele, de sorte que realizo esse grande mal volunta-
riamente, como dizes? Não creio nisso, Meleto, tampouco penso
26a que qualquer outra pessoa no mundo o creia. Ou não corrompo
os jovens, ou se os corrompo o faço involuntariamente, de modo
que mentes em ambos os casos. Bem, se os corrompo involunta-
riamente, a lei não determina que as pessoas sejam submetidas a
julgamento devido a faltas involuntárias, mas que sejam detidas
privadamente para instrução e advertência. Está claro que se sou

instruído a respeito, cessarei de fazer aquilo que faço involuntariamente. Tu, entretanto, evitaste minha companhia e não quiseste instruir-me. Mas me trazes aqui, onde a lei determina que sejam trazidos os que requerem punição, não instrução.

Mas basta pois, homens de Atenas, fica patente que, como eu disse, Meleto nunca se importou, em qualquer medida, com essas
d coisas. De qualquer modo, informa-nos: como, conforme pensas, Meleto, corrompo os jovens? Ou é evidente, com base na acusação formal que apresentaste, que é os ensinando a não crer nos deuses que são objeto de crença por parte do Estado, mas crer em outras divindades novas? Não dizes que é ensinando tal coisa que os corrompo? "Positivamente é o que digo." Assim sendo,
c Meleto, em nome desses mesmos deuses de que falamos agora, expressa-te ainda com maior clareza a mim e a estes senhores. De fato, não consigo compreender se queres dizer que ensino a crença na existência de alguns deuses – e então eu próprio creria que existem alguns deuses e, de modo algum, seria um ateu e estaria isento de culpa nisso – mas que esses não são os deuses que constituem objeto de crença por parte do Estado, e sim outros, o que justifica a acusação contra mim, isto é, que se trata de outros deuses. Ou se queres dizer que não creio em nenhum deus, e que é isso que ensino a outras pessoas. "É isso que quero dizer, ou seja, que não crês em nenhum deus." Ó extraordinário Meleto! Qual
d a razão de afirmares isso? Não creio sequer que o sol, ou ainda a lua, são deuses, como o resto das pessoas creem? "Não, por Zeus, senhores jurados, visto que ele afirma que o sol é pedra e a lua, terra." Meu caro Meleto, pensas que estás acusando Anaxágoras? E desprezas tanto os membros do júri a ponto de pensar que são tão ignorantes nas letras que desconhecem que os livros de Anaxágoras de Clazomena[14] estão repletos desses discursos e, ademais, que os jovens estão aprendendo de mim o que podem comprar ocasionalmente por, no máximo, uma dracma na *orquestra*[15] e

---

14. Filósofo da natureza pré-socrático que viveu entre 500 e 428 a.C., aproximadamente.

15. ...ὀρχήστρα... (*orkhéstra*), parte semicircular do teatro grego entre o palco e os assentos dos expectadores, onde o coral dançante atuava. Mas Sócrates se refere aqui às lojas da ágora onde eram vendidos livros.

e rirem de Sócrates por este simular que esses discursos são seus, especialmente quando são tão despropositados? Mas por Zeus, é isso que pensas de mim, que não creio na existência de nenhum deus? "Não, por Zeus, não crês em nenhum deus." Não podes receber crédito no que dizes, Meleto. Diria que nem sequer tu próprio dás crédito a isso. Homens de Atenas, este homem a mim parece muito insolente e descontrolado e haver realmente feito essa acusação formal numa disposição de insolência, descontrole e imprudência juvenil. É como alguém que haja composto um enigma e o está testando: "Perceberá o sábio Sócrates que estou
27a gracejando e contradizendo-me, ou o ludibriarei e aos outros que me escutam?". A mim se afigura que se contradiz na declaração acusatória da ação, como se estivesse declarando: "Sócrates é réu por não crer em deuses, mas realmente crê em deuses". E seguramente essa é a atitude de um gracejador.

Examinai comigo, senhores, como parece que ele se contradiz
b e, tu, Meleto, responde-nos. Quanto a vós, senhores, lembrai-vos do que vos pedi no início. Por favor, não crieis um tumulto se conduzo meu argumento do meu modo habitual.

Há algum ser humano, Meleto, que acredite haver coisas pertinentes a seres humanos, mas não haver seres humanos? Deixai que ele responda, senhores, e não crieis qualquer tipo de alvoroço. Há alguém que não acredita em cavalos, mas que realmente acredita em coisas que dizem respeito a cavalos? Ou que não acredita que existam flautistas, mas que coisas que lhes dizem respeito existem? Não há, homem excelente. Se não te dispões a responder, eu o respondo a ti e a este júri aqui presente. Mas responde ao menos a próxima pergunta. Há alguém que acredita em coi-
c sas pertinentes aos *dáimons*, mas que não acredita em *dáimons*[16]?

---

16. ...δαίμονα... (*daímona*). δαίμων (*daímon*) significa genericamente divindade ou deus, mas referindo-se a um deus menor, sem nome, nunca a um deus pré-olímpico ou olímpico, ou mesmo a uma divindade não olímpica nomeada, como Pan, Dionísio e tantas outras. Mais restritamente significa uma raça de seres espirituais mais ou menos intermediária entre os deuses e os seres humanos, mas sempre com atributos divinos. A palavra *dáimon* também denota especificamente a divindade menor (gênio) tutelar de uma cidade ou de cada indivíduo humano (como o célebre *dáimon* de Sócrates), no que se aproxima da concepção religiosa e ocultista não helênica de Santo Anjo Guardião, ou mesmo do conceito psicológico de *consciência*,

"Não há." Obrigado por responder, ainda que com relutância, ao ser constrangido por estes senhores. E então afirmas que creio em coisas pertinentes aos *dáimons*, e que as ensino, novas ou velhas que sejam, isso não importa, creio em coisas pertinentes aos *dáimons*, de acordo com tua afirmação e tua declaração jurada. Mas se creio em coisas pertinentes aos *dáimons*, é absolutamente necessário que creia também em *dáimons*, não é mesmo? É, pois suponho que concordes, uma vez que não respondes. Mas não
d pensamos que os *dáimons* são deuses ou filhos de deuses? Sim ou não? "Certamente." Assim, se creio em *dáimons*, como dizes, e se *dáimons* são um tipo de deuses, temos diante de nós o enigma e o gracejo de teu discurso, na medida em que dizes que não creio em deuses e, em seguida, que creio, uma vez que realmente creio em *dáimons*. Mas se, por outro lado, *dáimons* são um tipo de filhos bastardos de deuses com ninfas, ou com quaisquer outras mães, como se diz que são, que ser humano acreditaria que há filhos de deuses, mas que não há deuses? Seria tão absurdo quanto
e acreditar que há filhos de éguas e asnos, a saber, mulos, mas que não há éguas e asnos. Mas Meleto, deves certamente ter movido este processo ou para nos testar, ou porque estavas desorientado quanto a descobrir qualquer falta real de que pudesses me acusar. Mas não há como pudesses persuadir alguém que fosse mesmo minimamente inteligente de que é possível para a mesma pessoa crer em coisas pertinentes a *dáimons* e a deuses, e não crer
28a em *dáimons*, nem em deuses, nem em heróis.

Ora, homens de Atenas, não parece requerer uma prolongada defesa para demonstrar que não sou culpado das acusações de acordo com o depoimento jurado da ação pública movida por Meleto contra mim, bastando o que foi dito. Mas podeis estar seguros da verdade do que eu declarei antes, ou seja, de que me tornei muito impopular, objeto de grande animosidade no pensar

---

como o sinal espiritual que nos norteia. Enfim, e por extensão, esse termo designa igualmente, de modo restrito e específico, a alma do morto, daí a sombra ou espírito (espectro) que se pode evocar. Que se esclareça que em nenhuma dessas acepções são atribuíveis ao *dáimon* propriedades ou características de uma criatura voltada necessária e absolutamente para o bem *ou* para o mal dentro do paradigma maniqueísta, o que torna a palavra *demônio*, a despeito de sua semelhança morfológica e etimológica, uma tradução *inteiramente* inconveniente.

de muitas pessoas. E será isso que causará minha condenação, se eu tiver que ser condenado – não Meleto ou Anito – mas a calúnia e a malevolência de muitas pessoas. Isso tem condenado muitos outros homens bons, e penso que continuará a condená-los. E
b não há risco de que parará comigo. Mas talvez pudesse alguém dizer: "Não estás envergonhado, Sócrates, de ter te dedicado a essa ocupação que agora te põe em perigo de seres condenado à morte?". Mas eu teria para essa pessoa uma justa resposta: "Dizes algo incorreto, senhor, se pensas que um homem que tenha algum mérito deve levar em consideração o risco de vida ou de morte; a única coisa a que deve se ater em suas ações é se são justas ou injustas e se age como um homem bom ou um homem mau. De fato, de acordo com tua opinião, todos os semideuses que mor-
c reram em Troia seriam de valor insignificante, inclusive o filho de Tétis[17], que a tal ponto desprezava o perigo diante de suportar qualquer desonra, que quando sua mãe, que era uma deusa, lhe comunicou – ante sua ânsia de matar Heitor[18] – algo semelhante ao seguinte, segundo creio, 'Meu filho, se vingares a morte de teu amigo Pátroclo e matares Heitor, tu próprio perecerás, pois tua morte logo se seguirá à de Heitor',[19] ao ouvi-lo, pouco se impor-
d tou com a morte e o perigo, pois temia muito mais viver como um covarde e não vingar seus amigos. 'Que eu morra então logo',[20] ele disse, 'após haver aplicado ao criminoso o que este merece, de preferência a aqui ser um motivo de riso *junto aos navios curvados, um peso sobre a terra*'.[21] Achas que ele considera a morte e o perigo?".

Essa é a verdade da matéria, homens de Atenas, a saber: onde quer que seja que um homem tenha assumido uma posição que crê ser a melhor, ou onde haja sido colocado por seu comandante, nela tem ele, pelo que me parece, que permanecer e enfrentar o

17. Ou seja, Aquiles.
18. Principal guerreiro troiano atuante na guerra de Troia; filho de Príamo e de Hécuba, e irmão de Alexandre (Páris) e de Cassandra.
19. Homero, *Ilíada*, Canto XVIII, 96. A citação de Platão não é textual.
20. *Idem*, 98. Citação parcial do verso.
21. Platão faz uma citação adaptada de Homero (*Ilíada*, Canto XVIII, 104): somente o texto em itálico pertence ao verso indicado.

perigo, sem cogitar da morte ou de qualquer outra coisa, salvo a ignomínia.

Assim, teria sido uma conduta estranha, homens de Atenas,
e se, tendo eu em Potideia, Anfípolis e Délio, sob o risco da morte, como todos os outros, permanecido em meu posto quando aqueles que escolhestes para me comandar o haviam ordenado, depois deixasse de assim agir quando o deus ordenou-me, conforme pensei e acreditei, a viver a vida de um filósofo para investigar a
29a mim mesmo e aos outros, abandonando meu posto por medo da morte ou de qualquer outra coisa. Teria sido um comportamento estranho que verdadeiramente justificaria que alguém me conduzisse a este tribunal, sob a acusação de não acreditar na existência dos deuses, por não ter obedecido ao oráculo, temido a morte e pensar ser sábio, quando não sou. Pois temer a morte, senhores, nada mais é do que pensar que se é sábio quando não se é, uma vez que consiste em pensar que se conhece o que não se conhece. De fato, ninguém sabe se a morte não é, inclusive, a maior de todas as bênçãos para o ser humano, ainda que este a tema
b como se soubesse que é o maior dos males. E não é essa a mais censurável das formas de ignorância, nomeadamente pensar que se conhece o que não se conhece? Talvez, senhores, nesse aspecto também seja eu diferente da maioria das pessoas, e se tivesse que declarar que sou mais sábio em alguma coisa, seria nisso, ou seja, não tendo o apropriado conhecimento das coisas do Hades[22], não penso que tenho. Tenho, entretanto, realmente conhecimento de que é mau e vergonhoso cometer injustiça e desobedecer quem é superior a mim, seja um deus ou um ser humano. Consequentemente, nunca temerei ou evitarei aquilo com respeito ao que desconheço se é bom ou mau, diferentemente daquilo que sei ser
c mau. E, assim, mesmo na hipótese de me absolverdes agora e não serdes convencidos por Anito, que afirmou que ou não devia eu simplesmente ter sido submetido a julgamento, ou, se fui, tenho que ser executado, uma vez que se eu for absolvido, vossos filhos serão todos inteiramente arruinados por se dedicarem a praticar o que ensino – se me disserdes à guisa de resposta a isso: "Sócrates,

---

22. ...Ἅιδου... (*Háidoy*), o mundo subterrâneo dos mortos, reino do deus Hades (Plutão), irmão de Zeus e de Poseidon.

nesta oportunidade não agiremos segundo o que diz Anito, mas
te deixaremos ir sob a condição de que não despendas mais teu
d tempo nessas investigações e não te devotes mais à filosofia, sen-
do que se fores pego em flagrante assim fazendo, morrerás"; se
me absolvêsseis sob tal condição, declararia a vós: "Homens de
Atenas, contais com meu respeito e minha amizade, mas acatarei
ao deus, de preferência a vós, e por quanto durar minha existên-
cia e for eu capaz de prosseguir, jamais renunciarei à filosofia e
cessarei de vos exortar, e de meu modo costumeiro com qualquer
um de vos que venha a topar no meu caminho salientar: "Homem
excelente, sendo como és, um cidadão de Atenas, a maior das
cidades-Estado e a mais notória por sua sabedoria e poder, não
e te sentes envergonhado por te preocupares com a aquisição de ri-
queza, reputação e honras, enquanto não te importas e nem atentas
para a sabedoria, a verdade e o aperfeiçoamento de tua alma?". E
então se qualquer um de vós contestar o teor de minhas palavras,
e afirmar que realmente se importa, não permitirei que vá embora
imediatamente, e tampouco eu irei embora, dispondo-me sim a
interrogá-lo, examiná-lo e submetê-lo a testes... e se apurar que
não é detentor da virtude, a despeito de afirmar que é, o censu-
30a rarei por desprezar coisas de máxima importância, enquanto se
importa com coisas secundárias. Assim agirei com todo aquele
que encontrar, jovem e velho, estrangeiro e concidadão, porém
mais especialmente com os concidadãos, porquanto sois liga-
dos mais estreitamente a mim. Certificai-vos de que assim o deus
me ordena fazer e creio não haver nenhum outro maior benefício
concedido a esta cidade do que o serviço que presto ao deus. Pois
tudo que faço em minhas andanças é vos instar, jovens e velhos
entre vós, a não zelardes por vossos corpos ou vossas riquezas
b mais do que pela perfeição possível de vossas almas; e vos digo
que a riqueza não gera a virtude, mas esta gera a riqueza e todos
os demais bens aos seres humanos, tanto os benefícios privados
quanto os públicos. Se com esse discurso corrompo os jovens, en-
tão seu conteúdo é nocivo. Mas se alguém afirma que profiro um
discurso distinto desse, afirma algo destituído de senso. Assim,
digo-vos, ó homens de Atenas: fazei como Anito vos indica ou
não, e absolvei-me ou não, mas cientes de que não alterarei minha
c conduta, mesmo que tenha eu que muitas vezes morrer.

Não causeis tumulto, homens de Atenas, mas continuai a atender ao meu pedido, não interrompendo meu discurso produzindo algazarra, mas vos restringindo a ouvir-me, e penso que vos será vantajoso ouvir-me; estou na iminência de vos comunicar algumas coisas que talvez vos levem a vociferar. De modo algum seja esse vosso comportamento. Sabei que se me matardes, sendo eu o homem que digo que sou, não me ferireis mais do que vós próprios; com efeito, nem Meleto nem Anito seriam capazes de
d ferir-me, o que julgo impossível, pois acredito não ser permitido pelas leis[23] que um homem melhor seja ferido por um pior. Contudo, Anito talvez pudesse matar-me, banir-me ou destituir-me dos direitos civis, com isso talvez pensando que estaria infligindo-me enormes danos, pensamento no qual seria acompanhado por outros. Mas não penso assim. Penso estar ele próprio fazendo um dano muito maior ao empenhar-se em obter a execução injusta de um homem. E, assim sendo, homens de Atenas, realizo agora minha defesa não no meu próprio interesse, como se poderia supor, mas no vosso, para impedir que ao condenar-me erradamente façais uso indevido do dom que o deus vos conferiu. Se
e me executardes, não encontrareis facilmente outra pessoa como eu, que estava ligada a esta cidade por ação do deus – ainda que a expressão seja um tanto risível – como a um grande e nobre cavalo, que se revelasse um pouco lerdo devido ao seu tamanho, e precisasse ser estimulado por um moscardo. Penso que foi para desempenhar uma função assim que o deus vinculou-me à cidade, e assim ponho-me a circular por aí estimulando, persuadindo e
31a censurando cada um de vós, e em toda parte, o dia todo, que me deparo convosco.

É improvável que aquela outra pessoa surja entre vós, senhores, e se deres ouvidos ao que digo, me poupareis. Mas é possível, talvez, que estejais zangados comigo, como pessoas despertas de um cochilo, e quereis esbofetear-me, em conformidade com o conselho de Anito, com o que facilmente acabareis me matando; e então passaríeis o resto de vossas vidas na sonolência, a menos que o deus, no seu zelo por vós, enviasse alguém mais para vos aguilhoar. E que sou – como digo que sou – uma espécie

23. ...θεμιτόν... (*themitón*), humanas ou divinas.

b de dádiva do deus à cidade, podereis compreender com base no seguinte: que não parece comportamento humano ter negligenciado todos os meus próprios negócios e resistido ao descuido de meus interesses durante todos estes anos; em contrapartida, estou sempre ocupado com vossos interesses, dirigindo-me a cada um de vós como um pai, ou como um irmão mais velho, insistindo que atentais para a virtude. Se extraísse algum ganho dessa atividade e fosse remunerado por tais exortações, haveria algum
c sentido nisso. Mas podeis constatar que, a despeito de todas suas acusações impudentes, meus acusadores não foram capazes, em sua desfaçatez, de apresentar uma testemunha que declarasse que algum dia eu haja cobrado ou solicitado pagamento de quem quer que seja. Julgo, de minha parte, contar com uma testemunha que basta para atestar a verdade do que digo, nomeadamente minha pobreza.

Talvez possa parecer um despropósito circular eu por aí e interferir nos negócios alheios visando a dar esse aconselhamento privadamente, mas não me arriscar a comparecer à Assembleia e fornecer aconselhamento ao Estado. A causa disso, entretanto,
d como me ouvistes declarar em muitas oportunidades e lugares, é que algo divino e pertencente aos *dáimons*[24] se manifesta a mim, a mesma coisa que Meleto ridicularizou em seu depoimento. Experimento isso desde minha infância. É uma espécie de voz que me ocorre e sempre que ocorre me detém quanto a alguma coisa que me proponho a fazer, enquanto nunca me incita a fazer coisa alguma. É o que se opõe à minha participação na política. E sou da opinião de que essa oposição é algo excelente, pois podeis estar plenamente certos, homens de Atenas, que se eu tivesse me envolvido na política, teria sido conduzido à morte há muito tempo
e e não teria feito nenhum bem a vós ou a mim mesmo. Não vos indigneis comigo por eu dizer a verdade. O fato é que pessoa alguma sobreviverá se opor-se com franqueza a vós ou a qualquer

---

24. ...θεῖόν τι καὶ δαιμόνιον γίγνεται... (*theîón ti kaì daimónion gignetai*). O manuscrito original contém em acréscimo φωνη (*fone*), voz, após γίγνεται. Mas Schanz e outros helenistas preferem excluir essa palavra; de fato, Sócrates, mais de uma vez, como o leitor perceberá na imediata sequência, referiu-se ao seu *dáimon* como uma "voz" ou um "sinal".

outra multidão, impedindo que muitos acontecimentos injustos e
32a ilegais ocorram no Estado. Um homem que realmente luta pela justiça tem que levar uma vida privada, e não pública, caso queira sobreviver mesmo por um efêmero período.

Apresentarei a vós incisivas evidências disso, não meras palavras, porém o que tendes em alta estima, ou seja, ações. Escutai o que sucedeu a mim para que possais vos persuadir de que eu jamais me curvaria, por medo da morte, a qualquer pessoa que contrariasse o que é justo, preferindo morrer a curvar-me. A narrativa que vos farei envolve um lugar comum e matéria prosaica
b dos tribunais, mas é algo verdadeiro. Nunca, atenienses, ocupei qualquer outro cargo público, mas atuei como senador, na ocasião em que minha tribo detinha a presidência, quando desejastes julgar coletivamente, e não individualmente, os dez generais que haviam fracassado na ação de recolher os mortos e sobreviventes após a batalha naval.[25] Isso foi ilegal, como todos vós depois admitistes. Naquele ensejo, fui o único prítane (membro do comitê que presidia) que se opôs a realizar qualquer coisa que violasse as leis, mas embora os oradores estivessem prontos a afastar-me e prender-me, e embora vós – aos brados – os incitassem a fazer
c isso, considerei que tinha que correr o risco e perseverar até o fim, preferindo ter a lei e a justiça ao meu lado a aliar-me a vós, quando vos empenhavas num procedimento injusto, simplesmente por temor de ser aprisionado ou morto.

Isso aconteceu quando o Estado era ainda democrático. Depois da instauração da oligarquia, os Trinta[26] mandaram que eu e mais quatro outros indivíduos comparecêssemos à rotunda[27] e ordenaram que trouxéssemos de Salamina Leon de Salamina para que fosse executado. Também haviam dado muitas ordens desse tipo a outras pessoas, pois sua intenção era implicar o máximo

---

25. Platão se refere à batalha de Arginusas (localidade ao sul de Mitilene) ocorrida em 406 a.C., quando, a despeito da vitória dos atenienses sobre os espartanos nessa etapa da guerra do Peloponeso, os generais não conseguiram resgatar sobreviventes e recolher os mortos por conta de uma grande tormenta.

26. ...οἱ τριάκοντα... (*hoi triákonta*), os trinta tiranos que governaram Atenas de 404 a 403 a.C. (por aproximadamente nove meses).

27. ...θόλον... (*thólon*), em Atenas o edifício de abóbada arredondada onde se achavam os refeitórios dos notários e dos prítanes.

d de indivíduos que pudessem em seus crimes. Eu, contudo, mais
uma vez mostrei não só pelo discurso, como também pela ação,
que não me importava nem um pouco com a morte – se não fosse
demasiado vulgar a expressão – mas que aquilo com que realmen-
te me importava sumamente era não fazer nada injusto ou irreli-
gioso. Com efeito, aquele governo, por mais poderoso que fosse,
não me intimidou no sentido de realizar algo injusto. Entretanto,
quando saímos da rotunda, os outros quatro dirigiram-se a Salami-
na e prenderam Leon. De minha parte, limitei-me a voltar para
minha casa. Deveria ter sido executado por essa minha conduta,
e não tivesse aquele governo sido derrubado logo depois. Há mui-
tos que poderão vos testemunhar acerca desses acontecimentos.

Será que acreditais que poderia eu ter sobrevivido tantos anos
se houvesse participado da vida pública comportando-me como
um homem bom deve se comportar, prestando meu auxílio à jus-
tiça e o considerando o meu mais elevado dever? Longe disso, ho-
33a mens de Atenas, e tampouco poderia isso acontecer com qualquer
outro homem. Ao longo de minha vida, em qualquer atividade
pública em que possa ter me engajado sou o mesmo homem que
da vida privada. Jamais compactuei com alguém para uma ação
injusta, fosse esse alguém qualquer outra pessoa ou um daqueles
que, segundo meus caluniadores, são meus discípulos. Mas nunca
fui o mestre de quem quer que seja. Se qualquer indivíduo, jovem
ou velho, deseja ouvir meu discurso quando me ocupo de meu
mister, jamais fiz qualquer objeção a isso, tampouco me limito a
b dispensar minha conversação a quem me remunera, calando-me
diante de quem não o faz; pelo contrário, ponho-me à disposição
igualmente de ricos e pobres; faço perguntas e todo aquele que
desejar está facultado a responder-me e ouvir o que tenho a di-
zer. E não posso com justiça ser responsabilizado pela boa ou má
conduta desses indivíduos, na medida em que nunca lhes prometi
ou lhes ministrei qualquer instrução – a nenhum deles. Se alguém
declarar que aprendeu algo de mim, ou que ouviu privadamente
algo que outros não ouviram, estejais certos que esse indivíduo
está mentindo.

Mas, então, por que algumas pessoas apreciam passar muito
c de seu tempo em minha companhia? Ouvistes a razão disso, ho-

mens de Atenas, pois vos comuniquei toda a verdade. Gostam de ouvir o questionamento das pessoas que julgam serem sábias e não são. Isso é divertido. Mas, como acredito, a mim foi ordenado assim agir pelo deus, por meio de oráculos e sonhos, e de todas as outras formas pelas quais um ser humano já recebeu ordem oriunda do poder divino para fazer qualquer coisa. Isso, atenienses, é verdadeiro e pode ser facilmente estabelecido.

Se corrompo alguns jovens e corrompi outros, decerto alguns
d entre esses que se tornaram adultos e perceberam que lhes concedi mau aconselhamento em sua juventude deveriam, eles próprios, comparecer aqui para acusar-me e se vingarem. Ou se não desejassem fazê-lo pessoalmente, alguns de seus parentes – pais, irmãos ou pessoas de outro parentesco – deveriam se manifestar, apontando agora, os fatos do possível prejuízo causado às suas famílias. E vejo muitos deles aqui presentes. Em primeiro lugar,
e Críton[28], homem da mesma idade que eu, pertencente ao mesmo demo que eu, e pai de Critóbulo, que também se encontra presente; em seguida Lisânias de Esfeto, pai de Esquines, que está aqui; também aqui se acha Antífon de Cefísia, pai de Epígeno. E há outros presentes cujos irmãos despendiam tempo em minhas conversações: Nicóstrato, filho de Teozótides e irmão de Teódoto que, estando atualmente morto, não pôde influenciá-lo; Páralo,
34a filho de Demódoco, cujo irmão foi Teages; e Adimanto, filho de Aríston, cujo irmão é Platão, aqui presente; e Aeantodoro, cujo irmão Apolodoro está presente.

E poderia vos mencionar muitos outros, entre os quais certamente Meleto poderia ter escolhido um na qualidade de testemunha em seu próprio discurso. Mas se o esqueceu então, que o faça agora. Cederei a ele espaço para que se manifeste, se dispor de uma tal testemunha. Mas descobrireis que o que ocorre é precisamente o oposto, senhores, e que todas essas pessoas estão prontas a vir em meu auxílio, o homem que corrompe e causa dano aos
b seus parentes, como afirmam Meleto e Anito. Ora, os que são, eles próprios, corrompidos poderiam ter muito bem algum motivo para ajudar-me. Mas de que razão poderiam dispor seus parentes, que além de não corrompidos, já são homens mais velhos,

28. Ver o diálogo homônimo na imediata sequência.

senão da razão correta e justa, ou seja, de que estão cientes de que Meleto está mentindo, enquanto eu estou dizendo a verdade?

Bem, senhores, isso e talvez outras coisas similares é tudo que tenho a dizer em minha defesa. Talvez alguém entre vós se sinta
c ofendido ao lembrar-se que quando ele próprio foi submetido a um julgamento, em torno de um caso de menor importância do que este envolvendo uma acusação menos perigosa, pôs-se a implorar e suplicar aos juízes em meio às lágrimas, e trouxe seus filhos, amigos e parentes com o fito de suscitar compaixão, ao passo que eu nada farei dessas coisas, ainda que esteja aparente-
d mente correndo um sumo risco. É possível que alguém a quem ocorra esse pensamento e lembrança se predisponha duramente comigo e lance seu voto tomado de ira. Ora, se é essa a disposição de alguém dentre vós – não creio haver tal pessoa – mas se houver, penso que estaria me expressando com equidade se lhe dissesse: Meu excelente senhor, também eu tenho parentes, pois não sou, como diz Homero, "nascido de um carvalho ou de uma pedra",[29] mas de pais humanos, de forma que tenho parentes e, homens de Atenas, tenho três filhos, um adolescente, e dois ainda crianças. Entretanto, não trarei nenhum deles aqui para vos implorar que me absolvam. E por que não agirei assim? Não por
e orgulho, atenienses, ou por falta de respeito a vós. A questão de se revelo ou não intrepidez diante da morte é outra, mas no interesse de minha boa reputação, da vossa e da de todo o Estado, julgo não ser nobre fazer essas coisas, em vista especialmente de minha idade[30] e de minha reputação, se merecido ou não. De qualquer modo, seja verdadeiro ou falso, prevalece a opinião geral de que Sócrates, em certos aspectos, é superior à maioria das pessoas.
35a Se, nesse caso, aqueles entre vós que se supõem serem superiores ou em sabedoria, ou em coragem, ou em qualquer outra virtude, se predispõem a se conduzir de tal maneira, seria vergonhoso. Todavia, tenho frequentemente visto homens detentores de tal reputação se comportarem da mais espantosa das maneiras quando submetidos a um julgamento, como se pensassem estar a caminho de sofrer algo terrível se forem executados, e que seriam imortais

29. *Odisseia*, Canto XIX, 163.

30. 70 anos.

se vós não os executásseis. A mim parece que representam uma vergonha para o Estado e que qualquer estrangeiro estaria autorizado a dizer que aqueles entre os atenienses que primam pela
b virtude, homens que eles próprios honram com cargos públicos e outras distinções, não são melhores do que mulheres. Esses atos, homens de Atenas, nós que dispomos de alguma reputação não devemos cometer, e se os cometermos, não devereis permiti-lo. Deveis mostrar com clareza que estareis muito mais prontos a condenar um homem que desempenha ante vós essas lamentáveis cenas dramáticas no tribunal, expondo o Estado ao ridículo, do que o homem que se mantém quieto.

E independentemente do aspecto da reputação, senhores, não
c julgo certo suplicar ao juiz ou obter a absolvição implorando-a. Nossa obrigação é informá-lo e convencê-lo. De fato, o juiz não está aqui para conceder favores no que tange a matérias de justiça, mas para pronunciar a sentença; e seu juramento o obriga a não distribuir favores ao seu bel prazer, mas julgar de acordo com as leis. A conclusão é que não devemos induzir-vos ao hábito de violar vossos juramentos, nem deveis vós mergulhar nesse hábito, com o que nenhum de nós estaria agindo sem incorrer na impiedade. Não exigi, portanto, de mim, homens de Atenas, que me comporte perante vós de um modo que não considero nem nobre,
d nem justo, nem piedoso, especialmente, por Zeus, porque estou sendo processado por Meleto exatamente por impiedade. É patente que se graças a minha persuasão e súplica eu vos constrangesse a faltar aos vossos juramentos, estaria vos ensinando a desacreditar na existência dos deuses e, realizando minha defesa, estaria acusando a mim mesmo de neles não acreditar. Entretanto, muito dista isso da verdade, pois realmente neles acredito, homens de Atenas, mais do que qualquer um de meus acusadores e, assim, confio meu caso a vós, e ao deus para decidi-lo conforme seja o melhor para mim e para vós.

*****

e Não estou indignado, ó homens de Atenas, por terdes me con-
36a denado, e isso por muitas razões, entre as quais o fato de vossa decisão não ter constituído uma surpresa para mim. O que mais

me surpreendeu, de fato, foi o número de votos a favor e contra essa condenação, pois não pensava que a decisão fosse por meio de tão poucos votos, mas por meio de uma grande quantidade deles. Tal como se apresenta o caso, a mudança de apenas trinta votos teria causado a minha absolvição.[31] E, assim, penso que, no que diz respeito a Meleto, fui absolvido, e não apenas absolvido, mas está ao alcance de qualquer um perceber que, se Anito e Lícon não se apresentassem para acusar-me, ele teria sido multado em
b mil dracmas por não receber um quinto dos votos.

E o homem propõe a pena de morte. Bem, que posso eu propor a título de alternativa, homens de Atenas? Está claro que deveria ser uma pena que mereço, não é mesmo? E o que mereço sofrer ou pagar por não haver deliberadamente vivido uma vida tranquila e haver descuidado daquilo de que se ocupa a maioria das pessoas, ou seja, da aquisição de riqueza, da administração doméstica, dos cargos militares, dos discursos públicos, e das diversas magistraturas, conspirações e facções existentes no Estado? E pensando
c que era realmente demasiado honrado para me ocupar dessas atividades e viver, afastado dessas coisas graças às quais teria sido inútil a vós ou a mim mesmo, dedicado a proporcionar a cada cidadão individualmente o que julgo maximamente benéfico? De fato procurei convencer cada um de vós a zelar por si mesmo e por seu próprio aprimoramento no que tange a ser bom e sábio, de preferência a zelar por quaisquer de suas posses, e a favor do próprio Estado, em lugar dos interesses deste, e adotar idêntico método no seu zelo por outras coisas. O que, então, merece um homem
d como eu? Algum bem, homens de Atenas, se é que devo propor algo verdadeiramente em conformidade com meu merecimento; e esse bem deveria ser tal que me fosse adequado. Ora, o que é adequado a um pobre homem que é vosso benfeitor e que necessita de ócio para exortar-vos? Nada há, homens de Atenas, tão adequado quanto tal homem receber suas refeições no pritaneu[32].

---

31. O júri total era composto de *501* homens atenienses, o que significa que a decisão foi realmente apertadíssima, não expressando de modo algum a vontade da *maioria*.

32. ...πρυτανείῳ... (*prytaneioi*), edifício público em Atenas onde atuavam os magistrados. Era no *pritaneu* que se oferecia acolhida pública, particularmente aos que se sagravam vencedores nos Jogos Olímpicos.

Isso é muito mais adequado a mim do que a qualquer um de vós
que haja vencido nos Jogos Olímpicos com cavalo, biga ou qua-
driga. O vencedor olímpico vos faz parecer feliz, enquanto eu
e vos faço feliz. Ademais, ele não tem, em absoluto, necessidade
de sustento, ao passo que eu sou um necessitado. Portanto, se me
cabe propor uma pena de acordo com meu merecimento, propo-
37a nho a minha alimentação no pritaneu.

Talvez alguns de vós julguem que dizendo isso, analogamen-
te ao que disse acerca de lamentos e súplicas, me expresso com
arrogância. Mas não se trata disso, atenienses. A verdade é, ao
contrário, que estou convencido de que jamais cometi proposita-
damente injustiça contra pessoa alguma. Vejo-me, porém, impos-
sibilitado de convencer-vos disso dado termos conversado duran-
te pouco tempo. Creio que se dispusésseis de uma lei, daquela de
que dispõem outros povos, que determina que julgamentos que
b envolvam a pena capital não devem ser resolvidos num único dia,
mas somente após muitos dias, acabaríeis por convencer-vos; mas
agora, nestas circunstâncias, não é fácil em tão curto tempo fazer
dissipar grandes calúnias, delas vos livrando. E como, por con-
seguinte, estou convencido de que jamais cometi injustiça contra
pessoa alguma, certamente não a cometerei contra mim decla-
rando a respeito de mim mesmo que mereço alguma coisa má
e propondo qualquer pena para mim que inclua um mal. E por
que deveria agir assim? Por medo da pena proposta por Meleto,
a respeito da qual digo que ignoro tratar-se de algo bom ou mau?
Deverei optar, de preferência, por algo que sei tratar-se de um
c mal? Que pena posso propor? Encarceramento? E por que deverei
viver encarcerado, um escravo da perpétua autoridade dos magis-
trados? Ou deverei propor uma multa, conservando-me encarcera-
do até que seja paga? Mas nesse caso equivaleria ao mesmo que
acabei de dizer, já que não tenho dinheiro. Diante disso, será que de-
vo propor o exílio como minha pena? Talvez aceitásseis isso. Mas
eu teria realmente que nutrir um imoderado amor pela vida para ser
tão destituído de senso a ponto de ignorar que se vós, que sois
d meus concidadãos, não conseguiram tolerar minhas conversações
e meus discursos, julgando-os aborrecidos e desagradáveis – es-
tando agora, inclusive, vos empenhando em livrar-se deles –, ou-

tras pessoas os tolerarão facilmente. É fato seguro, atenienses,
que não o farão. Que *bela* vida seria a minha se fosse embora, na
idade em que estou, e passasse a perambular de cidade em cidade,
sendo expulso de uma após outra! Bem sei que, para todo lugar
que me dirigisse, encontraria jovens que se disporiam a ouvir-me,
como acontece aqui. Se os afastasse, persuadiriam seus parentes
e mais velhos a me expulsarem; se não o fizesse, seus pais e paren-
tes me expulsariam em nome deles.

É possível que alguém dissesse: "Sócrates, será que não pode-
rias nos deixar e viver em silêncio, sem discursos?". Bem, con-
vencer alguns de vós sobre esse ponto é a tarefa mais difícil. Isso
porque se afirmo que tal procedimento corresponderia a desobe-
decer ao deus e que, por conta disso, não posso ficar em silên-
38a cio, pensareis que estou ironizando e não me acreditareis. Se, por
outro lado, afirmo que dialogar todos os dias acerca da virtude e
sobre as outras coisas em relação às quais me ouvis discursando
e examinando a mim mesmo e os outros constitui o maior benefício
para o ser humano, e que a vida sem esse exame não é digna de
ser vivida, menos crédito ainda me dareis.

É como digo, senhores, mas não é tarefa fácil convencer-vos.
Além disso, não me acostumei com a ideia de que mereço ser pe-
nalizado com alguma coisa má. Se tivesse dinheiro, teria proposto
b uma multa em consonância com minhas posses, mesmo porque
isso não representaria para mim dano algum. Mas sendo as coisas
como são, só resta o recurso de impores uma multa que eu possa
pagar. Talvez eu pudesse pagar uma mina de prata[33]. Assim, pro-
ponho essa pena. Entretanto, Platão aqui, homens de Atenas, bem
como Críton, Critóbulo e Apolodoro me dizem para propor uma
multa de trinta minas, e serão meus fiadores com relação a esse
dinheiro. Assim, proponho uma multa nesse valor. Esses homens,
c grandemente dignos de crédito, serão meus fiadores.

*****

33. A μνᾶ (*mnâ*) correspondia a cem dracmas. Como no tempo de Sócrates e Platão, uma dracma era o que recebia, a título de padrão salarial, o trabalhador por um dia de trabalho, uma *mina* (isto é, cem dracmas) constituía uma quantia considerável.

Porque quisestes ganhar tempo, homens de Atenas, ireis granjear da parte daqueles que desejam denegrir o Estado a reputação e culpa de terdes matado Sócrates, um homem sábio, já que sabeis que aqueles que desejam ultrajar-vos dirão que sou sábio, mesmo que eu não o seja. Se houvésseis aguardado mais um pouco, o que desejais viria a ocorrer naturalmente, uma vez que conheceis
d minha idade, quão adiantado na vida e quão próximo da morte. Isso que digo não é para todos vós, mas somente para os que votaram a favor de minha condenação à morte. E para estes tenho algo mais a dizer. Talvez penseis, senhores, que fui condenado pela dificuldade representada por me faltarem as palavras que vos teriam levado a absolver-me, se eu tivesse considerado justo tudo fazer e dizer para obter a absolvição. Bem longe disso. No entanto, foi graças a uma falta que fui condenado, não, todavia, falta de palavras, mas de atrevimento e impudência, e também de disposição para dizer-vos as coisas que teríeis adorado ouvir.
e Teríeis adorado ouvir meus gemidos e lamentos e ver-me fazer e dizer muitas coisas que são, tal como sustento, indignas de mim – aquelas coisas que estais habituados a ouvir de outros. Não julguei então que devia, diante do perigo ao qual estava exposto, fazer qualquer coisa indigna de um homem livre, como tampouco me arrependo agora de ter feito minha defesa como a fiz. Prefiro morrer com base nessa defesa a viver com base numa defesa do outro tipo. Pois não devo eu, como qualquer outro homem, conceber um plano para escapar à morte a qualquer custo, isso
39a no tribunal ou na guerra. Nas batalhas, mostra-se frequentemente óbvia a possibilidade de um homem esquivar-se à morte arrojando suas armas ao chão e implorando misericórdia aos seus perseguidores. Há, ademais, vários outros meios de escapar à morte ao se estar em face de perigos de diversas naturezas quando nos dispomos a fazer e dizer qualquer coisa. Mas, senhores, não é difícil escapar da morte... É bem mais difícil escapar da perversidade, já que esta corre mais celeremente do que a morte. Lento e ve-
b lho como sou, fui agora apanhado pela corredora mais lenta, enquanto meus acusadores, astuciosos e rápidos, foram apanhados pela corredora mais veloz, a perversidade. Irei embora agora condenado por vós e sentenciado à morte, mas eles daqui sairão condenados pela verdade por perversidade e injustiça. Aceito mi-

nha pena e eles aceitam a sua. Talvez isso tivesse que ser assim,
e penso que está bem.

c E agora quero fazer uma predição para vós, vós que me con-
denastes, pois me vejo agora no momento em que os seres hu-
manos mais profetizam, ou seja, quando estão na iminência de
morrer. E vos digo, a vós, ó homens que me condenastes à morte,
que a vingança vos atingirá imediatamente após minha morte,
uma punição, por Zeus, muito mais difícil de suportar do que a
que re servastes a mim. Agistes assim agora comigo na crença
de que sereis eximidos de prestar contas por vossas vidas, mas
digo que topareis com um resultado sumamente diferente. Aque-
d les que vos constrangerão ao acerto de contas serão em maior
número; até então eu os detinha e não o percebestes. E, porquan-
to são mais jovens, serão mais duros e sofrereis maior incômo-
do. De fato, se acreditais que executando as pessoas impedireis
qualquer um de vos censurar por vossa conduta indevida, estais
enganados. Esse tipo de escapatória é tanto completamente im-
possível quanto desonrosa. A mais fácil e honrosa das escapa-
tórias não consiste em silenciar outros indivíduos, mas em vos
e tornar o melhor possível. Com esta previsão dirigida a vós que
me condenastes, de vós me despeço.

Com aqueles, contudo, que votaram pela minha absolvição,
gostaria de discutir o ocorrido enquanto as autoridades do tribu-
nal estão ocupadas e não preciso ainda dirigir-me ao local onde
deverei morrer. Assim, senhores, ficai comigo por esse tempo,
pois nenhum impedimento há para nossa conversação. Sinto que
40a sois meus amigos e quero vos indicar o significado do que agora
sucedeu a mim. De fato, *juízes* – e ao chamá-los de juízes vos
designo corretamente –, algo maravilhoso sucedeu a mim. Até
então o costumeiro poder profético, ou do *dáimon*, se manifestava
muito amiúde e a mim se opunha mesmo em matérias de mínima
importância – barrando-me de alguma ação que não devia reali-
zar. Agora, entretanto, como constatais, que encarei aquilo que se
concebe como sendo e que se considera ser o maior dos males, o
b sinal divino não se opôs a mim, quer quando deixei minha casa de
manhã, quer quando ingressei no tribunal, quer em qualquer eta-
pa de meu discurso quando me dispunha a dizer qualquer coisa,

não obstante em outras ocasiões me obstasse em muitas etapas no meio de um discurso. Mas agora, neste caso, não se opôs a mim em relação a nada que fiz ou disse. E o que poderia eu supor ser a razão disso? Eu vos direi. Isso que aconteceu a mim é, indiscutivelmente, uma coisa boa e aqueles, entre nós, que classificam a
c morte como um mal, devem estar equivocados. Disso me foi concedida uma prova convincente, pois o costumeiro sinal certamente teria se oposto a mim se eu não estivesse prestes a encaminhar-me na direção de algo bom.

Reflitamos também de uma outra maneira que nos sugere haver boa razão para ter esperança de que a morte seja uma coisa boa. A morte é uma de duas coisas: ou é o nada, de modo que o morto não tem consciência de coisa alguma, ou é, como dizem as
d pessoas, uma mudança e migração da alma deste para um outro lugar. Se é uma completa ausência de percepção, tal como um sono no qual quem dorme sequer sonha, devemos concluir que a morte constitui uma extraordinária vantagem. De fato, penso que se alguém separasse essa noite durante a qual dormiu sem ter sonhos e a ela comparasse as outras noites e dias de sua vida, e examinasse devidamente quantos dias e noites de sua vida havia passado mais agradavelmente do que aquela noite – creio que não só um indivíduo particular e comum, como também o
e próprio grande rei[34], julgaria que noites como essas são poucas se comparadas às demais noites e dias. Assim, na hipótese de ser essa a natureza da morte, terei que estimá-la como uma vantagem, uma vez que toda a eternidade pareceria ser então não mais do que uma única noite. Se, por outro lado, a morte é, por assim dizer, uma mudança deste lugar para algum outro, e se o que nos relatam é verdadeiro, ou seja, que todos os mortos estão nesse lugar, que maior bem poderia haver do que esse, senhores juízes?
41a Se alguém quando chega ao Hades, após deixar aqueles que afirmam ser juízes, irá encontrar os que realmente são juízes, e que se diz que ali sentenciam, nomeadamente Minos e Radamanto,

34. ...μέγαν βασιλέα... (*megán basiléa*), ou seja, o rei da Pérsia, considerado no tempo de Sócrates e Platão pelas pessoas em geral um paradigma inconteste de sucesso, prosperidade e felicidade.

Éaco e Triptolemo,[35] além de todos os demais semideuses que foram homens justos em suas vidas, seria essa mudança de lugar indesejável? Ademais, o que não daria qualquer um de vós para encontrar-se com Orfeu, Museu, Hesíodo e Homero? Estou disposto a morrer muitas vezes sucessivas se tais coisas forem
b verdadeiras, pois de minha parte acharia maravilhosa a vida lá, especialmente ao encontrar Palamedes e Ájax, o filho de Telamon, ou quaisquer outros homens de outrora que perderam suas vidas devido a um julgamento injusto, e pudesse comparar minha experiência com a deles.[36] Creio que isso não seria desagradável. E o meu maior prazer seria despender meu tempo examinando e investigando as pessoas nesse lugar, como o faço aqui, com o objetivo de descobrir quem entre eles é sábio e quem pensa ser, não o sendo.

Que preço qualquer um de vós, senhores juízes, pagaria pela possibilidade de examinar o homem que conduziu a grande expedição guerreira contra Troia[37], ou Odisseu, ou Sísifo, ou outros
c incontáveis, incluindo tanto homens quanto mulheres que eu poderia mencionar? Conversar com eles, desfrutar de sua companhia e examiná-los seria uma felicidade sem tamanho. De qualquer modo, as pessoas lá não matam pessoas que realizam isso. Em outros aspectos são mais felizes lá do que os seres humanos aqui, e por todo o tempo vindouro, se realmente o que nos dizem é verdadeiro, são imortais.

Deveis também, senhores juízes, considerar a morte com esperança, tendo em mente a seguinte verdade, ou seja, que um

---

35. Todos, com exceção de Triptolemo, filhos mortais de Zeus e por este imortalizados. A inclusão de Triptolemo nesse elenco dos juízes do Hades soa estranho, a despeito da grande importância desse personagem ligado especialmente aos mistérios da deusa olímpica da agricultura, Deméter.

36. Palamedes e Ájax foram dois grandes heróis gregos que atuaram na guerra de Troia. Ambos foram duramente injustiçados. Palamedes, que atraíra o desafeto de Odisseu, foi vítima de uma fraude armada por este, julgado traidor dos gregos e apedrejado até a morte. Ájax, o grande merecedor de herdar as armas de Aquiles, foi preterido por Odisseu nessa pretensão. Tomado pela indignação, teve um acesso de loucura que o levou a matar alguns de seus próprios companheiros. Quando voltou ao juízo, suicidou-se lançando-se sobre a própria espada.

37. Agamenon.

d homem bom não pode ser atingido por nenhum mal na vida ou após a morte, e que suas ações não são negligenciadas pelos deuses. Assim, igualmente, isso que aconteceu a mim não aconteceu por acaso; vejo com clareza que é melhor para mim morrer agora e livrar-me de transtornos. Eis a razão por que o sinal em momento algum interferiu em minha conduta; assim não experimento ira contra aqueles que me condenaram ou meus acusadores. Contudo, não foi esse o propósito de me terem acusado e condenado.
e Pensaram estar me ferindo e nisso são culpáveis. Tudo que peço a eles é o seguinte: quando meus filhos crescerem, senhores, puni-os causando-lhes os mesmos transtornos que causei a vós; se vos parecer que se importam mais com dinheiro ou qualquer outra coisa do que com a virtude, e se pensarem que são pessoas de importância, quando não são, censurai-os com vos censurei, por não se importarem com o que deviam se importar e pensam que se transformaram em pessoas dignas, quando não são dignos de nada.
42a Se assim agirdes, terei sido tratado justamente por vós, o mesmo tendo ocorrido com meus filhos.

Mas agora é chegada a hora de partirmos. Parto para a morte e vós para a vida. Entretanto, qual de nós caminha para melhor sorte é algo que somente o deus sabe.

CRÍTON
(OU DO DEVER)

PERSONAGENS DO DIÁLOGO:
Sócrates e Críton

43a **Sócrates:** Por que veio a esta hora, tão cedo Críton? Ou ainda não é cedo?

Críton: Certamente é.

Sócrates: Mais ou menos que hora?

Críton: Pouco antes da aurora.

Sócrates: Surpreende-me o fato de o guarda da prisão ter permitido que entrasses.

Críton: A essa altura está acostumado comigo, Sócrates, uma vez que venho aqui com tanta frequência. Além disso, fiz algo para ele.

Sócrates: Acabaste de chegar ou já há algum tempo?

Críton: Já há um tempo razoável.

b **Sócrates:** Se é assim, por que não me despertaste imediatamente, em lugar de ficar sentado ao meu lado em silêncio?

Críton: Por Zeus, Sócrates, não! Quisera apenas não estar eu mesmo tão insone e angustiado. Mas estive pensando em ti algum tempo, observando quão tranquilamente dormias. Foi de propósito que não te acordei, para que pudesses passar teu tempo o mais agradavelmente possível. Com frequência considerei ao longo dos anos de tua vida, até os dias de hoje, teu modo de viver feliz, e o atesto agora mais do que nunca, quando suportas teu presente infortúnio tão resignada e serenamente.

Sócrates: Ora, Críton, não seria apropriado na minha idade
c perturbar-me com o fato de que devo morrer agora.

Críton: Outros homens da tua idade, Sócrates, veem-se enredados em tais infortúnios, mas sua idade de modo algum os impede de se perturbarem com seu destino.

Sócrates: Isso é verdade. Mas por que vieste tão cedo?

Críton: Para trazer notícias, Sócrates... más notícias, ainda que, pelo que parece, não más para ti, porém tristes e dolorosas para mim e todos teus amigos, e para poucos deles, acho, tão penosas quanto para mim.

Sócrates: E quais são essas notícias? Chegou o navio de Delos,
d chegada essa que determina minha hora de morrer?[1]

Críton: Não chegou ainda, mas creio que chegará hoje, a julgar pelas informações de algumas pessoas que vieram de Súnio e o deixaram lá. Pelo que dizem, fica claro que chegará hoje, o que significa que amanhã, Sócrates, tua vida terá necessariamente um fim.

Sócrates: Bem, Críton, que a boa sorte esteja conosco. Se essa é a vontade dos deuses, que assim seja. Todavia, não acho que
44a ele chegará hoje.

Críton: O que te leva a pensar isso?

Sócrates: Dir-te-ei. Terei que morrer um dia após a chegada do navio.

Críton: É o que dizem os encarregados desses assuntos.

Sócrates: Bem, acho que não chegará hoje, mas amanhã, e a razão para eu afirmá-lo é um sonho que tive há pouco essa noite. Talvez tenhas me deixado dormir precisamente na hora certa.

Críton: E qual foi o sonho?

Sócrates: Sonhei que uma mulher formosa e graciosa, trajada de branco, dirigiu-se a mim, chamou-me e disse: "Sócrates, no
b terceiro dia deverás chegar à fértil Ftia"[2].

Críton: Um sonho estranho, Sócrates.

---

1. Ver o início do *Fédon* (58a, b, c) nesta edição, na imediata sequência.
2. Platão cita um verso da *Ilíada* de Homero (Canto IX, 363) alusivo a Aquiles. Era costume entre os gregos contar incluindo o dia que serve de referência. Assim, por exemplo, se dizemos de segunda à quarta, contamos *dois* dias, pois não incluímos a segunda-feira, que é o dia referencial, mas para os gregos são *três,* pois a segunda é também computada.

Sócrates: Para mim parece bastante claro, Críton.

Críton: Aparentemente demasiado claro. Mas meu caro Sócrates,
escuta-me mesmo agora e salva-te. Se morreres não será uma
simples desventura para mim, já que perderei um amigo seme-
lhante ao qual jamais encontrarei outro, além do que muitos
c indivíduos que não conhecem bem a ti e a mim concluirão que
eu podia ter-te salvo se estivesse disposto a gastar dinheiro,
mas que não me importei com isso. Decerto não há reputação
mais coberta de infâmia do que a da pessoa da qual se pensa
que atribui mais valor ao dinheiro do que aos próprios amigos.
A maioria das pessoas não acreditará que estávamos ansiosos
para ajudar-te a fugir daqui e que recusaste essa ajuda.

Sócrates: Ó afortunado Críton, por que se importar tanto com o que pensa a multidão? As pessoas mais razoáveis, às quais deveríamos dar maior atenção, acreditarão que as coisas foram realizadas como realmente serão realizadas.

d **Críton:** Mas podes perceber, Sócrates, que é necessário se importar com a opinião da multidão. Este problema em que estamos agora demonstra que a multidão está capacitada, quando alguém é objeto de difamação, de causar não, em absoluto, o menor dos males, mas praticamente o maior deles.

Sócrates: Somente desejaria, Críton, que a maioria das pessoas capaz de produzir o maior dos males fosse capaz igualmente de produzir o maior dos bens, e estaria ótimo. Mas agora não podem fazer nem uma coisa nem outra. Não são capazes de tornar alguém sábio ou tolo, mas se limitam a agir irrefletidamente, ao acaso.

e **Críton:** É possível que seja assim. Mas, Sócrates, é preciso que
me respondas o seguinte: estás receando que eu e teus outros
amigos, no caso de fugires, teremos problemas com os infor-
mantes que irão dizer que te tiramos furtivamente daqui, nos
levando a perder ou todas nossas posses ou uma grande quan-
tidade de dinheiro pagando pesadas multas, ou a sermos, ade-
45a mais, punidos de alguma outra forma? Se for esse o teu receio,
esquece, pois para nós é simplesmente justo correr esse risco
e, inclusive, um maior, se necessário, para salvar-te. Agora,
por favor, faz como peço.

Sócrates: Estou considerando isso, Críton, bem como muitas outras coisas.

Críton: Não receies isso. Não se trata sequer de muito dinheiro que teríamos que pagar a alguns indivíduos dispostos a te salvar e transferir-te para longe daqui. Além disso, não percebes que esses informantes são gente que cobra barato, bastando
b pouco dinheiro para comprar seu silêncio? Meu dinheiro está a tua inteira disposição, e suponho que seja suficiente. Por outro lado, se devido a tua preocupação comigo, achas que não deves gastar meu dinheiro, contamos com estrangeiros na cidade dispostos a gastar o dinheiro deles; um deles, Símias de Tebas, trouxe fundos suficientes para essa finalidade específica. Além disso, Cebes também e outros homens estão prontos a contribuir. Por conseguinte, como estou dizendo, não desistas de salvar-te alimentando receio em relação a isso. E não te preocupes com o que disseste no tribunal, ou seja, que se fosses embora não saberias o que fazer de ti mesmo. A verdade é que
c em muitos outros lugares, para onde quer que vás, serás bem acolhido. E se quiseres ir para a Tessália, tenho amigos lá que te honrarão como bem mereces e te protegerão, de modo que ninguém na Tessália te causará qualquer dano.

Por outro lado, Sócrates, não considero sequer justo o que estás fazendo, desistindo de tua vida quando podes preservá-la. Estás determinado a fazer acontecer contigo exatamente o que teus inimigos desejam que aconteça, e a favor do que se apres-
d saram no intento de destruir-te. Some-se a isso, segundo penso, que trais a teus filhos, pois quando poderias criá-los e educá-los, te dispões a abandoná-los e ir embora. Com essa atitude não dás importância a qual será a sorte deles. Provavelmente o que os espera é o que está reservado a órfãos destituídos. Ou não se deve gerar filhos, ou se deve gerá-los e ficar ao lado deles, arcando o fardo de criá-los e educá-los.[3] A mim parece que optas pelo caminho mais cômodo. E deverias fazer tua escolha como a faria um homem bom e corajoso, tu que passaste tua existência inteira dizendo que te importavas com a virtude.

---

3. Críton é enfático quanto às responsabilidades de ser pai. Ver o fim do *Eutidemo* (306d-307a).

e A consequência é estar eu envergonhado tanto por ti quanto
por nós, teus amigos, e temo que se pensará que todo esse teu
caso ocorreu contando com uma certa covardia de nossa parte
– seja pelo fato de teu caso ter ido parar no tribunal, o que po-
deria ter sido evitado, seja pela forma que o próprio julgamen-
to se conduziu; finalmente, as pessoas ver-se-ão no direito de
pensar, que como absurdo desfecho de toda essa situação esta
oportunidade de salvar-te nos escapou por conta de alguma vil
46a covardia de nossa parte, quando não te salvamos e tu não te
salvaste, embora houvesse plena possibilidade para isso se ti-
véssemos sido de qualquer utilidade. Toma cuidado, Só-
crates, para que essas coisas não acarretem não só o mal, como
também a infâmia, tanto para ti quanto para nós. Reflete... ou
melhor, não há mais tempo para reflexão, urgindo encerrá-la.
Temos diante de nós um único plano e uma única oportunida-
de, e isso tem que ser realizado na próxima noite. Se nos atra-
sarmos, não haverá mais possibilidade de concretizar o plano.
Imploro-te, Sócrates, age como digo e não insistas na recusa.

b **Sócrates:** Meu caro Críton, teu zelo seria louvável caso se re-
velasse corretamente direcionado. Mas não ocorrendo isso,
quanto maior for mais difícil será aceitá-lo. Por conseguin-
te, cumpre-nos examinar a questão, apurando se devemos ou
não empreender essa ação. Não só agora sou, como sempre
fui alguém que adota apenas a razão que, ponderada, a mim
parece a melhor. Não posso, agora que esse destino abateu-se
sobre mim, descartar as razões que eram por mim emprega-
c das; a mim parecem ser as mesmas de sempre, de modo que
me atenho, com apreço e respeito, às mesmas razões de antes.
Assim, a menos que possamos aventar melhores argumentos
na presente situação, estejas absolutamente certo que não ce-
derei a ti, nem mesmo se o poder da multidão nos amedron-
tasse com mais terrores do que os presentes, como crianças
que são atemorizadas por espantalhos, ameaçando-nos com
o encarceramento, a morte e confiscos de propriedades. Ora,
d como examinarmos a matéria com máxima racionalidade?
Seria começando por assumir o que dizes sobre as opiniões
dos indivíduos e nos perguntando se estávamos certos quan-

do costumávamos dizer invariavelmente que devíamos prestar
atenção em algumas opiniões e não em outras? Ou então es-
távamos certos antes de eu ser condenado à morte, enquanto
ficou claro agora que falávamos meramente por falar e tudo
não passou de gracejo e tagarelice? Também quero investigar,
Críton, junto contigo, e apurar se nosso argumento anterior
me parece diferente nas atuais circunstâncias, ou idêntico, e
se devemos renunciar a ele ou por ele sermos norteados. Po-
rém, era, segundo penso, habitual dizer – vindo dos lábios dos
que julgavam estar falando sensatamente –, tal como eu dizia
e agora, que dentre as opiniões defendidas pelas pessoas, algu-
mas deviam ser objeto de elevado apreço, ao passo que outras,
não. Em nome dos deuses, Críton, não te parece ser isso cor-
reto? Afinal, tu, humanamente falando, não estás vinculado à
47a necessidade de morrer amanhã, de maneira que as presentes
circunstâncias não comprometeriam teu discernimento. Isso
considerado, não achas que estávamos corretos em dizer que
não devemos conferir apreço a todas as opiniões dos seres hu-
manos, mas a algumas sim e a outras não, e não às de todos os
indivíduos, porém somente as de alguns? O que pensas? Não
se expressam corretamente os que isso afirmam?

Críton: Admito que se expressam corretamente.

Sócrates: Consequentemente, devemos valorizar as boas opiniões, mas não as más?

Críton: Sim.

Sócrates: E as boas opiniões são as dos sensatos, enquanto as más são as dos insensatos?

Críton: Claro que sim.

Sócrates: Ora, vamos, o que dizer do seguinte? Se um homem
b é um atleta e faz do atletismo sua profissão, dá atenção ao
elogio, à crítica e à opinião de todos, ou ao elogio, à crítica
e à opinião de somente um homem, a saber, o médico ou o
instrutor de ginástica?

Críton: Ao elogio, à crítica ou à opinião de somente um homem.

Sócrates: Por conseguinte, deve temer a crítica desse único homem e dar boa acolhida ao seu elogio, e não agir assim em relação à crítica ou elogio das pessoas em geral, isto é, da multidão.

Críton: Isso é óbvio.

Sócrates: Ademais, deve atuar, exercitar-se, comer e beber como julgar melhor esse único homem, que é seu instrutor e conhece a atividade, e não como julgam todos os demais.

Críton: É isso.

c **Sócrates:** Bem, se ele não acata esse único homem e desconsidera sua opinião e elogio, enquanto atribui valor à opinião dos muitos que não possuem o conhecimento na matéria, não atrairá dano para si?

Críton: Está claro que atrairá.

Sócrates: E no que consiste esse dano? Em que direção e que parte do indivíduo que não acata esse dano afeta?

Críton: Evidentemente o seu corpo, porquanto é ele o arruinado.

Sócrates: Dizes bem. Então no que toca a outras matérias, Críton, sem que precisemos enumerá-las todas, em questões que dizem respeito ao justo e ao injusto, ao vil e ao nobre e ao bom e ao mau, que é o que estamos agora examinando, devemos
d acatar e temer a opinião dos muitos, da multidão, ou a de uma única pessoa, na hipótese de haver uma que deles tem conhecimento e diante da qual experimentamos temor e vergonha mais do que diante das demais? E se não acatarmos suas instruções, danificaremos e corromperemos a parte de nós mesmos, a qual é beneficiada pelo justo e arruinada pelo injusto. Ou não há nenhum sentido nisso?

Críton: Penso que há, Sócrates.

Sócrates: Bem, se ao ceder à opinião dos ignorantes arruinamos o que é beneficiado pela saúde e prejudicado pela doença, vale
e a pena viver quando isso é arruinado? E estamos nos referindo ao corpo, não é mesmo?

Críton: Sim.

Sócrates: Portanto vale a pena viver com um corpo precário e arruinado?

Críton: De modo algum.

Sócrates: E vale a pena viver com a ruína daquilo que existe em nós somente por meio do justo e que é arruinado pelo injusto? Ou julgas que essa parte de nós, seja ela qual for, que diz
48a respeito ao justo e ao injusto, é menos valiosa que o corpo?

Críton: De modo algum.

Sócrates: É, pelo contrário, mais valiosa?

Críton: Muito mais.

Sócrates: Então, ó excelentíssimo amigo, não devemos considerar, de maneira alguma, o que os muitos, a multidão, dirão de nós, mas o que dirão o único que conhece o justo e o injusto, e a própria verdade. Assim, para começar introduziste incorretamente a questão quando afirmaste no início que devíamos considerar a opinião da multidão a respeito do justo, do nobre,
b do bom e de seus contrários. Entretanto, poder-se-ia dizer, que a multidão é capaz de nos matar.

Críton: Também isso é evidente e seria dito, Sócrates. *Dizes a verdade*[4].

Sócrates: Mas, admirável amigo, o argumento que aduzimos há pouco permanece, a meu ver, o mesmo de antes. E agora verifica se admitiremos ou não o seguinte, a saber, que não é viver, mas viver bem que devemos considerar o mais importante.

Críton: Nós o admitiremos.

Sócrates: E admitiremos ou não que viver *bem, nobremente e justamente*[5] são a mesma coisa?

Críton: Admitiremos.

Sócrates: Então concordamos que a questão a ser colocada é se é justo para mim tentar sair daqui sem a permissão dos ate-
c nienses, ou se não é justo. Se parecer justo, tentemo-lo; se não, desistamos disso. Quanto às considerações que fizeste sobre gastar dinheiro, reputação e criar meus filhos, são, Críton, efetivamente considerações dos que facilmente executam pessoas e lhes restituiriam a vida, se isso fosse possível, sem qualquer sentido – quero dizer a multidão. Mas nós, uma vez que nosso argumento a isso nos obriga, temos que nos restringir a considerar a questão que suscitamos: se
d estaremos agindo justamente concedendo dinheiro e gratidão a esses homens que me ajudarão a fugir e, nós próprios,

---

4. Alguns helenistas, diferentemente de Schanz, atribuem esta frase – ἀληθῆ λέγεις (*alethê légeis*) – a Sócrates na imediata sequência; outros preferem omiti-la.

5. ...εὖ καὶ καλῶς καὶ δικαίως... (*eŷ kaì kalôs kaì dikaíos*).

fugindo[6] ou auxiliando na fuga[7], ou se estaremos na verdade agindo injustamente fazendo todas essas coisas. Caso nos pareça injusto fazê-las, não haverá absolutamente nenhuma necessidade de estimarmos se teremos que morrer se nos conservarmos aqui e nos mantermos quietos, ou se teremos que sofrer qualquer outra coisa – somente a questão de agir injustamente importará.

Críton: Penso que aquilo que formulaste é correto, Sócrates, mas resta considerares o que devemos fazer.

Sócrates: Investiguemo-lo juntos, meu bom amigo, e se estive-
res em condição de fazer alguma objeção ao que digo, que a
e faças e cederei à tua argumentação; mas se não estiveres em
condição de fazê-la, ó afortunado, cessa de imediato de dizer-
-me a mesma coisa reiteradamente, ou seja, que devo sair da-
qui contra a vontade dos atenienses. Para mim é importante
convencer-te antes de me pôr a agir, e desejo fazê-lo com tua
aprovação e não contra teus desejos. Considera se o início de
nossa investigação atende às tuas exigências e procura respon-
49a der as minhas perguntas da forma que julgares melhor

Críton: Tentarei.

Sócrates: Não devemos em hipótese alguma cometer injustiça vo-
luntariamente, ou devemos cometê-la em certas circunstâncias,
mas não em outras? Não é, como concordamos frequentemente
em ocasiões anteriores, jamais bom e nobre cometer injus-
tiça? Ou terão sido invalidadas todas aquelas nossas anteriores
conclusões nestes poucos dias? Teremos nós, homens velhos,
b Críton, deixado de perceber continuamente que em nossas con-
versações seriamente entretidas não nos revelamos melhores do
que crianças? Ou não é o que costumávamos dizer com certe-
za verdadeiro, a despeito da maioria das pessoas concordar ou
não? E independentemente de termos que suportar sofrimentos
ainda mais dolorosos do que estes, ou mais brandos, não cons-
titui o cometimento da injustiça de um modo ou outro um mal e
uma infâmia para quem o comete? Julgamos ser assim ou não?

---

6. Ou seja, Sócrates.
7. Ou seja, Críton e os demais amigos.

Críton: Julgamos.

Sócrates: Então a conclusão é que não devemos cometer o que é injusto em hipótese alguma.

Críton: Decerto que não.

Sócrates: E uma vez que não devemos, em hipótese alguma, ser injustos, não deveremos, como pensa a maioria, sequer ser injustos com quem foi injusto conosco.

c **Críton:** É o que parece.

Sócrates: Bem, Críton, deve-se fazer o mal ou não?

Críton: Decerto que não, Sócrates.

Sócrates: É, portanto, justo devolver o mal com o mal, como acredita a maioria, ou injusto?

Críton: Certamente é injusto.

Sócrates: Afinal fazer o mal às pessoas é o mesmo que sermos injustos com elas.

Críton: O que dizes é verdade.

Sócrates: Então não devemos nem ser injustos com quem foi conosco injusto, nem causar o mal a quem quer que seja, a despeito do que possa ter feito conosco. E cuida, Críton, ao
d concordares com isso em não concordares com algo em que não acreditas, pois estou ciente de que são poucos os que acreditam ou que algum dia acreditarão nisso. Ora, não há espaço comum aberto à discussão entre os que acreditam nisso e os que não acreditam – de fato, em função de suas opiniões é inevitável que se desprezem mutuamente. Daí ser necessário ponderares muito cuidadosamente se concordas e compartilhas dessa opinião, para que possamos tomar como ponto de partida de nossa discussão a hipótese de que jamais é correto cometer injustiça ou revidar a injustiça com a injustiça, ou quando formos vítimas do mal, nos defendermos revidando
e com o mal. Ou diverges e não dás tua anuência a esse ponto de partida? De minha parte, há muito tenho sustentado essa opinião e me conservo sustentando-a, mas se chegaste à outra conclusão, manifesta-te e explica-a a mim; mas se continuas partidário de nossa antiga opinião, ouve o ponto seguinte.

Críton: Realmente continuo partidário dela e concordo contigo. Assim, deves prosseguir.

Sócrates: Pois bem, a próxima coisa que digo, ou melhor, que pergunto é o seguinte: deve um homem agir segundo o acordo estabelecido, desde que justo, ou lhe é permissível violar seus acordos?

Críton: Deve agir segundo o acordo estabelecido.

Sócrates: Então pondera se, na hipótese de deixarmos este lugar
50a sem o consentimento do Estado, estaremos ou não causando
dano às pessoas às quais menos devemos causar dano, e se
estaremos ou não sendo fiéis ao que concordamos ser justo.

Críton: Estou incapacitado, Sócrates, de responder a tua pergunta porque não compreendo.

Sócrates: Considera da seguinte maneira: suponhamos que eu es-
tivesse prestes a fugir – ou que o formulássemos de qualquer
outra maneira – e que as leis e a comunidade a mim se diri-
gissem e perguntassem: "Dizei-nos, Sócrates, o que pretendes
fazer? Não estás por meio disso que tentas fazer pretenden-
b do destruir-nos, nós, as leis, e de fato todo o Estado, naquilo
que diz respeito a ti? Ou pensas ser possível a existência de
um Estado e não ser este destruído quando falta força às de-
cisões nele alcançadas pelos tribunais e essas são invalidadas
e anuladas por indivíduos privados?". O que responderemos,
Críton, a essa pergunta e a outras do mesmo feitio? De fato,
muito poderia ser dito, especialmente por um orador, acerca
da destruição da lei que determina a validade das decisões a
que chegam os tribunais. Ou lhes diremos a título de resposta:
"O Estado cometeu injustiça contra mim e não julgou correta-
c mente o caso"? É o que lhes diremos? Ou [se não for isso] o
que lhes diremos?

Críton: Por Zeus, é o que lhes diremos, Sócrates.

Sócrates: E se, em seguida, as leis dissessem: "Sócrates, é esse
o acordo que celebraste conosco ou havias concordado em
acatar a sentença pronunciada pelo Estado?". E então se me
mostrasse surpreso com suas palavras, talvez continuassem
acrescentando: "Não te surpreendas com o que declaramos,
Sócrates, mas responde, visto que estás habituado a utilizar
d o método de pergunta e resposta. Vamos, que falha detectas
em nós e no Estado que te leva a tentar destruir-nos? Para co-

meçar, não somos nós os responsáveis por teu nascimento? Não foi por meio de nós que teu pai casou-se com tua mãe e te gerou? Tens algo a criticar naquelas entre nós que regem o casamento?"

"Nada tenho a criticar", seria minha resposta. "Ou naquelas entre nós que regulam a alimentação das crianças depois de seu nascimento, e sua educação que tu, como outros, recebeste? Será que aquelas entre nós incumbidas dessas matérias deixaram de dar boas orientações a teu pai quando se tratava
e de educar-te nas artes liberais e na ginástica?" "Não, agistes corretamente", eu diria. "Bem, então uma vez nascido, alimentado e educado, poderias, para começar, afirmar que não eras nosso filho e nosso servidor, tanto tu quanto teus ancestrais? E se é assim, achas justo haver entre ti e nós uma relação em pé de igualdade, de forma que seja o que for que nos dispomos a fazer a ti, estarias no direito de fazer o mesmo conosco? Não havia tal igualdade de direito entre ti e teu pai, como não haveria entre ti e teu senhor – se tivesses um – de modo que qualquer que fosse o tratamento que deles recebesses, te verias no direito de dar o troco, insultando-os se fosses por eles insulta-
51a do, contra-atacando-os se fosses por eles atacado, e assim por diante. E julgas que possuis esse direito de troco para com tua pátria e as leis, de maneira que se nos dispomos a destruir-te, o considerando justo, te disporás, em troco, a destruir a nós, as leis, e a tua pátria, na medida de tua capacidade, e alegando que assim agindo o fazes segundo a justiça, tu que realmente zelas pela virtude? Será tua sabedoria tal que não percebes que tua pátria é mais valiosa, mais digna de ser reverenciada,
b mais sagrada e mais digna de elevado apreço entre deuses e homens de entendimento do que teu pai, tua mãe e todos teus ancestrais? E que é teu dever a ela exibir mais veneração, obediência e submissão quando se acha irada do que a teu pai, e que tens o dever ou de convencê-la por força da persuasão, ou curvar-te diante de quaisquer de suas ordens, e sofreres, se ela assim o determinar, em silêncio; e se ela ordenar que sejas açoitado, encarcerado, ou se te enviar à guerra onde serás ferido ou morto, sua vontade deverá ser concretizada; o direito

está aqui presente e não deves render-te, recuar ou abandonar
teu posto mas, quer na guerra quer nos tribunais, bem como
em todos os lugares e situações, é teu dever fazer o que ordena
c teu Estado e tua pátria, ou a ela mostrar, pela persuasão, o que
é realmente justo. Constitui, entretanto, impiedade recorrer à
violência contra teu pai ou tua mãe, e tanto mais contra tua
pátria." O que diremos em resposta a isso, Críton? Que as leis
expressam a verdade, ou não?

Críton: Penso que expressam.

Sócrates: "Nota, Sócrates", é possível que as leis dissessem, "que
se o que dissemos é verdadeiro, o que te dispões agora a fazer
contra nós não é justo. Somos as responsáveis por teu nasci-
d mento, te alimentamos, te educamos; concedemos uma par-
cela de todas as boas coisas ao nosso alcance a ti e a todos os
cidadãos. Ainda assim, ao conferir a todo ateniense adulto (que
haja observado a administração do Estado e a nós, as leis) a
oportunidade, proclamamos que, se estiver desgostoso conos-
co, pode juntar todos seus bens e ir para onde queira. E nenhu-
ma de nós, na hipótese de nós e o Estado não lhe agradarmos,
barrará ou proibirá qualquer um de vós de juntar seus bens e
e partir para onde seja de seu agrado, seja uma colônia atenien-
se ou um país estrangeiro, onde viverá como um estrangei-
ro. Mas dizemos que todo aquele que aqui permanecer, e que
observará como administramos justiça e governamos o Estado
no que tange aos demais aspectos, terá entrado num acordo
conosco no sentido de fazer o que ordenamos. E afirmamos
que aquele que não cumpre nossas ordens incorre em falta tri-
plamente: primeiramente porque desobedece a nós, que somos
as autoras de sua vida, em segundo lugar, porque desobedece a
nós, que o alimentamos, e em terceiro lugar porque, apesar de
seu acordo, nem nos obedece nem nos convence de que esta-
52a mos erradas. No entanto, lhe facultamos a oportunidade e não
lhe ordenamos brutalmente que faça o que ordenamos; nós lhe
apresentamos duas alternativas: persuadir-nos ou agir como
indicamos. Ele não faz nem uma coisa nem outra."

"Dizemos que tu, Sócrates, estarás exposto a essas acusa-
ções se fizeres o que te propões a fazer, e serás mais condená-

vel do que qualquer outro ateniense." E então se eu indagasse
"Por que isso?", talvez retrucassem com justiça que eu cele-
brara o tal acordo com elas mais incisivamente do que a maio-
b ria dos outros atenienses. De fato diriam o seguinte: "Sócrates,
temos importantes evidências de que nós e o Estado fomos de
teu agrado, pois jamais terias permanecido neste Estado mais
do que quaisquer outros atenienses se não tivesses te mantido
mais satisfeito com ele do que eles; nunca te ausentaste da ci-
dade para um festival, ou com qualquer outro objetivo exceto o
serviço militar; nunca fizeste uma viagem para uma estadia em
qualquer outra cidade, como fazem outras pessoas, e jamais
exibiste o desejo de conhecer qualquer outro Estado ou outras
leis; em lugar disso, estavas satisfeito conosco e nosso Estado.
c Tão decididamente optaste por nós e concordaste em viver em
conformidade conosco que inclusive geraste filhos na cidade,
demonstrando ser ela a ti adequada. Ademais, por ocasião de
teu julgamento podias ter fixado o exílio como tua pena se
fosse esse teu desejo, podendo ter conseguido a permissão do
Estado para o que te propões a fazer agora sem sua permis-
são. Mas então te encheste de orgulho e afirmaste que não te
incomodavas com a morte, mas que preferias, como disseste,
a morte ao exílio. Agora, contudo, essas palavras não te levam
d a envergonhar-te e não nos respeitas, nós as leis, uma vez que
planejas destruir-nos; e ages como o mais vil dos escravos,
porquanto tentas escapar contrariando os compromissos e acor-
dos que estabeleceste conosco, no sentido de viver segundo
nós. Assim, começa por responder essa pergunta, a saber, se
dizemos ou não a verdade ao afirmarmos que concordaste, não
por meio de palavras, mas mediante teus atos em viver em
conformidade conosco". Diante disso, o que diremos, Críton?
Não teremos que concordar que dizem a verdade?

Críton: Necessariamente, Sócrates.

Sócrates: "Estás, então", elas diriam, "violando teus compro-
e missos e acordos que conosco fizeste, embora não foste con-
duzido a eles por coação ou fraude, e não foste compelido
a decidir-te em escasso tempo, mas tiveste para isso setenta
anos, durante os quais poderias ter partido daqui, se nós não

fôssemos de teu agrado e se houvesses considerado injustos
os acordos. Mas não deste preferência nem a Esparta nem a
Creta, que continuamente dizes que são bem governadas, e
53a tampouco a qualquer outro Estado grego ou a qualquer Estado
bárbaro. Afastaste-te desta cidade menos do que aleijados, ce-
gos e outros deficientes físicos. A conclusão é que muito mais
do que os outros atenienses, estavas satisfeito com a cidade e,
obviamente, por via de consequência, conosco, suas leis. Afi-
nal, quem gostaria de uma cidade independentemente de suas
leis? E agora não te revelarás fiel ao acordo? Tu o honrarás,
Sócrates, se acatares nossos conselhos, e não te condenarás ao
ridículo fugindo da cidade.

Que ponderes. Cometendo tal transgressão e tais erros,
que bem produzirás para ti próprio ou para qualquer de teus
b amigos? É evidente que também teus amigos ficarão expos-
tos ao risco de banimento, perda de suas casas na cidade ou
de suas propriedades. E quanto a ti mesmo, se fores para um
dos Estados próximos, Tebas ou Megara – ambos Estados bem
governados – chegarás, Sócrates, como um inimigo de seus
governos, e todos que zelam por seus próprios Estados te olha-
rão com suspeita, como um destruidor das leis. Fortalecerás a
c opinião dos juízes quanto ao acerto de sua sentença contra ti,
pois aquele que é um destruidor das leis com certeza pode ser
considerado um destruidor de jovens e de pessoas insensatas.
Evitarás os Estados bem governados e os homens mais civili-
zados? Mas se o fizeres será tua vida digna de ser vivida? Ou
te relacionarás socialmente com eles sem te envergonhares do
diálogo que com eles entreterás? E qual será o tipo de conver-
sação, Sócrates? O mesmo que entretinhas aqui, envolvendo
a afirmação de que a virtude, a justiça e as coisas legais são
as mais preciosas coisas para os seres humanos? E não pensas
d que o comportamento de Sócrates se afiguraria maximamen-
te vergonhoso? Não podes impedir-te de pensar assim. Ou te
conservarias distante desses lugares e rumarias para os amigos
de Críton na Tessália; de fato, lá imperam grande desordem
e licença, e talvez se divirtam em ouvir quão ridiculamente
escapaste da prisão usando um disfarce, envergando um gibão

de couro de camponês, ou algumas outras coisas nas quais se
envolvem os fugitivos, mudando assim tua aparência. Mas não
haverá alguém que comentará que tu, um velho para quem
provavelmente restava pouco tempo ainda para viver, te agar-
e raste à vida com tal avidez impudente que chegaste a trans-
gredir as leis mais importantes? Talvez não, se não ofenderes
a ninguém. Mas se ofenderes, Sócrates, serás obrigado a ouvir
muitas coisas infames a teu respeito. A consequência será vi-
veres de maneira subalterna e servil em relação a todos. E o
que farás na Tessália exceto comparecer a banquetes, como
se fosses para lá com esse objetivo? O que sucederá a nossas
54a conversações sobre justiça e virtude? Entretanto, talvez quei-
ras viver para cuidar de teus filhos, para que possas criá-los
e educá-los? Mas como? Tu os levarás à Tessália para que lá
sejam criados e educados, transformando-os em exilados, para
que possam também eles disso fruir? Ou porventura não agirás
assim, mas sendo eles criados aqui enquanto estiveres vivo
serão criados e educados de modo melhor sem tua presença
junto deles do que se estivesses morto? Ah, sim, teus amigos
cuidarão deles. Mas farão eles isso se partires para a Tessália,
mas não o farão se partires para o Hades? Se os que afirmam
b ser teus amigos têm alguma serventia, é imperioso que acredi-
temos que cuidarão deles tanto num caso como no outro.

Ó Sócrates, sê persuadido por nós que te educamos desde a
infância. Não te importes com teus filhos, ou com tua vida, ou
com qualquer outra coisa mais do que com o direito, para que
quando chegares ao Hades possas contar com tudo isso a título
de tua defesa. Está claro que se fizeres o que tens em mente,
não será melhor para ti aqui, ou mais justo ou mais devoto –
com certeza não – nem para qualquer de teus amigos, e tam-
pouco será melhor quando alcançares a outra morada. Entre-
c tanto, se partires injustiçado, foste injustiçado não por nós, as
leis, mas pelos seres humanos; por outro lado, se fugires após
de maneira tão infame retribuíres a injustiça com a injustiça, e
o mal com o mal, descumprindo teus compromissos e acordos
conosco, e causando dano aos que menos queres causar dano,
nomeadamente a ti próprio, aos teus amigos, à tua pátria e a

nós, nos tomaremos de ira contra ti enquanto viveres, e nossas irmãs, as leis no domínio de Hades, não te receberão com benevolência, sabedoras de que deste o máximo de ti na tentativa de nos destruir. Não permite que Críton te persuada a fazer o
d que é sugerido por ele, mas ouve nossos conselhos."

Estejas bem seguro, caro amigo Críton,[8] de que é isso que parece soar aos meus ouvidos, do mesmo modo que os coribantes[9] parecem ouvir as flautas; o som dessas palavras repercute dentro de mim, impossibilitando-me de ouvir qualquer outra coisa. E assegura-te de que, pelo que creio agora, se te propuseres a argumentar contra essas palavras, o farás em vão. Entretanto, se te achas capacitado de realizar qualquer coisa, fala.

Críton: Não, Sócrates, nada tenho a dizer.

e **Sócrates:** Portanto, Críton, que assim seja e ajamos dessa maneira, uma vez que é para essa maneira que o deus nos encaminha.

---

8. Schanz omite Κρίτων (Críton).

9. ...κορυβαντιῶντες... (*korybantiôntes*), sacerdotes frígios de Cibele. Os mistérios dessa deusa eram celebrados mediante cantos e danças frenéticos.

FÉDON
(OU DA ALMA)

PERSONAGENS DO DIÁLOGO:
Equécrates, Fédon, Apolodoro, Sócrates, Cebes, Símias, Críton, O servidor dos Onze

57a **Equécrates:** Estiveste, Fédon, pessoalmente com Sócrates no dia em que ele bebeu o veneno na prisão, ou soubeste acerca disso de outra pessoa?

Fédon: Estive lá eu mesmo, Equécrates.

Equécrates: O que disse ele antes de morrer? E como morreu? Gostaria de saber, já que atualmente nenhum cidadão de Fliunte tem visitado Atenas, e há muito tempo nenhum estrangeiro
b vem de lá, que pudesse nos narrar algo definido sobre o ocorrido, além de que simplesmente bebeu veneno e morreu, ficando nós impossibilitados de conhecer outros detalhes.

58a **Fédon:** Não ouvistes sequer a respeito de como foi o julgamento?

Equécrates: Sim, visto que alguém nos informou sobre isso, e nos surpreendemos por parecer que ele morreu muito tempo depois. Por que ocorreu isso, Fédon?

Fédon: Foi por acaso, Equécrates. Sucedeu da proa do navio que os atenienses enviam a Delos ser coroada no dia que antecedeu o julgamento.

Equécrates: Que embarcação é essa?

Fédon: Trata-se do navio, segundo dizem os atenienses, no qual Teseu[1] numa ocasião velejou para Creta transportando sete ra-

---

1. Monarca lendário de Atenas, filho de Egeu. Espírito heroico e aventureiro, seu nome na mitologia está mais especialmente ligado a Creta.

b pazes e sete moças, salvando-os e a si mesmo.[2] Dizem que os atenienses prometeram solenemente a Apolo que se fossem salvos mandariam uma embaixada todos os anos a Delos. E desde aquele tempo até hoje eles a enviam em honra ao deus. Ora, há uma lei segundo a qual, uma vez iniciada a missão e partindo o navio para Delos até que este retorne, a cidade tem que se manter pura, não podendo haver nenhuma execução; e às vezes, quando o navio é atrasado por ventos desfavoráveis, esse processo requer muito tempo. O início da missão é
c marcado pelo coroamento da proa do navio pelo sacerdote de Apolo, e isso, como eu disse, aconteceu no dia que antecedeu o julgamento, o que explica porque Sócrates passou um longo período na prisão entre seu julgamento e sua morte.

Equécrates: Mas o que aconteceu por ocasião de sua morte, Fédon? O que foi dito e feito? E quais amigos seus estavam ao seu lado? Ou as autoridades proibiram a presença deles, de modo que ele morreu sem a presença de seus amigos?

d **Fédon:** Em absoluto. Alguns estavam presentes. Na verdade, muitos.

Equécrates: Por favor, faz-nos uma narrativa o mais exata possível desses eventos, se não estiveres demasiado ocupado.

Fédon: Disponho de tempo e tentarei narrar-vos. Nada me proporciona mais prazer do que ser lembrado de Sócrates quer discorrendo eu próprio sobre ele, quer ouvindo outra pessoa fazê-lo.

Equécrates: Ora, Fédon, contarás com ouvintes que sentem o mesmo que sentes. Assim, procura contar-nos tudo com o máximo de precisão de que és capaz.

e **Fédon:** No que diz respeito a mim, experimentei emoções estranhas estando ali naquela ocasião. De fato, não fui tomado pelo sentimento de pena, como naturalmente poderia acontecer presenciando a morte de um amigo, uma vez que o homem me

---

2. O Minotauro (monstro misto de touro e ser humano que habitava o labirinto em Creta) levava o rei Minos a exigir de Atenas anualmente o envio de catorze virgens (sete de cada sexo) para serem sacrificados pelo monstro. Teseu penetrou no labirinto, matou o Minotauro, preservou a vida dos catorze jovens e escapou ileso do dédalo graças à ajuda de Ariadne, filha do rei.

parecia, Equécrates, estar feliz: nos seus modos e em seu discur-
so enfrentava a morte com destemor e nobreza, o que me levou
a pensar que mesmo descendo ao Hades não o estava fazendo
sem a proteção dos deuses, e que se daria bem quando ali che-
59a gasse, se é que alguém alguma vez se deu bem. Isso explicou
porque não experimentei, de modo algum, qualquer sentimento
de pena, como teria parecido natural considerando que presen-
ciava uma cena plangente; tampouco, por outro lado, experi-
mentava prazer por nos ocuparmos de filosofia, como nos era
habitual – já que nossos discursos eram dessa natureza naquele
ensejo. Senti-me presa de uma emoção estranha, uma mistura
inusitada de prazer e dor ante a ideia de que ele estava na imi-
nência de morrer. Todos nós que ali nos encontrávamos éramos
afetados de idêntica maneira, sendo acometidos alternadamente
pelo riso e pelo pranto. Isso se aplicava especialmente a Apolo-
b doro. Conheces o homem e suas maneiras.

Equécrates: Decerto que conheço.

Fédon: Ele estava completamente descontrolado, enquanto eu mesmo, tanto quanto os outros, me achava agitado.

Equécrates: E quem eram, Fédon, os presentes?

Fédon: Entre as pessoas da cidade estavam Apolodoro, Critóbulo e seu pai[3], Hermógenes, Epigenes, Ésquines e Antístenes. Também ali se encontravam Ctesipo de Paeânia, Menexeno e alguns outros. Suponho que Platão estava doente.

c **Equécrates:** E havia estrangeiros?

Fédon: Sim, Símias de Tebas, Cebes, Fedonides, e de Megara Euclides e Térpsion.

Equécrates: E quanto a Aristipo e Cleombroto?

Fédon: Não. Foi dito que estavam em Egina.

Equécrates: Havia mais alguém lá?

Fédon: Penso serem esses todos.

Equécrates: Bem, qual era o objeto da conversação?

Fédon: Tentarei narrar-vos tudo desde o início. Nos dias anterio-
d res eu e os outros havíamos tido a prática habitual de visitar

---

3. Isto é, Críton, o velho e chegado amigo de Sócrates. Ver o diálogo homônimo nesta edição.

Sócrates. Costumávamos nos encontrar ao romper do dia no
tribunal onde fora o julgamento, pois era próximo da prisão.
Todos os dias era nosso costume nos mantermos conversando
até que a prisão abrisse, pois essa não abria muito cedo; uma
vez aberta, entrávamos para dar com Sócrates e passávamos a
maior parte do dia com ele. Naquele dia chegamos juntos mais
e cedo, pois no dia anterior, ao sairmos da prisão, ficamos saben-
do, ao anoitecer, que o navio chegara de Delos. Diante disso,
combinamos estar no ponto de encontro usual o mais cedo pos-
sível na manhã seguinte. Quando chegamos, o carcereiro que
habitualmente atendia quando batíamos à porta apresentou-se
e nos disse que aguardássemos e não entrássemos enquanto
ele não nos instruísse para o fazer. "Isso porque", ele disse, "os
Onze[4] estão livrando Sócrates de suas correntes e lhe comu-
nicando como ocorrerá sua morte hoje". Após alguma demora
60a ele reapareceu e nos disse para entrar. Entramos para encon-
trar Sócrates, que acabara de ser libertado de suas correntes, e
Xantipa[5] – tu a conheces – sentada ao lado dele com o filhinho
nos braços. Quanto Xantipa nos viu, pôs-se a lamentar e disse
o tipo de coisa que as mulheres sempre dizem: "Oh, Sócrates,
esta é a ultima vez que teus amigos falarão contigo ou tu com
eles". E Sócrates lançou um olhar a Críton dizendo: "Críton,
deixa que alguém a leve para casa". Alguns dos serviçais de
b Críton a levaram embora enquanto ela lamuriava e batia no
peito. Sócrates sentou no leito, dobrou a perna e a esfregou
com a mão, ao mesmo tempo que disse: "Que coisa estranha,
homens, parece ser aquilo que os seres humanos chamam de
prazer, e quão admiravelmente está relacionado com aquilo
que se considera ser seu oposto, a dor! Não é possível que um
ser humano os experimente simultaneamente e, no entanto, se
busca um e o apanha, é geralmente obrigado a apanhar tam-
c bém o outro, como se ambos estivessem unidos num único
topo. E suponho", disse, "que se Esopo[6] tivesse pensado neles

---

4. ...οἱ ἕνδεκα... (*hoi héndeka*), em Atenas os magistrados incumbidos do policiamento, da supervisão dos cárceres e das execuções.

5. A esposa de Sócrates.

6. Fabulista grego que floresceu entre os séculos VII e VI a.C.

teria composto uma fábula contando que um deus desejava conciliá-los pondo fim ao seu antagonismo, mas não podendo fazê-lo, juntou-os pelas cabeças, razão pela qual quando um deles atinge qualquer pessoa, o outro o acompanha em seguida. É o que parece estar acontecendo comigo. Depois de sentir dor em minha perna por causa das correntes, parece agora que o prazer sucede à dor".

Cebes interveio dizendo: "Por Zeus, Sócrates, estou contente por teres me lembrado. Muitos outros indivíduos indagaram-me
d sobre os poemas produzidos por ti, as versificações das fábulas de Esopo e a composição do hino a Apolo, e Eveno[7] perguntou-me anteontem por que, considerando-se que nunca escreveste poesia antes, compuseste esses versos depois de vires para a prisão. Bem, se te importas em estar eu capacitado a responder a Eveno quando ele me dirigir novamente essa pergunta – e sei que o fará –, transmite-me o que dizer a ele".

"Então lhe diz, Cebes", ele disse, "a verdade, ou seja, que compus esses versos não pelo desejo de rivalizar com ele ou com seus poemas, pois sabia que isso não seria fácil, mas
e movido pelo desejo de tentar descobrir o significado de certos sonhos, e para me certificar de não estar faltando a algum dever no caso de suas frequentes instruções significarem que necessito cultivar a música[8] desse modo. Eram mais ou menos o seguinte: o mesmo sonho me ocorreu amiúde no passado de minha vida, por vezes sob uma forma, por vezes sob outra, mas sempre me informando a mesma coisa. 'Sócrates,' dizia, 'pratica as artes das Musas e te empenha nelas'. Antes eu pensava que ele estava me instando e estimulando a fazer
61a o que já fazia, e tal como as pessoas estimulam os corredores os aclamando, aquele sonho me estimulava a fazer o que estava fazendo, quer dizer, praticar uma arte das Musas, uma vez que a filosofia era a mais grandiosa forma de música e eu me dedicava a ela. Mas agora, depois do julgamento, e como o

7. Ver *Apologia de Sócrates*, 20b-c (nesta edição), onde Sócrates se refere a Eveno como um sofista e mestre da juventude.

8. ...μουσικήν... (*moysikén*), as artes das Musas, o que incluía necessariamente a poesia.

festival do deus[9] adiou minha execução, pensei, na hipótese de esse sonho que se repete realmente significar que devo fazer isso que é ordinariamente classificado como música,[10] praticá-lo e não desobedecer. Considerei mais seguro não partir antes de me certificar de que fiz o que devia obedecendo ao sonho e
b compondo versos. Comecei por compor um hino em honra ao deus do presente festival; depois do deus, entendi que se um poeta tem a pretensão de realmente ser poeta, cabe-lhe necessariamente compor fábulas[11] e não discursos racionais[12]; e como não sou alguém hábil na composição de fábulas, tomei as fábulas de Esopo que tinha a minha disposição e conhecia, e versifiquei a primeira em que pus as mãos.

Conta isso a Eveno, Cebes, transmite o meu adeus e lhe diz que, se for sábio, me siga o mais breve que possa. Eu, pelo que
c parece, estou partindo hoje, uma vez ser essa a ordem dos atenienses." E Símias disse: "Que conselho é esse, Sócrates, que envias a Eveno? Encontro com esse homem frequentemente e, pelo que posso perceber dele, não é nem um pouco provável que voluntariamente siga tal conselho".

"E por quê?" ele retrucou. "Eveno não é um filósofo?"[13]

"Penso que sim", disse Símias.

"Então Eveno aceitará meu conselho, como o fará todo homem que se interessa dignamente pela filosofia. Talvez, contudo, ele não venha a tirar a própria vida, pois dizem que
d isso não é permitido." Enquanto dizia isso pousou seus pés no chão, tendo permanecido assim sentado por todo o resto da conversação.

Foi quando Cebes perguntou: "O que queres dizer com isso, Sócrates, que não é permitido tirar a própria vida, mas que seria o desejo do filósofo seguir aquele que está morrendo?".

---

9. Apolo.
10. Ou seja, a poesia.
11. ...μύθους... (*mýthoys*).
12. ...λόγους... (*lógoys*).
13. Sobre a diferença entre o filósofo e o sofista, ver *Sofista*, em *Diálogos I*, obra publicada em *Clássicos Edipro*.

"Como, Cebes? Tu e Símias, que são associados de Filolau[14], não ouvistes falar dessas coisas?"

"Nada de definido, Sócrates."

"Bem, eu próprio aludo a essas coisas apenas com base no
que ouvi dizer. Mas não faço objeção quanto a narrar o que ouvi.
E, na verdade, talvez seja especialmente adequado a quem está
e indo para o outro mundo contar e examinar histórias acerca do
que se acredita ser essa viagem para lá. O que mais se poderia
fazer durante o tempo disponível que temos até o pôr do sol?"

"Por que afinal dizem não ser permitido se matar, Sócrates?
Ouvi Filolau, quando este residia em nossa cidade[15], afirmar
o que acabas de dizer, e o tenho ouvido também de outras
pessoas, ou seja, que não se deve fazer isso; entretanto, jamais
62a ouvi alguém dizer algo claro e definido acerca disso."

"Anima-te", ele disse, "e quem sabe possas ouvir algo. Mas talvez te espante que exclusivamente isso, em meio a todas as coisas, não admita exceções, não sucedendo jamais à humanidade, como ocorre com referência a outras matérias, de somente em certas ocasiões e para certas pessoas ser melhor morrer do que viver; e talvez te parecerá espantoso que esses seres humanos para os quais é melhor morrer não possam, sem incorrer em impiedade, fazer o bem a si mesmos, tendo que aguardar por algum outro benfeitor".

E Cebes, sorrindo suavemente e falando no seu próprio dialeto, disse: "Zeus sabe que assim é".

b "Realmente pareceria irracional", disse Sócrates, "se dito
nesses termos, mas talvez haja alguma razão para isso. Ora,
a explicação ministrada secretamente acerca dessa matéria de
que nós, seres humanos, estamos numa espécie de cárcere
e que não devemos nos libertar ou fugir, a mim parece de grande peso e de difícil compreensão. Contudo, Cebes, ao menos o seguinte creio ser bem expresso: que os deuses são nossos guardiões e que nós, seres humanos, somos uma das posses dos deuses. Ou não pensas assim?"

14. Filósofo pitagórico.

15. Tebas.

"Sim", disse Cebes, "penso."

"Ora", ele disse, "se uma de tuas posses[16] desse cabo de si
c mesma não tendo tu expresso o desejo que ela morresse, não ficarias zangado com ela e a punirias, se pudesses?"

"Certamente", ele respondeu.

"Então, talvez encarando desse prisma não seria ilógico afirmar que um homem não deve suicidar-se até que o deus a ele indique alguma necessidade de o fazer, como aconteceu comigo agora."

"Isso", disse Cebes, "me parece admissível. Entretanto, o que disseste há pouco, Sócrates, ou seja, que filósofos devem
d estar prontos e desejosos de morrer, isso soa estranho se falamos com racionalidade ao dizer que um deus é nosso guardião e que somos sua posse. Não é lógico que os mais sábios dos homens não lamentassem abandonar esse serviço no qual são cuidados pelos melhores supervisores, nomeadamente os deuses; com certeza um sábio não pensa que ao se tornar livre poderá exercer melhor cuidado de si mesmo do que o exercido pelos deuses. Talvez um homem tolo pensasse assim, isto é,
e que deve fugir de seu senhor, não refletindo que é necessário não fugir de um bom senhor, mas ficar ao lado dele tanto quanto possível; o resultado seria irrefletidamente fugir; mas um homem de senso desejaria estar sempre com alguém melhor do que ele mesmo. E, não obstante, Sócrates, se o encararmos desse modo, é o contrário do que acabamos de dizer que parece natural, quer dizer, o sábio se ressentiria de morrer, enquanto o tolo se regozijaria com isso."

Ao ouvir isso, penso que Sócrates ficou satisfeito com a
63a maneira aplicada com que Cebes argumentou e, lançando um olhar a nós, disse: "Cebes está sempre no encalço de argumentos e não se deixará convencer de imediato facilmente por aquilo que alguém diga".

E Símias disse: "Bem, Sócrates, desta vez penso, de minha parte, que Cebes fala com propriedade. Por que deveriam realmente homens sábios fugir de senhores que são melhores

16. Sócrates provavelmente tem em mente um escravo, que era uma posse de um homem livre.

do que eles e facilmente deles se apartarem? Inclusive me surpreende o fato de Cebes estar dirigindo seu argumento a ti, tu que estás tão pronto a nos deixar e aos deuses, que são, como tu mesmo assentes, bons governantes".

b "É justo que digas tal coisa", ele respondeu, "pois acho que queres dizer que tenho que me defender contra isso, como se estivéssemos num tribunal."

"Certamente", disse Símias.

"Muito bem", ele disse, "tentarei fazer uma defesa mais convincente do que a que apresentei ao júri. De fato, se não acreditasse, Símias e Cebes", disse, "estar indo para outros deuses sábios e bons e, ademais, para seres humanos que morreram, e que são melhores do que os que aqui estão, estaria
c errado em não me angustiar diante da morte. Mas tal como é, podeis vos assegurar de que minha expectativa é a de estar a caminho da companhia de homens bons, ainda que não me atenha a insistir nisso; mas se é que insisto em algo em relação a essas matérias, é que irei para deuses que são bons senhores. Portanto, no que tange a isso, não só não me angustio, como também nutro grandes esperanças de que haja algo reservado aos mortos e, como é dito há muito tempo, algo melhor para os bons do que para os perversos."

"Bem", disse Símias, "pretendes ir embora, ó Sócrates, retendo essa opinião para ti mesmo, ou permitirás que parti-
d lhemos dela? A mim parece que se trata de um bem que nos é comum; concomitantemente, se nos convenceres com o que disseres, isso servirá como tua defesa."

"Farei a tentativa", ele respondeu. "Mas primeiro perguntemos a Críton o que ele quer, pois já há algum tempo está tentando dizer algo."

"Apenas, Sócrates", disse Críton, "que o homem que irá administrar o veneno a ti já vem me dizendo há algum tempo para advertir-te para falares o mínimo possível. Diz que as pessoas ficam aquecidas quando falam e que o calor exerce um efeito negativo na ação do veneno. O resultado é ele ser obrigado, ocasionalmente, a fazer a pessoa que fala demasiado
e beber o veneno duas, ou mesmo três vezes."

Sócrates disse: "Ignora-o. Apenas deixa-o cumprir sua função, preparando-se para administrar o veneno duas vezes, ou até, se necessário, três vezes".

"Eu estava certo de que essa seria tua resposta", disse Críton, "mas ele vem me aborrecendo há um longo tempo."

"Ignora-o", disse Sócrates. "Quero explicar a vós, meus juízes, porque penso que um homem que realmente passou sua existência dedicando-se à filosofia comporta-se com destemor
64a diante da morte iminente, e alimenta intensas esperanças de que
quando morto alcançará as maiores bênçãos no outro mundo. Tentarei revelar a vós, Símias e Cebes, como seria isso."

"É provável que outras pessoas não estejam cientes de que aqueles que se devotam à atividade filosófica corretamente limitam-se a estudar o morrer e o estar morto. Ora, se isso for verdade, seria efetivamente absurdo se manterem ansiosos por isso durante a totalidade de suas vidas e, então, se afligirem quando o que desejaram e constituiu o objeto de um estudo e prática de tão longo tempo se apresenta a eles."

Símias riu e observou: "Por Zeus, Sócrates, não experi-
b mentava a menor disposição paro o riso até agora, porém me
induziste ao riso. Penso que a maioria dos indivíduos, se ouvir o que disseste, pensará que tua descrição dos filósofos é excelente, e o povo de nossa cidade concordaria inteiramente que os filósofos anseiam a morte e que a maioria dos seres humanos sabem muito bem que os filósofos a merecem".

"E estariam proferindo a verdade, Símias, exceto no que diz respeito a *saberem muito bem.* De fato, não sabem de que
c modo os verdadeiros filósofos anseiam a morte, de que modo
merecem a morte, e tampouco de que tipo de morte se trata. Conversemos, portanto", disse ele, "entre nós, sem prestar mais atenção a eles. Pensas que há essa coisa que é a morte?"

"Certamente", respondeu Símias.

"Acreditamos, não é mesmo, que a morte é a separação da alma do corpo, e que o estado que corresponde a estar morto é aquele no qual o corpo está separado da alma e existe sozinho por si mesmo, enquanto a alma está separada do corpo e existe sozinha por si mesma? É a morte algo distinto disso?"

"Não, é isso", ele disse.

"Agora, meu bom homem, vê se concordas comigo, pois se concordares suponho que arrojaremos mais luz ao objeto
d de nossa investigação. Julgas provável que um filósofo se importe muito com os chamados prazeres, tais como o de comer e de beber?"

"De modo algum, Sócrates", disse Símias.

"E quanto aos prazeres do sexo?"

"Certamente não."

"Bem, julgas que tal homem atribuiria muita importância aos demais cuidados do corpo, esses que envolvem a posse de roupas e calçados elegantes, além de outros ornamentos pessoais para o corpo? Achas que se preocuparia com eles
e ou os desprezaria, exceto na exata medida da necessidade de possuí-los?"

"Acho que o verdadeiro filósofo os desprezaria", ele respondeu.

"Julgas que tal homem não se devotaria ao corpo, mas se afastaria, tanto quanto fosse capaz, do corpo para se preocupar com a alma?"

"Julgo."

"Assim, em primeiro lugar, está claro que em tais matérias o filósofo, mais do que outros indivíduos, libera a alma da
65a comunhão com o corpo?"

"Está."

"Ora, certamente, Símias, a maioria das pessoas pensa que um homem que não extrai prazer dessas coisas e que delas não participa não merece viver, e que alguém que em nada se preocupa com os prazeres do corpo está praticamente morto."

"O que dizes é certamente verdadeiro."

"E quanto à efetiva aquisição do conhecimento? Constitui o corpo um obstáculo ou não se houver com ele uma comunhão visando à busca do conhecimento? O que quero dizer é
b o seguinte: têm a visão e a audição humanas nelas encerrada qualquer verdade, ou é exato, como os poetas nos dizem constantemente, que nem ouvimos nem vemos qualquer coisa com

precisão? E se esses dois sentidos corpóreos não oferecem clareza ou precisão, dificilmente os outros as oferecerão, visto que são inferiores a esses. Não pensas assim?"

"Certamente penso", ele respondeu.

"Se é assim", ele disse, "quando é que a alma apreende a verdade? De fato, toda vez que tenta examinar qualquer coisa em associação com o corpo, é claramente enganada por ele."

c "O que dizes é verdadeiro."

"Não é no raciocínio, se é que em alguma parte, que algo das *coisas que são*[17] torna-se claro para ela?"

"Sim."

"Mas ela raciocina melhor quando nenhuma destas coisas a perturba, quer a audição quer a visão, quer a dor quer o prazer, estando ela sim, tanto quanto possível, sozinha e isolada, apartada do corpo e evitando, na medida do possível, toda associação ou contato com o corpo, na sua busca da realidade."

"Assim é."

"E é nessa condição também que a alma do filósofo suma-
d mente despreza o corpo, a ele se esquiva e se esforça para estar
sozinha e isolada?"

"É o que se evidencia."

"E quanto ao seguinte, Símias? Pensas haver uma coisa que é o próprio justo, ou não?"

"Por Zeus que pensamos que há."

"E quanto ao belo e ao bem?"

"Claro que sim."

"E algum dia viste quaisquer dessas coisas com teus olhos?"

"De modo algum", ele disse.

"Ou as apreendeste com qualquer dos sentidos corpóreos?
Refiro-me a todas essas coisas, tais como tamanho, saúde, for-
ça, e em síntese a essência ou qualidade subjacente de tudo.
e O que é o mais verdadeiro nelas é contemplado mediante o
corpo, ou será a seguinte a situação: quem entre nós que se

---

17. ...τῶν ὄντων... (*tôn ónton*).

preparar o melhor possível e com a máxima precisão para apreender essa coisa ela mesma, a qual está investigando, chegará o mais próximo do conhecimento dela?"

"Certamente."

"E não realizará isso com a maior perfeição aquele que aborda cada coisa exclusivamente com a razão, não associando a visão à sua reflexão, nem fazendo imiscuir quaisquer das
66a outras percepções sensoriais no seu raciocínio, aquele que emprega absolutamente o pensamento puro na sua tentativa de investigar as *coisas que são*, e que se afasta pessoalmente, tanto quanto possível, de olhos e ouvidos – em suma – de seu corpo inteiro, porque percebe que a associação com ele perturba a alma e a impede de alcançar a verdade e a sabedoria? Não será essa pessoa, Símias, que atingirá o *ser*, na hipótese de alguém poder fazê-lo?"

"O que afirmas", disse Símias, "é efetivamente verdadeiro, Sócrates."

b "Ora", ele disse, "tudo isso leva necessariamente os legítimos filósofos a pensar e comunicar entre si algo assim: 'é provável que haja um caminho que nos leve, acompanhados de nossos argumentos em meio a nossa busca, a concluir que enquanto tivermos um corpo, e estiver a alma misturada a esse mal, jamais alcançaremos completamente o que desejamos, ou seja, a verdade. Pois o corpo nos mantém continuamente ocupados devido a sua necessidade de sustento; some-se a isso
c que se é acometido por doenças, estas obstam nossa busca do *ser*. O corpo nos enche de desejos sensuais, apetites e temores, e de toda uma gama de ilusões e tolices, de maneira que, como dizem, ele realmente nos impossibilita em absoluto o pensar. O corpo acompanhado de seus desejos é o único responsável por guerras, conflitos civis de facções[18] e batalhas; de fato, todas as guerras nascem do desejo de obtenção de riqueza,
d e é o corpo e o cuidado que ele exige, aos quais estamos escravizados, que nos obriga a ganhar dinheiro e obter riqueza. O resultado de tudo isso é não nos restar tempo para o cultivo

---

18. ...στάσεις... (*stáseis*).

da filosofia. Mas o pior de tudo é que, se realmente consegui-
mos algum ócio e nos voltamos para a filosofia, o corpo inces-
santemente irrompe em meio aos nossos estudos, nos transtor-
nando com confusão, agitação e medo, de modo a nos impedir
de contemplar a verdade; realmente o que constatamos é que
se pretendemos algum dia obter um conhecimento puro de
e qualquer coisa teremos que nos libertar do corpo e observar
as coisas em si mesmas com a alma exclusivamente. Assim,
como indica nosso argumento, é provável que quando estiver-
mos mortos teremos a sabedoria pela qual ansiamos e da qual
afirmamos ser amantes – e não enquanto vivermos. De fato, na
hipótese da impossibilidade do conhecimento puro enquanto
estamos associados a um corpo, é necessário concluir uma de
duas coisas: ou tal conhecimento não pode ser adquirido
de modo algum, ou somente pode sê-lo quando estivermos
67a mortos, que é quando a alma estará sozinha, separada do cor-
po, e não antes. Enquanto vivermos, penso que estaremos o
mais próximo do conhecimento toda vez que evitarmos, na
medida do possível, o intercâmbio e a parceria com o corpo,
salvo o absolutamente indispensável, e não nos contaminar-
mos com a sua natureza peculiar, mas nos mantermos puros
em relação a ele até que o próprio deus nos liberte. E desse
modo, libertando-nos da insanidade do corpo e sendo puros,
é provável que comungaremos com pessoas do mesmo tipo, e
passaremos a conhecer, por nossos esforços, tudo que é puro,
b o que é, segundo se presume, a verdade. De fato, não é per-
mitido que o impuro atinja o puro'. Penso que um discurso
como esse, Símias, todos os que de maneira correta amam o
aprendizado devem proferir entre si, devendo ser esses os seus
pensamentos. Ou não pensas assim?"

"Com toda a certeza penso, Sócrates."

"Então", Sócrates disse, "se isso for verdadeiro, meu ami-
go, tenho grande esperança que quando chegar ao lugar para
onde estou indo, lá – se é que há algum lugar para isso – atin-
girei plenamente o que foi o objeto principal do passado de
c minha vida, de sorte que a viagem que agora me é imposta é
principiada repleta de esperança positiva; essa mesma espe-

rança existe para todo homem[19] que acredita que seu pensamento foi purificado e está preparado."

"Certamente", disse Símias.

"E não consiste a purificação no que já há algum tempo
mencionamos em nosso discurso, a saber, em separar a alma o
máximo possível do corpo, e instruí-la e habituá-la a recolher-se
em si mesma e conservar sua integridade em relação a todas as
partes do corpo, bem como em viver, tanto quanto seja capaz,
d tanto no presente quanto no futuro, sozinha e por si mesma,
libertada do corpo como de grilhões?"

"Certamente", ele disse.

"Pois bem, é essa libertação e separação da alma do corpo, não é mesmo, que chamamos de morte?"

"Precisamente", ele disse.

"Mas, como afirmamos, são exclusivamente aqueles que cultivam corretamente a filosofia que se mantêm maximamente desejosos de libertar a alma, restringindo-se a isso, a saber, à libertação e separação da alma do corpo o exercício prático de estudo que os preocupa?"

"É o que se evidencia."

"Portanto, como eu disse no início, seria ridículo[20] que um
homem que passasse a existência praticando para viver num
estado o mais próximo possível da morte com ela se afligisse
e quando essa chegasse para ele. Não seria ridículo?"

"Está claro que sim."

"Na realidade, Símias", ele disse, "aqueles que cultivam a filosofia da maneira correta se exercitam para morrer, a morte se afigurando para eles menos temível do que para quaisquer outros seres humanos. Considera-o do seguinte prisma: se são inteiramente desafeiçoados do corpo e anseiam pela independência de suas almas, não seria sumamente irracional se viessem a se amedrontar e se perturbar quando essa própria independência sucedesse? Se não partissem contentes para um

---

19. ...ἀνδρί... (*andrí*), ser humano do sexo masculino.

20. ...γέλοιον... (*géloion*). Platão escreve anteriormente ἄτοπος (*átopos*), deslocado, estranho, absurdo, mas a ideia expressa é essencialmente a mesma.

lugar onde poderão ter a esperança de atingir aquilo que foi o
68a objeto de seu anseio durante a vida inteira – ou seja, o saber – e onde estariam livres da presença daquilo a que eram hostis? Por ocasião da morte de favoritos[21], esposas ou filhos, muitos homens quiseram ir para o Hades[22] movidos pela esperança de ali ver aqueles de quem sentiam falta, e estar em sua companhia. E ao morrer se angustiará, ao invés de se regozijar com a perspectiva de partir para o mundo dos mortos, aquele que está realmente enamorado do saber e que crê firmemen-
b te que só pode encontrá-lo no mundo dos mortos? É inconcebível que pensemos isso, meu amigo, caso seja esse homem realmente um filósofo, pois ele estará firmemente convencido de que só encontrará o puro saber no mundo dos mortos. E se assim for, não será completamente ilógico para esse homem temer a morte?"

"Por Zeus, completamente ilógico."

"Então não será suficiente evidência", disse Sócrates, "quando te achas diante de um homem perturbado com a iminência da morte, que não se trata de um *amante da sabedo-*
c *ria*[23], mas de um *amante do corpo*[24]? E esse homem é igualmente um amante do dinheiro[25] e um amante das honras[26], uma destas coisas ou ambas."

"Decerto", ele disse, "é como dizes."

"E, Símias", ele disse, "não é aquilo que se chama de coragem particularmente característico de homens com essa disposição?"

"Com toda a certeza", ele respondeu.

"E o autocontrole, tal como é chamado pela maioria das pessoas, o qual consiste em não ser impulsionado pelas próprias paixões, em ser superior a elas e agir decentemente, não é

---

21. ...παιδικῶν... (*paidikôn*), amantes masculinos adolescentes.
22. ...Ἅιδου... (*Háidoy*), o mundo subterrâneo dos mortos.
23. ...φιλόσοφος... (*philósophos*).
24. ...φιλοσώματος... (*philosómatos*).
25. ...φιλοχρήματος (*philokhrématos*).
26. ...φιλότιμος (*philótimos*).

peculiar exclusivamente daqueles que menosprezam o corpo e
d passam suas vidas dedicando-se à filosofia?"

"Necessariamente", ele disse.

"De fato, se examinares a coragem e o autocontrole de outros indivíduos, perceberás que são despropositados."

"Em que sentido, Sócrates?"

"Estás ciente, não é mesmo, de que todas as outras pessoas têm a morte entre os grandes males?"

"Não há duvida", ele disse.

"E os corajosos não enfrentam a morte – quando efetivamente o fazem – por temor de males maiores?"

"É exato."

"A conclusão é que é o medo que torna a todos corajosos, com a exceção dos filósofos. E isso a despeito de ser ilógico que se seja corajoso por causa de medo e covardia."

e "Com certeza."

"E no que respeita aos que se comportam decentemente? Não é sua situação a mesma? Não é um certo tipo de licenciosidade que os torna autocontrolados? E ainda que decerto afirmemos ser isso impossível, seu cândido autocontrole representa pouco mais do que isso, na medida em que temem a possibilidade de serem privados de determinados prazeres que são objeto de seu desejo, de modo que se abstêm de alguns prazeres porque se encontram sob o domínio de outros. E, no entanto, ser dominado por prazeres é chamado de licenciosi-
69a dade. O fato é que o que ocorre a eles é exercerem controle sobre certos prazeres porque são controlados por outros prazeres. Isso se reporta ao que eu disse há pouco, ou seja, que são autocontrolados por uma espécie de licenciosidade."

"É o que parece."

"Prezado Símias, suspeito não ser essa a forma correta de adquirir a virtude, quer dizer, trocando prazeres por prazeres, dores por dores, temores por temores e o maior pelo menor, como se fossem moedas; penso que a única correta moeda corrente pela qual todas essas coisas devem ser trocadas, e median-
b te a qual tudo isso deve ser comprado e vendido, é realmente a sabedoria. Coragem, autocontrole, justiça e, em síntese, a ver-

dadeira virtude, só existem acompanhadas da sabedoria, sejam adicionados ou subtraídos prazeres, temores e demais coisas desse naipe. A virtude constituída pela permuta recíproca de tais coisas na ausência da sabedoria não passa de uma aparência fantasiosa de virtude, realmente própria de escravos, não encerrando em si nada de saudável ou verdadeiro, ao passo que na
c verdade o autocontrole, a coragem e a justiça constituem uma purificação de todas essas coisas, sendo a própria sabedoria um tipo de purificação. E suponho que aqueles que estabeleceram os ritos de iniciação não eram indivíduos destituídos de esclarecimento, mas na realidade se expressaram com um significado oculto quando disseram há muito tempo que todo aquele que se dirige ao Hades não iniciado e sem pureza espiritual *chafurdará na lama*, enquanto aquele que lá chegar iniciado e purificado *terá sua morada com os deuses.* Há na verdade, como dizem os que se ocupam dos mistérios, 'muitos *portadores do*
d *tirso*[27], mas as bacantes[28] são poucas'; essas bacantes (místicos) são, segundo penso, os que cultivam corretamente a filosofia. Na medida de minha capacidade, nada deixei em minha vida omisso, tendo me empenhado de todas as formas para me tornar um deles. Quanto a se meu empenho foi correto e coroado pelo êxito, creio que saberei com clareza quando lá chegar em breve, se for a vontade do deus.

Eis a defesa, Símias e Cebes, que ofereço para indicar o provável acerto de minha atitude em não estar aflito ou per-
e turbado por vos deixar e aos senhores de que disponho aqui, porque acredito que lá, não menos do que aqui, encontrarei bons senhores e amigos. Se com esta minha defesa obtive mais sucesso em vos convencer nesta oportunidade do que obtive no convencimento dos juízes atenienses, está tudo bem."

---

27. ...ναρθηκοφόροι... (*narthekophóroi*): o tirso era um bastão ornamentado com ramos de videira e hera que representava tanto Dionísio (Baco) quanto suas sacerdotisas.
28. ...βάκχοι... (*bákkhoi*) se refere àqueles, ou melhor àquelas (as bacantes) tomadas pelo delírio no ritual dionisíaco. Mas Platão parece utilizar o termo neste contexto num sentido amplo e figurativo, isto é, o genérico, ou seja, de praticantes dos mistérios, ou místicos.

Quando Sócrates concluiu, Cebes se manifestou dizendo:
“Sócrates, tens meu assentimento para os outros pontos de teu
discurso, mas quanto ao que disseste sobre a alma, a tendência
70a humana é exibir descrença. As pessoas supõem que quando a
alma abandona o corpo não existe mais em lugar algum e que no
dia em que o indivíduo morre é destruída e dissolvida; que
logo que deixa o corpo e se dissocia dele ela se dispersa como
sopro ou fumaça, esvai-se e não é mais algo em lugar algum.
Se existisse por si mesma em algum lugar, liberta dos males
que indicaste há pouco, haveria boa razão para uma abençoa-
b da esperança, Sócrates, de que o que dizes é verdadeiro. Mas
talvez sejam necessários muitos argumentos e demonstrações
para mostrar que, uma vez um ser humano esteja morto, a
alma continue existindo e retenha poder e inteligência”.

“O que dizes, Cebes, é verdadeiro”, Sócrates disse. “E o que devemos fazer? Desejarias continuar discutindo esse assunto para verificar se há para isso probabilidade ou não?”

“Desejaria”, disse Cebes. “Apreciaria ouvir o que pensas sobre isso.”

“Bem”, disse Sócrates, “não acredito que quem quer que
c nos ouvisse agora, mesmo que fosse um poeta cômico, diria
que estou tagarelando e falando sobre coisas que não me di-
zem respeito. Assim, se é o que queres, examinemos cabal-
mente essa matéria. Examinemo-la indagando se as almas dos
seres humanos falecidos estão no mundo subterrâneo ou não.
Segundo uma antiga explicação, da qual nos recordamos, elas
partem daqui para lá e aqui retornam novamente, nascendo
dos mortos. Ora, se isso é verdade, se os vivos nascem nova-
d mente dos mortos, nossas almas existiriam *lá*, não existiriam?
Afinal não poderiam renascer se não existissem, o que seria
prova suficiente de sua existência se realmente fosse apresen-
tada a evidência de que os vivos nascem somente de uma fon-
te, a saber, dos mortos. Entretanto, se assim não for, haverá
necessidade de alguma outra explicação.”

“Certamente”, disse Cebes.

“Bem”, ele disse, “se desejas descobrir isso mais facilmente, não consideres a questão atendo-se exclusivamente aos seres

humanos, mas se atendo a todos os animais e às plantas e, em suma, a todas as coisas que se diz que são geradas. Obser-
e vemos com relação a todas essas coisas se nascem ou são geradas somente com base em seus contrários, no caso de possuírem contrários, como por exemplo, o nobre é o contrário do vil, o justo do injusto e incontáveis outros pares semelhantes. Investiguemos se os que possuem um contrário nascem necessariamente de seus contrários e tão só destes. Por exemplo, quando alguma coisa se torna maior, foi necessariamente menor para depois se tornar maior?"

"Sim."

"E caso se torne menor, foi necessariamente maior para en-
71a tão ter se tornado menor?"

"É assim", ele disse.

"E mais fraco é gerado a partir de mais forte, enquanto mais lento de mais rápido?"

"Certamente."

"E pior de melhor, e mais justo de mais injusto?"

"É claro."

"Então", ele disse, "temos como suficientemente estabelecido que todas as coisas são geradas desse modo, ou seja, contrários de contrários?"

"Certamente."

"Ora, há entre todos esses pares de contrários o que se
b poderia denominar dois tipos de geração, isto é, de um para o outro e retornando do outro para o primeiro? Entre uma coisa maior e uma menor ocorre crescimento e decréscimo, e chamamos uma de crescente e a outra de decrescente, não é mesmo?"

"Sim", ele disse.

"E analogamente a dissociação e a associação, o arrefecimento e o aquecimento e todos os contrários de maneira idêntica. Mesmo que não tenhamos em todas os casos palavras para expressar o processo, no entanto não é invariavelmente inevitável a ocorrência de um processo de geração de um para o outro?"

"Certamente", ele disse.

c "Bem", disse Sócrates, "há algo que seja o contrário de viver, tal como estar acordado é o contrário de estar dormindo?"

"Certamente", disse Cebes.

"O quê?"

"Estar morto", ele disse.

"Bem, esses dois são gerados um do outro, e considerando que são dois, os processos entre eles são dois. Não é isso?"

"É claro."

"Ora", disse Sócrates, "discursarei acerca de um dos dois pares a que aludi há pouco, e de seus processos intermediários, e tu falarás do outro. Refiro-me a dormir e a estar acordado – e
d o estar acordado é gerado pelo dormir, enquanto este pelo estar acordado; por outro lado, os processos de geração são, nesse último caso, *adormecer*, ao passo que no primeiro, *acordar*. Concordas com isso ou não?"

"Certamente."

"Agora, tu", ele disse, "fala-me dessa mesma maneira da vida e da morte. Não dizes que viver é o contrário de estar morto?"

"Digo."

"E que são gerados um do outro?"

"Sim."

"Ora, e o que é gerado dos vivos?"

"Os mortos", ele disse.

"E o que é gerado", prosseguiu Sócrates, "dos mortos?"

"Só me cabe dizer uma coisa: os vivos."

"Então, Cebes, tanto criaturas quanto coisas vivas são geradas dos mortos?"

e "É o que parece."

"Então", disse Sócrates, "nossas almas existem no Hades."

"É o que parece provável."

"Então nesse caso um dos dois processos de geração é evidente, uma vez que morrer é algo bastante evidente, não é mesmo?"

"Certamente", ele disse.

"Bem", disse Sócrates, "o que nos compete fazer na sequência? Negaremos o processo contrário? Será a natureza nesse caso unilateral? Ou teremos que admitir que há um processo de geração que corresponde ao contrário de morrer?"

"Com certeza teremos que o admitir", ele disse.

"E qual é esse processo?"

"Voltar novamente à vida."

72a "Então", disse Sócrates, "se houver esse voltar novamente à vida, seria o processo de geração dos mortos aos vivos?"

"Certamente."

"Portanto, dessa maneira chegamos à conclusão de que os vivos são gerados a partir dos mortos, tal como estes a partir dos vivos; e visto ser assim, parece-me que dispomos de uma suficiente prova de que as almas dos mortos necessariamente existem em algum lugar, de onde retornam à vida."

"Penso, Sócrates, que isso é a conclusão necessária do que admitimos anteriormente."

"Mas eis uma outra maneira, Cebes", ele disse, "de confirmar, como me parece, que estávamos certos em admitir o que admitimos. De fato, se a geração não ocorresse de contrário
b para contrário e novamente retrocedendo, revolvendo como que num círculo, mas avançasse continuamente em linha reta sem retorno ou tortuosidade, compreendas que, em última instância, teriam a mesma forma e sofreriam ação do mesmo modo, acabando por não serem mais geradas de modo algum."

"O que queres dizer com isso?", Cebes perguntou.

"Não é difícil entender o que digo. Por exemplo, se existisse o processo de adormecer, mas não o contrário de despertar
c do sono, acabarias por compreender que no fim isso tornaria o Endímio adormecido[29] algo completamente destituído de sentido. Ele não estaria em lugar algum porque tudo o mais estaria no mesmo estado que ele, ou seja, profundamente adormecido. Ou, se todas as coisas fossem combinadas, e jamais separadas, as palavras de Anaxágoras de que 'todas as coisas estavam unidas' seriam verdadeiras. E de idêntico modo, caro

29. Zeus concedeu a Endímio que este dormisse eternamente.

Cebes, se todas as coisas que participam da vida morressem e
não tivessem alteração de seu estado, não voltando à vida, não
d seria inescapável que finalmente todas estariam mortas e nada
vivo? Pois mesmo que os vivos se originassem de uma outra
fonte que não os mortos, e estivessem destinados a morrer, haveria como esquivar-se do fato final de todas as coisas serem
absorvidas na morte?"

"Não vejo como, Sócrates", disse Cebes. "Penso que o que
dizes é completamente verdadeiro."

"Julgo, Cebes", ele disse, "ser esse decididamente o caso, e
que não nos enganamos quando admitimos o que admitimos,
a saber, que o retorno à vida é um fato, também sendo um fato
os vivos serem gerados a partir dos mortos e existir as almas
e dos mortos."

"E ademais", retorquiu Cebes, "se for verdadeiro, Sócrates,
como prezas dizer amiúde, que nosso aprendizado não passa
de reminiscência, teríamos com isso um argumento complementar de que necessariamente aprendemos numa época pas-
73a sada o que agora lembramos. Ora, isso somente seria possível
se nossa alma existisse em algum lugar antes de nascer assumindo essa forma humana. E também por força desse argumento, parece que a alma é imortal."

"Mas, Cebes", interrompeu Símias, "quais são as provas
disso? Lembra-me, pois no momento não me recordo muito
bem delas."

"Um excelente argumento", disse Cebes, "que serve de
comprovação é o seguinte: quando as pessoas são interrogadas, se formulares bem as perguntas, elas sempre fornecem
as respostas corretas por sua própria conta acerca de qualquer
assunto; ora, se não tivessem dentro de si algum conhecimento e a correta explicação não poderiam fazê-lo. Esse fato é
indicado com máxima clareza se a elas é mostrada uma figura
b geométrica ou qualquer coisa do gênero."[30]

"E se não foste convencido por esse meio, Símias", disse
Sócrates, "vê se não concordas se o examinarmos do modo

30. Ver o *Mênon*, 82b1 ss.

seguinte, uma vez que duvidas que o que chamamos de aprendizado seja reminiscência".

"Não é propriamente que duvido", Símias disse, "mas quero experimentar a própria coisa de que estamos falando, ou seja, a reminiscência. Com base no que Cebes se empenhou em dizer, já começo a recordar, isto é, a experimentar a reminiscência, e convencer-me. Todavia, gostaria de ouvir o que estavas prestes a dizer."

c "Bem", ele disse, "era o seguinte: Estamos de acordo, suponho, que se alguém recorda-se de algo, tinha necessariamente conhecimento disso antes."

"Certamente", ele disse.

"Então também concordarás que quando o conhecimento surge dessa maneira é reminiscência? O que quero dizer é o seguinte: quando um indivíduo vê, ou escuta, ou de algum outro modo percebe uma coisa, e não se limita a conhecer essa coisa, mas também pensa numa outra coisa da qual o conhecimento não é o mesmo, mas diferente, não acertaremos em dizer que ele recorda a segunda coisa que surge em sua mente?"

d "O que queres dizer com isso?"

"Exemplificarei. O conhecimento de um ser humano difere daquele de uma lira."

"Claro que sim."

"Bem, sabes que um amante, sempre que vê uma lira, um traje ou qualquer outra coisa que seu amado está habituado a usar, tanto tem percepção da lira quanto capta em sua mente uma imagem do rapazinho ao qual pertence a lira. Não é assim? Isso é reminiscência, tal como, quando alguém vê Símias, com frequência lembra-se de Cebes. Poderia citar inúmeros exemplos como esses."

"Certamente inúmeros, por Zeus", disse Símias.

"Ora", ele disse, "é essa espécie de coisa um tipo de re-
e miniscência? Isso especialmente quando ocorre envolvendo coisas que já foram esquecidas devido ao tempo e à falta de atenção?"

"Certamente", ele respondeu.

"Bem, assim sendo", disse Sócrates, "pode alguém ao ver uma figura de um cavalo ou de uma lira ser lembrado de um ser humano, ou ao ver uma figura de Símias ser lembrado de Cebes?"

"Certamente."

"E ao ver uma figura de Símias pode ser lembrado do pró-
74a prio Símias?"

"Certamente pode", ele disse.

"Todos esses exemplos indicam que a reminiscência é produzida por coisas semelhantes, mas também pode o ser por coisas dessemelhantes, não é mesmo?"

"Pode."

"E quando se experimenta uma reminiscência de qualquer coisa produzida por coisas semelhantes não se considera necessariamente se essa reminiscência apresenta uma semelhança perfeita ou imperfeita da coisa que é objeto da reminiscência?"

"Necessariamente", ele respondeu.

"Agora considera", ele disse, "se o seguinte tem consistência. Dizemos que há algo a que damos o nome de igualdade. Não me refiro à igualdade entre dois pedaços de madeira, ou entre duas pedras, ou quaisquer coisas desse gênero. Refiro-me a algo que ultrapassa isso, digamos a igualdade ela mesma. Estaremos facultados a dizer que isso existe, ou não?"

b "Decerto que estaremos, por Zeus", disse Símias, "do modo mais positivo."

"E sabemos o que é?"

"Certamente", ele disse.

"E de onde extraímos esse conhecimento? Não é das coisas às quais acabamos de aludir? Ao ver pedaços de madeira iguais e pedras ou outras coisas iguais, não extraímos delas um conhecimento da igualdade ela mesma, a qual é uma outra coisa? Ou não pensas que seja uma outra coisa? Considera o assunto desta maneira: pedaços de madeira iguais e pedras iguais, ainda que persistam sendo os mesmos, não nos parecem às vezes iguais num aspecto, mas desiguais num outro?"

"Certamente."

"E os iguais eles mesmos em algum momento parecem a ti
c desiguais ou a igualdade desigualdade?"

"Não, Sócrates, jamais."

"Então", ele disse, "esses iguais não são o mesmo que a igualdade ela mesma".

"Eu diria que de modo algum, Sócrates."

"Mas, não obstante isso, é desses iguais", ele disse, "ainda que diferentes da igualdade ela mesma que concebes e adquires o conhecimento da igualdade ela mesma?"

"Isso é sumamente verdadeiro", ele respondeu.

"E sendo ela semelhante ou dessemelhante deles?"

"Certamente."

"É indiferente", ele disse. "Toda vez que a visão de uma
d coisa te leva a pensar em uma outra, sejam semelhantes ou
dessemelhantes, trata-se necessariamente de reminiscência."

"Certamente."

"Ora", ele disse, "experimentamos algo assim no que se refere aos pedaços iguais de madeira e outras coisas iguais a que aludíamos há pouco? Parecem-nos ser iguais tal como a igualdade ela mesma é igual, ou de algum modo mostram deficiência na sua semelhança com a igualdade ela mesma?"

"Mostram uma grande deficiência em relação a ela", ele disse.

"Concordaríamos, então, que aquele que, ao ver uma coisa,
pensa 'Essa coisa que vejo pretende ser como alguma outra coi-
e sa existente, mas é deficiente e incapaz de ser como essa coisa,
sendo inferior a ela', deve necessariamente ter prévio conhecimento da coisa com a qual diz que a outra [pretende] se assemelhar, mas para o que mostra deficiência?"

"Necessariamente."

"Bem, é isso o que experimentamos relativamente às coisas iguais e à igualdade mesma?"

"Certamente é."

"Então tivemos necessariamente conhecimento da igualda-
75a de ela mesma antes da ocasião em que vimos pela primeira vez

coisas iguais e pensamos: 'Todas estas coisas pretendem ser como a igualdade, mas são deficientes para isso'."

"É assim."

"Então também concordaríamos que essa nossa concepção é produto da visão, do tato ou de algum dos outros sentidos, sendo impossível que haja chegado a nossa mente de qualquer outra maneira, uma vez que todos esses sentidos, pelo que suponho, são idênticos [enquanto sentidos]."

"São idênticos, Sócrates, ao menos no que diz respeito ao que nosso argumento visa tornar claro."

b "Portanto, nossas percepções sensoriais devem decerto nos levar a compreender que tudo que aprendemos por meio delas é nos esforçar por obter a igualdade ela mesma, mas que, devido a nossa deficiência, não alcançamos. É assim que podemos nos expressar?"

"É assim."

"Bem, então antes de começarmos a ver, ouvir ou ter percepções por meio dos outros sentidos, é necessário que tenhamos adquirido em algum lugar um conhecimento da igualdade ela mesma se pretendemos a ela comparar as coisas iguais percebidas por nós por intermédio dos sentidos, e compreender que todas essas anseiam ser como a igualdade ela mesma, mas são deficientes para isso."

"Isso se infere necessariamente do que foi dito anteriormente, Sócrates."

"E principiamos a ver, a ouvir e experimentar as demais percepções tão logo nascemos?"

c "Certamente."

"Nesse caso, devemos ter adquirido um conhecimento da igualdade ela mesma antes disso?"

"Sim."

"Assim, pelo que parece, o adquirimos antes de nascermos."

"É o que parece."

"Ora, se adquirimos esse conhecimento antes de nosso nascimento e nascemos com ele, é que conhecíamos antes de

nosso nascimento e por ocasião de nosso nascimento não só a igualdade ela mesma, o maior e o menor eles mesmos, como também todos esses *eles mesmos*? De fato, nosso argumento em pauta não é mais sobre o igual ele mesmo do que é sobre *o nobre*[31] ele mesmo, o bom ele mesmo, o justo ele mesmo,
d o religioso ele mesmo e, em síntese, tudo o que rotulamos de *ele mesmo* em nosso processo de perguntas e respostas. A conclusão é que adquirimos necessariamente conhecimento deles antes de nascermos."

"É isso."

"E, se após o ter adquirido em cada caso, não o esquecemos, permanecemos possuidores desse conhecimento desde o nascimento e por toda a vida. Afinal conhecer é adquirir conhecimento e retê-lo sem o perder, significando perda do conhecimento exatamente o que queremos dizer quando nos referimos ao esquecer, não é mesmo, Símias?"

e "Com toda a certeza, Sócrates", ele disse.

"Entretanto, penso que se adquirimos esse conhecimento antes do nascimento e o perdemos por ocasião do nascimento, para posteriormente, graças aos nossos sentidos, recuperar o conhecimento de que tínhamos posse anteriormente, não seria aquilo que chamamos de aprendizado a recuperação de nosso próprio conhecimento? E não estaríamos corretos em chamar esse processo de reminiscência?"

"Certamente."

76a "De fato, constatamos que é possível para alguém ao perceber uma coisa por meio da visão, da audição ou de qualquer outro sentido, evocar ao espírito com base nessa percepção uma outra coisa que fora esquecida e que estava relacionada à coisa percebida, quer por semelhança, quer por dessemelhança. Diante disso, como eu disse, cumpre-nos concluir uma de duas coisas: ou todos nós nascemos tendo conhecimento dessas coisas e as conhecemos por toda nossa vida, ou posteriormente aqueles que se diz que aprendem limitam-se a lembrar, com o que aprendizado seria reminiscência."

---

31. ...τοῦ καλοῦ... (*toŷ kaloŷ*), incorporando ou intercambiando necessariamente também a ideia de *o belo*.

"É certamente o que ocorre, Sócrates."

"Qual é, então, Símias, a alternativa que escolhes? Nas-
b cemos de posse do conhecimento, ou recordamos depois de
coisas das quais tínhamos conhecimento antes de nascer?"

"No momento não posso escolher, Sócrates."

"E quanto a esta escolha? Qual é tua opinião a respeito? Quando um homem conhece, é capaz de fornecer uma explicação do que conhece ou não?"

"Necessária e certamente é capaz, Sócrates", ele disse.

"E achas que todos são capazes de dar uma explicação acerca das matérias que há pouco foram objeto de nossa discussão?"

"Desejaria que fossem", disse Símias, "porém receio que amanhã a esta hora não haja mais nenhuma pessoa viva que seja capaz de realizar isso adequadamente."

c "Consequentemente, Símias, não pensas que todos conhe-
cem essas coisas?"

"De modo algum."

"Por conseguinte, recordam o que outrora aprenderam?"

"Necessariamente."

"E quando nossas almas adquiriram o conhecimento dessas coisas? Decerto não foi após havermos nascido como seres humanos."

"Decerto que não."

"Então foi antes."

"Sim."

"Consequentemente, Símias, as almas existiam antes de assumir a forma humana, independentemente dos corpos e eram dotadas de inteligência."

"Isso a menos que tenhamos adquirido esse conhecimento, Sócrates, no momento do nascimento, pois esse tempo ainda é reservado a nós."

d "Muito bem, meu amigo, mas em qual outra ocasião o per-
demos? De fato, como acabamos de concordar, com certeza não
nascemos com ele. Será que o perdemos no momento em que o
recebemos, ou tens uma outra opção de tempo a ser sugerida?"

"Nenhuma, Sócrates. Não percebi que estava dizendo uma tolice."

"Então é essa nossa posição, Símias", ele disse, "ou seja, se como nos mantemos afirmando, existe o nobre, o bom e toda *realidade essencial*[32] desse tipo, e referimos todas as coisas
e que percebemos sensorialmente a essas realidades (que descobrimos que existiam anteriormente e agora nos pertencem), e comparamos as coisas percebidas por nós com essas realidades essenciais, não será forçoso inferirmos que, tal como existem essas realidades essenciais, existiam nossas almas antes de nosso nascimento? E se essas realidades essenciais não existem, nosso argumento não é completamente sem validade? Será essa a nossa posição, com o adendo de que é também igualmente certo que se essas realidades existem, também existiam nossas almas anteriormente ao nosso nascimento, e se não existem, tampouco existiam nossas almas?"

"Penso, Sócrates", disse Símias, "que dispomos absolutamente da mesma certeza e que nosso argumento aponta para
77a a conclusão de que nossa alma existia antes de nascermos, e [ainda] que a essência daquilo a que aludes igualmente existe. Para mim nada há de mais claro, ou seja, que todas essas coisas, o belo, o bom e todas as demais a que te referias há pouco certamente existem. E creio que prova suficiente disso já foi apresentada."

"Mas e quanto a Cebes?", disse Sócrates, "é necessário que convençamos Cebes também."

"Penso que está suficientemente convencido", disse Símias, "apesar de ser o mais teimosamente incrédulo dos seres humanos. De qualquer modo, acredito que está totalmente
b convencido disso, a saber, que nossa alma existia antes de nascermos. Contudo, que ainda existirá após nossa morte nem a mim parece que haja sido demonstrado, persistindo o medo comum, mencionado há pouco por Cebes, de que por ocasião da morte de um ser humano a alma se dispersa, determinando o fim de sua existência. De fato, supondo que a alma venha

---

32. ...οὐσία... (*oysía*).

a ser e seja constituída a partir de uma ou outra fonte e que exista antes de ingressar num corpo humano, o que a impede – após ter ingressado nesse corpo e ter dele saído – de ter um fim e ser ela mesma destruída?"

c "Estás certo, Símias", disse Cebes. "Parece-me que demonstramos apenas a metade do que requer demonstração, a saber, que nossa alma existia antes de nascermos. Cabe-nos, entretanto, mostrar também que existe após nossa morte tanto quanto antes de nosso nascimento, se pretendemos contar com uma demonstração completa."

"Já terá sido mostrado, Símias e Cebes", disse Sócrates, "se estiverdes dispostos a combinar esse argumento com aquele a favor do qual anuímos anteriormente, ou seja, de que todo ser vivo provém dos mortos. De fato, a julgarmos que a alma
d existe antes do nascimento e que, ao manifestar-se na vida e no nascimento, não é possível que se manifeste no nascimento senão a partir da morte e de um estado de morte, não seria o caso de também existir necessariamente após a morte uma vez que tem que nascer de novo? Desse modo, a demonstração ou prova que exigistes já foi apresentada. Entretanto, suponho que tu e Símias gostaríeis de levar adiante essa discussão. Tendes esse temor pueril de que o vento realmente dissolveria e dispersaria a alma no momento em que esta abandonasse o corpo, principalmente no caso de alguém morrer durante uma
e ventania e não com o tempo calmo."

Cebes riu e disse: "Supondo que realmente alimentássemos tal temor, Sócrates, tenta persuadir-nos, ou melhor, não suponhas que temos esse temor, mas que talvez haja uma criança dentro de nós que o experimenta. Tenta persuadi-la a não temer a morte como se esta fosse um bicho-papão[33]".

"Ora", disse Sócrates, "deveis entoar-lhe encantamentos todos os dias até fazeres seu temor desaparecer."

78a "Onde", ele disse, "poderemos descobrir um bom mago para esses temores, Sócrates, uma vez que estás nos deixando?"

---

33. ...μορμολύκεια... (*mormolýkeia*), literalmente um boneco confeccionado para assustar crianças.

"A Grécia[34], Cebes", ele disse, "é um grande país no qual há muitos homens bons[35], além de haver também muitos bárbaros. Deveis procurar entre todos eles em busca de tal mago, não vos poupando para isso nem dinheiro nem esforço, pois nada haveria de mais necessário em que pudésseis investir vosso dinheiro. E deveis procurar também entre vós mesmos, pois talvez dificilmente descobriríeis outros mais capazes do que vós para executar tal tarefa."

"É o que será feito", disse Cebes. "Mas voltemos ao ponto
b em que nos detivemos, se for de teu agrado."

"Ora, decerto é de meu agrado."

"Ótimo", ele disse.

"Bem", disse Sócrates, "não deveríamos nos perguntar algo assim: que tipo de coisa é passível de dispersão? Em nome de que tipo de coisa deveria alguém temer essa dispersão, e que tipo de coisa não é passível de dispersão? E depois disso não deveríamos perguntar a que classe pertence a alma, colocando nossas esperanças ou temores relativamente a nossas almas nas respostas a essas perguntas?"

"É verdade", ele disse.

c "Ora, não é aquilo que é composto naturalmente passível de ser decomposto em suas partes componentes do mesmo modo que foi composto, enquanto somente o não composto, se é que é o caso, não é naturalmente passível de ser decomposto?"

"Penso ser esse o caso", disse Cebes.

"A conclusão é que é maximamente provável que coisas que são sempre as mesmas e inalteráveis identifiquem-se com as coisas não compostas, e que coisas alteráveis e que jamais se conservam as mesmas se identifiquem com as coisas compostas?"

"É o que penso."

"Voltemos então", ele disse, "ao que discutíamos anterior-
d mente. É a substância ela mesma, a qual chamamos de ser em

34. ...Ἑλλάς... (*Hellás*).

35. ...ἀγαθοὶ ἄνδρες... (*agathoì ándres*).

nosso processo dialético de perguntas e respostas, sempre a mesma ou suscetível de mudança? São a igualdade ela mesma, a beleza ela mesma, qualquer existência ela mesma, o ser ele mesmo suscetíveis de qualquer mudança? Ou cada essência ela mesma, visto que uniforme e existente por si, permanece a mesma e jamais, de modo algum, admite qualquer mudança?"

"É necessário", disse Cebes, "que permaneça a mesma, Sócrates."

e "E quanto às várias coisas de que são exemplos os seres humanos, os cavalos, os mantos ou quaisquer outras desse jaez, que têm os mesmos nomes das essências elas mesmas, sendo chamadas de belas, iguais ou semelhantemente? São sempre as mesmas? Ou estão, opondo-se diretamente às essências, em constante mutação em si mesmas, diferentes entre si e, por assim dizer, não sendo jamais as mesmas?"

"A elas se aplica esse último caso", disse Cebes. "Nunca são as mesmas."

79a "E és capaz de vê-las, tocá-las bem como percebê-las por meio dos demais sentidos, ao passo que no que se refere às coisas que são sempre as mesmas só podem ser apreendidas pela razão e são invisíveis, não podendo ser vistas."

"O que dizes", ele disse, "é inteiramente verdadeiro."

"Ora", ele[36] disse, "suporemos dois tipos de existência, quais sejam, uma visível e outra invisível?"

"Vamos supô-las", concordou Cebes.

"E suporemos também que o invisível é sempre o mesmo, ao passo que o visível está sempre mudando?"

"Suporemos também isso", ele disse.

b "Então", disse Sócrates, "não somos compostos de duas partes, isto é, corpo e alma?"

"Sim", ele respondeu.

"Bem, a que tipo de existência diríamos que o corpo mais se assemelha e está mais estreitamente aparentado?"

"À visível", ele disse. "Isso é evidente a quaisquer pessoas."

---

36. Ou seja, Sócrates.

"E a alma? É visível ou invisível?"

"Invisível... ao menos ao ser humano, Sócrates."

"Mas classificamos as coisas de visíveis e invisíveis por referência à visão humana, não é mesmo?"

"Sim, é assim que as classificamos."

"Então o que declaramos a respeito da alma? Pode ser vista ou não?"

"Não pode ser vista."

"Então é invisível?"

"Sim."

"Então a alma assemelha-se mais ao invisível do que o cor-
c po, e este mais ao visível."

"Necessariamente, Sócrates."

"Ora, estivemos dizendo também por um longo tempo que quando a alma se serve do corpo para qualquer investigação, por meio da visão, da audição ou de quaisquer dos demais sentidos (de fato, a investigação por meio do corpo quer dizer investigação por meio dos sentidos), ela é arrastada pelo corpo na direção de coisas que jamais permanecem as mesmas, torna-se errante, confusa e atordoada como um bêbado, assim se conservando enquanto estiver em contato com esse tipo de coisas?"

"Certamente."

d "Quando, contudo, a alma investiga independentemente e por si mesma, ela parte para o domínio do puro, do perpétuo, do imortal e do imutável, e sendo aparentada a estes sempre permanece com eles toda vez que está por sua própria conta e não é barrada; cessa o seu errar e permanece sempre a mesma, inalterável com o que é sem alteração, visto que está em comunhão com este. A esse estado da alma dá-se o nome de sabedoria. Não é assim?"

"O que dizes é bem dito e inteiramente verdadeiro, ó Sócrates", ele disse.

e "E agora, mais uma vez, em vista do que afirmamos anteriormente e do acabou de ser dito, com qual dessas classes achas que a alma entretém mais semelhança e afinidade?"

"Suponho, Sócrates", ele disse, "que qualquer pessoa, mesmo a mais obtusa, anuiria, com base nesse argumento, que a alma é infinitamente mais semelhante ao que é sempre o mesmo do que ao que não é."

"E quanto ao corpo?"

"Que é mais semelhante ao outro."[37]

"Encara a matéria sob este outro prisma. Quando a alma
80a e o corpo são unidos, a natureza determina que este último seja o servo e seja governado, enquanto a primeira governe e seja a senhora. Ora, sendo assim as coisas, o que a ti parece que se assemelha ao divino e o que ao mortal? Não pensas que o divino seja naturalmente apto a governar e dirigir, enquanto é próprio ao mortal obedecer e servir?"

"Penso."

"Ao que a alma se assemelha?"

"É evidente, Sócrates, que a alma assemelha-se ao divino e o corpo ao mortal."

"Então considera, Cebes", ele disse, "se é de se concluir de tudo que foi dito que a alma é maximamente semelhante ao
b divino, ao imortal, ao inteligível, ao uniforme, ao indissolúvel e ao que é sempre imutável, ao passo que o corpo é maximamente semelhante ao humano, ao mortal, ao multiforme, ao ininteligível, ao dissolúvel e ao sempre mutável. Teríamos qualquer coisa a declarar, caro Cebes, que mostrasse que não é assim?"

"Não, não teríamos."

"Nesse caso, não é natural que o corpo experimente uma célere dissolução, enquanto a alma se revela inteiramente indissolúvel, ou próximo disso?"

c "Claro que sim."

"Compreende", ele prosseguiu, "que quando um ser humano morre, sua parte visível, isto é, o corpo, o qual está no mundo visível e a que chamamos de cadáver, e que está naturalmente fadado a se dissolver e se decompor, não é submetido imediatamente a esses processos, conservando-se por um tem-

37. Isto é, *ao que não é sempre o mesmo*.

po considerável, ou mesmo por muito tempo se a morte ocorre quando o corpo está em boa condição e numa ocasião propícia do ano. De fato, quando o corpo é contraído e embalsamado, como é feito no Egito, ele permanece quase íntegro por um
d tempo extraordinário[38]. E mesmo ocorrendo a decomposição do corpo, algumas de suas partes, como os ossos, os nervos e partes similares, são, por assim dizer, indestrutíveis[39]. Não é mesmo?"

"Sim."

"Ora, e a alma, a invisível, que parte para um outro lugar que, como ela mesma, é nobre, puro e invisível, realmente para o Hades[40], para o bom e sábio deus, – para onde, se deus[41] o quiser, minha alma logo irá – é essa alma, detentora de tais atributos e natureza, ao separar-se do corpo, imediatamente dispersa e destruída, como afirma a maioria dos seres
e humanos? Longe disso, caros Cebes e Símias. Pelo contrário, o que acontece é o seguinte: encontra-se pura ao separar-se do corpo, nada arrastando de corpóreo consigo, porque jamais se associou voluntariamente ao corpo durante a vida, evitando-o e recolhendo-se a si mesma, pois sempre se dedicou ao seu exercício regular – significando isso nada mais do que o fato de ter adotado a filosofia corretamente, ou seja,
81a como se fosse um treino para a morte... ou não será isso um treino para a morte?"

"Inteiramente."

"Assim, estando nessa condição, parte para o que lhe é semelhante, para o invisível, divino, imortal e sábio, e quando

38. ...ἀμήχανον... (*amékhanon*), ou *inconcebível*, *incalculável*.

39. ...ἀθάνατά... (*athánatá*), literalmente *imortais*.

40. ...Ἅιδου... (*Háidoy*), que é tanto o nome do mundo subterrâneo dos mortos quanto do deus que nele reside e nele é senhor, filho de Cronos e de Reia, e irmão de Zeus e de Poseidon. Hades também é conhecido por Πλούτων (*Ploýton*), Plutão. A identificação do Hades com o *inferno* (noção cristã) – lugar reservado *exclusivamente* a sofrimentos e tormentos eternos – é inteiramente imprópria.

41. Provável alusão a Apolo ou Zeus. Muitos tradutores preferem *Deus*, sugerindo e entendendo uma concepção monoteísta de Sócrates e Platão. À luz da cultura e religião gregas, julgamo-lo impróprio ou, ao menos, discutível, embora o aceitemos como uma conjetura.

ali chega pode ser feliz, achando-se libertada do erro, da loucura, do medo, das paixões violentas e de todos os outros males humanos e, como declaram os iniciados, verdadeiramente vive todo o tempo restante na companhia dos deuses. É o que diremos, Cebes, ou diremos outra coisa?"

"Por Zeus, é o que diremos", disse Cebes.

b "Mas penso que se a alma quando se separa e parte do
corpo encontra-se maculada e impura – por ter estado sem-
pre associada ao corpo, a ele servindo e amando, fascinada
por ele, por seus apetites e prazeres, a ponto de nada mais lhe
importar exceto o corpóreo, em relação ao qual se pode tocar,
ver, beber e comer, além de utilizá-lo para os prazeres do sexo,
e se foi acostumada a odiar, temer e evitar o que é obscuro e
invisível para os olhos, mas inteligível e apreensível para a
c filosofia – achas que uma alma nesse estado poderá partir pura
e íntegra?"

"De modo algum", ele disse.

"Suponho que estará permeada do corpóreo, uma vez que a relação e associação constantes com o corpo, bem como o serviço a este prestado o implantaram nela?"

"Certamente."

"E temos que acreditar, meu amigo, que esse elemento cor-
póreo é opressivo, pesado, terrestre e visível. E uma tal alma
é sobrecarregada com tudo isso e novamente arrastada para o
mundo visível, tomada de medo pelo invisível e pelo Hades.
d E, assim, como dizem, perambula pelos monumentos e sepul-
cros, onde espectros sombrios, imagens produzidas por almas
como essa, são vistos – almas que não foram libertadas na
pureza, mas que permanecem participando do visível, retendo
dele algo, o que explica porque são vistas."

"É o provável, Sócrates."

"Realmente é provável, Cebes, como também é provável
que se trate não das almas dos bons, mas daquelas dos indi-
víduos inferiores, as quais são obrigadas a adejar sobre tais
lugares como uma punição por seu anterior modo vicioso de
e vida. E perambulam até que, por força do desejo do corpóreo
que as acompanha, são novamente aprisionadas num corpo.

E é provável que sejam encarceradas em naturezas compatíveis com as práticas de sua vida anterior."

"A que naturezas te referes, Sócrates?"

"Por exemplo, aquelas que cederam à glutonaria, à violência e à bebedeira provavelmente encarnam em corpos de asnos
82a e de outros animais desse tipo. Não pensas que seja assim?"

"Com certeza é muito provável que seja assim."

"Quanto às que optaram pela injustiça, a tirania e o saque, encarnam nos corpos de lobos, falcões e milhafres. Para onde mais poderíamos imaginar que iriam?"

"Não há como duvidar", disse Cebes, "para esses".

"Assim", ele disse, "está claro qual é a destinação das outras, ou seja, será de acordo com suas próprias condutas?"

"Sim", ele disse, "está claro."

"Então", ele[42] disse, "as mais felizes [dessas almas], e as que têm a melhor destinação, são as que, na ausência da filosofia e do entendimento, praticaram, por força de costume e
b solicitude, as virtudes *populares*[43] e civis que são denominadas moderação e justiça?"

"Como serem essas as mais felizes?"

"Não percebes? Não seria provável que reencarnassem em algumas dessas espécies sociais e dóceis, como das abelhas, vespas ou formigas, ou na espécie humana, e que *homens*[44] moderados por elas fossem gerados?"

"Isso é provável."

"E ninguém que não haja praticado a filosofia e que não esteja totalmente puro ao partir da vida será admitido à comu-
c nhão com os deuses, mas tão só o amante do conhecimento. Isso explica porque, amigos Símias e Cebes, os que filosofam corretamente controlam-se diante dos desejos físicos e a estes resistem com firmeza, não cedendo a eles, isso não porque receiem a pobreza ou a perda dos bens, como ocorre com a

42. Ou seja, Sócrates.

43. ...δημοτικὴν... (*demotikèn*), mas o conceito é intercambiável com a qualidade de solidário ou humanitário no seio da comunidade ou povo.

44. ...ἄνδρας... (*ándras*).

maioria dos aficionados do dinheiro; tampouco é porque temam a desonra ou má reputação da miséria, como os aficionados do poder e da honra, que se controlam diante desses desejos."

"Não, isso não lhes seria conveniente, Sócrates", disse Cebes.

d "Por Zeus que não", ele disse. "Consequentemente, os ciosos por suas próprias almas e que não vivem servindo aos próprios corpos desprezam todas essas coisas e não percorrem os mesmos caminhos dos que desconhecem para onde estão indo; munidos da convicção de que nada deve resistir à filosofia, a qual liberta e purifica, se voltam para ela e seguem-na onde quer que os conduza."

"E como o fazem, Sócrates?"

"Eu te direi", ele respondeu. "Os amantes do conhecimento", disse, "percebem que quando a filosofia apodera-se
e de suas almas, estas estão encarceradas e ligadas ao corpo,
sendo compelidas a considerar as realidades como se através
de barras da prisão e não por si mesmas, com sua visão livre,
estando chafurdadas na completa ignorância. E [a filosofia]
percebe que o que há de mais terrível nesse encarceramento
é ser ele causado pelos apetites, de modo que o encarcera-
83a do contribui para seu próprio encarceramento. Os amantes do
conhecimento, assim, tal como digo, percebem que a filosofia, apoderando-se da alma quando ela se acha nesse estado, a estimula suavemente e procura libertá-la, mostrando que a visão e a audição, bem como os demais sentidos, estão repletos de ilusão, e incita-a a afastar-se deles, salvo no que seu uso seja inevitável; exorta-a a recolher-se e concentrar-se em si mesma, e em confiar exclusivamente em si mesma e em seu
b próprio pensar abstrato do ser abstrato; a crer que nenhuma
verdade há naquilo que ela vê graças a outros meios, variáveis em função da variedade dos objetos em que aparece, uma vez que todas as coisas desse tipo são visíveis e apreendidas pelos sentidos, ao passo que somente a própria alma vê aquilo que é invisível e apreendido pela inteligência. Ora, a alma do verdadeiro filósofo crê que não deve opor-se a essa libertação, o que

a leva a conservar-se distante o quanto possível de prazeres, desejos, dores e temores; pondera que prazeres, temores, dores ou desejos violentos não se limitam a causar os males que
c se poderia esperar, tais como a doença ou a perda de dinheiro gasto por conta das paixões, mas também o maior e mais extremo de todos os males que alguém poderia experimentar, ainda que não o levasse em consideração."

"Qual é esse mal, Sócrates?", perguntou Cebes.

"O mal é que a alma de todo ser humano, quando sob intenso prazer ou intensa dor devido à qualquer coisa, é induzida a crer que o que produziu a emoção é muito distinto e muito verdadeiro. Mas não é. Tais objetos são, na maioria, os visíveis, não são?"

d "Certamente."

"E quando isso acontece não é quando a alma se acha o mais completamente presa pelo corpo?"

"Como assim?"

"Porque todo prazer ou dor produz, por assim dizer, um cravo adicional que prende firmemente a alma ao corpo, a tornando corpórea, de modo que ela imagina como verdadeiro aquilo que o corpo afirma ser verdadeiro. Como partilha das mesmas crenças e prazeres do corpo, a alma necessariamente adota igualmente os mesmos hábitos e modo de vida, tornando-se sempre incapaz de partir pura para o Hades, tendo que partir sempre contaminada pelo corpo; o resultado é ela não tardar a voltar
e a um outro corpo e neste desenvolver-se, como uma semente que foi semeada. Consequentemente não participa da comunhão com o divino, o puro e o uniforme."

"Há muita verdade no que dizes, Sócrates", disse Cebes.

"Eis porque, Cebes, os autênticos amantes do conhecimento são moderados e bravos, ou pensas que o são pela razão indicada pela maioria?"

84a "Certamente não."

"Realmente não, porque a alma do filósofo não raciocinaria como a dos outros, não julgando acertado receber a libertação da filosofia, para que, estando livre, cedesse novamente ao prazer e à dor, sendo encarcerada, e se dedicando a um vão

labor, como Penélope que desfazia a peça tecida que havia tecido.[45] Sua alma crê que granjeará paz a partir dessas emoções, que tem que seguir a razão e sempre a ela se conformar, contemplando o que é verdadeiro e divino, que não é objeto
b da opinião, e fazendo disso o seu alimento exclusivo; desse modo acredita ela que deve viver enquanto dure a vida, para depois, por ocasião da morte transferir-se para o que lhe é afim e de natureza que lhe é semelhante, ficando livre dos males humanos. Após receber uma tal nutrição, não é provável que se tema, Símias e Cebes, que ao se dissociar do corpo seja nossa alma dispersa e dissipada pelos ventos, não sendo mais nada em nenhum lugar."

Findo esse discurso proferido por Sócrates, instaurou-se
c um longo silêncio. Tanto o próprio Sócrates quanto a maioria de nós nos vimos aparentemente concentrados no que fora dito. Entretanto, Cebes e Símias murmuravam entre si. Sócrates notou-o e indagou: "Pensais que o que foi dito não é completo? [De fato,] haveria ainda muitos pontos duvidosos e muitas objeções a serem feitas caso houvesse a preocupação de discutir essa matéria de modo cabal. Se vos ocupais do exame de outro objeto, nada tenho a declarar. Mas se enfrentais alguma dificuldade com relação a essa matéria, não hesiteis em vos manifestar e discuti-la, se julgais que o argumento
d pode ser aprimorado; e se pensais que podeis fazer melhor, contai com minha participação na discussão".

A isso Símias retrucou: "Sócrates, dir-lhe-ei a verdade. Durante algum tempo cada um de nós esteve em dúvida, e nos incitávamos mutuamente a formular uma pergunta, porque desejávamos ouvir tua resposta, porém... titubeávamos receando incomodar-te, sendo desagradáveis contigo em teu presente infortúnio".

---

45. Penélope, a esposa de Odisseu, durante a longa ausência do esposo motivada pela Guerra de Troia, passou a ser cortejada por vários pretendentes em Ítaca, que a assediavam e dilapidavam os bens de Odisseu. Pouco antes do retorno do marido, a quem não via há cerca de uma década, um dos expedientes que, no seu desespero, utilizou para adiar sua decisão de escolha de um dos pretendentes a sua mão foi dizer que o faria logo que terminasse a peça que tecia. Esse processo era interminável, porque toda noite ela desfazia o trabalho produzido durante o dia.

Quando ele[46] ouviu tal coisa, riu suavemente e disse: "Ó, Sí-
e mias, representaria para um mim um árduo trabalho convencer
outras pessoas de que não considero minha presente situação
um infortúnio quando fosse incapaz sequer de convencer-vos.
E parece que receais ser agora mais difícil lidar comigo do que
antes. Parece que me julgais, em matéria de profecia, inferior
aos cisnes; estes cantam antes igualmente, mas quando sentem
85a que estão para morrer, cantam mais e com máxima beleza no seu
regozijo pela partida para se juntarem ao deus do qual são ser-
vidores. Os seres humanos, contudo – por conta de seu próprio
temor da morte – interpretam erroneamente o comportamento
dos cisnes, e dizem que cantam movidos pela tristeza, prantean-
do suas próprias mortes. Não ponderam que nenhuma ave canta
se estiver faminta ou com frio, ou padecer de qualquer outro
incômodo, nem mesmo o rouxinol, a andorinha ou a poupa, dos
quais se diz que seu canto é lamentoso. Não creio que cantem
impelidos pela angústia, como também não o fazem os cisnes.
b O que suponho é que sendo aves de Apolo[47], experimentam vi-
sões proféticas e, pelo fato de terem presciência das bênçãos no
Hades, cantam e se enchem de júbilo nesse dia[48] mais do que o
fizeram em qualquer ocasião anterior. Penso igualmente que eu
próprio sou um cosservidor dos cisnes, consagrado ao mesmo
deus, que recebi de nosso senhor um dom de profecia que não
é inferior ao dos cisnes, e que parto da vida tão pouco abalado
pela tristeza quanto eles. Portanto, no que diz respeito a isso, fa-
lai e perguntai tudo quanto quiserdes, até quando o permitirem
os Onze dos atenienses".

"Ótimo", disse Símias. "Comunicar-te-ei minha dificuldade
c e, em seguida, ele,[49] por seu turno, manifestará a razão de diver-

---

46. Quer dizer, Sócrates.

47. Um dos olímpicos, Apolo é filho de Zeus e irmão gêmeo de Ártemis. É paradigmático da beleza física masculina, mas também associado ao sol, à luz, à retidão, à profecia e, do prisma das artes, à destreza no manejo do arco. Apoiador dos troianos na guerra de Troia, teria sido ele que auxiliou Alexandre (Páris) a mirar o grego Aquiles, fazendo com que sua seta certeira atingisse letalmente o calcanhar vulnerável do herói.

48. Ou seja, o dia de sua morte.

49. Cebes.

gir do que disseste. Julgo, Sócrates, como talvez tu mesmo jul-
gues, que se mostra impossível ou muito difícil obter um claro
conhecimento acerca dessas matérias nesta vida. E, no entanto,
é alguém dotado de um espírito improdutivo aquele que não
examina cabalmente o que é dito a respeito dessas matérias e
não persevera até a fadiga na sua investigação. De duas coisas
lhe cabe fazer uma ou outra: *ou* aprender ou descobrir a verda-
de a respeito dessas coisas *ou*, diante da impossibilidade disso,
adotar a teoria humana que lhe pareça melhor e de mais difícil
d refutação, nela embarcar como numa jangada e navegar ao lon-
go da vida em meio aos perigos – a menos que possa navegar
com maior segurança e menos riscos numa embarcação mais
sólida e robusta de alguma doutrina divina. Assim, agora, uma
vez que me estimulaste a agir dessa maneira, não me sinto en-
vergonhado de fazer perguntas, e não me censurarei no futuro
por não ter dito o que penso. De fato, Sócrates, quando reflito
no que foi dito, quer sozinho quer na companhia de Cebes, não
me parece ser inteiramente satisfatório."

e E Sócrates respondeu: "Talvez tenhas razão, meu amigo.
Mas me diga em que aspecto a ti parece insatisfatório".

"No fato de que", ele disse, "se poderia utilizar o mesmo
argumento sobre a harmonia com suas cordas. Seria possível
dizer que a harmonia é invisível e incorpórea, além de belís-
86a sima e divina na lira bem afinada. Entretanto, a própria lira
e suas cordas são corpos, e corpóreas, compostas, terrestres e
aparentadas ao que é mortal. Ora, se alguém despedaça a lira,
corta ou rompe as cordas, o que dizermos se insistir, com base
no mesmo argumento que empregaste, que a harmonia não
pereceu e mantém necessariamente sua existência? De fato,
como ser possível que a lira e suas cordas, que são de natureza
mortal, continuem existindo após o rompimento das cordas,
b enquanto a harmonia, a qual está associada e aparentada ao di-
vino e ao imortal, perece antes do que é mortal? Ele diria que a
harmonia necessariamente continua existindo em algum lugar,
e que a madeira e as cordas necessariamente apodrecem antes
que a harmonia possa ser afetada. E, de minha parte, imagino,
ó Sócrates, que deve ter ocorrido à tua mente que acreditamos

que a alma seja algo desse feitio; que nosso corpo é distendi-
do e unido pelo calor, o frio, a umidade, a secura e similares,
c ao passo que a alma é uma mistura e uma harmonia desses
mesmos elementos sempre que são bem e apropriadamente
misturados. Ora, se a alma é uma harmonia, fica evidente que
quando o corpo é demasiadamente afrouxado ou tensamente
distendido por doenças e outros males, a alma deve necessa-
riamente perecer – não importa quão divina seja – semelhan-
temente a outras harmonias presentes nos sons e em todas as
obras dos artistas, enquanto os restos de cada corpo durarão
por um longo tempo antes de serem incinerados ou entrarem
d em decomposição. Bem, o que declararmos frente a esse ar-
gumento, se alguém afirmar que a alma – sendo uma mistura
dos elementos corpóreos – é a primeira a perecer naquilo que
denominamos morte?"

Sócrates, então, lançando-nos um olhar penetrante, como
amiúde fazia, sorriu e disse: "Símias levanta uma justa obje-
ção. Ora, se quaisquer de vós estiver mais preparado do que
eu, não há porque não lhe responder. Parece-me que ele ma-
nejou o argumento com habilidade. Entretanto, penso que an-
e tes de lhe dirigir uma resposta, deveríamos ouvir qual a falha
apontada por Cebes em nosso argumento. Assim, disporemos
de tempo para ponderar sobre o que dizer; quando o tiver-
mos ouvido, poderemos ou concordar com eles, se julgarmos
que estão sintonizados conosco, ou, se não for esse o caso,
empreender a defesa de nosso argumento. Vamos, Cebes", ele
disse, "revela-nos o que te incomoda".

"Eu vos revelarei", disse Cebes. "Esse argumento me pa-
rece estar exatamente no mesmo ponto em que estava antes
e continua aberto à objeção que fiz anteriormente. De fato,
87a não nego que foi muito elegantemente[50] e, se me é permitido
dizer, suficientemente demonstrado que a alma existia antes de
assumir esta forma corpórea; mas não me pareceu ter ficado
demonstrado que continuará existindo após a morte. [Isso
não significa tampouco que] eu concorde com a objeção de
Símias, segundo a qual a alma não é mais resistente e mais

50. ...χαριέντως... (*kharientos*).

duradoura do que o corpo, visto que a julgo superior em todos esses aspectos. 'Por que, então', poderia o argumento sustentar, 'vos conservais ainda não convencidos? Como vedes que por ocasião da morte do ser humano a parte menos resistente
b continua existindo, não julgais que a parte mais resistente deveria necessariamente ser preservada durante o mesmo lapso de tempo?'. Considerai se minha resposta a isso faz algum sentido. Como Símias, posso me expressar melhor mediante uma imagem. Penso que esse argumento é análogo a se alguém dissesse por ocasião da morte de um velho tecelão que este não havia perecido, mas que se encontrava seguro e íntegro
c gro em algum lugar, alegando como prova disso o fato de que o manto que o próprio velho tecera e estava usando permanecia íntegro e não estava destruído. Então, se alguém não lhe desse crédito, ele se apressaria a perguntar o que tem maior duração: um ser humano ou um manto que é usado e sofre desgaste. E quando alguém respondesse que um ser humano tem muito maior duração, ele concluiria que fora demonstrado, ao abrigo de qualquer dúvida, que o homem se mantinha seguro e íntegro porque o que era menos duradouro *não perecera*."

"Mas não penso que ele esteja certo, Símias, e peço particularmente a ti que atentes para o que digo. Para qualquer um se mostra compreensível que alguém que o afirma está proferindo uma tolice. De fato, o tecelão em pauta teceu e usou muitos mantos tais como esse; sobreviveu a eles, embora fos-
d sem muitos, tendo perecido, segundo suponho, antes do último manto [tecido e usado]. Todavia, de modo algum, um ser humano é, por conta disso, menos resistente ou mais frágil do que um manto. Minha opinião é a de que a mesma imagem é aplicável à alma e ao corpo, sendo bastante apropriado dizer em relação a eles, de maneira análoga, que a alma tem uma longa duração, ao passo que o corpo tem uma menor, e é mais frágil. E poder-se-ia ir adiante e dizer que cada alma gasta muitos corpos, especialmente se o ser humano vive muitos anos. Se o corpo estivesse em constante mutação e perecesse enquanto o ser humano ainda permanecesse vivo, e a alma
e fosse tecelã, tecendo e deixando como novo o corpo gasto,

ainda assim seria inevitável que toda vez que a alma pere-
cesse, estivesse usando o último corpo que teceu e morreria
somente antes desse último. Com o perecimento da alma, o
corpo manifestaria a fragilidade de sua natureza não tardando
a se decompor e desaparecer. A conclusão é que esse argumen-
to não nos é confiável, ou seja, não podemos ter certeza de que
88a nossa alma prosseguirá existindo em algum lugar após nossa
morte. Pois se houvesse a disposição de conceder ainda mais
a alguém que emprega teu[51] argumento, e se admitisse não só
que nossas almas existiam antes de havermos nascido, como
também que nada há que impeça que algumas delas prossigam
existindo após nossa morte, e num ciclo regular de nascimen-
tos e mortes sucessivos – já que a alma é naturalmente tão
resistente que pode suportar reiterados nascimentos – mesmo
o admitindo, não se poderia conceder que ela não sofre devido
aos seus múltiplos nascimentos e que finalmente não pereces-
se completamente por ocasião de uma de suas mortes. Mas
b seria alegável que ninguém conhece de antemão a morte par-
ticular e a dissolução particular daquele corpo que acarreta o
aniquilamento da alma, uma vez que nenhum de nós é capaz
de perceber isso. Assim, se esse for o caso, *todo homem que*
encara a morte com confiança alimenta uma tola confiança,
salvo se for capaz de mostrar que a alma é absolutamente
imortal e indestrutível; se não for, aquele que está na iminên-
cia de morrer tem sempre que recear que sua alma perecerá
por completo ao separar-se do corpo que logo entrará em de-
composição.[52]"

Naqueles momentos, como o observamos posteriormente
c entre nós, fomos assaltados por uma depressão ao ouvir aqueles
discursos.[53] De fato, havíamos sido inteiramente persuadidos
pelo argumento e, agora, parecia que nos lançavam novamente
ao seio da confusão e da desconfiança, não só em relação ao
que já fora discutido, como também em relação a qualquer
futura discussão. Haviam nos levado a temer que nosso juízo

51. Ou seja, o de Sócrates.

52. Clara alusão a Sócrates (grifos nossos).

53. Ou seja, aqueles de Símias e Cebes.

não tinha valor algum, ou [simplesmente] que relativamente a essas matérias não era possível ter nenhuma certeza.

Equécrates: Pelos deuses, Fédon, tens nisso minha simpatia. Eu
próprio depois de ouvir-te sinto-me inclinado a perguntar a mim
d mesmo: "A que argumento daremos crédito doravante? O de
Sócrates, que era sumamente convincente, caiu agora no descré-
dito". A opinião de que a alma é uma espécie de harmonia sem-
pre teve sobre mim uma extraordinária influência, e tua menção
dela fez-me lembrar que compartilhara dela antes. Agora, terei,
na necessidade, de recomeçar a busca de um outro argumento
que me convença que quando alguém perece sua alma não pe-
rece com ele. Assim, por Zeus, relata-me como Sócrates deu
e sequência ao discurso, e se, inclusive ele, como ocorreu com
o resto de vós, exibiu qualquer intranquilidade, ou se serena-
mente defendeu seu argumento. E o defendeu satisfatoriamente?
Conta-nos tudo tão exatamente quanto possas.

Fédon: Equécrates, habituei-me a maravilhar-me com Sócrates,
mas jamais tanto quanto nessa ocasião. Talvez fosse de se es-
89a perar que ele tivesse uma resposta pronta, porém o que mais
me deixou assombrado em seu comportamento foi, primei-
ramente, a forma agradável, amável e respeitosa com a qual
ouviu as críticas dos jovens, em segundo lugar, sua rápida per-
cepção do efeito que as palavras deles haviam exercido sobre
nós e, finalmente, a capacidade com que curou nossa depres-
são e, por assim dizer, recuperou-nos de nossa fuga e derrota,
fazendo-nos retornar, segui-lo e nos unir a ele em seu exame
do argumento.

Equécrates: E como o fez?

Fédon: Contar-te-ei. Eu estava sentado ao seu lado direito num
b banquinho próximo ao seu catre, de modo que ele estava
sentado num nível bem superior a mim. Passou a mão em
minha cabeça numa carícia e colheu em sua mão os cabe-
los de minha nuca – tinha o costume de ocasionalmente
brincar com meus cabelos – e disse: "Amanhã, talvez, Fédon,
cortarás estes belos cabelos".

"É bem provável, Sócrates", eu disse.

"Não se deres ouvido ao meu conselho."

"E por que não?", perguntei.

"Tu os cortarás hoje e eu cortarei os meus se nosso argumento morrer e não pudermos ressuscitá-lo. Se eu fosse tu e o
c argumento me escapasse impelindo-me para a derrota, eu faria um juramento, como o faz a gente de Argos, de não deixar meus cabelos crescerem enquanto não voltasse à luta e granjeasse uma vitória sobre o argumento de Símias e Cebes."

"Mas", eu disse, "dizem que nem sequer Héracles[54] é páreo para dois [adversários]."

"Bem", ele disse, "chama-me para ajudar-te, na qualidade de teu Iolau, enquanto ainda dura a luz do dia."

"Chamo-te, então, para ajudar", eu disse, "não como Héracles chamando Iolau, mas como Iolau chamando Héracles."

"Dá na mesma", ele disse. "Mas antes furtemo-nos de uma experiência perigosa."

"De que experiência se trata?" indaguei.

"A experiência de nos convertermos em *odiadores dos ar-*
d *gumentos*[55]", ele disse, "tal como as pessoas se tornam *odiadores dos seres humanos*[56]; de fato, não há experiência mais nefasta que possa ocorrer a alguém do que odiar os argumentos. O ódio ao argumento e o ódio ao ser humano se originam de causas semelhantes. O ódio ao ser humano nasce quando alguém, desprovido de conhecimento suficiente ou habilidade, deposita irrestrita e ampla confiança em alguém, acreditando ser essa pessoa inteiramente sincera, íntegra e confiável e, depois, descobre que é vil e falsa. Posteriormente essa experiência é vivida com uma outra pessoa. Quando tal experiência foi vivida muitas vezes por um indivíduo, principalmente envol-

---

54. ...Ἡρακλῆς... (*Heraclês*), semideus gerado por Zeus e a mortal Alcmena. Dotado de extraordinária força física, celebrizou-se por muitas façanhas, entre as quais resgatar o titã Prometeu do suplício perpétuo ao qual seu pai (Zeus) o condenara. O episódio ao qual Fédon se refere é que quando o próprio poderosíssimo Héracles enfrentava a hidra de Lerna, ao se ver ameaçado por um gigantesco caranguejo na sua retaguarda, não hesitou, nem mesmo ele, em solicitar a ajuda de seu amigo Iolau.

55. ...μισόλογοι... (*misólogoi*).

56. ...μισάνθρωποι... (*misánthropoi*).

e vendo pessoas por ele consideradas seus amigos mais próximos e mais caros, ele acaba por entrar em constantes conflitos, desenvolvendo um ódio à totalidade dos seres humanos, na avaliação de que nada há de íntegro em absolutamente ninguém. Já não percebeste isso ocorrer?"

"Certamente", eu disse.

"Bem", ele prosseguiu, "não é essa uma situação deplorável e vergonhosa, e não se evidencia que tal indivíduo se dispõe a ter relações com os seres humanos sem ter qualquer habilidade no trato das coisas humanas? De fato, se a tivesse,
90a ao lidar com eles saberia que os propriamente bons e maus são ambos em número muito escasso, e que os que estão entre esses dois extremos constituem um enorme contingente de pessoas."

"O que queres dizer com isso?"

"Quero dizer o mesmo que poderia dizer sobre o pequeno e o grande. Achas que há algo mais raro do que encontrar um ser humano muito grande ou muito pequeno, o mesmo se aplicando a um cão ou a qualquer outra coisa? Ou encontrar um que seja muito veloz ou muito lento, muito feio ou muito belo, extremamente branco ou extremamente preto? Não notaste que os extremos em todos esses casos são esporádicos e escassos, enquanto os casos entre esses extremos são frequentes e em grande número?"

"Com certeza", eu disse.

b "E não pensarias", ele continuou, "que se houvesse um concurso de perversidade, os que se sagrariam vitoriosos nessa competição seriam pouquíssimos também nesse caso?"

"É bastante provável", respondi.

"Sim, bastante provável", ele disse. "Mas não é nesse sentido que argumentos se assemelham a seres humanos; eu me limitava a imitar tua iniciativa ao discutir isso. A similaridade reside no seguinte: quando alguém a quem falta a necessária habilidade com respeito a argumentos deposita confiança na verdade de um argumento e, posteriormente, o julga falso – quer realmente o seja ou não – e isso ocorre reiteradamente.
c Sabes como especialmente aqueles que despendem seu tempo

lidando com prós e contras[57] acabam por acreditar que são os mais sábios e que foram eles, com exclusividade, que descobriram que nada há de íntegro ou certo em coisa alguma, argumento ou qualquer outra coisa, mas que tudo oscila para cima e para baixo, como no Euripo[58], em nada havendo estabilidade durante tempo algum."

"Certamente", eu disse, "o que dizes é verdadeiro."

"Portanto, Fédon", ele disse, "seria lamentável na suposição de haver um argumento verdadeiro e confiável, além de compreensível, que um indivíduo, pelo fato de ter topado com
d alguns desses argumentos que por vezes parecem verdadeiros, por vezes falsos, não responsabilizasse a si mesmo por sua falta de discernimento ou habilidade, mas acabasse, em sua frustração, por jovialmente lançar a culpa nos [próprios] argumentos, passando a odiá-los e maculá-los pelo resto de sua vida, privando-se assim [no seu ódio da discussão racional] da verdade e conhecimento das *coisas que são*[59]."

"Sim, por Zeus", eu disse, "seria lamentável."

"Assim, em primeiro lugar protejamo-nos contra isso, e não
e admitamos em nossas mentes a ideia de que não há argumentos íntegros. Admitamos, muito pelo contrário, que é a nós mesmos que ainda falta uma condição íntegra e que temos que nos empenhar corajosa e ardentemente para conquistarmos essa
91a condição – tu e os outros por causa de toda vossa vida futura – e eu por causa de minha morte iminente, mesmo porque receio não estar agora efetivamente imbuído de uma disposição filosófica relativamente a essa particular questão, mas imbuído sim de um espírito contencioso, tal como as pessoas completamente sem instrução. De fato, estas, quando discutem, seja qual for o assunto, não se importam com a verdade que lhe é pertinente, estando ansiosas apenas para fazer com que seus próprios pontos de vista pareçam verdadeiros às pessoas pre-

57. ...ἀντιλογικοὺς λόγους... (*antilogikoỳs lógoys*), literalmente discussão contraditória, controvérsia.

58. ...Εὐρίπῳ... (*Eyrípoi*) estreito entre a Eubeia e a Beócia, muito conhecido no mundo antigo devido às suas correntes agitadas.

59. ...ὄντων... (*ónton*).

sentes. Sou diferente dessas pessoas neste momento somente na seguinte medida: não me mostrarei ansioso para fazer com que o que digo pareça verdadeiro aos que me ouvem, a não ser que isso ocorra incidentalmente; mas me mostrarei inte-
b ressadíssimo em convencer cabalmente a mim mesmo de que as coisas são assim. Vê, caro amigo, quão egoísta se apresenta minha postura. Se o que afirmo é verdadeiro, conquisto algo excelente por estar disso convencido; se, ao contrário, nada há após a morte, de qualquer modo não terei sido um fardo para os presentes aborrecendo-os com lamentações nestes meus derradeiros momentos; ademais, [com isso] minha ignorância [também] não sobreviverá (o que seria um mal), não demorando a perecer. Assim", ele disse, "Símias e Cebes, é assim preparado que passo a abordar vosso argumento. Mas quanto
c a vós, se fizerdes como peço, devereis considerar bem menos Sócrates e muito mais a verdade; se julgardes o que digo verdadeiro, concedereis vossa concordância, enquanto se não o julgardes assim, tereis que me opor com todos os argumentos que puderdes reunir, para que, acossado por minha ansiedade, não seja eu induzido a enganar a mim mesmo e vós também e partir, como uma abelha, deixando meu ferrão em vós."

"Temos que ir adiante", ele disse. "Para começar peço que me ajudem a relembrar o que dissestes se parecer que esqueci algo. Penso que Símias alimenta dúvidas e temores de que a
d alma, embora mais divina e mais excelente do que o corpo, possa perecer primeiro, já que sua natureza é semelhante a de uma harmonia. Quanto a Cebes, segundo creio, ainda que tenha concedido que a alma é mais duradoura do que o corpo, sustentou a impossibilidade de alguém saber que a alma, depois de consumir e gastar muitos corpos, não pereça finalmente ela mesma após deixar o corpo, sendo isso o aniquilamento da alma, uma vez que o corpo é submetido a um contínuo aniquilamento. São esses, Símias e Cebes, os pontos que nos cabem examinar?"

e Ambos concordaram que sim.

"Bem", ele disse. "Rejeitais todas as nossas anteriores explicações que compõem o argumento ou tão só algumas delas?"

"Tão só algumas delas", responderam.

"Qual é vossa apreciação", ele disse, "da explicação de que o aprendizado é reminiscência e que, assim sendo, nossa alma necessariamente esteve em algum lugar antes de ser encarce-
92a rada no corpo?"

"Eu", disse Cebes, "considerei-me extraordinariamente convencido por tal explicação quando foi formulada e, ainda, lhe atribuo mais crédito do que qualquer outra das demais explicações."

"Quanto a mim", disse Símias, "coloco-me na mesma posição, e seria para muito se surpreender se algum dia viesse a acolher uma opinião diferente no que se refere a esse tópico."[60]

E Sócrates retomou a palavra: "Mas terás, meu bem-vindo estrangeiro tebano, que mudar tua opinião se insistires em afirmar que uma harmonia é um composto, e que a alma é uma harmonia constituída pelos elementos que são esticados no corpo [como as cordas de uma harpa], isso porque certamen-
b te não admitirás tua própria afirmação de que uma harmonia composta precedia em existência as coisas das quais tinha que ser composta. Ou admitirás?".

"De modo algum, Sócrates."

"Assim, percebes", ele disse, "que é precisamente o que dizes quando afirmas que a alma existe antes de assumir a forma e o corpo de um ser humano e que é composta de coisas ainda inexistentes? De fato, a harmonia não é o que supõe tua com-
c paração. A lira, as cordas e as notas vêm a ser numa condição sem harmonia, ao passo que esta é a última a ser constituída e a primeira a ser destruída. Assim sendo, como podes conciliar essa afirmação com a primeira."

"Não posso fazê-lo de modo algum", disse Símias.

---

60. Símias, como Cebes, era um pitagórico, e os pitagóricos não só sustentavam a imortalidade da alma, como também a doutrina da metempsicose, segundo a qual a alma (ψυχή [*psykhé*]), após a morte, transmigra para um outro corpo, humano ou animal. Isto contudo, não os impede, no contexto deste diálogo, de questionar a posição de Sócrates.

"E, no entanto", ele disse, "deve haver, sobretudo neste caso, mais do que em quaisquer outros, acordo entre essa afirmação e a afirmação a respeito da harmonia."

"Deve", disse Símias.

"Bem", ele disse, "mas o fato é que não há acordo entre essas duas afirmações e diante dessa incompatibilidade tens que fazer uma escolha, a saber, o aprendizado é reminiscência ou a alma é uma harmonia?".

"Opto decididamente pela primeira, Sócrates", ele respondeu. "Adotei a segunda sem contar com uma demonstração, apenas porque me pareceu provável e verossímil, razão pela
d qual a maioria a adota. Estou ciente de que esses argumentos que têm como fundamento de sua demonstração apenas a probabilidade são enganosos e, a propósito, se não tivermos cautela com eles, induzem-nos a grandes enganos, tanto na geometria quanto em tudo o mais. A teoria da reminiscência e do aprendizado, contudo, foi estabelecida com base numa sólida argumentação, uma vez que se disse de nossa alma que já existia também antes de adentrar o corpo, tal como existe a própria essência daquilo que qualificamos como o que é em si.
e Estou convicto agora de que admiti essa essência apoiando-me em fundamentos suficientes e corretos. A consequência é não poder aceitar de mim mesmo, ou de qualquer outra pessoa, a afirmação de que a alma é uma harmonia."

"Mas vejamos isso, Símias, de um outro modo", ele disse. "Achas possível que uma harmonia, ou qualquer outro com-
93a posto, possa estar num estado que difira daquele estado em que estão os elementos dos quais é composta?"

"De modo algum."

"E tampouco pode atuar ou sofrer ação de modo diferente de seus elementos?"

Ele concordou.

"Então não é de se esperar que uma harmonia conduza os elementos de que é composta, mas sim que seja conduzida por eles."

Ele assentiu.

"A conclusão é que uma harmonia é totalmente incapaz de produzir um movimento, ou um som, ou realizar qualquer outra coisa que se oponha às suas partes componentes."

"De fato, totalmente incapaz", ele disse.

"A natureza de toda harmonia não depende do modo no qual foi harmonizada?"

"Não entendo", ele[61] disse.

b "Não será", ele disse, "mais plenamente uma harmonia bem como uma maior harmonia se for harmonizada mais plenamente e numa maior medida – supondo ser isso possível – e menos plenamente uma harmonia bem como uma menor harmonia no caso de ser menos plenamente harmonizada e numa medida menor?"

"Certamente."

"E isso é aplicável à alma, quer dizer, uma alma é alma mais plenamente, bem como numa maior medida, do que uma outra, ou o é menos e menos plenamente uma alma, mesmo no grau ínfimo?"

"De maneira alguma", ele disse.

"Ora, por Zeus", ele disse. "Diz-se de uma alma que encerra razão e virtude, e que é boa, e de uma outra que encerra loucura e vício, e que é má. Temos aqui uma formulação
c verdadeira?"

"Decerto que verdadeira."

"Quanto a alguém que supõe ser a alma uma harmonia, o que dirá que são essas coisas que residem na alma, a saber, a virtude e o vício? Dirá que se trata de um outro tipo de harmonia e desarmonia, e que uma alma, ela própria sendo uma harmonia, encerra dentro de si uma outra harmonia, ao passo que a outra alma, faltando-lhe harmonia (sendo ela desarmonia), não contém uma outra harmonia dentro de si?"

"Ignoro o que dizer a respeito", Símias respondeu. "Mas me parece evidente que aquele que adota essa suposição diria algo desse jaez."

61. Ou seja, Símias.

"Mas concordamos há pouco", disse ele,[62] "que uma alma
d não é mais ou menos alma do que uma outra, o que equivale a um acordo de que uma não é mais e nem em maior medida, bem como não é menos e nem em menor medida uma harmonia do que uma outra. Não é mesmo?"

"Certamente."

"[Também concordamos] que aquilo que não é mais ou menos uma harmonia não é mais ou menos harmonizado. É isso?"

"É."

"E pode aquilo que não é nem mais nem menos harmonizado compartilhar de mais ou menos harmonia, ou a compartilha igualmente?"

"Igualmente."

"Conclui-se que uma alma, uma vez que não é nem mais
e nem menos uma alma do que uma outra, não é nem mais nem menos harmonizada."

"É isso."

"E, portanto, se assim é, a alma não compartilharia mais de desarmonia ou harmonia?"

"Não."

"Se assim é, poderia uma alma encerrar mais vício ou virtude do que outra, considerando-se que vício é desarmonia e virtude, harmonia?"

"Não. Não poderia."

"Ou melhor, Símias, para nos expressarmos corretamente,
94a nenhuma alma – na hipótese de ser uma harmonia – encerrará qualquer vício, pois sendo a harmonia inteiramente harmonia, não poderia compartilhar de desarmonia."

"Certamente não."

"Tampouco a alma, sendo inteiramente alma, não poderia compartilhar de modo algum do vício."

"E como poderia em vista do que dissemos?"

"Por força desse argumento, portanto, se todas as almas são por natureza almas igualmente, todas as almas de todos os seres vivos serão boas igualmente."

62. Ou seja, Sócrates.

"Penso que é o que parece, Sócrates", ele disse.

b "Nosso argumento parece certo", prosseguiu ele, "e julgas que teria atingido essa meta se a hipótese de que a alma é uma harmonia estivesse correta?"

"De modo algum", ele respondeu.

"Bem, de todas as partes que compõem um ser humano, podes indicar qualquer uma que, além da alma, e especialmente uma alma sábia, o governasse?"

"Não, não posso."

"E ela o realiza cedendo às emoções do corpo ou se opondo a estas? Quero dizer, por exemplo, que quando o corpo está quente e experimenta sede, a alma não se opõe a ele afastando-o do beber, como o afasta do comer quando está faminto, além de assistirmos a incontáveis outros exemplos em que a alma se
c opõe ao corpo?"

"É certamente o que ocorre."

"Por outro lado, não concordamos anteriormente que ela jamais poderia, se fosse uma harmonia, estar fora de sintonia com a tensão e afrouxamento, tanto quanto com as vibrações e outras propriedades dos elementos que a compõem, mas que seria conduzida por eles, nunca os conduzindo?"

"Decerto que concordamos", ele disse.

"Ora, não descobrimos agora que ela atua precisamente do modo oposto, realizando a condução desses elementos dos
d quais se diz que é constituída e a eles se opondo em quase tudo ao longo de nossa vida, impondo-se a eles de todas as maneiras, por vezes infligindo castigos árduos e penosos por meio da ginástica e da medicina, por vezes punições mais brandas empregando ameaças e, por vezes, exortações – em síntese, dialogando com os desejos, paixões e medos como se ela fosse deles distinta e eles dela distintos? Isso como Homero[63] mostrou na *Odisseia* referindo-se a Odisseu:

Golpeia seu peito e censura seu coração, assim se expressando:

---

63. Homero (*c.* século X a.C.), o mais importante dos poetas épicos helênicos. Autor dos grandes poemas *Ilíada* e *Odisseia*.

'Suporta-o, coração, pois já suportaste algo mais vil do que isso'.[64]

e Achas que quando escreveu isso, o poeta concebeu a alma como uma harmonia conduzida pelas paixões do corpo, e não como algo apto a conduzi-lo e dominá-lo, uma coisa muito mais divina do que uma harmonia?"

"Por Zeus, Sócrates, fico com a segunda opção."

"Portanto, bom amigo, de nada nos servirá afirmar que a alma é uma harmonia, com o que estaríamos divergindo tanto
95a do divino poeta Homero quanto de nós mesmos."

"É isso", ele disse.

"Excelente", disse Sócrates. "A Harmonia[65] de Tebas de algum modo parece ter sido razoavelmente propícia a nós. Mas como, Cebes, e mediante qual argumento poderemos encontrar propiciamento diante de Cadmo?"

"Penso", disse Cebes, "que descobrirás um meio. O fato é que argumentaste notavelmente contra a harmonia, superando minha própria expectativa. De fato, quando Símias me
b falava de sua dificuldade, me surpreenderia se alguém fosse realmente capaz de se opor ao seu argumento, de modo que fiquei assombrado quando esse argumento de imediato não pôde suportar o primeiro ataque de tua argumentação. E agora, portanto, não me surpreenderia se estivesse reservado ao argumento de Cadmo o mesmo destino."

"Meu caro", disse Sócrates, "nada de jactância, e que uma má influência não venha abalar a argumentação prestes a ser empreendida. Entretanto, fique isso aos cuidados do deus. [A nós compete], à maneira homérica, nos engalfinharmos com o inimigo e testar o valor do que dizes. Ora, o problema que apresentas é em síntese o seguinte: exiges uma demonstração
c da indestrutibilidade e imortalidade da alma antes que um filó-

---

64. *Odisseia*, Canto XX, 17-8.

65. ...Ἁρμονίας... (*Harmonias*): Sócrates se refere à esposa de Cadmo, o fundador mítico de Tebas. Faz um evidente trocadilho entre *harmonia* (o tópico de que acabou de tratar e que corresponde ao tebano Símias) e *Harmonia.* Cadmo corresponde ao outro tebano, Cebes, envolvendo o tópico que diz respeito à objeção deste.

sofo na iminência de morrer, estando confiante de que se sairá melhor no outro mundo do que se houvesse vivido diferentemente sua vida, possa se esquivar a ser tolo e cândido nessa sua confiança. Ainda que hajamos mostrado que a alma é resistente, divina e existente antes de havermos nascido como seres humanos, alegas que tudo isso não constitui testemunho da imortalidade, mas tão só da longevidade da alma, e que existiu em algum lugar durante um tempo incomensuravel-
d mente longo antes de nascermos, que possuiu conhecimento e que realizou muitas ações. Entretanto, tudo isso não a torna mais imortal e, a propósito, o seu próprio ingresso num corpo humano constituiu o começo de sua dissolução, como se fosse uma doença, por assim dizer; ela vive em meio às misérias desta vida e, finalmente, perece naquilo que designamos como morte. Segundo afirmas, no que diz respeito ao medo que cada um de nós experimenta, não faz diferença o fato de a alma ingressar num corpo uma única vez ou múltiplas vezes, já que todo ser humano, à exceção do insensato, necessariamente teme se não conhece e é incapaz de demonstrar a imortalidade da alma. É isso, Cebes, suponho, o conteúdo de tua coloca-
e ção. E o repito deliberadamente para que nenhum ponto venha a nos escapar e para que possas, se o quiseres, adicionar ou subtrair alguma coisa."

E Cebes disse: "De momento não quero nem subtrair nem adicionar coisa alguma. De fato, expressaste o que quero dizer".

Sócrates fez uma pausa por um tempo considerável, absorto em seus pensamentos. Em seguida disse: "Não é de pouca importância, Cebes, o problema que levantas, visto que a cau-
96a sa da geração e da corrupção requer completa investigação. Agora, se o desejares, farei um relato de minha experiência nessa matéria. E então, se qualquer coisa que eu vier a dizer a ti parecer de alguma utilidade, poderás utilizá-la para reforçar tua tese e nos persuadir de tua posição".

"Decerto que desejo conhecer tua experiência", disse Cebes.

"Então ouve e contar-te-ei. Quando eu era jovem, Cebes, experimentava um vivo e extraordinário interesse pelo saber

que chamam de *investigação da natureza*[66]. Julgava formidá-
vel conhecer as causas de tudo, o porquê de cada uma das
b coisas vir a ser, o porquê de seu perecimento e o porquê de
sua existência. Minha mente mantinha-se sempre instável com
questões como as seguintes: o calor e o frio, graças a uma
espécie de fermentação, produzem a organização dos animais,
como o afirmam certos indivíduos? Qual é o instrumento de
nosso pensar? Pensamos com o sangue, com o ar, com o fogo
ou com nenhum destes? E é o cérebro que produz as sensa-
ções da audição, da visão e do olfato, e originam-se a memória
e a opinião dessas sensações? E provém o conhecimento da
memória e da opinião em estabilidade? Por outro lado, bus-
quei descobrir como se processava a corrupção dessas coisas,
c e pus-me a investigar como ocorriam as coisas no céu e na
Terra, até concluir que não era naturalmente apto para esse
tipo de investigação, do que apresentarei a ti uma suficiente
prova. Tornei-me tão cego por força desses estudos que desa-
prendi o conhecimento que, juntamente com outras pessoas,
pensava possuir antes; desaprendi o que anteriormente acredi-
tara conhecer acerca de muitas coisas, inclusive a respeito do
processo de crescimento humano. Antes eu concebera como
evidente a todos que o crescimento humano se devia ao comer
d e ao beber, posto que o alimento adiciona carne à carne e os-
sos aos ossos, do mesmo modo que partes apropriadas eram
adicionadas a todas as demais partes do corpo; o resultado é
o ser humano crescer de uma pequena massa inicial para uma
grande massa posterior, de modo que um ser humano pequeno

66. ...φύσεως ἱστορίαν... (*phýseos historían*): a ciência natural, impropriamente denominada "história natural" – numa palavra, a *física*. *Entretanto*, como o leitor perceberá na imediata sequência, a investigação da natureza tal como concebida e praticada pelos filósofos gregos (a partir dos próprios pré-socráticos e culminando em Aristóteles) difere da concepção moderna e contemporânea de física, pois não só podia abranger como usualmente abrangia (sem qualquer estabelecimento de fronteira nítida) o âmbito daquilo que a partir do século I a.C. (com Andrônico de Rodes quando descobriu os escritos esotéricos de Aristóteles) chamou-se de *meta*física (ou seja, aquilo que vem *depois da física*). Aristóteles, na verdade, o chamou de *filosofia primeira* ou *teologia*. Ver a *Metafísica* de Aristóteles, obra publicada em *Clássicos Edipro*.

tornava-se um ser humano grande. Assim costumava eu pensar. Não achas que havia plausibilidade nisso?"

"Acho", disse Cebes.

"Com o que deves também considerar o seguinte: aquilatava como satisfatória minha opinião ao observar uma pessoa grande ao lado de uma pequena; que a primeira era, digamos,
e maior do que a segunda por uma cabeça, e de idêntico modo um cavalo era, por uma cabeça, maior do que um outro; e, com relação a coisas mais exatas do que essas, concebia que dez era mais do que oito porque dois fora adicionado ao oito; por outro lado, pensava que uma régua de dois cúbitos[67] era mais longa do que uma de um cúbito pelo fato de exceder esta última a metade de sua extensão."

"E agora", disse Cebes, "o que pensas dessas coisas?"

"Que, por Zeus", ele disse, "estou longe de pensar que conheço a causa de tais coisas. Não me permitiria sequer afirmar que quando um é adicionado a um, ou o um ao qual é adicio-
97a nado ou o um que é adicionado converte-se em dois, ou que o um adicionado e o um ao qual é adicionado converte-se em dois por força da adição de um ao outro. Maravilho-me que, quando cada um deles se achavam mutuamente dissociados, cada um era um não sendo eles então dois; e que, quando foram mutuamente aproximados foi essa justaposição a causa de se tornarem dois. Tampouco posso mais persuadir-me de que se o um é dividido, essa divisão o faz converter-se em dois,
b uma vez que isso é o oposto da causa responsável pela produção de dois no caso anterior; de fato, naquele caso surgiu o dois porque um foi aproximado e adicionado a um outro um, enquanto agora foi porque um é subtraído e dissociado de um outro. Também não creio mais que, graças a esse método, sequer conheço como o um é gerado ou, em síntese, como qualquer coisa vem a ser, é destruída ou existe. E encaro agora esse método como inadmissível, contando com um método confuso próprio. Numa certa ocasião, fiquei sabendo de alguém que

67. ...δίπηχυ... (*dípekhy*). O cúbito (πῆχυς [*pêkhys*] – literalmente *cotovelo* e, por extensão *braço*) era uma medida de comprimento equivalente a aproximadamente 50 cm.

lera num livro, segundo ele da autoria de Anaxágoras[68], que é
c a *inteligência*[69] que estabelece a ordem de todas as coisas e as
causa. Vi-me satisfeito com essa causa e a mim pareceu algo
acertado ser a inteligência a causa de todas as coisas. Refleti
que, sendo desse modo, a inteligência ordenadora ordenaria
tudo e organizaria cada coisa do melhor modo que lhe conviria.
Assim, se fosse desejo de alguém conhecer a causa da geração
(vir a ser), da corrupção, ou da existência de uma coisa par-
d ticular, teria que apurar qual a melhor maneira de essa coisa ser,
sofrer ação ou agir. Assim, no tocante a essa coisa particular,
bem como outras coisas [particulares], tudo que cabe a uma
pessoa fazer é examinar o que é *o mais excelente e o melhor*[70].
Isso o fará necessariamente conhecer inclusive o que é o pior,
uma vez que a ciência de um e outro é idêntica. À medida que
refletia nesses tópicos me regozijava em pensar que encontrara
em Anaxágoras um professor da causa das *coisas que são*[71]
bem ao feitio de minha própria inteligência, e supunha que ele
me informaria se a Terra é plana ou redonda, e uma vez tivesse
ele me informado acerca disso, prosseguiria esclarecendo-me a
e respeito de sua causa e necessidade, inclusive indicando-me
a natureza do melhor e a razão de ser o melhor para a Terra
ser como é; e se declarasse estar a Terra no centro, iria adiante
com o fito de mostrar que para ela é o melhor estar no centro.
98a E eu tinha comigo que, se ele tornasse essas coisas eviden-
tes para mim, não ansiaria mais por qualquer outro tipo de
causa. E me sentia preparado a ver-me diante de descobertas
do mesmo modo com relação ao sol e à lua, bem como aos
demais astros, suas velocidades relativas, suas revoluções e
tudo o mais que a eles ocorria, além do porque é *o melhor*
que cada um deles esteja numa condição ativa ou passiva. De
fato, jamais imaginei que uma vez tivesse ele declarado que
eram ordenados pela inteligência, viesse a introduzir qualquer
outra causa para tais coisas exceto que é para elas o melhor se-

68. Anaxágoras de Clazomena (*c.* 500-428 a.C.), filósofo da natureza pré-socrático.
69. ...νοῦς... (*noŷs*).
70. ...τὸ ἄριστον καὶ τὸ βέλτιστον... (*to áriston kaì tò béltiston*)
71. ...τῶν ὄντων... (*tôn ónton*), as coisas existentes por trás da realidade sensível.

b rem como são. Desde que atribuíra a cada uma *o melhor* como sua causa particular e a causa comum de tudo, pensei que fosse continuar, empreendendo a tarefa de explicar o bem comum para todos. O apreço em que tinha minha esperança era imenso e me aferrei aos livros com extrema ansiedade, lendo-os o mais rápido que pude, para que me inteirasse com a maior brevidade possível acerca do melhor e do pior.

Não demorou, meu amigo, para que de mim fosse subtraída aquela maravilhosa esperança, e à medida que avancei em minha leitura percebi que o homem[72] não se serviu da inteli-
c gência e não apontou quaisquer causas para a ordenação das coisas, limitando-se a mencionar como causas o ar, o éter, a água e muitas outras coisas despropositadas. E a mim parecia o bastante que alguém dissesse que Sócrates realiza mediante a inteligência todas as suas ações e, em seguida, quando empreendesse a tentativa de apresentar as causas de uma coisa particular que realizo, começasse por dizer que estou agora sentado aqui porque meu corpo consiste de ossos e nervos, acrescendo que os ossos são duros e possuem articulações que os separam, ao passo que os nervos são contráteis e podem
d ser relaxados, e que com a carne e a pele que os encerra a todos, estão depositados sobre os ossos; e, nessas condições, à medida que os ossos se movimentam livremente em seus ligamentos, os nervos ou tendões, por meio de relaxamento e contração, me capacitam a dobrar agora meus membros – o que constitui a causa de estar eu sentado aqui com minhas pernas dobradas.

Por outro lado, ele poderia mencionar outras causas semelhantes para o fato de estarmos dialogando, referindo-se a sons, ao ar, à audição e a inúmeras outras coisas similares, deixando, [porém], de mencionar as verdadeiras causas, ou
e seja, que os atenienses deliberaram que o melhor era me condenar e que, portanto, me pareceu o melhor sentar-me aqui e acertado aqui permanecer e submeter-me a qualquer que seja a penalidade que ordenam que seja a mim aplicada. Sim,

72. ...ἄνδρα... (*ándra*), ou seja, Anaxágoras.

pelo cão,[73] imagino que estes meus ossos e nervos estariam
99a em Megara ou na Beócia há muito tempo, transportados para
lá por uma opinião do que teria sido o melhor curso a to-
mar, se eu não houvesse julgado mais justo e nobre suportar
qualquer pena que o Estado determinou do que me evadir
e fugir.[74] Mas é demasiado absurdo classificar essas coisas
de causas. Supondo que alguém declarasse que sem ossos e
nervos, além de todas as coisas desse tipo, eu estaria impos-
sibilitado de fazer o que me decidi a fazer, estaria certo; en-
tretanto, decerto afirmar que constituem a causa do que faço,
e não que optei por aquilo que, a meu ver, é o melhor pro-
cedimento, ainda que aja com minha inteligência, seria um
b discurso sumamente negligente. Todo aquele que fala nesses
termos é incapaz de distinguir a causa real daquilo sem o que
a causa estaria incapacitada a atuar como causa. É, de fato, o
que parece que a maioria faz, como indivíduos que tateiam
no escuro, chamando a isso de causa, atribuindo-lhe assim
um nome que não lhe pertence. O resultado é um indivíduo
circundar a Terra mediante um vórtice de modo que o céu,
acima dela, a mantenha no lugar, enquanto um outro consi-
dera a Terra como uma gamela chata[75] sustentada sobre uma
base de ar. Contudo, não buscam o poder que faz com que
c as coisas estejam agora posicionadas do modo que constitui
a melhor posição para elas; tampouco cogitam da presença
de uma força divina[76], julgando-se [ao contrário] capazes de
descobrir um novo Atlas[77] mais forte e mais imortal, e ainda

73. ...τὸν κύνα... (*tòn kýna*), fórmula religiosa menos solene empregada costumeiramente por Sócrates. Sua referência, decerto, não é a uma divindade da religião grega, mas ao deus cinocéfalo egípcio Anúbis, representado zooantropomorficamente pela cabeça de um chacal e o restante do corpo, humano.

74. Ver o *Críton* nesta edição, em que Sócrates se nega a aderir ao plano de Críton e outros amigos, de fugir da prisão.

75. ...καρδόπῳ πλατείᾳ... (*kardópoi plateíai*): a analogia de Sócrates é com uma gamela na qual o pão era assado.

76. ...δαιμονίαν ἰσχὺν... (*daimonían iskhỳn*).

77. ...Ἄτλαντα... (*Átlanta*), o gigantesco titã, líder na guerra pré-olímpica entre deuses e titãs, que com a derrota destes últimos foi condenado por Zeus (o líder dos deuses) a suportar o céu sobre os ombros.

mais envolvente do que esse, e, na verdade, nada cogitam do
bem, o qual deve abarcar e unir todas as coisas. Ora, eu, de
bom grado, me tornaria o discípulo de alguém que me ensi-
nasse quais são as operações desse tipo de causa. Mas visto
que isso me foi negado e não fui capaz de, por minha própria
d conta, descobri-lo ou aprendê-lo de outra pessoa, gostarias
que te apresentasse uma explicação de como, a título de uma
segunda tentativa[78], empenhei-me com a investigação da
causa, Cebes?"

"Eu o desejaria sumamente", ele disse.

"Após essa fase", ele disse, "tendo eu renunciado a investi-
gar as coisas existentes, ponderei que era necessário acautelar-me
para não padecer a experiência dos que contemplam o sol e o ob-
servam durante um eclipse. De fato, algumas pessoas destroem
e os olhos a menos que observem a imagem do sol na água ou
na superfície de algum outro material desse tipo. Pensei em
algo semelhante a isso e receei que minha alma fosse cegada
se eu olhasse as coisas com meus olhos e tentasse apreendê-las
mediante qualquer um de meus sentidos. Concluí que devia
me refugiar no discurso racional e sondar a verdade das coi-
sas existentes recorrendo à discussão. Mas talvez essa analo-
100a gia não seja inteiramente adequada, visto que não admito de
modo algum que aquele que investiga as coisas que são (coi-
sas existentes) mediante o discurso racional está lidando com
imagens mais do que aquele que as investiga observando os
fatos da vida cotidiana. De um modo ou outro, foi assim que
comecei, ou seja, tomando em cada caso como minha hipótese
a teoria que julgava a mais incisiva; tudo quanto me parecia
harmonizar com ela, fosse referente à causa ou a tudo o mais,
eu classificava como verdadeiro, enquanto classificava o que
dela divergia de *não verdadeiro*[79]. Desejo, porém, exprimir a ti
com maior clareza o que quero dizer, pois suponho que não o
estejas compreendendo agora."

"Por Zeus", disse Cebes, "com certeza não muito bem."

---

78. ...δεύτερον πλοῦν... (*deýteron ployn*), literalmente uma segunda travessia, uma segunda navegação.

79. ...οὐκ ἀληθῆ (*oyk alethê*).

b “O que quero dizer eu o indicarei na sequência. Não há, a propósito, nenhuma novidade nisso, pois o venho manifestando sempre tanto em nossas anteriores conversações quanto em outros lugares. Esforçar-me-ei para explicar-te o caráter da causa da qual me ocupei em meu estudo, e retomarei aqueles temas que nos são familiares a título de meu ponto de partida, supondo a existência do *belo* em si mesmo, do *bom* em si mesmo, do *grande* em si mesmo e similares. Se me concederes isso e assentires que existem, acredito poder indicar-te a causa, por via de consequência, e demonstrar que a alma é imortal.”

c “Considera”, disse Cebes, “que o concedo e prossegue.”

“Assim”, ele disse, “vê se concordas comigo quanto ao que se segue. Penso que se alguma coisa é bela além do belo em si mesmo, é bela pela única razão de participar do belo em si mesmo, aplicando-se isso a tudo. Aceitas esse tipo de causa?”

“Aceito”, ele disse.

“Ora, permaneço não compreendendo”, ele continuou, “como tampouco reconheço aquelas outras engenhosas causas. Se alguém me diz que o que torna bela uma coisa é a sua linda
d cor, forma ou qualquer outra coisa desse gênero, limito-me a ignorá-lo porque tudo isso me confunde. Agarro-me de modo simples, rude e, talvez, cândido a isso, ou seja, que nada mais a faz bela exceto a presença ou a comunhão[80], ou como queiras descrever essa associação com o *belo* indicada por nós, com o *belo* em si mesmo; não me deterei no preciso caráter dessa associação, restringindo-me a afirmar que todas as coisas belas são
e belas devido ao *belo* em si mesmo. Penso ser essa a mais segura resposta que sou capaz de fornecer a mim mesmo ou às outras pessoas; e se me prendo firmemente a essa concepção é porque creio que jamais incorrerei em erro por adotá-la. Trata-se [efetivamente] da segura resposta que caberia a mim ou a qualquer outra pessoa dar, a saber, que é por meio do *belo* em si mesmo que as coisas belas são belas. Concordas?”

“Concordo.”

---

80. ...κοινωνία... (*koinonía*), também associação. Mas o sentido que mais se enquadra na teoria das Formas de Platão é o de participação ou coparticipação.

"E é por meio da *grandeza*[81] que as coisas grandes são grandes, e as maiores são maiores? E as coisas menores são tornadas pequenas pela *pequenez*[82]?"

"Sim."

"Ademais, não admitirias a afirmação de que um indivíduo fosse maior do que um outro por uma cabeça, enquanto o indi-
101a víduo menor fosse menor por uma cabeça, mas testemunharias que tudo que queres dizer é que tudo que é maior é tornado maior unicamente pela *grandeza* (o grande em si mesmo), e que isso constitui a causa de ele ser maior, enquanto o menor é tornado menor unicamente pela *pequenez* (o pequeno em si mesmo), sendo essa a razão de ser menor. Suponho que recearias confrontar algum argumento antagônico se dissesses que alguém é maior ou menor por uma cabeça, isso primeiramente porque o maior é maior e o menor é menor pelo mesmo[83], em
b segundo lugar porque o maior é maior por uma cabeça *que é pequena*, o que soaria estranho, a saber, que alguém é tornado maior por alguma coisa pequena. Não o recearias?"

Cebes riu e disse: "Sim, recearia".

"Portanto", ele prosseguiu, "recearias declarar que dez é mais do que oito pelo dois, e que essa é a causa de ser ele mais. Dirias [de preferência] que é mais pelo grande número e por uma razão de grandeza do número; e uma medida de dois cúbitos é maior do que uma medida de um cúbito não devido à metade, mas devido à grandeza. Não é assim? De fato, experimentarias o mesmo medo."

"Certamente", ele disse.

"E então se um fosse adicionado a um, ou se um fosse dividido, te esquivarias em dizer que a adição, ou a divisão, é
c a causa do dois? Exclamarias à alta voz que só conheces um modo pelo qual qualquer coisa pode vir a ser, nomeadamente por meio da participação na essência própria de cada coisa em que participa, com o que te negarias a admitir qualquer outra

81. Isto é, o *grande* em si mesmo.

82. Isto é, o *pequeno* em si mesmo.

83. Ou seja, por uma cabeça.

causa da existência do dois exceto a participação na dualidade;
de modo que as coisas que são para ser duas participam neces-
sariamente da dualidade, enquanto o que é para ser um partici-
pa necessariamente da unidade; quanto às divisões, adições e
demais sutilezas de tal jaez, deixa-as de lado e reserva-as a ho-
d mens mais sábios; receoso, como dizem, de tua própria som-
bra e de tua inexperiência, te prenderias à tua própria hipótese
segura e supririas a resposta, tal como eu disse. E se houvesse
alguém que atacasse tua própria hipótese, ignorarias tal pes-
soa e não darias uma resposta enquanto não tivesses examina-
do se as consequências dela resultantes são coerentes entre si
ou se contradizem. E quando fosse necessário apresentardes
uma explicação de tua hipótese, procederias de maneira idên-
tica, isto é, assumirias uma outra hipótese, a qual a ti se afigu-
rasse a melhor entre as mais elevadas, e continuarias até alcan-
e çar algo adequado e aceitável. Não farias uma mixórdia das
coisas, como fazem os debatedores que discutem o princípio e
suas consequências simultaneamente, se pretendêsseis desco-
brir quaisquer das coisas que são. É possível que nenhum des-
ses debatedores cogite ou se importe minimamente com essas
102a coisas. Sua sabedoria é tanta que lhes permite se sentirem con-
tentes consigo próprios até quando produzem uma mixórdia.
Mas se és um filósofo, suponho que agirás como eu disse."

"O que dizes encerra muita verdade", disseram Símias e Cebes a uma só voz.

Equécrates: Por Zeus, Fédon, e penso que estavam certos. A mim parece que ele expôs essas matérias com notável clareza, mesmo para alguém de escassa inteligência.

Fédon: Certamente, Equécrates, e todos que ali estavam presentes também assim pensaram.

Equécrates: Bem como nós que não estávamos presentes, e que escutamos teu relato agora. Mas o que foi dito depois?

Fédon: Segundo me recordo, uma vez admitido tudo isso, tendo eles chegado a um consenso de que cada uma das Formas[84]

---

84. ...εἰδῶν... (*eidôn*), ou Ideias: um dos conceitos fundamentais da teoria platônica. A Forma (da qual os exemplos aqui são o belo em si mesmo, o grande em si mesmo, e especialmente o bom em si mesmo) é a realidade imaterial, abstrata, universal,

b existe e que as outras coisas que delas participam adquirem seus nomes delas, ele[85] indagou: "Ora, se concordas com isso, não será o caso de quando dizes que Símias é maior do que Sócrates e menor do que Fédon, estares dizendo que há em Símias grandeza e pequenez?"

"Sim."

"Mas", disse Sócrates, "[também] concordas que a afirmação de que Símias é maior do que Sócrates não é verdadeira tal como expressa com essas palavras. De fato, Símias não é
c maior do que Sócrates por ser ele Símias, mas devido à grandeza de que é detentor; tampouco é maior do que Sócrates porque Sócrates é Sócrates, mas porque Sócrates é detentor de pequenez relativamente à grandeza de que ele é detentor."

"É verdade."

"Por outro lado, ele não é menor do que Fédon porque Fédon é Fédon; ele o é porque Fédon é detentor de grandeza relativamente à pequenez de que Símias é detentor."

"É isso."

"A consequência é Símias ser classificado como pequeno
d e grande quando se encontra entre os dois, superando a pe-

---

singular, imperceptível, perfeita, eterna, imperecível e imutável presente no mundo ou região inteligível (νοητὸς τόπος [*noetòs tópos*]); essa Forma (e há Formas de absolutamente todas as coisas) é a matriz ou modelo (παράδειγμα [*parádeigma*], original de todas as incontáveis cópias ou simulacros (εἴδωλα [*eidola*]), que "são" as coisas materiais, concretas, particulares, múltiplas, perceptíveis, imperfeitas, dotadas de começo e fim, perecíveis e mutáveis que estão no mundo ou região sensível (αἰσθητὸς τόπος [*aisthetòs tópos*]) em que vivemos. Assim, as inumeráveis coisas que captamos pelos sentidos (dita '*realidade*' sensível) não passam de imagens ilusórias das realidades verdadeiras ou *coisas que são* (τὰ ὄντα [*tà ónta*]), que são as Formas do mundo inteligível. As coisas do mundo sensível só "existem" enquanto simulacros necessária e exclusivamente por participação e imitação das Formas. Assim, por exemplo, um indivíduo bom o é por participação e imitação da Forma (Ideia) de bondade ou bem; uma flor é vermelha por participação e imitação da Forma do vermelho; por outro lado, o próprio indivíduo particular e concreto, bem como a flor particular e concreta o são por participação e imitação das Formas de indivíduo e de flor. Esse dualismo é absoluto e sua aplicação é universal (é o chamado *realismo das Ideias*). Quanto aos produtos artificiais, ou seja, digamos as obras de arte (que estão fora da esfera da natureza) são *cópias* das *cópias*. Ver o *Parmênides*.

85. Sócrates.

quenez de um o excedendo em altura, ao passo que concede ao outro a grandeza que excede sua própria pequenez." Riu e acrescentou: "Parece que me expresso como um documento, mas realmente é bem como afirmo".

O outro[86] concordou.

"Meu objetivo é obter tua concordância, daí expressar-me assim. Julgo ser evidente não só a grandeza de ela mesma jamais ser grande e também pequena, como também a grandeza em nós jamais admitir o pequeno ou se permitir ser excedida.
e De duas coisas uma delas necessariamente ocorre: ou foge e recua toda vez que seu oposto, a pequenez, avança em sua direção, ou já terá deixado de existir por ocasião da proximidade da pequenez. Não se predispõe, contudo, a suportar e admitir a pequenez e ser distinta do que era, ao passo que admito e suporto a pequenez, continuando o mesmo indivíduo, e sou esse homem pequeno. Entretanto, a grandeza em mim, sendo grande, não sofreu ela mesma nenhuma ação que a tornasse pequena. De modo idêntico, a pequenez em nós jamais
103a se predisporá a tornar-se grande ou será grande, e tampouco qualquer outro oposto tornar-se-á ou será seu oposto enquanto ainda permanecer sendo o que era: ou se afasta ou é destruído à aproximação do outro."

"Isso a mim parece", disse Cebes, "completamente evidente."

Foi quando um dos presentes – não me lembro exatamente quem – disse: "Pelos deuses, não havíamos concordado numa fase anterior da discussão[87] precisamente no contrário do que está sendo dito agora, nomeadamente que o maior é gerado pelo menor e o menor pelo maior, e que os opostos são sempre gerados a partir de seus opostos? A mim se afigura agora que estamos afirmando que tal coisa jamais pode ocorrer".

Tendo ouvido isso, Sócrates inclinou a cabeça para um lado e disse: "*Tu* corajosamente *nos fizeste lembrar*[88], mas não

---

86. Símias.

87. Em 70d-71a.

88. O advérbio ...ἀνδρικῶς... (*andrikôs*) *nos autoriza aqui uma tradução formalmente distinta, porém de mesmo sentido e teor: Tu te comportaste* como um homem *ao nos lembrar.*

b percebeste a diferença entre o que agora foi dito e o que foi dito naquela oportunidade, quando dissemos que no que tange a coisas concretas opostos são originados de opostos; o que dizemos presentemente é que o conceito abstrato de um oposto em hipótese alguma se converte em seu próprio oposto, quer em nós quer na natureza que nos cerca. Naquela ocasião, meu amigo, nos referíamos a coisas que possuem qualidades opostas e que são nomeadas segundo elas, ao passo que agora nos referimos aos próprios opostos cuja inerência nas coisas confere a estas seus nomes. E nesse caso, dizemos que esses últi-
c mos em hipótese alguma podem ser gerados uns dos outros”.

Mal terminava de pronunciar essas palavras e seu olhar se dirigia a Cebes, para quem perguntou: “E quanto a ti, Cebes, estás com problemas relativamente a esse tipo de objeção?”.

“Não”, disse Cebes, “não desta vez, embora eu reconheça que objeções frequentemente me trazem problemas.”

“Bem, entendo que estamos inteiramente de acordo”, disse Sócrates, “no que se refere a este ponto, a saber, que um oposto em hipótese alguma pode ser seu próprio oposto.”

“Estamos completamente de acordo”, ele[89] disse.

“Vê agora se concordas com este outro ponto”, ele disse, “a saber, consideras que há algo que chamas de quente e algo que chamas de frio?”

“Há.”

“São idênticos à neve e ao fogo?”

d “Por Zeus, não.”

“Portanto, o quente difere do fogo, ao passo que o frio difere da neve?”

“Sim.”

“No entanto, suponho que acreditas que a neve, se – a utilizarmos a expressão anteriormente utilizada – admitir o quente, deixará de ser o que era antes, isto é, neve, bem como não será quente, ou afastando-se à aproximação do quente, ou cessando de existir.”

“Certamente.”

---

89. Cebes.

“E o mesmo ocorreria ao fogo, que à aproximação do frio se
afastará ou cessará de existir. Jamais conseguirá admitir o frio
e permanecendo fogo como era antes, bem como não será frio.”

“O que dizes é verdade”, ele disse.

“O fato é”, ele disse, “que com referência a alguns desses casos, não só a própria Forma merece seu próprio nome perenemente, como também há algo mais que não é ela, mas que sempre, toda vez que existir, tem sua aparência[90]. Talvez, contudo, eu possa tornar mais claro o que quero dizer por meio de alguns exemplos. No que se refere aos números, o ímpar deve necessariamente sempre ter o nome de ímpar, não deve?”

“Certamente.”

“Mas isso é a única coisa assim chamada – essa é minha
104a indagação – ou há algo mais, que não é idêntico ao ímpar, em-
bora mereça o nome de ímpar adicionado ao seu próprio nome,
pelo fato de possuir tal natureza que jamais é dissociado do
ímpar? Refiro-me, por exemplo, ao número três havendo mui-
tos outros exemplos. Mas considera o três. Não pensas que é
possível que seja sempre chamado por seu próprio nome, mas
também ser chamado de ímpar, que não é idêntico a três? No
entanto, o número três bem como o número cinco e metade da
totalidade dos números são de tal modo constituídos que cada
b um deles é ímpar, porém não é idêntico ao *ímpar*[91]. Analoga-
mente, o dois, o quatro e a totalidade da outra série de núme-
ros, cada um deles, são pares, embora não idênticos à paridade.
Concordas ou não com isso?”

“Claro que concordo”, ele respondeu.

“Agora observa o que desejo deixar claro: não são somente
opostos abstratos que se excluem mutuamente, sendo isso tam-
bém aplicável às coisas que, embora não sendo mutuamente
opostas, ainda assim sempre contêm opostos; essas, pelo que
nos parece, também excluem a Forma que se opõe à Forma
c nelas contida, e quando ela se aproxima, elas ou desaparecem

---

90. ...μορφὴν... (*morphèn*), sentido ordinário de figura, configuração, forma exterior.

91. Ou seja, não é a Forma do ímpar (a imparidade ela mesma), mas meramente uma cópia dela.

ou se afastam. Devemos certamente reconhecer que o número três suportará a destruição ou qualquer outra coisa mais de preferência a submeter-se a se converter em par, enquanto ainda permanecendo três. Não devemos reconhecê-lo?"[92]

"Certamente", disse Cebes.

"Entretanto decerto o número dois não é o oposto do número três."

"Realmente não."

"A conclusão então é que não só Formas opostas não se admitem reciprocamente ao se aproximarem, como também certas outras coisas não admitem a aproximação de opostos."

"O que dizes é sumamente verdadeiro", ele disse.

"Passaremos então", disse Sócrates, "a determinar, se o pudermos, que coisas são essas?".

"Certamente."

d "Seriam, Cebes, porventura, aquelas que compelem invariavelmente tudo aquilo de que tomam posse não só a assumir a Forma delas, como também a de algum oposto?"

"O que queres dizer com isso?"

"[Refiro-me a] essas coisas a que aludíamos há pouco. Estás decerto ciente de que o que a Forma de três ocupa não é necessariamente apenas três, mas também ímpar."

"Certamente."

"Dizemos, ademais, que a Forma oposta àquela Forma que produz esse resultado jamais poderia admiti-la."

"Não poderia."

"Ora, o que produziu esse resultado foi a imparidade?"

"Sim."

"E o oposto a isso é a Forma do par?"

"Sim."

e "De modo que a Forma do par nunca será admitida pelo número três."

"Nunca."

"Então o três não participa do par."

---

92. A teoria das Formas é apresentada aqui sob uma nítida ótica pitagórica.

"De modo algum."

"Portanto, o número três é não par[93]."

"Sim."

"Ora, o que temos a determinar é quais coisas, sem que sejam os opostos de algo, não obstante isso não o admitem, como o número três, que embora não seja o oposto da Forma do par, ainda assim não a admite, apresentando sempre
105a seu oposto contra ela, e tal como o número dois apresenta o oposto do ímpar, e o fogo o oposto do frio, e assim por diante, pois os casos são muitos. Bem, vê se aceitas a seguinte afirmação, a saber, não só opostos não admitirão seus opostos, como também nada que traga um oposto àquilo de que se aproxima jamais admitirá em si a oposição do que é trazido. Deixa-me refrescar tua memória, uma vez que nada há de danoso no fato de repetir. O número cinco não admitirá a Forma do par, do mesmo modo que o dobro de cinco, o número dez, não admitirá a Forma do ímpar. Ora, ainda que o dez não seja ele próprio um oposto, não admitirá a Forma do ímpar. Tampouco
b o um e meio e outras frações combinadas, bem como um terço e outras frações simples admitem a Forma do todo. Tu me acompanhas e dás assentimento a isso?"

"Tens decerto meu assentimento", ele disse, "e te acompanho".

"Assim", ele disse, "repete-me a partir do começo, e não respondas empregando as palavras da pergunta, mas age como eu ajo. Digo que além daquela resposta segura a que me referi anteriormente, vislumbro uma outra resposta segura, a qual é inferida do que já foi dito. Se me perguntares o que é que,
c ingressando num corpo, o torna quente, não te darei como resposta aquela resposta segura, porém tola, dizendo que é o calor; posso, agora, oferecer uma resposta mais refinada, dizendo que é o fogo; [analogamente] se me indagares o que é que ingressando num corpo o torna enfermo, dir-te-ei não que é a enfermidade, mas sim que é a febre; se [por outro lado]

93. ...ἀνάρτιος... (*anártios*), ímpar.

me perguntares que presença num número o torna ímpar, não responderei que é a imparidade, mas que é o número um, o mesmo ocorrendo relativamente a outras coisas. Entendes suficientemente o que quero dizer?"

"O perfeitamente suficiente", ele[94] respondeu.

"Pois então responde", ele disse. "O que é que, presente num corpo, o torna vivo?"

"Uma alma", ele disse.

d "E é sempre o que ocorre?"

"Claro que sim", ele disse.

"Consequentemente, uma vez a alma ocupe qualquer coisa, transmite vida a essa coisa?"

"Certamente", ele disse.

"Há qualquer coisa que seja o oposto da vida?"

"Há", ele disse.

"O quê?"

"A morte."

"Ora, a alma, segundo o consenso a que chegamos anteriormente, jamais admitirá o oposto daquilo que traz consigo."

"Com toda a certeza", disse Cebes.

"Ora, como chamamos aquilo que não admite a Forma do par?"

"O não par", ele respondeu.

"E aqueles que não admitem o justo e o musical?"

e "Injustos", ele respondeu, "e não musicais."

"E como chamamos aquilo que não admite a morte?"

"Imortal", ele disse.

"E a alma não admite a morte?"

"Não."

"Consequentemente a alma é imortal."

"É imortal."

"Muito bem", ele disse. "Podemos considerar isso como demonstrado?"

---

94. Isto é, Cebes.

"E, inclusive, demonstrado muito satisfatoriamente, Sócrates."

"Bem, Cebes", ele disse, "se o não par fosse necessariamente indestrutível, não seria o caso de o número três também
106a ser indestrutível?"

"É claro que sim."

"E se aquilo que é destituído de calor fosse indestrutível, não seria o caso de a neve safar-se íntegra e não derretida toda vez que o calor fosse confrontado com ela? Afinal não poderia ser destruída, tampouco poderia ter permanecido em seu terreno e ter admitido o calor."

"O que dizes é verdadeiro", ele respondeu.

"Do mesmo modo, segundo penso, se aquilo que é destituído de frio fosse indestrutível, toda vez que qualquer coisa fria se aproximasse do fogo, jamais seria destruída ou extinta, mas se safaria ilesa."

"Necessariamente", ele disse.

b "E não deve o mesmo ser dito daquilo que é imortal? Se o
imortal é também indestrutível, é impossível que a alma seja destruída quando assaltada pela morte. De fato, como foi indicado por nosso argumento, ela não admitirá a morte e não estará morta, tal como o número três, nós o dissemos, não será par, e o ímpar não será par, nem o fogo será frio, como também não o será o calor que reside no fogo. Contudo, poder-se-ia indagar: o que obsta
c que o ímpar, ainda que não se torne par como foi de consenso,
seja destruído, e o par vir a ser em seu lugar? Ora, não podemos reduzir ao silêncio aquele que fizer essa pergunta dizendo que ele não é destruído, uma vez que o ímpar não é indestrutível. Se houvéssemos concordado que é indestrutível, poderíamos facilmente reduzi-lo ao silêncio declarando que quando o par se aproxima, o ímpar e o número três desaparecem. E, nesse caso, poderíamos oferecer uma resposta análoga com respeito ao fogo, o calor e as outras coisas, não é mesmo?"

"Certamente."

"E o mesmo se aplica ao imortal. Se reconhecêssemos que o imortal é indestrutível, a alma seria indestrutível bem como
d imortal; mas se não for, necessitaremos de outro argumento."

"Entretanto", ele disse, "não há tal necessidade no que concerne a isso. Afinal, nada escaparia à destruição se o imortal, que é perpétuo, fosse destrutível."

"Penso que todos", disse Sócrates, "assentiriam que o deus e a Forma da própria vida, além de qualquer coisa mais que é imortal, jamais podem ser destruídos."

"Todos os seres humanos, por Zeus", ele disse, "concordariam com isso, e os deuses, imagino, ainda mais."

"Se então o imortal é também indestrutível, não seria a
e alma, sendo ela imortal, também indestrutível?"

"Necessariamente."

"Assim, quando a morte atinge um ser humano, sua parte mortal, pelo que parece, morre, porém a parte imortal parte incólume e não destruída, furtando-se à morte."

"É o que parece."

"Portanto, Cebes", ele disse, "é sumamente certo que a
107a alma é imortal e indestrutível e que nossas almas existirão em alguma região do Hades."

"No que me diz respeito, Sócrates, nada mais tenho a objetar, e tampouco posso pôr em dúvida tuas conclusões. Todavia, se Símias ou alguém mais tiver algo a dizer, seria conveniente que se manifestasse, pois ignoro para que outra ocasião, dispensando esta, poderia adiar sua manifestação na hipótese de desejar dizer ou ouvir qualquer coisa em torno desses assuntos."

"Mas", disse Símias, "também eu não vejo mais nenhuma margem para dúvida diante do resultado de nossa discussão.
b Entretanto, ante a grandeza da matéria e minha baixa estima das fraquezas humanas, não posso evitar ainda alimentar algumas apreensões pessoais em relação ao que foi dito."

"Não só isso, Símias", disse Sócrates, "como também nossas primeiras hipóteses devem ser submetidas a um exame mais cuidadoso, ainda que te pareçam convincentes. E se as analisares adequadamente, acompanharás, segundo penso, o argumento, dando a ele assentimento, tanto quanto é possível a alguém fazê-lo; e, sendo clara a conclusão, não irás mais adiante na busca."

"Dizes a verdade", ele confirmou.

"Mas, homens", ele disse, "é certo que estejamos conscien-
c tes de que, uma vez sendo a alma imortal, é necessário que
zelemos por ela não só durante este período de tempo que cha-
mamos de vida, mas com relação à totalidade do tempo; nos-
sa presente negligência lhe acarretaria um perigo terrível. De
fato, se a morte não passasse de uma fuga de tudo, constituiria
uma bênção para os perversos, já que quando morressem se-
riam libertados do corpo e de sua própria maldade juntamente
com suas almas. Mas sendo a alma imortal, não há como es-
d capar do mal ou salvação para ela, exceto se tornando tão boa
e sábia quanto possível; tudo que a alma carrega consigo para
o Hades é sua educação e aquilo de que se nutriu, e se diz que
isso produz para o morto o maior benefício ou o maior dano já
no início de sua viagem para lá. E assim se comenta que após
a morte, o *dáimon*[95] de cada indivíduo, que lhe fora destinado
durante sua vida, o conduz a um lugar onde os mortos são re-
e unidos. Após serem julgados, partem para o Hades com o guia
que lhes foi apontado, e cuja função é conduzir para lá os que
provêm daqui. E depois de haverem lá recebido *o que lhes é
devido*[96] e permanecerem o tempo estabelecido, um outro guia
os traz de volta para cá após longos períodos de tempo. E essa
jornada não é como declara Telefos[97] na peça de Ésquilo[98]; de
108a fato, ele declara que a senda que conduz ao mundo subterrâneo
dos mortos (Hades) é uma senda simples. Penso, contudo, que
não é nem simples nem uma única senda, visto que se o fosse,
o uso de guias seria prescindível: ninguém se perderia no ca-
minho para qualquer lugar se houvesse para este lugar apenas

---

95. ...δαίμων... (*daímon*): a divindade menor ou gênio tutelar de cada pessoa. Conceito próximo daquele de *espírito protetor* ou *anjo da guarda.* Ver nota 16 de *Apologia de Sócrates*, nesta edição.
96. Platão, muito provavelmente um iniciado nos Mistérios, é propositalmente sumário e evasivo aqui. *O que lhes é devido* é presumivelmente o que foi determinado pelo julgamento de cada um, ou seja, punição ou recompensa, geralmente mais a primeira do que a segunda. Platão prosseguirá empregando uma linguagem mítica e exotérica.
97. Personagem de peça homônima do grande poeta trágico.
98. Ésquilo de Elêusis (525-456 a.C.).

uma senda. É provável que haja muitas bifurcações e encru-
zilhadas, sendo um caminho tortuoso, o que deduzo [simples-
mente] com base nos rituais e costumes religiosos que pratica-
mos aqui. Ora, a alma ordenada e sábia segue seu guia e tem
conhecimento das circunstâncias que os cerca; a alma, porém,
que está apegada pelo desejo ao corpo, como eu disse antes,
b adeja sobre ele e o mundo visível por um longo tempo, até que
só depois de muita resistência e muitos sofrimentos é conduzi-
da para longe em meio à violência e à dificuldade pelo *dáimon*
que lhe foi destinado. E quando chega ao lugar onde se encon-
tram as outras almas, a alma impura e que cometeu injustiças
– autora de perversos assassinatos ou outros atos aparentados
a esses e ações criminosas de almas desse tipo – é evitada,
todos lhe dando as costas; ninguém deseja ser seu compa-
c nheiro de viagem ou guia e ela perambula sozinha num com-
pleto aturdimento até que a um certo tempo é carregada neces-
sariamente à habitação que lhe cabe. Quanto à alma que viveu
a vida com pureza e moderação, essa encontra como compa-
nheiros e guias deuses, e terá como morada o lugar que lhe
cabe. Há muitas regiões surpreendentes na Terra, e esta, ela
mesma, do prisma de seu tamanho e outros aspectos, não é o
que supõem aqueles que amiúde discursam sobre ela, segundo
alguém me convenceu."

d Símias disse: "O que queres dizer com isso, Sócrates? Eu
próprio já ouvi muitas coisas acerca da Terra, mas decerto não
aquilo que te trouxe convencimento. Assim, gostaria de ouvir
a respeito".

"Bem, Símias, acredito não necessitar da *arte de Gláucon*[99]
para dizer do que se trata. Contudo, para provar que é ver-
dadeiro suponho que seria sumamente difícil para a arte de
Gláucon e provavelmente eu não seria capaz de tal emprei-
tada. Além disso, mesmo que eu fosse capaz, penso que não
disporia de tempo suficiente de vida, Símias, para completar
e o relato. Todavia, nada impede que relate o que estou conven-
cido ser a forma da Terra e que regiões estão nela contidas."

---

99. ...Γλαύκου τέχνη... (*Glaýkoy tékhne*), expressão proverbial indicativa de uma arte supostamente apurada.

"Isso bastará", disse Símias.

"Bem", ele disse, "estou convencido de que, em primeiro
lugar, se a Terra é esférica e está no centro do céu, prescinde
109a do ar ou de qualquer outra força semelhante para impedir sua
queda, bastando seu próprio equilíbrio e a natureza homogênea do céu em todos os lados para conservá-la no lugar; de fato, um corpo que se mantém em equilíbrio e se encontra situado no centro de alguma coisa homogênea não apresenta a tendência de alterar sua inclinação em qualquer direção, permanecendo sempre na mesma posição. Eis aí a primeira coisa de que estou persuadido."

"E corretamente", disse Símias.

"Em segundo lugar", ele disse, "estou convencido de que
a Terra é muito grande e que nós, que habitamos entre as co-
b lunas de Héracles[100] e Fase[101], vivemos numa pequena porção
dela em torno do mar, como formigas ou batráquios vivem em torno de um brejo; e que um imenso número de outras pessoas vivem em muitas outras regiões da Terra. De fato, creio que em todas as direções sobre a Terra há muitas concavidades de variadíssimas formas e tamanhos, para as quais afluíram conjuntamente a água, o vapor e o ar. Mas a Terra ela mesma é
pura e está no céu puro em que se encontram os astros, o mes-
c mo céu que os que discorrem sobre essas matérias chamam
de éter; a água, o vapor e o ar são o sedimento do éter e fluem em conjunto para as concavidades da Terra. Ora, nós que vivemos nessas concavidades, não temos percepção disso e pensamos que habitamos acima, na superfície da Terra, tal como alguém que, vivendo nas profundezas do oceano, pensasse habitar a superfície do mar, e enxergando o sol e os outros astros através da água, concluísse que o mar fosse o céu; devido
d a sua indolência e fraqueza, jamais alcançou a superfície do
mar, ou ergueu a cabeça acima da água, ou emergiu do mar atingindo nossa região e, tampouco, pôde descobrir quão mais

100. ...Ἡρακλείων στηλῶν... (*Herakleion stelôn*), os dois pontos de ligação do estreito de Gibraltar, um deles sendo o porto de Bitínia; por extensão e *grosso modo*, entende-se por Colunas de Héracles (Hércules), o nome antigo do estreito de Gibraltar.

101. Rio da Cólquida, região situada na costa leste do Ponto Euxino (Mar Negro).

pura e mais bela é esta região comparada à sua, como também sequer jamais ouviu falar dela de alguém que a houvesse visto. Ora, acredito que é precisamente o que acontece conosco, uma vez que habitamos numa certa concavidade da Terra e temos conosco que habitamos em sua superfície; e chamamos o ar de céu, como se os astros seguissem seu curso através
e dele. Mas o fato em si é o mesmo, ou seja, devido à fraqueza e indolência estamos incapacitados de alcançar a superfície superior do ar; na verdade, se qualquer indivíduo atingisse o limite superior do ar, ou pudesse se munir de asas e voar, se capacitaria a alçar a cabeça acima dele e, tal como os peixes erguem as cabeças para fora d'água e contemplam as coisas de nosso mundo, contemplar coisas nessa região superior; e se sua natureza fosse suficientemente resistente para suportar a contemplação dessas coisas, ficaria ciente de que há o céu
110a verdadeiro, a luz verdadeira e a Terra verdadeira. Esta nossa Terra, as pedras nela contidas e toda a região em que habitamos estão danificadas e corroídas, tal como as coisas presentes no mar o estão pela ação da água salgada; de fato, nada de alguma importância desenvolve-se no mar, não havendo ali, poderíamos dizê-lo, nada plenamente desenvolvido; tudo que há são grutas, areia e lodo e lama infindáveis onde a terra está também presente; não há absolutamente nada digno de ser comparado com as belas coisas de nossa região. E as coisas naquele mundo da superfície seriam, por sua vez, sumamente superiores às coisas do nosso. A propósito, Símias, se for
b este o momento oportuno de fazer uma narrativa fabulosa[102], deverá valer a pena ouvir a respeito da natureza das coisas na superfície da Terra e abaixo do céu."

"Ora, de qualquer modo, Sócrates", ele disse, "gostaríamos de ouvir essa narrativa."

"Bem, meu amigo", ele disse, "primeiramente se diz que a Terra, olhada de cima, se parece com essas esferas revestidas de doze pedaços de couro; quanto às cores, é multifacetada, sendo que as cores que vemos aqui podem ser consideradas
c amostras, como as usadas pelos pintores; mas lá no alto a Terra

102. ...μῦθον... (*mŷthon*).

inteira possui essas cores, sendo elas muito mais brilhantes e
mais puras do que estas com que convivemos. Uma parte é de
um púrpura de admirável beleza, enquanto outra é dourada,
outra de um branco mais alvo do que greda ou neve, sendo a
Terra composta também das demais cores, que são em maior
número e mais belas do que as que vemos aqui. As próprias
cavidades da Terra, que estão repletas de água e ar, apresentam
uma aparência de cor própria à medida que resplendem em
d meio à variedade das demais cores, de sorte que o todo é res-
ponsável por um efeito contínuo de variegado. Na superfície
da Terra, os vegetais se desenvolvem com igual beleza – as
árvores, flores e frutos, o mesmo ocorrendo com as colinas e
as pedras, que mais lisas, mais transparentes e mais coloridas,
exibem maior beleza. Na verdade, nossas pedras preciosas
aqui, mesmo as mais valiosas, como sárdios, jaspes, esmeral-
e das e outras gemas, não passam de fragmentos das pedras de
lá, onde as pedras são todas semelhantes a essas ou ainda mais
belas. A explicação para isso é que lá as pedras são puras e não
corroídas ou maculadas, como o são as nossas mediante su-
jeira e salmoura pelos vapores e líquidos que aqui fluem jun-
tos, causando disformidade e enfermidade tanto na terra e nas
pedras quanto nos animais e vegetais. A Terra ela própria ali
111a é adornada com todas essas joias, além de ouro, prata e tudo
o mais desse gênero. Esses se destacam por serem copiosos,
em grande volume e presentes em todos os lugares, de ma-
neira que a Terra converte-se numa visão para os abençoados.
E ali também existem muitos animais, inclusive seres hu-
manos, alguns habitando a região afastada da costa, enquan-
to outros às margens do ar, como nós habitamos à beira do mar;
outros ainda vivem em ilhas circundadas pelo ar próximas
do continente; em síntese, o que constituem a água e o mar
b em nossas vidas é constituído pelo ar na deles, e o que é o ar
para nós é o éter para eles. E o clima é ali de tal forma tem-
perado que seus habitantes vivem sem doenças e são muito
mais longevos do que nós; e no que respeita à visão, audição,
inteligência e demais coisas desse gênero, são tão superiores a
nós quanto o ar é mais puro do que a água e o éter mais puro
do que o ar. Ademais, possuem bosques sagrados e templos

dedicados aos deuses, onde estes realmente têm sua morada;
eles comunicam-se com os deuses [não só] pela palavra e a pro-
c fecia, como também pela percepção visual, além do que veem
o sol, a lua e as estrelas como estes são realmente; e em todos
os outros aspectos, sua felicidade se harmoniza com isso."

"Tal é a natureza da Terra como um todo e de suas imedia-
ções. Mas sobre a Terra como um todo, nas suas concavida-
des, existem muitas regiões, algumas mais profundas e mais
amplas do que esta que habitamos, outras mais profundas po-
d rém dotadas de uma abertura mais estreita do que a região
em que vivemos; e algumas ainda menos profundas, contudo
mais amplas. Ora, todas essas regiões estão ligadas entre si
por meio de diversos canais subterrâneos de tamanho variá-
vel – mais estreitos ou mais largos – que são como que per-
furados nelas; e há passagens por meio das quais flui grande
quantidade de água de uma região para outra, como se fosse
para o interior de vasos misturadores; e há rios perpétuos de
dimensões colossais sob a Terra cuja corrente é tanto quen-
te quanto fria; há igualmente profusão de fogo, grandes rios
ígneos e muitos arroios de lama de densidade variável, uns
e de lama mais fina, outros de lama mais espessa, como os rios
lamacentos que fluem antecipando a lava na Sicília e a pró-
pria lava. Esses arroios enchem as várias regiões à medida que
acontece de fluírem para uma ou outra ocasionalmente. Uma
espécie de oscilação no interior da Terra os move a todos de
modo ascendente e descendente. A natureza dessa oscilação
é a seguinte: uma das concavidades da Terra, que é também
112a a maior de todas, é como uma perfuração através do todo da
Terra. É a ela que Homero se refere ao dizer...

Bem ao fundo, o mais inferior dos abismos sob a Terra...[103]

...e que em outras partes ele e muitos outros poetas chamaram
de Tártaro. Para o interior desse abismo todos os rios fluem em
conjunto, o inundando, para depois dele emergirem; além dis-
so, cada rio é afetado pela natureza da terra por meio da qual
b flui. E a razão para essas correntes fluírem para dentro e fora
desse abismo é essa massa líquida não possuir fundo ou fun-

103. *Ilíada*, Canto VIII, 14.

damento sólido, de modo que oscila em ondulações ascenden-
tes e descendentes, enquanto o ar e o vento que a circundam
a imitam; de fato, estes acompanham o líquido tanto quando
ele se move rumo ao outro lado da Terra, quanto quando se
move rumo a este lado da Terra; tal como quando as pessoas
respiram, o fluxo de ar entra e sai, o ar aqui oscila com o líqui-
do e gera terríveis rajadas de vento à medida que entra e sai.
c E quando a água se transfere para a região que consideramos
a inferior, flui em seus rios e os enche como se a água fos-
se bombeada; e quando abandona essa região e retorna a este
lado, enche novamente estes rios que, inundados, fluem atra-
vés dos canais e através da terra e alcançam os vários pontos
aos quais suas distintas sendas conduzem, onde criam mares,
pântanos, rios e fontes. A partir daí essas correntes fluem sob
d a Terra novamente, algumas passando em torno de muitas re-
giões de grande extensão, e outras em torno de um menor nú-
mero de regiões de menor extensão, fluindo então novamente
para o Tártaro, algumas dessas correntes muito abaixo do pon-
to em que eram absorvidas, enquanto outras apenas um pouco
abaixo. Mas todas fluem num ponto inferior, algumas do lado
contrário da voragem, outras do mesmo lado; algumas ainda
fluem compondo um amplo círculo em torno da Terra uma ou
muitas vezes, se movendo como serpentes para, depois, des-
cerem à profundidade mais inferior possível, e mergulharem
novamente no abismo. A situação agora possibilita a descida
e de cada lado na direção do centro, mas não além, visto que se
tem que enfrentar um aclive à frente das correntes de cada lado
da Terra."

"Ora, esses rios são em grande número, de grandes di-
mensões e de todos os tipos. Entre esses muitos, contudo,
destacam-se quatro. O maior e que flui externamente [à Terra]
e em círculo é o chamado de Oceano[104]; a ele se opondo e fluin-
113a do na direção oposta está o Aqueronte, o qual flui através de
vários lugares desertos e, passando sob a Terra, alcança o lago

104. ...Ὠκεανός... (*Okeanós*): a acepção aqui é bastante específica e restrita à terminologia homérica: a grande massa líquida que flui como um rio ao redor (e externamente) à Terra, em oposição ao Aqueronte.

aquerusiano. É para esse lago que as almas da maioria dos mortos vão e, depois de uma permanência aí por um tempo predeterminado, que é maior para umas e menor para outras, são enviadas de volta à condição de seres vivos por meio do renascimento. O terceiro rio nasce entre os dois primeiros e próximo de sua nascente cai em uma vasta região que arde com um grande fogo, onde forma um lago maior do que nosso mar[105], um lago fervente de água e lama. Daí por diante,
b ele flui circularmente, turvo e lamacento e atinge, entre outros lugares, através de seu caminho sinuoso, as margens do lago aquerusiano, mas não mistura suas águas às dele. Em seguida, após efetuar repetidas vezes um tortuoso curso subterrâneo, corre para o Tártaro a um baixo nível. Esse é o rio a que se dá o nome de Piriflegetonte[106], e os rios de lava que brotam em vários pontos da Terra são ramificações a ele pertencentes. O quarto rio nasce em oposição ao terceiro, e se diz que flui primeiramente para uma região terrível e selvagem, toda de
c uma coloração de um azul escuro e cinzento; o nome desse rio é Estígio e o lago que forma com seu fluxo é o Estige. E quando suas águas fluem para o lago e recebem terríveis poderes, o Estígio passa sob a Terra e, efetuando um círculo na direção oposta à do Piriflegetonte, ele o encontra vindo de outra direção no lago aquerusiano. Também a água desse rio não se mistura com nenhuma outra, embora se mova num círculo e mergulhe no Tártaro em oposição ao Piriflegetonte. O nome dado a esse rio pelos poetas é Cocito."

d "É essa a natureza dessas coisas. Quando os mortos alcançam o lugar a que cada um é conduzido por seu *dáimon*, são primeiramente julgados com base na existência segundo a viveram, correta e com a presença da devoção religiosa, ou não. Aqueles que viveram medianamente[107] vão para o Aqueronte e, embarcados em navios que lhes são destinados nestes al-

105. Platão alude ao Mar Mediterrâneo.

106. ...Πυριφλεγέθοντα... (*Pyriphlegéthonta*), que significa literalmente *de chamas ígneas,* ou *de chamas ardentes.*

107. ...μέσως... (*mésos*), ou seja, mediocremente, a meio caminho entre a vida decididamente íntegra e com devoção religiosa e a vida que se opõe decididamente a essa.

cançam o lago. Aí passam a habitar e são purificados, rece-
bendo punição por quaisquer injustiças que hajam cometido e
e absolvidos, bem como adequada recompensa pelas boas ações
que sejam do merecimento de cada um. Entretanto, quanto
aos que parecem incuráveis devido à enormidade de suas fal-
tas, por terem perpetrado muitos grandes sacrilégios ou assassi-
natos injustos e que violam a lei, ou outros crimes semelhantes,
o destino que lhes cabe é serem arremessados ao Tártaro, para
jamais dele saírem. Contudo, os curáveis, mas que ainda assim
se constatou que cometeram grandes faltas – os que, por exem-
plo, num momento de ira agrediram pai ou mãe, mas passaram
114a o resto de suas vidas em arrependimento, ou que mataram al-
guma outra pessoa em condições semelhantes – também esses
são necessariamente lançados ao Tártaro, mas um ano depois a
corrente os arremessa para fora, os culpados de homicídio atra-
vés do Cocito, e os que agrediram os pais através do Piriflege-
tonte. E depois de haverem sido levados pela corrente ao lago
aquerusiano, eles bradam e clamam, chamando aqueles que
mataram ou agrediram insultuosamente, erquendo a eles sú-
b plicas e lhes implorando que lhes permitam sair do mar para
o lago. Se conseguem persuadi-los, realmente passam do rio
ao lago e seus castigos findam; se não conseguem, voltam ao
Tártaro e deste aos rios, o que se repetirá enquanto não per-
suadirem aqueles que foram vítimas de suas injustiças, pois é
esse o caráter da punição que lhes foi imposta pelos juízes. No
que toca aos que, ao serem julgados, constatou-se que, durante
c a existência, se dedicaram a uma profunda vida devota, são
libertados dessas regiões no interior da Terra como que de pri-
sões; ascendem às suas puras moradas e habitam a superfície
da Terra. Desses, todos aqueles que se purificaram suficien-
temente por meio da filosofia passam a viver daí por diante
inteiramente sem corpos, e se transferem a moradas ainda
mais belas cuja descrição não nos é fácil fazer, nem dispomos
agora de tempo suficiente para isso. Por conta, Símias, dessas
coisas que narramos, é nosso dever dar o melhor de nós mes-
mos para que possamos participar da virtude e da sabedoria ao
longo da vida. De fato, a recompensa para isso é admirável e a
esperança grandiosa."

d “Ora, não seria próprio de um homem sensato sustentar
que tudo isso é tal como acabo de descrever. Entretanto, pen-
so que poderia arriscar-se a crer – pois se trata de um nobre ris-
co – que isso, ou algo semelhante a isso é verdadeiro no que se
refere às nossas almas e suas moradas, uma vez ter sido mos-
trado que a alma é imortal. E tal homem deveria repetir tais
coisas a si mesmo como se fossem palavras de encantamento,
razão pela qual empenhei-me no prolongamento da narrativa.
Eis o porquê um homem deve conservar-se confiante quan-
e to ao destino de sua alma, desde que durante sua vida haja
ignorado os prazeres e ornamentos do corpo, no pensamento
de que lhes são estranhos, sendo mais provável que o preju-
diquem do que o beneficiem, e tenha se ocupado seriamente
com os prazeres do aprendizado e conhecimento, não havendo
adornado sua alma com ornamentos que lhes são estranhos,
mas com os que lhes são próprios, a saber, o autocontrole, a
justiça, a coragem, a liberdade e a verdade, ficando nessa con-
115a dição no aguardo da viagem ao Hades, pronto para partir à
chamada do destino. Agora, vós, Símias e Cebes, bem como
os outros”, ele disse, “empreenderão cada um essa viagem em
alguma outra oportunidade, cada um a seu tempo, mas meu
dia fatídico chama-me agora, como poderia dizer um ator trá-
gico, e já é hora de tomar meu banho, pois penso ser melhor
banhar-me antes de tomar o veneno, para poupar às mulheres
o incômodo de banhar o cadáver.”

Quando ele cessou de falar, disse Críton: “Bem, Sócrates,
b quais são tuas instruções para mim e os outros com respeito a
teus filhos ou qualquer outra coisa? O que poderíamos fazer
para servir-te?”.

“O de sempre, Críton”, ele disse, “nada de novo. Se cuidar-
des de vós mesmos em tudo quanto fizerdes, estareis servindo
a mim, aos meus e a vós próprios mesmo que não o prome-
teis agora. Todavia, se fordes negligentes convosco mesmos,
e não mostrardes predisposição para viver segundo as etapas,
por assim dizer, do caminho delineado pelo que aqui e agora
c dissemos e por nossas discussões anteriores, vossa realização
será nula, independentemente de quanto e quão ansiosamente
fizerdes promessas neste momento.”

"Não há dúvida de que nos esforçaremos para agir como dizes", ele[108] disse, "mas como te enterraremos?"

"Como quiserdes", ele disse, "se puderdes apanhar-me e
eu não escapar de vós". Emitiu um riso suave e nos olhan-
do, disse: "Não consigo, ó homens, persuadir Críton de que o
Sócrates que aqui fala e ordena os detalhes de seu argumento
é realmente eu. Ele pensa que sou aquele que logo contem-
plará como um cadáver e então pergunta como enterrar-me.
d E embora eu tenha estado dizendo por um tempo bastante lon-
go que após ingerir o veneno não estarei mais convosco, mas
partirei para o gozo das venturas dos abençoados, ele pare-
ce pensar que tudo isso não passou de um vão discurso que
foi proferido para transmitir coragem a vós e a mim mesmo.
Assim sendo", ele disse, "dai, por mim, segurança a Críton –
o contrário daquela dada por ele ao júri no meu julgamento,
quando assegurou que eu aqui permaneceria – dizendo-lhe que
partirei quando morrer, de modo que Críton possa suportá-lo
e mais facilmente e não se veja perturbado diante da visão de
meu corpo incinerado ou enterrado, para que não se sinta in-
dignado no meu interesse, imaginando que sofro terrivelmente
e não diga, por ocasião do funeral, que veste Sócrates para ser
sepultado, que o conduz ao túmulo ou que o enterra. De fato, ó
excelente Críton, estejas certo de que essa linguagem incorreta
não só é indesejável em si mesma, como também é prejudicial
à alma. Não! Deves animar-te e dizer que enterras meu corpo,
116a o que podes fazer como julgares melhor e como a ti pareça o
mais adequado."

Depois de dizer isso, levantou-se e dirigiu-se a um outro
aposento para se banhar. Críton o seguiu, mas ele nos disse
para aguardá-lo. E assim nos dispusemos a aguardar, conver-
sando entre nós e fazendo comentários acerca do discurso que
havíamos ouvido; em seguida falamos do grande infortúnio
que nos atingira, pois sentíamos que ele era para nós como
um pai, e que quando nos víssemos dele privados viveríamos
b como órfãos pelo resto de nossas vidas. Tendo terminado seu
banho, seus filhos foram trazidos a sua presença – eram dois

108. Ou seja, Críton.

menores e um maior – e também as mulheres de sua família estavam presentes. Falou com eles na presença de Críton e lhes deu as instruções que desejava. Depois disso, disse às mulheres e aos filhos que fossem embora e se dirigiu a nós. Estávamos quase no pôr do sol, pois ele permanecera naquele aposento por um longo tempo. Sentou-se após seu banho, mas pouco foi dito depois disso, mesmo porque o servidor[109]
c dos Onze entrou, aproximou-se dele e disse: "Não te censurarei, Sócrates, como faço com os outros quando os obrigo, cumprindo a ordem dos *arcontes*[110], a tomar o veneno, por te zangares e me amaldiçoares. Não, não o farei porque durante todo o tempo em que estiveste aqui e, em todas as maneiras, te revelaste como o mais nobre, o mais gentil e o melhor homem que já aqui esteve, além do que agora sei que não diriges tua raiva contra mim, mas contra outros, pois sabes a quem responsabilizar. Conheces a mensagem que trago. Adeus e tenta suportar o que tens que suportar o mais tranquilamente
d que puderes." Dito isso, o servidor dos Onze se pôs a chorar e se apressou em ir embora. E Sócrates olhou para ele e disse: "Adeus, também. Farei como dizes". Em seguida disse a nós: "Que pessoa encantadora! Desde que estou aqui ele ocasionalmente veio me ver e conversar comigo, agindo como o melhor dos homens. E agora quão nobremente chora por mim! Mas, vamos Críton, cumpramos sua ordem. Que alguém traga o veneno, se já estiver pronto; e se não estiver, que o homem o prepare."

e "Mas, penso, Sócrates", disse Críton, "que o sol se mantém sobre as montanhas e ainda não se pôs. Sei inclusive que outros tomaram o veneno muito tarde, depois da ordem ser dada a eles, tendo ainda comido e bebido e alguns deles gozado da companhia daqueles que amavam. Não te apresses, pois ainda dispomos de tempo."

Ao que Sócrates retrucou: "Críton, é natural que essas pessoas que mencionas assim ajam pois pensam que ganham com

---

109. ...ὑπηρέτης... (*hyperétes*), aqui na acepção específica de encarregado de dar a ordem aos condenados à morte de tomarem a cicuta.

110. ...ἀρχόντων... (*arkhónton*): ver nota 1 no diálogo *Eutífron,* nesta edição.

isso. Mas isso não se aplica a mim, pois acho que nenhum be-
117a nefício terei por tomar o veneno um pouco mais tarde. Só me tornaria ridículo diante de meus próprios olhos se me apegasse à vida e poupasse quando mais nenhum proveito tenho dela. Vamos", ele disse, "faz como peço e não te recuses a fazê-lo".

Ouvindo isso, Críton fez um sinal de cabeça para o menino que se encontrava perto dele. O pequeno escravo saiu e tardou a voltar. Quando o fez, veio acompanhado do homem que ia administrar o veneno, o qual ele trazia numa taça, já preparado. Quando Sócrates o viu, ele disse: "Ora, meu bom homem, tu que conheces bem esse procedimento, diz-me: o que devo fazer?".

"Nada", ele disse, "a não ser beber o veneno, caminhar até
b sentires tuas pernas pesadas e, em seguida, deitar. O veneno então produzirá seu efeito."

Ao mesmo tempo que falava ofereceu a taça a Sócrates. Este a tomou de sua mão, e muito suavemente, Equécrates, sem esboçar qualquer tremor, qualquer mudança da cor de sua tez ou da expressão de sua fisionomia, mas fitando o homem com olhos bem abertos, como era seu costume, disse: "O que achas de eu fazer uma oferenda a alguma divindade com esta bebida? É permitido que o faça ou não?".

"Sócrates", ele disse, "preparamos o que julgamos estritamente suficiente."

"Entendo", disse Sócrates. "Mas posso e devo rogar aos
c deuses que minha partida daqui seja venturosa. Assim faço este pedido e que possa ser atendido." Com essas palavras, ele ergueu a taça aos lábios e, com um ar misto de jovialidade e tranquilidade, sorveu o seu conteúdo totalmente. Até aquele momento a maioria de nós fora capaz de conter razoavelmente bem as próprias lágrimas. Entretanto, quando o vimos tomando o veneno e constatamos que o tomara, não pudemos mais conter o pranto; no que me disse respeito, apesar do ingente esforço para me controlar, vi-me inundado pelas lágrimas, de modo que tudo que pude fazer foi cobrir o rosto com o manto e chorar por mim mesmo. De fato, não era por ele que chora-
d va, mas por meu próprio infortúnio com a perda de tal amigo.

Críton havia levantado e saído antes que eu mesmo o fizesse, impossibilitado de conter as lágrimas. Quanto a Apolodoro, que já vinha chorando [discretamente] há muito tempo, deu manifesta vazão a sua angústia, e nos levou, a todos, exceto Sócrates, a perder de vez o controle [da forte emoção que nos abalava]. "Mas, afinal", ele disse, "que comportamento extravagante é este! Foi principalmente por essa razão que mandei as mulheres embora, para que não se comportassem dessa ma-
e neira inconveniente. A mim foi dito que se deve morrer em silêncio. Portanto, conservai-vos em silêncio e sede corajosos". Sentimo-nos envergonhados e controlamos nossas lágrimas. Ele se pôs a andar em círculo e quando disse que as pernas estavam pesadas, apressou-se a deitar-se de costas, de acordo com a orientação que recebera. O homem que lhe dera o veneno tocou seu corpo, pousando a mão sobre ele; instantes após examinava seus pés e pernas. Em seguida pressionou com força seu pé indagando se sentira o toque, ao que Sócrates res-
118a pondeu que não. Fez o mesmo com suas coxas. E movendo [as mãos] corpo acima mostrou-nos que este estava ficando frio e rígido. Apalpou-o de novo e disse que quando o frio atingisse seu coração, teria nos deixado. Quando o frio alcançou seu ventre, ele[111] descobriu o rosto, pois o tinha coberto – e estas foram suas derradeiras palavras: "Críton, devemos um galo a Asclépio. Faz a oferenda e não a omitas." "Isso", disse Críton, "será feito, mas vês se tens algo mais a dizer". Não houve, de sua parte, resposta a isso. Depois de alguns momentos um tremor perpassou seu corpo. O homem o pôs a descoberto e seus olhos estavam abertos. Críton, ao percebê-lo, fechou sua boca e seus olhos.

Esse foi o fim, Equécrates, de nosso amigo, um homem, poderíamos dizê-lo, que foi entre todos os que conhecemos, o melhor, como também o mais sábio e o mais justo.

111. Isto é, Sócrates.

Este livro foi impresso pela Gráfica Grafilar
em fonte Times New Roman sobre papel Pólen Bold 70 g/m²
para a Edipro na primavera de 2023.